조이 럭 클럽

옮긴이 이문영
책을 읽고, 기획하고, 번역한다. 『조이 럭 클럽』을 번역했다.

조이 럭 클럽
© 들녘 2024

초판 1쇄 2024년 11월 11일

저자 에이미 탄
옮긴이 이문영

출판책임 박성규
편집주간 선우미정
기획이사 이지윤
편집진행 이수연
표지 디자인 위드텍스트
본문 디자인 위드텍스트
편집 이동하·김혜민
마케팅 전병우
경영지원 김은주·나수정
제작관리 구법모
물류관리 엄철용

펴낸이 이정원
펴낸곳 도서출판 들녘
등록일자 1987년 12월 12일
등록번호 10-156
주소 경기도 파주시 회동길 198
전화 031-955-7374 (대표)
031-955-7384 (편집)
팩스 031-955-7393
이메일 dulnyouk@dulnyouk.co.kr

ISBN 979-11-5925-904-3 (03840)

값은 뒤표지에 있습니다. 잘못된 책은 구입하신 곳에서 바꿔드립니다.

조이 럭 클럽

에이미 탄 장편소설
이문영 옮김

나의 어머니와 그 기억 속에 계신 할머니께

언젠가 제게 무엇을 기억할 것이냐 물으셨지요.

이 책으로 대답합니다. 그리고 이보다 더 많은 이야기를, 저는 기억합니다.

삼십 년 전, 엄마 곁을 떠나 살게 된 대학교 1학년생 때 영화 〈조이 럭 클럽〉을 보고 참 많이도 울었다. 그 원작인 에이미 탄의 책은 한국에서 오랫동안 구할 수 없었는데 드디어 다시 출간되었다. 이제라도 이 책을 읽게 되어 너무도 다행이다. 도저히 영화로 표현되지 않는 독서만의 신비가 여기 모두 깃들어 있다. 이렇게나 아름다운 이야기였다니. 중국에서 미국으로 건너간 엄마들과 미국에서 태어난 그 딸들은 시간차를 두고 마치 거대한 두 해류처럼 역동을 일으키며 일종의 원형, 또는 신화가 된다. 이 역동으로부터 지금도 수많은 것이 쏟아져 나오고 있다. '오리엔탈리즘' 같은 개념어로 포획되지 않는 거대하고 펄펄 살아 있는 이야기다. 삼십 년이 아니라 백 년 뒤에도 읽힐 작품이다.

– 김하나(작가)

사랑과 짜증, 증오와 죄책감이 치열하게 뒤엉킨 엄마와 딸의 관계는 결코 말하기가 쉽지 않다. "너네 엄마는 어떤 사람이었어?" "글쎄…." "그럼, 너네 엄마는 너에게는 어떤 사람이었어?" "어, 그건…." "너네 엄마는 이 사회에서 어떤 사람이고 싶어 했어? 엄마의 이야기를 전해야 한다면, 너는 뭐라고 말할 거야?" "……." 우리가 그 관계에 대해 말하기 쉽지 않은 것은 이 이야기가 중요하기 때문이다. 딸은 엄마를 되돌아보면서 자기 자신이 누구였는지, 누구이고 싶어 했는지를 돌아보게 된다. 사랑과 증오가 촘촘하게 얽힌 이야기가 진정한 상호 인정과 이해의 이야기로 변하는 것은 신비롭다. 『조이 럭 클럽』에서 그것을 볼 수 있다.

– 정혜윤(작가)

◇ 목차 ◇

천 리 너머에서 온 깃털

스물여섯 개의 사악한 문

미국식 해석

서녘 하늘의 황태후

천 리 너머에서 온 깃털

나이 지긋한 여자는 오래전 상하이에서 터무니없는 돈을 주고 샀던 백조 한 마리를 기억했다. 그때 시장 상인은 떠벌려댔다. 이 새는 원래 오리였는데, 거위가 되고 싶어서 목을 길게 빼고 있었다고. "그 결과 지금은, 보세요! 그냥 잡아먹어버리기엔 아까울 정도로 아름다워졌잖아요?"

그 뒤 여자와 백조는 수천 리 바다를 건넜다. 미국을 향해 목을 쭉 빼고서. 배 위에서 여자는 백조에게 속삭였다. "미국에 가면 날 닮은 딸을 낳을 거야. 그곳 사람들은 여자의 위상은 그 남편이 트림을 얼마나 크게 하나 들어보면 안다는 둥 뭐 그 따위 소리는 안 하겠지. 그 애를 낮잡아 보는 사람도 없을 거야. 그 애가 완벽한 미국식 영어만 하게끔 가르칠 거니까. 그곳에서는 늘상 풍족할 테니 슬픔으로 배 채울 일도 없어. 내 딸은 내 뜻을 알 거야. 내가 이 백조를 전해줄 테니까. 스스로 바라던 것보다도 훨씬 근사해진 이 새를 말이야."

그러나 여자가 새로운 나라에 도착하기 무섭게 이민국 공무원들이 여자에게서 백조를 빼앗아 갔다. 당황하여 팔을 허우적대는 여자에게는 기념이라며 백조 깃털 하나만 남겨주었다. 그러고 나서는 너무나도 많은 서류를 작성해야 했기 때문에 여자는 자신이 왜 이곳에 왔으며, 무엇을 남겨두고 왔는가를 전부 잊어버리고 말았다.

이제 여자는 늙었다. 그리고 여자에게는 딸이 있다. 영어만 말하고, 슬픔보다는 코카콜라를 더 많이 마시며 자란 딸이. 여자는 오랫동안 바라왔다. 간직해온 거위 깃털을 딸에게 전해주고 자신의 이야기를 들려줄 수 있기를. "이 깃털은 아무 짝에도 쓸모없어 보일지 모르지만, 아주 먼 곳에서부터 왔고, 내 모든 선의가 이 안에 담겨 있단다." 여자는 기다렸다. 한 해, 그리고 또 한 해. 딸에게 자신의 모든 이야기를 완벽한 미국식 영어로 들려줄 수 있게 될 그날을.

조이 럭 클럽

징메이 우의 이야기

아빠는 나에게 엄마를 대신해 조이 럭 클럽의 네 번째 자리를 맡아달라고 했다. 두 달 전 엄마가 돌아가신 이후 마작 테이블의 그 자리는 줄곧 비어 있었다. 아빠는 엄마가 생각에 사로잡혀 죽은 것이라고 생각한다.

"네 엄마는 뭔가 새로운 생각을 하고 있었던 모양이야. 그런데 그걸 입밖으로 꺼내놓기도 전에 생각이 너무 커졌고, 결국 터져버린 거지. 분명 아주 몹쓸 생각이었을 거다."

의사의 말에 따르면 엄마의 사인은 뇌동맥류 파열이었다. 조이 럭 클럽에 있는 엄마의 친구분들은 엄마가 마치 토끼처럼 죽었다고 했다. 미처 끝맺지 못한 일을 남겨두고서 아주 급작스럽게 그리되었다는 뜻이다. 엄마가 조이 럭 클럽의 다음 모임을 주최할 예정이었던 것이다.

돌아가시기 전주에 엄마가 나에게 전화를 했었다. 엄마 목소리에는 자신감과 생기가 넘쳤다. "린도가 지난 모임에 팥죽을 준비했거든? 그래서 나는 검은깨죽을 끓이려고."

나는 말했다. "엄마, 너무 무리하지 마세요."

"무리하는 거 아냐." 엄마는 두 음식이 '차부도[差不多]', 거의 같은 거라고 했다. 어쩌면 '부통[不同]'이라고 했는지도 모른다. 그건 완전히 다르다는 뜻이다. 그 말은 혼재된 의도들 중 더 좋은 쪽을 가리키는 중국어 표현 중 하나다. 나는 한 번 들었을 때 그 뜻이 바로 이해되지 않는 말은 도무지 기억하지 못했다.

*

엄마가 샌프란시스코판 조이 럭 클럽을 시작한 것은 내가 태어나기 두 해 전인 1949년의 일이다. 그해는 우리 부모님이 단단한 가죽 트렁크 하나 달랑 들고 중국을 떠나 온 해이기도 하다. 그 안에 든 것은 온통 화려한 비단 드레스들뿐이었다. "도저히 다른 것들까지 챙길 시간은 없었다니까요." 나중에 배에 오른 뒤 엄마가 변명했지만, 여전히 아빠는 자신의 면 셔츠와 모직 바지를 찾아서 매끄러운 비단들 사이를 미친 듯이 헤집어댔다고 한다.

샌프란시스코에 도착했을 때, 아빠는 그 좋은 옷들을 감추고 입지 못하게 했다. 그래서 엄마는 난민 환영회에서 헌옷 두 벌을 얻을 때까지 갈색 바둑판 무늬 원피스만 줄창 입고 있어야 했다. 그러나 새로 얻은 옷들은 미국 여성의 체격에 맞게 만들어져 또 너무 컸다. 부모님을 위해 환영회를 열어준 사람들은 제일중국침례교회에서 온 백발의 미국인 여성 선교사들이었다. 부모님은 그들에게 받은 게 있었기 때문에 교회에 나오라는 권유를 거절하지 못했다. 수요일 밤마다 있는 성경 공부와 토요일 아침에 진행되는 성가대 연습에 참여하여 영어 실력을 키우라는 조언도 그냥 흘려듣지 못했다. 부모님은 그곳에서 슈 씨 가족과 종 씨 가족, 세인트 클레어 가족을 만났다. 엄마는 그 집의 여자들을 보고 그들 또한 말 못할 아픈 사연을 중국에 남겨두고 왔음을 알아챘다. 짧은 영어로는 다 표현할 수 없는 바람을 품고 있음도. 최소한 그들의 얼굴에 떠올라 있는 무력감만은 느낄 수 있었다. 엄마가 조이 럭 클럽 모임을 제안하자, 그 즉시 그분들의 눈이 활발하게 살아 움직이기 시작했다는 것이다.

조이 럭 클럽은 엄마가 구이린에서의 첫 결혼 생활에서 착안해낸 것이다. 그때는 아직 그곳에 일본군이 들어오기 전이었다. 그것이 내가 조이 럭 클럽을 엄마의 구이린 시절 이야기라 생각하는 까닭이다. 엄마는 무료할 적마다 그 시절 이야기를 들려주었다. 모든 그릇을 반짝반짝하게 닦고 호마이카 테이블도 행주로 두 번쯤 훔쳐내어 할 일이 없을 때, 아빠가 자신을 방해하지 말라는 뜻으로 신문을 들고 앉아 팔 말 담배를 거푸 피우고 있을 때. 그럴 때마다 엄마는 상자 하나를 꺼냈다. 그 안에는 밴쿠버에 산다는 생면부지의 친척들이 보내 온 낡은 스키 스웨터들이 들어 있었다. 엄마는 스웨터의 밑단을 가위로 잘라 구불구불한 실을 풀어냈다. 그 실을 마분지 조각에 대고 일정한 속도로 감으면서 자신의 이야기를 들려주었다. 여러 해 동안 똑같은 이야기가 반복되었지만, 그 결말만은 그렇지 않았다. 이야기의 끝은 갈수록 어두워지며 엄마 인생에 긴 그늘을 드리웠고, 결국은 내 그림자가 되었다.

*

“나는 구이린을 보기 전부터 그곳 꿈을 꿨단다.” 엄마는 중국말로 이야기하기 시작했다. “날카로운 산봉우리들이 굽이져 흐르는 강을 병풍처럼 에워싼 곳, 강둑에는 신비한 초록 이끼가 끼어 있고 산꼭대기에는 하얀 안개가 걸린 곳. 만약 네가 배를 타고 그 강을 따라 내려가서 강둑을 덮고 자란 신비로운 이끼를 먹는다면, 산꼭대기에 오를 만큼 기운이 강해질 거다. 만약 미끄러지더라도 그저 침대처럼 푹신하고 부드러운 이끼 위로 떨어져 웃음을 터뜨릴 뿐이야. 그리고 일단 정상에 닿으면, 온 세상을 다 볼 수 있을 거다. 그리고 행복해질 거야. 살면서 두 번 다시 걱정 따위는 하지 않아도 될 정도로.

중국에서는 누구나 구이린을 꿈꿔. 나는 그곳에 도착하고 나서 그간의 내 꿈이 얼마나 낡은 이미지였는지, 내 상상이라는 것이 얼마나 조악했는지를 여실히 깨달았지. 나는 그 산봉우리들을 보고 기뻐 웃음을 터뜨리는 동시에 전율했단다. 그곳의 산마루들은 마치 기름 끓는 통 안에서 어떻게든 튀어 나오려 애쓰는 거대한 생선의 대가리 같았어. 각각의 산봉우리들 너머에 또 다른 생선의 그림자들이 연이어 있었는데, 구름이 조금 움직이면 그것들은 갑자기 무시무시한 코끼리 떼가 되어 나를 향해 서서히 전진해 오지 뭐냐? 그리고 산 아래에는 비밀스러운 동굴들이 있었어. 그 안은 흡사 각양각색의 양배추, 동과(冬果), 순무, 양파 따위가 천장에 매달려 자라는 바위 정원 같았단다. 어찌나 신비하고 아름다웠는지. 너는 상상도 못할 게다.

하지만 내가 경치 구경을 하자고 구이린에 간 건 아니었어. 내 남편이었던 사람이 나와 우리 쌍둥이 아기들을 그리로 데려갔지. 구이린은 안전하리라 생각한 거야. 국민당 장교였던 그는 우리를 어느 이층집의 작은 방에 데려다 놓고는 충칭을 향해 북서쪽으로 떠났단다.

신문은 말해주지 않았지만, 일본군이 이기고 있다는 것을 다들 알았어. 매일 매시간, 수천 명 넘는 사람들이 사방에서 쏟아져 들어와 보도를 가득 메우며 묵을 곳을 찾아다녔지. 그중에는 부자도, 가난한 사람도 있었고, 상하이 사람, 광둥 사람, 북방에서 온 사람도 있었단다. 외국인과 각종 종교에서 파송한 선교사들도 있었어. 물론 국민당원들과 군 장교들도 있었지. 그들은 스스로 그 안에서도 상류층이라고 생각했단다.

한 도시 안에 온갖 어중이떠중이들이 다 섞여 있었어. 일본군이 추격해 오는 상황이 아니었다면, 아마 그 수많은 사람이 서로 싸우고 난리가 났을 거다. 생각해보렴. 상하이 사람들과 북쪽에서 온 농부들, 은행원과 이발사, 인력거꾼과 버마에서 온 피난민들이 한데 모여 있었다고! 서로가 서로를 얕잡아봤어. 너나 나

나 똑같은 보도 위에 가래침 뱉고, 빠르게 유행하는 설사병을 앓는 처지라는 건 생각지도 않는 듯했지. 제 몸에서도 악취가 풍기는데, 다른 사람한테 고약한 냄새가 난다고 불평해대는 거야! 나는 어땠냐고? 나는 미국 공군이 싫었다. 그 사람들이 날 보고 '하바하바' 할 때마다 얼굴이 어찌나 시뻘개지던지. 하지만 최악은 북쪽에서 온 농부들이었지. 맨손으로 코를 풀고서는 그 손으로 사람들을 이리 밀치고 저리 밀쳐대며 더러운 병을 옮겼거든.

이런 마당이었으니 구이린의 아름다운 풍경도 얼마 못 갔다. 나는 그 산봉우리에 올라 "어쩜 이리 아름다울까!" 감탄하는 일도 이내 집어치워버렸단다. 그 근사한 산들을 보며 생각하는 건 오직 하나였지. '일본군은 어디쯤 왔을까?' 그저 아기들을 양팔에 안고 초조한 마음으로 어두운 방 한켠에 앉아 있다가, 공습 경보가 울리면 다른 사람들과 마찬가지로 집에서 뛰쳐나가 재빨리 깊은 동굴 속으로 숨어 들었단다. 마치 들짐승처럼 말이야. 하지만 사람이 어둠 속에 그리 오래 머물러 있을 수는 없는 법이야. 놀란 마음이 가라앉기 시작하면 마치 굶주린 사람처럼 빛을 그리워하게 되지. 바깥에서 폭격 소리가 났어. 꽝! 꽝! 이어 바위가 비처럼 쏟아져 내리는 소리가 들려 왔지. 동굴 안에 있는 나는 양배추나 순무처럼 생긴 석순을 보아도 더 이상 배가 고프지 않았어. 이제 물방울 뚝뚝 듣는 그것들은 언제 내 머리 위로 무너져 내릴지 모르는 늙은 산의 배창자일 뿐이었지. 헤아려볼 수 있겠니? 동굴 안에 있고 싶지 않은데 그렇다고 밖으로 나갈 수도 없는 마음을 말이야. 나는 아무 데도 있기 싫고 그냥 사라져버리고

만 싶었어.

폭음이 멀어져 가면 우리는 갓 태어난 고양이 새끼들처럼 비척비척 밖으로 기어나와 집으로 돌아가기 시작했어. 그럴 때마다 나는 불타는 하늘 아래 여전히 서 있는 산들을 보고 그것들이 산산이 찢겨 나가지 않았다는 사실에 놀라곤 했단다.

내가 조이 럭 클럽을 생각해낸 것은 어느 여름날 밤의 일이야. 어찌나 찌는 듯 무덥던지 나방조차 날개가 무거워져 땅으로 곤두박질칠 정도였다. 어디를 가나 사람들로 붐벼서 도무지 신선한 공기를 마실 수가 없고, 역겨운 하수구 냄새가 내가 있는 이층집 창문까지 올라왔어. 그 악취가 곧장 내 코로 다 들어오지 뭐냐? 게다가 매 시간 밤낮으로 비명 소리가 들렸어. 농부가 돼지 멱을 따는 소리인지, 어느 장교 하나가 반송장이 되어 길을 막고 누워 있는 농부를 두들겨 패는 소리인지 알 수 없었어. 하지만 창가로 가서 내다보지도 않았어. 그래봤자 무슨 소용이 있겠니? 그때 문득 생각했단다. 나를 움직이게 해줄 무언가가 필요하다고.

내 생각은 이랬어. 나까지 여자 넷을 모아서 내 마작 테이블에 한 자리씩 잡고 앉는 거야. 물어볼 만한 사람들도 다 생각해뒀지. 모두 나처럼 젊고, 무언가를 갈망하는 듯한 얼굴을 하고 있는 사람들이었어. 한 사람은 나처럼 군 장교의 아내였고, 다른 사람은 상하이의 부유한 집안에서 자라 매우 품위 있는 예의범절을 갖춘 여자였어. 도망 길에 아주 약간의 돈밖에는 가지고 나오지 못했다더구나. 난징에서 온 여자도 있었지. 그 사람은 내가 이제껏 본 중 가장 칠흑같은 머리칼을 가지고 있었어. 지체 낮은 집안에서 태어났지만, 예쁘고 명랑하고, 결혼을 잘했지. 늙은 남편이 죽으면서 유산을 많이 남겨주었다는구나.

우리는 돈도 벌고 기분도 낼 겸 매주 돌아가면서 모임을 열기로 했어. 주최자는 특별한 당쓰인[点心] 음식을 대접해야 했지. 은괴 주화 모양으로 빚은 만두나 장수를 상징하는 긴 쌀국수, 아들을 여럿 낳게 해준다는 삶은 땅콩같이 온갖 종류의 행운을 가져다준다는 음식들을 말이야. 당연히 풍성하고 달콤한 삶을 살게 해준다는 행운의 오렌지도 많이 준비했지.

얼마 안 되는 돈으로도 우리가 스스로에게 얼마나 근사한 음식들을 대접했는지 몰라! 만두의 소가 대부분 질긴 호박이고, 오렌지는 점점이 검게 벌레 먹은 구멍들이 패여 있다는 것 따위는 신경 쓰지 않았단다. 우리는 차린 음식들을 아주 조금씩 먹었는데, 음식이 부족해서가 아니라 마치 그날 앞서 무척 배불리 먹고 와서 더 이상 못 먹겠다는 것처럼 굴었단다. 우리가 극소수에게만 허락되는 호사를 누리고 있음을 다들 알았어. 우리는 운 좋은 사람들이었어.

배불리 먹은 뒤에는 그릇 하나에 돈을 걷어 모두가 볼 수 있는 자리에 두고 마작 테이블에 둘러 앉았단다. 친정에서 가져온 내 마작 테이블은 아주 향기로운 붉은 나무로 만든 물건이었단다. 너는 그걸 장미목이라고 부르지만, 그게 아니라 홍무[紅木]라는 거야. 무척 귀하고 좋은 나무라 영어에는 그걸 표현할 만한 단어도 없단다. 상판에는 아주 두꺼운 덮개를 깔아둬서 마작 패를 쏟아도 상아로 만든 패들이 서로 부딪치는 소리 외에는 소음이

나지 않았어.

마작을 시작하면 이따금 패를 가져오며 '펑(Pung)!' '쳐르(Chr)!' 하는 것 외에는 아무 말도 하지 않았어. 우리는 아주 진지하게 마작에 임했단다. 기분 좋게 이겨야겠다는 것 외에는 아무 생각도 하지 않았어. 열여섯 판이 돌고 나면 또다시 만찬을 시작했지. 이번에는 우리의 행운을 즐거워하기 위해서. 그러고는 아침이 될 때까지 밤새워 이야기를 나누었단다. 과거의 좋은 시절에 대하여, 그리고 이제 올 좋은 날들에 대하여.

아! 얼마나 재미있었는지! 온갖 이야기를 다 하고, 정말 죽도록 웃었단다. 집으로 달려들어와 저녁 식사 그릇 위에서 꼬끼오 울던 수탉 한 마리가 다음 날 보니 그 그릇 안에 얌전히 담겨 있더라는 이야기, 한 남자를 사랑하는 두 친구를 위해 각기 연애 편지를 써주었다는 소녀 이야기, 옆에서 폭죽 터지는 소리를 듣고 화장실 안에서 혼절해버린 바보 같은 외국인 여자 이야기….

사람들은 우리를 못마땅하게 생각했단다. 도시의 많은 사람이 굶주려서 쥐를 잡아먹다가 이제는 제일 궁한 쥐새끼들이나 먹을 법한 쓰레기까지 주워 먹는 판에 매주 만찬을 여는 것은 옳지 않다는 거지. 우리한테 악귀가 씌었다고 말하는 사람들도 있었어. 그런 게 아니고서야 가문의 대가 끊기고 집과 재산을 잃은 데다 남편과 형제자매, 자식과 생이별을 하는 판에 어떻게 연회를 벌일 수 있냐는 거였지. 그들은 이해하지 못했어. **저 여자들은 도대체 어떻게 웃을 수 있는 거야?**

그건 우리가 피도 눈물도 없는 사람들이어서는 아니었단다.

우리 모두 두려웠어. 각자 저마다의 불행을 안고 있었지. 하지만 절망한다는 건 우리가 이미 잃어버리고 만 것을 되찾기 바란다는 뜻이잖아. 그건 더 이상 견딜 수 없는 상황을 연장할 뿐이지. 이제는 불타버린 집의 옷장 안에 내가 가장 좋아하던 따뜻한 코트가 들어 있었다 해도 그걸 얼마나 아쉬워할 수 있겠니? 바로 그 불로 우리 어머니 아버지가 돌아가셨다면 말이야. 전화줄에 목을 맨 사람의 축 늘어진 팔다리와, 씹다 만 사람 손을 턱에 물고 거리를 어슬렁거리는 굶주린 개들의 모습을 얼마나 오래 마음에 담아둘 수 있겠니? 우리는 서로에게 질문했단다. 뭐가 더 나쁜 일일까? 올바르게 슬픈 얼굴을 하고 앉아 죽음을 기다리는 것과 나를 위해 행복을 선택하는 것 중에서.

그래서 우리는 매주 연회를 열고 매주 새해를 맞은 사람들처럼 지내기로 했어. 그로써 우리에게 일어난 불행들을 잊을 수 있었다. 우리 모임에서 나쁜 생각은 허용되지 않았단다. 우리는 배 터지게 먹고, 웃고, 마작을 했어. 이기기도 하고 지기도 했지. 최고로 좋은 이야기들을 나누었어. 그러다 보니 매주 행운이라는 걸 바랄 수 있게 되더구나. 그 희망만이 우리의 유일한 기쁨이었어. 그것이 우리가 우리의 작은 연회를 조이 럭(Joy Luck)이라 부르게 된 이유야."

엄마는 자신의 마작 실력을 자랑하는 것으로 이야기를 유쾌하게 끝맺곤 했다. "나는 아주 많이 이겼거든. 너무 운이 좋아서 다른 사람들이 아주 대도(大盜)의 기술을 배운 모양이라고 놀려댔지. 수만 위안을 땄지만 그렇다고 부자가 된 건 아니란다. 그럼, 아니었고 말고. 그즈음에는 종이돈의 가치가 형편없이 떨어졌거든. 아마 화장실에서 쓰는 휴지가 그보다 더 비쌌을 게다. 그러니 더 웃겨 미칠 노릇이었지! 천 위안짜리 지폐로 엉덩이 닦기도 시원치 않다는 거잖아!"

나는 엄마의 구이린 시절 이야기를 그저 중국 전래동화 정도로 생각하고 있었다. 이야기의 결말은 항상 바뀌었다. 어떤 때는 그 쓸모없게 되어버린 천 위안짜리 지폐로 쌀 반 컵을 샀다고 했다. 엄마는 그 쌀을 귀리죽 한 냄비와 바꾸었다. 그걸 다시 돼지 족발 두 개와 맞바꿨다. 족발 두 개는 계란 여섯 개가 되었고, 계란 여섯 개는 닭 여섯 마리가 되었다. 이야기는 언제나 그런 식으로 꼬리에 꼬리를 물며 부풀어갔다.

그리고 어느 날, 내가 트랜지스터 라디오를 사달라고 졸랐다가 퇴짜를 맞고 한 시간 동안이나 시무룩하여 앉아 있던 그 저녁에 엄마는 말했다. "왜 너는 네가 한 번도 가져본 적 없는 것을 그토록 그리워하는 거니?" 그러고는 이제까지 들어온 것과는 전혀 다른 구이린 이야기의 결말을 들려주었다.

"어느 이른 아침에 군 장교 하나가 날 찾아와서는 빨리 남편이 있는 충칭으로 가라고 했어. 구이린에서 도망치라는 뜻이었지. 일본군이 당도하면 장교들과 그 가족들이 어떻게 되는지 나는 잘 알고 있었단다. 하지만 어떻게 갈까? 구이린에서 떠나는 기차도 없는걸. 난징에서 온 친구가 나를 도와주었단다. 친구는 한 남자를 매수해서 석탄 나르는 외바퀴 손수레를 훔쳐다 주었어. 그리고 다른 친구들에게도 도망쳐야 한다고 일러주기로 약속했지.

나는 짐과 아이들을 챙겨 수레에 싣고 충칭을 향해 밀고 나가기 시작했어. 일본군이 구이린에 들어오기 나흘 전이었지. 그 길에서 나를 앞질러가는 사람들로부터 학살이 일어나고 있다는 소식을 들었어. 끔찍했지. 마지막 날까지도 국민당은 중국군이 지키고 있으니 구이린은 안전하다고 주장했다는구나. 그러나 바로 그날, 국민당의 대승을 알리는 신문들이 흩뿌려진 구이린의 거리 위에 남자와 여자, 아이 할 것 없이 수많은 사람의 시체가 꼭 좌판 위의 생선처럼 쌓였다는 거야. 나는 그 소식을 듣고 더더욱 발걸음을 재촉했어. 한 걸음 걸을 때마다 스스로에게 질문했지. 절대 희망을 놓지 않았던 대가로 목숨을 잃고 만 사람들. 그들은 어리석었던 걸까, 용감했던 걸까?

나는 바퀴가 망가질 때까지 충칭을 향해 수레를 밀고 나아갔어. 결국 홍무로 만든 아름다운 마작 테이블을 버려야 했지. 그 무렵에는 내 안에 눈물조차 남아 있지 않았어. 나는 목도리로 아이들을 감싸 양 어깨에 동여매고는 두 손에 옷이 든 가방과 먹을 것이 든 가방을 각각 들었어. 그대로 손에 깊이 패인 상처가 생길 때까지 걸어 나갔다. 상처에서 피가 배어 나와 자꾸 미끄러지는 통에 도저히 물건을 들 수 없게 되었을 때 가방 하나를 버렸고, 이어 나머지 하나도 버렸어.

그 길에서 나는 다른 사람들도 나처럼 하는 것을 보았지. 다들 조금씩 희망을 포기하고 있었어. 우리가 걷던 그 길은 마치 나아갈수록 더 값나가는 보물들을 박아넣은 보도 같았지. 비싼 옷감 여러 필과 책들, 조상에게서 물려받은 그림과 목수의 연장. 가다 보니 우리들이 버려져 있었는데, 그 안에 든 오리 새끼들은 목이 말라서 더 이상 울지도 못하더구나. 그 다음에는 은으로 만든 항아리가 길 위에 내팽개쳐져 있었어. 그즈음 갔을 때엔 사람들이 장래의 희망 따위를 바라고 그것들을 계속 가져가기에는 너무 지쳤던 게지. 나 또한 충칭에 도착했을 때는 전부 다 잃었어. 내 몸에 껴입은 화려한 비단 드레스 세 벌 외에는."

"엄마, 전부 다 잃어버렸다니요?" 이야기의 끝에 이르렀을 때, 나는 숨이 턱 막히는 것만 같았다. 엄마의 이야기가 내내 사실이었음을 깨닫고 큰 충격에 빠졌다. "아기들은요?"

엄마는 더는 생각지 않으려는 듯했다. 이야기는 여기서 끝이라는 것처럼 간결하게 말했을 뿐이다. "네 아빠는 내 첫 남편이 아니야. 너 또한 그 아기들이 아니고."

*

오늘 밤 조이 럭 클럽 모임이 열리는 안메이 아줌마네에 도착했을 때 제일 처음 만난 사람은 아빠였다. "이제 왔구나! 결코 제시간에 오는 법이 없지!" 사실이다. 나만 빼고 모두가 이미 모여 있다. 이제 육칠십 대가 되신 일곱 명의 집안 친구분들이 나를 올려다보며 웃음을 터뜨린다. 그분들 눈에 나는 서른여섯씩이나 먹고도 언제나 굼뜬 어린애처럼 보일 것이다.

나는 마음의 동요를 감추려 애썼다. 엄마의 장례식장에서 그 분들을 뵈었을 때, 나는 완전히 무너져 내려서는 꺼이꺼이 울었다. 친구분들은 지금 분명 걱정하고 있을 것이다. '어떻게 저런 어린애가 제 엄마의 자리를 대신하려나?' 언젠가 내 친구 하나가 나랑 엄마는 똑닮았다고 말해준 적이 있었다. 가녀린 손짓과 소녀 같은 웃음, 옆모습이 똑같다는 것이었다. 내가 엄마에게 수줍게 이 말을 전했을 때, 엄마는 굉장한 모욕이라도 들은 것처럼 대꾸했다. "너는 나에 대해 요만큼도 몰라! 어떻게 네가 내가 될 수 있니?" 엄마가 옳다. 내가 어떻게 조이 럭 클럽에서 엄마의 자리를 대신할 수 있을까?

"아줌마, 아저씨." 각 사람에게 고개 숙이며 거듭 인사를 한다. 나는 여기 모인 우리 가족의 오랜 친구분들을 항상 아줌마 아저씨라고 불러왔다. 그러고는 아빠에게 다가가 그 옆에 선다.

아빠는 린도 아줌마네 가족이 얼마 전 중국 여행에서 찍은 사진을 들여다보고 있다. "이것 좀 봐라." 아빠가 사진 한 장을 가리키며 말한다. 일행이 넓은 돌계단 위에 서서 찍은 사진이다. 그 사진에는 특별한 구석이 없다. 중국이 아니라 샌프란시스코, 혹은 다른 어느 도시에서 찍었다고 해도 무방할 것 같다. 그러나 아빠는 사진에는 그다지 관심이 없는 것 같다. 아빠 눈에는 모든 게 딱히 두드러지는 점 없이 똑같은 것 같기도 하다. 언제나 아빠는 무례하지는 않지만 무심하다. 차이를 보지 못하기 때문에 무관심한 걸 뜻하는 중국말이 뭐더라? 아빠가 엄마의 죽음을 두고 괴로워하는 것도 그런 느낌이리라는 생각이 든다.

“저 사진도 좀 볼래?” 아빠가 마찬가지로 별 특징 없는 사진을 가리키며 말한다.

안메이 아줌마네 집은 기름 냄새가 진동을 한다. 비좁은 주방에서 중국 음식을 너무 많이 해 먹다 보니, 이제는 음식 냄새가 응축되어 보이지 않는 얇은 기름막을 형성한 듯하다. 엄마는 남의 집에 방문하거나 레스토랑에 갈 일이 있을 때마다 콧잔등을 찌푸리며 큰 소리로 소곤거리곤 했다. “난 냄새만 맡아도 저 안이 얼마나 끈적끈적할지 다 알 수 있다니까.”

수년 만의 방문이었지만, 안메이 아줌마네 거실은 정확히 내가 기억하는 그대로다. 안메이 아줌마와 조지 아저씨는 이십오년 전 차이나타운에서 선셋 디스트릭트로 이사하면서 가구를 새로 샀다. 그것들이 누렇게 바랜 비닐 커버에 싸인 채 여전히 새것 같은 모습으로 전부 그 자리에 있다. 청록색 트위드 천으로 만든 반원형 소파와 무거운 단풍나무 테이블, 실금 같은 무늬가 들어간 자기 램프도 그대로다. 매년 바뀌는 것은 오직 광둥 은행에서 받은 공짜 벽걸이 달력뿐이다.

내가 이런 것들을 기억하는 이유는 우리가 어릴 때 안메이 아줌마가 오직 가구들을 덮고 있는 투명한 비닐 덮개 외에는 아무것도 만지지 못하게 했기 때문이다. 조이 럭 클럽 모임이 있는 밤이면 부모님은 나를 안메이 아줌마네 집에 데려갔다. 나는 손님이기 때문에 나보다 어린 아이들을 돌봐야만 했는데, 아이들이 너무 많아서 테이블 다리에 머리를 부딪치고 울어대는 아이가 꼭

한 명씩은 나오는 것 같았다.

"네가 책임지고 돌보렴." 엄마는 말했다. 그건 무언가 쏟아지거나, 불타거나, 없어지거나, 부러지거나, 더러워지면 내가 곤란해질 거라는 뜻이었다. 누가 그랬든 간에 다 내 책임이었다. 엄마와 안메이 아줌마는 목깃이 빳빳이 서고 가슴께에 비단실로 만발한 꽃가지를 수놓은 우스꽝스러운 중국 드레스를 차려입었다. 실제 중국 사람들에게는 너무 화려하고, 미국 파티에서 입기에는 너무 이상할 것 같은 옷들이었다. 그 시절 엄마가 구이린 이야기를 들려주기 전까지, 조이 럭 클럽을 부끄러운 중국 풍습이라고만 생각했다. KKK단의 비밀 회합이나 텔레비전 속 원주민들이 싸움에 나서기 전에 북을 둥둥 치며 추는 춤처럼 말이다.

그러나 오늘 밤은 수상한 구석이 하나도 없다. 아줌마들은 슬랙스와 밝은 프린팅이 들어간 블라우스를 입고, 제각기 다양한 모양의 튼튼한 단화를 신었다. 우리는 스페인식 촛대처럼 생긴 조명 아래 탁자 앞에 둘러 앉았다. 조지 아저씨가 이중 초점 안경을 쓰고 회의록을 읽어 내려감으로써 모임을 시작한다.

"투자 자산 총액은 24,825달러입니다. 부부당 약 6,206달러, 한 사람 앞에 약 3,103달러입니다. 수바루 주식을 6달러 75센트에 손절했고, 스미스 인터내셔널을 7달러에 백 주 매입했습니다. 지난 모임에서 맛있는 음식을 대접해주신 린도와 틴 종 부부에게 감사드립니다. 그날 팥죽은 유난히 맛있었습니다. 3월 모임은 추후 소식이 있을 때까지 취소할 수밖에 없었습니다. 우리의 사랑하는 친구 수위안을 떠나보내게 되어 정말 유감입니다. 캐닝 우 가족에게도 조의를 표합니다. 이상 보고를 마칩니다. 회장 겸 간사 조지 슈."

역시 그렇지. 누군가 엄마에 대해 화두를 열고 엄마와 나누었던 멋진 우정에 대해 이야기할 줄 알고 있었다. 왜 내가 조이럭 클럽의 네 번째 자리에 앉아 엄마가 어느 더운 여름날 구이린에서 떠올린 생각을 이어가야 하는지에 대해서도 말하겠지.

그러나 내 예상과는 달리 다들 회의록을 승인한다는 뜻으로 말없이 고개를 끄덕일 뿐이다. 심지어 우리 아빠조차 그랬다. 마치 엄마의 생애가 새로운 사업에 의해 뒷전으로 밀려나버린 것 같다.

안메이 아줌마는 자리에서 일어나 식사를 준비하기 위해 천천히 주방으로 향한다. 엄마와 가장 절친했던 린도 아줌마는 청록색 소파로 자리를 옮겨 팔짱을 끼고 앉아서는 여전히 탁자 앞에 앉아 있는 남자들을 바라본다. 잉잉 아줌마는 뜨개질 가방으로 손을 뻗어 새로 뜨기 시작한 작은 파란색 스웨터를 꺼낸다. 아줌마는 매번 볼 때마다 그전보다 더 작아지는 것 같다.

조이 럭 클럽의 아저씨들은 매입을 고려하고 있는 주식에 대해 이야기하기 시작한다. 잉잉 아줌마의 동생인 잭 아저씨는 캐나다에서 금을 캐는 회사의 주식을 사야만 한다고 강력히 주장한다.

"인플레이션 국면에는 그만한 게 없어요." 자신 있는 말투다. 잭 아저씨는 어른들 중 영어 실력이 가장 좋다. 중국어 억양도 거의 느껴지지 않는다. 내가 생각하기에는 우리 엄마의 영어 실력이 가장 별로였다. 그러나 엄마는 중국어는 자기가 제일 잘한다고 생각했다. 엄마는 상하이 억양이 살짝 섞인 표준어를 썼다.

“오늘 밤은 마작을 안 하나요?” 나는 잉잉 아줌마에게 물었다. 다소 목소리를 키운 것은 귀가 어두우시기 때문이다.

아줌마는 말한다. “이따가, 자정 지나서 할 거야.”

“여성분들은 지금 이 회의에 참여하고 계신 게 맞나요?” 조지 아저씨가 묻는다.

전원 만장일치로 캐나다 금광 주에 투자하기로 결정한다. 나는 주방으로 향한다. 안메이 아줌마에게 조이 럭 클럽이 주식에 투자하게 된 이유를 여쭤볼 생각이다.

“원래는 이긴 사람이 판돈을 모두 가져가곤 했단다. 그런데 매번 이기는 사람이 이기고, 잃는 사람은 항상 잃기만 하는 거야.” 아줌마는 완당의 속을 채우며 말씀하신다. 생강 양념한 고기소를 젓가락으로 얇은 피에 찔러넣고 능숙한 손놀림으로 작은 간호사 모자 모양으로 빚는다. “실력 좋은 사람이 있으면 나머지는 행운을 잡을 수가 없잖아. 그래서 오래전에 주식에 투자하기로 한 거야. 주식에는 실력이라는 게 없지. 심지어 네 엄마도 동의했단다.”

이제 아줌마는 앞에 놓인 쟁반을 들여다보며 수를 헤아리기 시작한다. 쟁반 위에는 완당이 한 줄에 여덟 개씩 다섯 줄로 늘어서 있다. “완당 사십 개에 사람 여덟 명이니까, 한 사람 앞에 열 개씩 돌아가게 하려면 다섯 줄을 더 만들어야겠네.” 아줌마는 큰 소리로 혼잣말을 하고는 다시 피에 고기소를 채우기 시작한다.

"참 잘한 일이야. 이제 우리는 이기더라도 함께 이기고, 지더라도 함께 질 뿐 아니라, 주식 시장에서의 행운까지 노려볼 수 있지. 이제 마작은 판돈을 조금만 걸고서 재미로 한단다. 이긴 사람은 용돈을 벌고 나머지 사람들은 집에 남은 음식을 싸 갈 수 있어! 그러니까 모두가 즐거운 거지. 참 좋은 생각 아니니?"

나는 안메이 아줌마가 완당 만드는 모습을 지켜본다. 빠르고 능숙한 솜씨다. 완당을 빚는 동안에는 아무 생각도 안 하는 것 같다. 엄마가 불만스러워했던 것이 바로 그 지점이다. 안메이 아줌마는 자신이 하고 있는 일에 대해 절대 생각해보는 법이 없다는 것.

"바보는 아닌데, 야물딱지지가 못해." 언젠가 엄마가 말했다. "지난 주에 내가 아주 좋은 생각을 했지. 안메이한테 영사관에 가서 중국에 있는 네 남동생을 위해 서류를 받자고 했어. 그랬더니 만사 다 제쳐놓고 당장 가고 싶어 하더니만, 나중에 또 다른 사람이랑 이야기해본 모양이야. 누군지는 몰라도 글쎄 그 사람이 안메이한테 그랬다는 거야. 그러면 남동생이 중국에서 아주 곤란해질 뿐 아니라, 안메이도 FBI의 명단에 올라 미국에서 사는 내내 고통받게 될 거라고. 남동생이 공산주의자라서 주택자금대출도 안 나올 거라고 했대. 그래, 내가 말했지. **안메이 너는 이미 집이 있잖아!** 그랬는데도 간이 콩알만 해져서는 듣지를 않더라고."

엄마는 이어 말했다. "개는 항상 그런 식이야. 본인도 자기가 왜 그러는지 모르겠대."

내 눈에 안메이 아줌마는 풍만한 가슴에 비해 가늘고 볼품없는 다리를 가진 작고 허리 굽은 칠십 대 할머니일 뿐이다. 부드러운 손끝은 여느 할머니들처럼 지문이 다 닳았다. 엄마는 도대체 안메이 아줌마의 어떤 면이 사는 내내 그렇게 못마땅했던 건지 궁금하다. 생각해보면 사실 엄마는 매사에 불만스러워하는 사람이었다. 친구들과 나에 대해서는 물론, 심지어 자기 남편에 대해서도. 항상 뭔가가 빠져 있었고, 개선되어야 했다. 균형이 맞지 않는다는 것이었다. 이 사람이나 저 사람이나 어떤 요소는 너무 과한 반면, 또 다른 요소는 부족했다.

그 요소는 엄마만의 유기화학에 따른 것이었다. **사람은 다섯 가지 요소로 이루어져 있거든**, 언젠가 엄마는 나에게 말했다.

화(火)가 너무 많으면 성미가 나빠진다. 우리 아빠가 그랬다. 엄마가 담배 피우는 것을 타박할 때마다, 아빠는 불만이 있으면 혼자 생각하라고 고함을 쳤다. 이제 아빠는 죄책감을 느끼고 있는 것 같다. 엄마가 자기 생각을 편히 말할 수 있게 해주지 않은 것에 대하여.

목(木)이 너무 적으면 남의 말에 쉽게 치우쳐서 스스로 설 수가 없다. 마치 안메이 아줌마처럼.

수(水)가 너무 많으면 한 가지 일에 집중하지 못한다. 대학에서 생물학 과정을 절반 마치고 예술 전공으로 전과하여 마찬가지로 절반쯤 이수하였지만, 끝내는 이도 저도 제대로 마치지 못하고 광고 에이전시 비서가 되어버린 나처럼. 지금은 카피라이터로 일하고 있다.

나는 엄마의 잔소리를 그저 중국 미신 정도로 여겨 무시해버리곤 했다. 왜, 상황에 따라 그때 그때 입맛에 맞게 믿어버리는 것 있잖은가. 이십 대 때 심리학 개론을 듣던 시기에는 엄마를 이해시키려 시도해보기도 했다. 왜 잔소리를 자주 하면 안 되는지, 그것이 건강한 학습 환경을 형성하는 데 어떻게 방해가 되는지 말이다.

"부모가 자식을 질책하면 안 된다고 보는 견해도 있어요. 대신 격려해주어야 한대요. 사람은 다른 사람들의 기대를 따라가기 마련이잖아요. 만약 누군가를 질책한다면 그건 '나는 네가 망하기만 고대하고 있어'라는 뜻밖에 안 돼요."

"그래! 바로 그게 문제야." 엄마는 말했다. "너는 한 번도 내 기대를 따라온 적이 없어. 게을러서 그래. 기대에 부응하려고도 하지 않잖아."

"식사하세요!" 안메이 아줌마가 경쾌한 목소리로 외친다. 김이 무럭무럭 나는 냄비 안에는 아줌마가 방금 막 빚은 완당들이 들어 있다. 식탁 위에 음식들을 산처럼 쌓아두어 뷔페식으로 퍼 먹을 수 있다. 구이린에서의 만찬처럼 말이다. 아빠는 알루미늄 호일로 만든 커다란 일회용 냄비 안에 들어 있는 차우멘을 열심히 드신다. 간장 소포장 봉지들이 그 주변에 빙 둘러 놓여 있다. 분명 클레멘트 스트리트에서 사 오셨을 거다. 고수 잎을 띄운 완당국에서 군침 도는 냄새가 난다. 나는 양념 발라 구운 돼지고기를 동전만 하게 자른 차슈를 정신없이 먹다가, 내가 항상 '맛있는 핑거 푸드'라고 부르던 음식들로 옮겨 간다. 얇은 패스트리에 한 입 크기로 자른 돼지고기와 소고기, 새우, 그 밖의 이것저것 뭔지 모를 소들을 채운 음식이다. 내가 안에 든 게 뭐냐고 물으면 엄마는 항상 그렇게 말했다. **"영양가 있는 거야."**

조이 럭 클럽에서는 밥 먹으면서 체면 차릴 필요가 없다. 모두가 마치 걸신 들린 사람들처럼 먹어대기 때문이다. 입안에 돼지고기를 잔뜩 욱여넣고 우물거리면서 한입 먹기가 무섭게 더 많은 고깃점들을 푹푹 찍어 든다. 언제나 내 상상 속에서 특유의 우아한 태도로 음식을 맛보는 구이린의 여자들과는 전혀 다르다.

다 먹고 나면 남자들은 처음 식사를 시작할 때처럼 잽싸게 식탁 앞을 떠난다. 그러면 여자들은 남은 음식을 주워 먹으며 접시와 그릇 들을 주방 개수대로 옮긴다. 그러고는 돌아가면서 손을 힘차게 문질러 씻는다. 누가 이러한 의식을 시작했을까? 나 또한 내 접시를 개수대에 넣고 손을 닦는다. 아줌마들은 린도 아줌마네의 중국 여행에 대해 이야기하다가 아파트 뒷방으로 자리를 옮긴다. 우리는 안메이 아줌마의 네 아들들이 침실로 쓰던 방을 지나친다. 그 방에는 닳아서 사다리의 나뭇결이 까끌하게 올라온 벙커침대들이 아직도 남아 있다. 아저씨들은 이미 카드 테이블 앞에 앉아 있다. 조지 아저씨가 카드를 빠르게 섞고 각 사람에게 나눈다. 마치 카지노에서 배워 온 것처럼 능숙한 솜씨다. 아빠는 팔 말 담배를 한 개피 꺼내 입에 물고서 담배갑을 다른 사람들에게도 돌린다.

안메이 아줌마의 세 딸들이 쓰던 뒷방에 도착했다. 우리는 어려서부터 친구 사이이다. 이제 그 애들은 모두 자라 결혼을 했다. 그리고 나는 이렇게 마작을 하기 위해 친구들의 방에 다시 돌아와 있다. 강심제 냄새가 나는 것 외에는 전부 다 그 시절과 똑같다. 금방이라도 로즈와 루스, 제니스가 머리카락을 오렌지 주스 캔에 돌돌 말아 감고서 걸어 들어와 똑같이 생긴 작은 침대들 위에 벌렁 드러누울 것만 같다. 흰색 셔닐직 침대보는 너무 낡고 닳아서 속이 훤히 비친다. 로즈와 나는 서로의 남자 고민을 털어놓으며 침대보에 일어난 보풀을 잡아 뜯곤 했다. 모든 것이 그대로다. 방 한가운데에 마호가니색 마작 테이블이 놓여 있는 것만 빼면. 그 옆에는 길고 검은 대에 넓은 고무나무 잎사귀처럼 생긴 타원형 전구가 세 개 붙은 스탠드 조명이 서 있다.

나를 보고 "이쪽이 네 엄마가 앉던 자리야. 여기에 앉으렴"이라고 말해주는 사람은 아무도 없다. 하지만 모두가 자리에 앉기 전부터 나는 알 수 있었다. 문에서 가장 가까운 의자가 어쩐지 허전해 보이는 것이다. 의자에 무슨 문제가 있어서는 아니고, 거기가 엄마가 앉던 자리이기 때문이다. 아무도 말해주지 않아도, 나는 엄마가 마작 테이블에서 동쪽을 맡았다는 것을 안다.

동쪽은 모든 것이 시작하는 곳이지. 언젠가 엄마는 말했다. 동쪽. 해가 떠오르는 방향, 바람이 불어오는 곳.

내 왼쪽에 앉은 안메이 아줌마가 초록색 펠트 커버가 깔린 마작 테이블 위에 패를 쏟아부으며 말한다. "이제 나랑 같이 패를 섞자꾸나." 우리는 테이블 위에 소용돌이를 그리듯 패를 섞는다. 패들이 서로 부딪칠 때마다 시원한 파도 소리가 난다.

"너도 네 엄마처럼 잘하려나?" 건너편에 앉은 린도 아줌마가 묻는다. 웃음기 없이 진지한 표정이다.

"마작은 대학 다닐 때 유대인 친구들과 몇 번 해본 게 다라서요."

"아! 유대인 마작이라니." 진저리가 난다는 투다. "전혀 다른 거야." 엄마도 항상 그렇게 말했다. 하지만 정확히 뭐가 어떻게 다른지는 설명하지 못했다.

"아무래도 저는 오늘 밤에는 같이 못할 것 같아요. 그냥 구경만 할게요."

그러자 린도 아줌마는 몹시 심기가 언짢아진 듯하다. 내가 철없는 소리를 한 모양이다. "어떻게 세 명이서 마작을 해? 그건 밥상에 다리가 세 개밖에 없는 것과 같아. 균형이 안 맞는다고. 그래서 잉잉 아줌마는 남편이 죽었을 때 남동생에게 대신해달라고 부탁했지. 네 아버지는 너한테 부탁했고. 그러니까 너도 해야 해."

"유대인 마작과 중국식 마작이 어떻게 다른 건데요?" 엄마에게도 그렇게 물었다. 하지만 대답을 듣고도 규칙 자체가 다른 것인지 아니면 그저 엄마가 중국인과 유대인을 달리 생각하는 것뿐인지 판단할 수가 없었다.

"완전히 다르지." 엄마는 특유의 설명조 영어로 말했다. "유대인 마작에서는 말이다. 모두가 각자 자기 패만을 봐. 눈으로만 마작을 한단 말이야."

그러더니 중국어로 이어 설명했다. "중국식 마작은 머리를 써야 해. 무척이나 고도의 기술을 요한다고. 다른 사람들이 내버리는 패를 잘 보고서 머릿속에 외워두어야 해. 잘하는 사람이 없으면 그 판은 유대인 마작이 되고 말아. 아무 전략이랄 게 없는 그따위 마작을 뭐 하러 하니? 그냥 다른 사람들 실수하는 것만 구경하는 거지."

그런 식의 설명을 듣고 있노라면 마치 엄마와 내가 서로 다른 언어를 쓰고 있는 것 같았는데, 하긴 실제로도 그랬다. 내가 엄마에게 영어로 말하면, 엄마는 중국어로 대답했으니까.

"그래서 중국식 마작과 유대인 마작의 차이점이 뭐예요?" 나는 린도 아줌마에게 묻는다.

"아이고야!" 아줌마가 힐난하는 투로 탄식한다. "네 엄마가 안 가르쳐주던?"

그러자 잉잉 아줌마가 내 손을 가볍게 토닥인다. "너는 똑똑한 애잖아. 우리가 하는 걸 보고 그대로 따라 하기만 하면 돼. 자, 우리가 패를 쌓아 네 벽을 치는 걸 도와주렴."

나는 잉잉 아줌마 말씀을 따르면서도, 린도 아줌마만 쳐다보다시피 한다. 린도 아줌마가 제일 손이 빨라서 아줌마가 처음에 하는 걸 보면 다른 사람들 속도를 거의 따라잡을 수 있다. 잉잉 아줌마가 주사위를 던진다. 린도 아줌마가 동풍이 됐다. 나는 북풍, 제일 마지막 차례다. 잉잉 아줌마는 남풍, 안메이 아줌마는 서풍이다. 우리는 주사위를 굴려 나온 숫자에 따라 어느 패산에서부터 패를 가져올지 수를 센 다음 패를 가져가기 시작한다. 나는 손에 든 패를 삭수, 통수, 만수 순으로 정리한다. 똑같은 패들끼리 한데 모으고 짝이 없는 패들은 따로 모아둔다.

"네 엄마 실력이 제일이었어. 거의 선수였지." 안메이 아줌마가 말한다. 아줌마는 손에 쥔 패를 신중히 고심하며 천천히 분류한다.

마침내 우리는 마작을 시작한다. 손 안의 패들을 들여다보며 때로는 던지고 다른 것을 가져오기를 편안하고 천천한 속도로 이어간다. 그러면서 잡담을 시작하지만, 그다지 서로의 말에 귀 기울이는 것 같지는 않다. 각자 엉성한 영어와 자기 고향 중국 사투리가 절반씩 섞인 특유의 언어로 이야기한다. 잉잉 아줌마가 어느 거리에 있는 가게에서 털실을 반값에 샀다고 말한다. 안메이 아줌마는 딸 루스네 아기에게 스웨터를 떠줬다며 자랑한다. "걔는 내가 가게에서 사 온 줄 알더라." 그렇게 말하는 목소리에 자부심이 넘친다.

린도 아줌마는 가게 점원 때문에 화가 났던 일화를 설명한다. 치마 지퍼가 고장나서 도로 가져갔는데 환불해주지 않았다는 것이다. "어찌나 화가 나던지! 돌아가실 뻔했지 뭐야?" 여전히 분이 안 풀린 목소리였다.

"하지만 린도, 너 여전히 우리랑 같이 있잖아. 안 죽었다고." 잉잉 아줌마가 놀리듯 말하며 웃고 있는데, 린도 아줌마가 외친다. "펑! 마작!" 아줌마는 자신의 패를 훑고 점수를 세며 잉잉 아줌마를 향해 웃음을 돌려준다. 우리는 다시 패를 섞기 시작하고, 분위기는 한층 고요해진다. 나는 지루하고 졸음이 온다.

"오 맞아, 나 할 얘기가 있어!" 잉잉 아줌마가 갑자기 큰 소리로 말하는 바람에 다들 깜짝 놀란다. 아줌마는 언제나 다소 괴짜 같은 면모가 있다. 자기만의 세계에 빠져 있달까. 엄마는 말하곤 했다. "사실 잉잉은 듣는 데는 문제가 없어. 들어주는 데 어두울 뿐이지."

"지난 주말에 경찰이 에머슨 부인네 아들을 잡아갔잖아." 마치 이렇게 큰 소식을 처음으로 전하게 되어 자랑스럽다는 투였다. "교회 갔다가 찬 부인한테 들었어. 그 차에서 텔레비전 수상기가 수도 없이 나왔다더라고."

린도 아줌마가 곧바로 대답한다. "아이고야, 에머슨 부인은 참 좋은 사람인데." 어쩌다 그렇게 골칫덩어리 아들을 얻었느냐는 뜻이다. 나는 그게 안메이 아줌마를 두고 하는 말이기도 하다는 것을 안다. 아줌마네 막내아들은 이 년 전 장물 카 스테레오를 팔다가 체포된 적이 있다. 안메이 아줌마는 버리려는 패를 신중히 문지르고 있지만, 그 표정은 괴로워 보인다.

"이제는 중국에 텔레비전 없는 집이 없다네." 린도 아줌마가 화제를 돌린다. "우리 친척들 집에도 전부 텔레비전 수상기가 있대. 그것도 흑백이 아니고 컬러에 리모컨 기능까지 있는 걸로! 요즘엔 없는 게 없대. 우리가 뭘 사 갈까 물었는데도 아무것도 필요없으니 그냥 오기만 하래. 그래도 어쨌든 VCR이랑 애들 줄 소니 워크맨 같은 걸 사 가긴 했지. 말로는 괜찮다고, 이런 거 주지 말라고 하는데, 내 보기에는 좋아하는 것 같더라고."

불쌍한 안메이 아줌마. 패를 문지르는 손놀림이 더욱 거세어진다. 엄마로부터 삼 년 전 안메이 아줌마의 중국 방문 이야기를 들었던 것이 떠오른다. 아줌마는 오로지 동생네 가족만을 위해 쓸 작정으로 이천 달러를 마련해두었다. 무거운 여행가방들을 열어 그 안에 준비한 것을 우리 엄마에게 보여주기도 했다. 그중 하나에는 시스의 너츠 앤 츄스와 엠앤엠즈 초콜릿, 캐슈넛 사탕, 작은 마시멜로들이 포함된 인스턴트 핫초코 팩 들이 들어 있었다. 다른 가방에는 온갖 우스꽝스러운 옷들이 가득했다. 캘리포니아풍 밝은색 비치웨어, 야구모자, 고무줄 면바지, 항공 재킷, 스탠포드 스웨터, 선원 양말. 전부 새 것이었다.

엄마는 그걸 보고 말했다고 한다. "누가 이런 자질구레한 것들을 좋아해? 다 필요없어. 그냥 돈이면 돼." 그러나 안메이 아줌마는 말했다. 우리네는 이렇게나 잘살지만, 동생네 집은 찢어지게 가난하다고. 그래서 엄마의 조언을 무시해버리고 무거운 가방들과 이천 달러를 들고 중국으로 떠났다. 안메이 아줌마네가 항저우에 도착했을 때, 그야말로 닝보의 일가가 다 나와 있었다. 안메이 아줌마의 동생뿐만 아니라, 그 아내의 이복형제자매에 먼 사촌, 먼 사촌의 남편과 남편의 삼촌까지 나왔다. 그들은 자기 시어머니와 아이들은 물론, 운이 없어 물 건너 사는 친척을 두지 못한 마을 친구들까지 다 대동하고 왔다.

나중에 엄마는 그 후일담을 들려주었다. "안메이는 중국으로 떠나기 전에 가슴이 벅차서 울기까지 했거든. 그 정도면 자기 동생을 그 공산주의 국가 수준에서는 아주 부자로 만들어줄 수 있을 거라면서. 그런데 돌아와서 또 나를 보고 울며 말하기를, 모두가 자기를 보며 손을 벌려대는데, 빈손으로 떠나는 사람은 저뿐이더라는 거야."

엄마의 우려가 맞아떨어졌다. 스웨터같이 쓸모없는 옷가지를 원하는 사람은 아무도 없었다. 엠앤엠즈 초콜릿은 공중분해 되었다. 가져온 여행가방들이 전부 텅 비었는데도 친척들은 물었다는 것이다. 뭐 더 가져온 거 없냐고.

안메이 아줌마와 조지 아저씨는 당황하여 이천 달러 상당의 텔레비전과 냉장고를 사주고도 모자라 스물여섯 명이나 되는 사람들의 호텔 숙박비를 내주고 부유한 외국인들이 찾는 고급 레스토랑에 연회 테이블을 세 개나 잡았다. 각 사람 앞에 특별한 선물을 세 개씩 사주었고, 사촌의 아저씨라는 사람이 오토바이를 가지고 싶다기에 중국 돈으로 오천 위안을 빌려주었다. 그는 나중에 그 돈을 가지고 사라져버렸고, 당연히 돈을 돌려받는 일 따위는 없었다. 다음 날 항저우를 떠나는 기차 안에서 아줌마 아저씨는 구천 달러가량을 썼다는 사실을 알았다. 몇 달 뒤 엄마가 교회 성탄 예배에서 안메이 아줌마를 만났을 때, 아줌마는 자기 합리화하듯 말했다고 한다. "실로 주는 것이 받는 것보다 복되다는 사실을 알았어." 엄마도 그 말에 동의했다고 한다. 내 오랜 친구가 인생을 최소 몇 번은 살아야 받을까 말까 한 복을 한번에 다 받았구나, 하고.

린도 아줌마가 중국에서 자기 집안의 위상이 어느 정도인지 자랑하는 말을 들으면서, 나는 아줌마가 안메이 아줌마의 쓰라린 심정 따위는 조금도 신경 쓰지 않는다는 것을 눈치챘다. 그런 게 아니라면 우리 엄마가 안메이 아줌마네 욕심 많은 친척들에 대한 부끄러운 일화를 나만 빼고 아무에게도 말하지 않았다는 뜻인데? 설마 그럴 리가?

"그래 징메이야, 요새 학교는 잘 다니고 있니?" 린도 아줌마가 내게 묻자 잉잉 아줌마가 말한다. "징메이가 아니라 준이야. 요새 애들은 다 미국식 이름을 쓰잖아."

"괜찮아요." 나는 대답한다. 진심이다. 사실 요즘은 중국계 미국인 2세들이 중국식 이름을 쓰는 것이 더 멋스럽다 여겨지기도 하니까.

"그리고 저 이제 학교 안 다녀요." 나는 말한다. "그만둔 지 십 년도 더 되는걸요."

린도 아줌마의 눈썹이 치켜올라간다. "아마도 내가 다른 집 딸이랑 착각한 모양이다." 아줌마는 그렇게 말하지만, 거짓말이라는 것을 즉각 알아차린다. 아마도 엄마일 것이다. 엄마가 아줌마한테 내가 대학에 돌아가 학위 과정을 마칠 거라고 이야기했을 거다. 이렇게 추측하는 것은 대략 6개월 전쯤에 엄마와 언쟁을 벌인 적이 있기 때문이다. 엄마는 나의 실패, 즉 '대학 중퇴'를 들먹이며 다시 학교로 돌아가서 학위를 따야 한다고 했다.

그때도 나는 엄마가 듣고 싶어 하는 대답을 해드렸다. "엄마 말이 맞아요. 생각해볼게요."

나는 언제나 엄마와 내가 말은 안 해도 서로를 이해할 거라고 생각했다. 엄마가 말은 저렇게 해도 진심으로는 내가 실패했다고 생각하지 않는다 믿으려 해왔고, 엄마 또한 내가 엄마의 뜻을 존중하려 노력하고 있음을 알아주었을 거라고. 하지만 오늘 밤 린도 아줌마의 이야기를 들으며 다시금 깨닫는다. **우리는 서로를 전혀 이해하지 못했구나**. 각자 서로가 하는 말을 해석하되, 나는 엄마가 실제로 의도한 것보다 더 적은 의미만을 받아들였고, 반면 엄마는 내 말에 너무 많은 의미를 부여한 것 같다. 엄마가 린도 아줌마에게 내가 대학에 돌아가 박사 학위를 딸 거라고 말했으리라는 데 의심의 여지가 없다.

린도 아줌마와 엄마는 절친한 친구인 동시에 숙적이었다. 둘은 한평생 자식들을 비교하며 살았다. 나는 린도 아줌마의 가장 자랑스러운 딸 웨벌리 종보다 한 달 먼저 태어났다. 우리가 아기일 때부터 엄마들은 우리를 비교해왔다. 배꼽과 귓볼이 어떻게 생겼는지, 무릎의 깨진 상처가 얼마나 빨리 나았는지, 머리카락이 얼마나 검고 굵은지, 한 해에 신발을 몇 켤레나 갈아치우는지…. 나중에 그것은 체스를 둘 때 웨벌리가 얼마나 똑똑했는지, 트로피를 몇 개나 땄는지, 여러 신문에 이름이 어찌나 많이 났는지, 얼마나 많은 도시를 다녔는지로 바뀌었다.

린도 아줌마가 웨벌리에 대해 자랑할 때마다 엄마가 얼마나 분했을지 안다. 자기는 아무것도 내세울 게 없으니까. 처음에 엄마는 내 안에 숨겨진 재능을 길러주려 했다. 우리 아파트에 나이 들어 은퇴한 피아노 선생님이 살고 있었는데, 엄마는 그 집 가사를 돌봐주는 대가로 내가 선생님께 수업을 받고 피아노를 쓸 수 있게 해주기도 했다. 내가 피아니스트는커녕 교회 어린이 성가대 반주자조차도 못 되었을 때는, 그건 내가 늦게 꽃피우는 타입이기 때문이라고 했다. 아인슈타인도 폭탄을 발명할 때까지는 바보 취급을 받았다면서.

이번에는 잉잉 아줌마가 이겼다. 우리는 점수를 계산하고 새로운 판을 시작한다.

"레나가 우드사이드로 이사한 거 다들 알고 있나?" 잉잉 아줌마가 패를 들여다보며 누구에게랄 것 없이 말한다. 대놓고 뿌듯한 목소리다. 그러나 빠르게 미소를 지우고 차분히 이야기하려 한다. "물론 근방에서 가장 좋은 집은 아니야. 백만 달러짜리 집도 아니지. 아직은 말야. 하지만 투자 가치가 있어. 임대료 내다가 다른 사람이 엄지 한 번 밑으로 꺾으면 쫓겨나는 신세보다는 낫지, 암."

그래서 나는 잉잉 아줌마의 딸 레나가 자기 엄마한테 내 얘기를 했음을 알아차린다. 얼마 전 러시안 힐의 저지대에 있는 아파트에 살다가 쫓겨났던 것이다. 레나와 나는 지금까지도 친구지만, 우리는 자연스럽게 서로에게 너무 많은 이야기를 하지 않으려 경계하며 자랐다. 그렇게 조심해도 우리가 서로에게 건넨 사소한 말이 전혀 다른 모습으로 돌아오곤 한다. 이야기가 입에서 입으로 둥글게 전해져 되돌아오는 것은 예전 그대로다.

"늦었네요." 그 판이 끝난 뒤 그렇게 말하며 자리에서 일어나려는데, 린도 아줌마가 나를 도로 의자에 앉힌다.

"더 있다 가거라. 우리 이야기 좀 하자. 아주 오랜만에 만나지 않았니."

나는 아줌마들이 그저 예의상 하는 말이라는 걸 안다. 내가 떠나려고 하면 진심으로는 얼른 가기를 바라면서도 아닌 척하는 것이다. "오, 아니에요. 말씀은 감사하지만 저 정말 가봐야 해요." 그렇게 말하며 이럴 때 어떻게 해야 하는지 기억해냈다는 사실에 뿌듯해한다.

“그래도 가면 안 돼! 우리가 네게 긴히 전할 말이 있어. 중요한 거야. 네 엄마 얘기란 말이다.” 잉잉 아줌마가 큰 소리로 외치자 다른 아줌마들은 불편해 보인다. 마치 안 좋은 소식을 나한테 이런 식으로 전하고 싶지는 않았다는 것처럼.

나는 자리에 앉는다. 안메이 아줌마가 재빨리 방을 나가더니 땅콩 그릇을 들고 돌아와 조용히 문을 닫는다. 아무도 입을 열지 않는다. 마치 어디서부터 이야기해야 할지 모르겠다는 것처럼.

결국 잉잉 아줌마가 서두를 뗀다. “나는 네 엄마가 마음속에 중요한 생각을 두고 죽었다고 생각한다.” 서툰 영어로 시작하여 중국말로 이어간다. 조용하고 차분한 말씨였다.

“네 엄마는 아주 강한 여자였어. 좋은 엄마이기도 했고. 너를 무척이나 사랑했지. 자기 목숨보다도 더 사랑했으니까. 그러니 너는 네 엄마가 왜 그토록 다른 딸들을 잊지 못했는지도 이해할 수 있겠지. 네 엄마는 그 애들이 살아 있다는 걸 알았어. 생전에 네 엄마는 중국에 있는 자기 딸들을 찾고 싶어 했어.”

구이린 시절의 아기들 말이구나. 나는 생각한다. 엄마의 어깨에 매달려 있던 아기들. 엄마의 또 다른 딸들. 이제 나는 폭탄이 터지는 구이린 한가운데에서 길가에 누여진 아기들을 본다. 발그레한 엄지를 입에 넣고 빨면서 우리를 다시 데려가라고 울어대는 아기들. 누군가 그 애들을 데려갔고, 그들은 무사하다. 그리고 이제 엄마는 내 곁을 영영 떠나 중국으로 돌아갔다. 그 아기들을 다시 데리러 가기 위해. 잉잉 아줌마의 말씀이 거의 귀에 들어

오지 않았다.

"네 엄마는 온갖 곳에 편지를 보내며 수년에 걸쳐 그 애들을 찾았단다. 그리고 지난해에 주소 하나를 얻었어. 네 아빠한테 곧 얘기할 작정이었는데, 아이고야, 안타까워서 어쩌니? 평생 기다렸는데."

"그래서 우리가 그 주소로 편지를 보냈어." 안메이 아줌마가 끼어든다. 흥분한 목소리다. "당신들을 만나고 싶어 하는 사람이 있다고. 네 엄마 말야. 그랬더니 답장이 왔지. 바로 징메이 네 언니들로부터 말야."

내 언니들, 이라고. 나는 혼자 되뇌어본다. 생전 처음 말해보는 단어들이다.

안메이 아줌마 손에 포장지만큼 얇은 종이 한 장이 들려 있다. 파란 잉크로 정갈하게 세로쓰기한 한자들이 보인다. 글자 하나가 번져 있다. 눈물 자국일까? 나는 떨리는 손으로 그 종이를 받아든다. 한자를 읽고 쓸 줄 안다니 내 언니들은 엄청나게 똑똑한 사람들일 거야, 경이로워하면서.

아줌마들은 마치 내가 죽었다 살아나기라도 한 것처럼 흐뭇한 얼굴로 미소 짓고 있다. 잉잉 아줌마가 또 다른 봉투 하나를 내게 건넨다. 그 안에는 수표 한 장이 들어 있다. **준 우 앞으로 1200달러**. 믿을 수가 없다.

"언니들이 제게 돈을 보낸 거예요?"

"아냐, 아냐." 린도 아줌마가 황당하다는 듯 말한다. "우리는 매년 마작 상금을 모아왔거든. 연말에 근사한 레스토랑에 갈 요량으로 말야. 대부분 네 엄마가 이겼으니, 거의 네 엄마 돈인 셈이지. 거기에 우리가 조금 더 보탰어. 그러니 그 돈으로 홍콩에 가서 상하이로 가는 기차를 타렴. 가서 네 언니들을 만나. 괜찮아. 우리는 모두 부자야. 너무 잘 먹어서 이렇게 살이 쪘잖아." 아줌마는 그렇게 말하며 자기 배를 통통 두드린다.

"내 언니들을 만나라고요." 나는 망연히 말한다. 가서 내가 보게 될 장면을 상상하니 그저 얼떨떨하다. 게다가 연말에 근사한 레스토랑이라니, 나를 위해 거짓말까지 꾸며내는 아줌마들이 너무 다정해서 간지러울 정도다. 이제 나는 울고 있다. 흐느끼다 웃다가 한다. 엄마를 위해 이렇게까지 해주시는 까닭을 이해할 수가 없다.

"네가 꼭 만나야만 해. 가서 엄마가 돌아가셨다고 이야기해줘." 잉잉 아줌마가 말한다. "무엇보다 엄마가 어떻게 살았는지 이야기해줘야 해. 그 애들, 이제까지는 제 엄마를 모르고 자랐지만 앞으로는 알아야 하지 않겠니."

"언니들을 만나서 우리 엄마에 대해 들려주라고요…." 나는 그렇게 말하며 고개를 끄덕인다. "하지만 뭐라고 말해야 할까요? 제가 어떻게 엄마에 대해 이야기할 수 있어요? 나는 아무것도 몰라요. 엄마가 우리 엄마라는 것밖에는요."

그러자 아줌마들은 나를 마치 미친 사람 보듯 바라본다.

"엄마를 모른다고?" 안메이 아줌마가 믿기지 않는다는 듯 탄식한다. "어떻게 그럴 수 있냐? 네 엄마가 네 뼛속에 들어 있는데!"

"언니들한테 여기 있는 너희 가족에 대해서 이야기해줘. 네 엄마가 얼마나 성공했는지 말야." 린도 아줌마가 거든다.

"엄마가 너한테 들려주었던 이야기와 가르침을 전해줘. 그것들이 너를 이룬 게 아니냐." 잉잉 아줌마가 말한다. "너희 엄마는 아주 똑똑한 여자였어."

"그래, 얘기해줘! 얘기해줘!" 다른 아줌마들도 내가 언니들에게 들려줘야 할 이야기들을 정신없이 생각해낸다.

"얼마나 친절한 사람이었는지."

"얼마나 현명했는지."

"얼마나 가족에게 충실했는지."

"엄마가 중요하게 생각했던 소망들도."

"근사한 음식 솜씨도 빼놓지 마라."

"세상에! 딸내미가 제 엄마를 모른대요!"

이제 알 것 같다. 아줌마들은 겁이 나는 것이다. 지금 이분들은 내게서 자기 딸들을 보고 있다. 무심한 딸들, 엄마가 미국에 품고 온 진실과 소망 같은 데엔 전혀 관심도 없는 딸들, 엄마가 중국어로 말하는 것을 못 견뎌 하고 엉터리 영어로 무언가 설명하려 할 때마다 속으로 한심하다 업신여기는 딸들을. 이분들은 자신들이 아는 조이(joy)와 럭(luck)의 의미가 딸들이 생각하는 것과 같지 않음을 안다. 이 꽉 막힌 미국 태생들에게 '조이 럭(joy luck)'이라는 말은 단어로서 성립하지 않는다. 그런 단어는 세상에 없다. 그 딸들이 아이를 낳을 것이다. 아줌마들은 그렇게 여러 대에 걸쳐 전해 내려온 소망과는 아무런 접점 없이 태어날 손주들을 생각한다.

"제가 가서 다 전해줄게요." 나는 간결하게 대답한다. 하지만 아줌마들은 여전히 염려 가득한 얼굴로 나를 바라본다.

그래서 좀 더 힘주어 말한다. "제가 엄마에 대해 다 기억하고 있다가 언니들한테 가서 이야기해줄게요." 그러자 한 분씩 점차로 미소 지으며 내 손등을 다독인다. 여전히 뭔가 성에 차지 않는 듯 보이긴 하지만, 희망찬 표정을 보아 내가 말한 대로 하리라 믿어주시는 듯하다. 이 이상 이분들이 나에게 뭘 더 바랄 수 있으며, 나 또한 무엇을 더 약속할 수 있는가?

아줌마들은 다시 부드럽게 삶은 땅콩을 먹으며 이야기를 나누기 시작한다. 다시금 어린 소녀들이 되어 과거의 좋은 날들과 이제 올 좋은 날들에 대해 이야기한다. 닝보에 사는 남동생이 구천 달러에 이자까지 붙여 갚아주어 기쁨의 눈물을 흘렸다는 이야기, 카 스테레오와 텔레비전을 수리하는 막내아들네 사업이 아주 잘되어서 남는 걸 중국에 보내기까지 했다는 이야기, 우리 딸네 손주가 우드사이드의 화려한 풀장에서 마치 물고기처럼 헤엄을 잘 치더라는 자랑 등등 뭐 그런 좋은 이야기, 최고로 좋은 이야기들 말이다. 아줌마들은 모두 운 좋은 분들이다.

그리고 나는 마작 테이블 앞에 앉아 있다. 본래 우리 엄마의 자리였던 동쪽, 모든 것이 시작한다는 그곳에.

흉터

안메이 슈의 이야기

내가 어릴 적에 할머니는 말씀하시길, 우리 어머니는 귀신이라고 했다. 죽은 사람이라는 뜻은 아니었다. 그 시절 귀신이란 입에 올려서는 안 되는 존재를 이르는 말이었다. 할머니는 내가 어머니를 완전히 잊기를 바라셨고, 그 바람대로 나는 어머니에 대해 아무것도 기억하지 못하게 되었다. 삶에 대한 최초의 기억은 닝보에 있는 큰 집과 싸늘한 복도, 높은 계단에서부터 시작한다. 나는 우리 삼촌과 숙모의 집에서 할머니와 남동생과 함께 살았다.

나는 아이들을 잡아간다는 귀신 이야기를 들으며 자랐다. 귀신은 특히 고집 세고 말 안 듣는 여자아이들을 주로 노린다고 했다. 할머니는 자주 모두가 들을 수 있을 만큼 큰 소리로 말씀하셨다. 우리 남매는 멍청한 거위의 배창자에서 떨어져 나온 알 두 개에 불과하다고, 아무도 필요로 하지 않고 쌀죽에 깨 넣기도 시원찮다고. 이렇게 말하면 귀신들이 우리를 잡아가지 않을 거라고 하셨다. 할머니는 그만큼이나 우리 남매를 소중히 여기셨다.

나는 항상 할머니를 무서워했다. 할머니가 병석에 눕게 되시고부터 두려움은 더욱 커졌다. 내가 아홉 살 되었던 1923년의 일이다. 할머니의 몸은 과숙한 호박처럼 부어 올랐고, 짓물러 썩은 살에서는 역한 냄새가 풍겼다. 할머니는 나를 악취 나는 방으로 불러들이시곤 했다. "안메이, 잘 들어라." 그러고는 학교에서 쓰는 이름으로 나를 부르며 어린 나로서는 이해할 수 없었던 이야기들을 들려주셨다.

그중 하나는 갈수록 배가 부풀어 올랐다는 어느 욕심 많은 여자애의 이야기였다. 그 애는 주변 사람들이 누구 애를 뱄느냐 물어도 입을 꾹 다물고 있다가 결국 스스로 독을 마셨다. 나중에 스님이 배를 갈라 보니 그 안에 커다랗고 하얀 동과가 들어 있었다고 한다.

"너, 욕심을 품으면 네 배에 든 것이 너를 계속 주리게 할 거다." 할머니는 말씀하셨다.

다른 날은 윗사람 말씀을 듣지 않으려 했던 여자애 이야기를 들려주셨다. 하루는 숙모님이 간단한 심부름을 시켰는데, 이 나쁜 여자아이가 하기 싫다며 고개를 아주 세차게 흔들어댔다고 한다. 그러자 귀에서 작고 하얀 구슬이 빠져나오더니, 이내 닭육수같이 투명한 뇌수가 다 쏟아져버렸다는 것이다.

"계집애가 제 생각을 바삐 굴리게 되면, 결국 전부 다 쏟아지고 마는 거야." 할머니는 말씀하셨다.

그리고 더 이상 말씀을 하실 수 없을 정도로 병세가 악화되기 직전에는, 나를 가까이 끌어당겨 귓가에 속삭이셨다. “절대 네 어미를 입에 올리지 마라. 그건 네 아버지 무덤에 침을 뱉는 짓이야.”

내가 아버지에 대해 아는 것은 대청에 걸린 커다란 초상화 속 모습뿐이었다. 아버지는 체구가 크고, 표정이 딱딱하게 굳어 있는 남자였다. 내게는 그 모습이 마치 벽에 붙박여 있는 것을 불만스러워하시는 듯 보였다. 내가 집 안 어디에 있든 아버지의 눈은 한시도 쉬지 않고 나를 따라다녔다. 심지어 저 끝에 있는 내 방에서도 나를 지켜보는 아버지의 시선을 느낄 수 있었다. 할머니 말씀에 따르면, 내가 불손하게 굴지는 않는지 감시하고 계신 거라고 했다. 그래서 학교에서 다른 친구에게 돌을 던지거나 부주의하여 책을 잃어버리고 돌아오는 날이면, 나는 아무 일도 없었다는 듯 천연덕스러운 표정을 지으며 아버지 초상화 앞을 빠르게 지나쳐 내 방 구석에 숨어 있곤 했다. 아버지가 내 얼굴을 볼 수 없도록.

나는 우리 집이 불행하다고 생각했다. 하지만 내 남동생은 그렇게 생각하지 않는 것 같았다. 그 애는 마당에서 자전거를 타고 닭이나 다른 아이들을 쫓아다니면서 비명이 터져 나올 때마다 깔깔 웃어댔다. 또 삼촌과 숙모가 마을 친구분들을 만나러 외출하시고 나면, 조용한 집 안에서 가장 좋은 깃털 소파 위에 올라가 마구 뛰어댔다.

그러나 그 애의 행복도 오래가지 못했다. 외할머니가 무척 편찮으셨던 어느 더운 여름날이었다. 그날 우리는 바깥에 서서 마을의 장례 행렬이 우리 마당을 지나가는 모습을 지켜보고 있었다. 그들이 우리 집 대문을 막 지나려 할 때에, 망자의 영정 액자가 쓰러지며 흙바닥으로 떨어져 내렸다. 그러자 할머니 한 분이 비명을 지르며 혼절하셨다. 남동생이 그 모습을 보고 웃음을 터뜨리자 숙모는 냅다 그 애를 후려갈겼다.

그러면서 매섭게 닦아세우기를, 너는 슈[寿]가 없어서 조상이나 가문을 공경할 줄 모른다고 했다. 꼭 우리 어머니처럼. 원래도 아이들을 그다지 좋아하지 않는 숙모의 말은 마치 비단을 허기 진 듯 집어삼키는 가위처럼 날카로웠다. 동생이 떨떠름한 얼굴로 올려다보자, 숙모는 말했다.

"네 어미는 참 지각 없는 여자야. 시집 갈 때 해 간 혼수 가구랑 은젓가락 열 쌍도 그냥 내버려두고 북쪽 지방으로 훌랑 내뺐잖아! 제 남편이랑 조상님들 묘소도 한 번 찾아가지 않고서."

동생이 숙모가 우리 어머니를 겁줘서 쫓아낸 게 아니냐며 대들자, 숙모는 소리를 질렀다.

"네 어미는 우 칭이라는 남자에게 시집 간 거야! 이미 아내가 있고 첩도 둘씩이나 있는 사내한테! 그 집 자식들도 행실이 아주 개판이라더구나!"

마침내 동생은 악을 썼다. "닭대가리 같은 게 뭘 안다고 떠드는 거야!" 그러자 숙모는 그 애를 문가로 떠밀어붙이며 얼굴에 침을 뱉었다.

"나한테 험한 말을 지껄이는데, 그래봤자 넌 아무것도 아냐. 네 어미는 니[逆]야. 가문과 조상을 저버렸지. 넌 그 인간 이하의

자식이고. 너무 천한 여자라 아마 악귀조차도 낟잡아볼 거다."

바로 그때부터였다. 내가 할머니가 들려주셨던 이야기의 뜻을 이해하기 시작한 것은 말이다. 내가 어머니를 반면교사 삼아 배워야 할 교훈. 할머니는 종종 말씀하셨다. "안메이야, 체면을 잃는다는 것은 말이다. 우물에 목걸이를 빠뜨리는 것과도 같아. 그걸 되찾을 수 있는 길은 우물 속으로 뛰어내리는 것뿐이지."

이제 나는 내 어머니의 모습을 그려볼 수 있었다. 웃으며 머리를 흔들어 제끼는 지각 없는 여자. 달콤한 과일 한 조각을 탐하여 젓가락을 이리저리 찔러대는 여자. 제 어머니와 불행한 표정으로 벽에 걸려 있는 남편, 말 안 듣는 두 자식들로부터 놓여난 것을 홀가분해하는 여자. 그가 내 어머니라니, 그가 우리를 두고 떠나버렸다니. 나는 스스로 불운하다 느꼈다. 아버지의 눈이 닿지 않는 방 한구석에 숨은 채로 나는 그런 생각을 했다.

*

어머니가 오셨을 때, 나는 계단 맨 꼭대기에 앉아 있었다. 한 번도 본 기억은 없지만 그가 내 어머니임을 알았다. 문간에 서 있었기에 역광에 그림자가 져 얼굴은 보이지 않았다. 하지만 키가 큰 것만은 알 수 있었다. 숙모보다 큰 것은 물론이고, 거의 우리 삼촌에 비견할 정도였다. 차림새도 이상했다. 꼭 우리 학교 여자 선교사들 같았다. 그들은 머리를 짧게 자르고 높은 구두에 외제 옷을 차려입고서 오만한 태도로 거들먹거리는 사람들이었다.

숙모는 빠르게 어머니에게서 시선을 돌려버렸다. 이름을 불러주지도 않았고, 차를 내주지도 않았다. 늙은 하인도 못마땅한 표정으로 쌩하니 그 앞을 지나쳐 갔다. 나는 가만히 있으려 했지만, 속은 밖으로 나가고 싶어 우리를 긁어대는 귀뚜라미 심정이었다. 어머니는 그 소리를 들으셨을 것이다. 이내 내가 있는 위쪽을 올려다보셨기 때문이다. 그 순간, 나는 어머니에게서 나 자신의 얼굴을 보았다. 언제나 크게 열려 있어 너무 많은 것을 보고 마는 눈을.

"늦었어! 너무 늦었다고!" 어머니가 할머니의 침상 곁으로 다가가자 숙모가 고함을 쳤다. 하지만 어머니는 개의치 않는 듯했다.

"안 돼요. 떠나가지 마세요." 어머니가 할머니를 향해 중얼거렸다. "뉴어[女儿]가 여기 있어요. 엄마 딸이 돌아왔어요." 할머니는 눈을 뜨고 계셨지만, 정신은 이미 산란해져 아무것도 알아보시지 못했다. 만약 정신이 온전했다면, 할머니는 두 팔을 내저어 어머니를 자기 방에서 쫓아내셨을 것이다.

처음 보는 나의 어머니는 아주 아름다웠다. 피부가 희고, 달걀처럼 갸름한 얼굴은 숙모처럼 너무 둥글지도, 할머니처럼 너무 뾰족하지도 않았다. 목은 하얗고 길었다. 마치 나를 낳았다는 거위처럼. 어머니는 유령처럼 방 안을 떠돌았다. 수건을 차게 적셔 와 할머니의 부은 얼굴 위에 얹어주고, 그 눈을 들여다보며 나직하게 걱정 어린 신음을 흘렸다. 그 모습을 조심스럽게 지켜보던 나는 혼란스러워졌다. 익숙한 목소리였기 때문이다. 어느 기억나지 않는 꿈에서인가 들었던 것 같은 목소리.

그날 오후 늦게 내 방으로 돌아왔을 때, 어머니가 서 계셨다. 할머니가 내게 그 이름을 입에 올리지 말라고 말씀하셨기 때문에, 나는 그냥 말없이 서 있었다. 그러자 어머니는 내 손을 잡고 긴 의자로 이끌었다. 나를 거기 앉히고 어머니도 내 옆에 앉았다. 그 모든 행동이 마치 매일 해온 일처럼 자연스러웠다.

어머니는 내 땋은 머리를 풀어 천천히 빗어주기 시작하셨다.

"안메이, 착하게 잘 지내고 있었니?" 어머니가 은근한 눈길에 웃음을 머금고 물었다.

나는 아무것도 모른다는 얼굴로 어머니를 바라보았지만, 속으로는 동요하고 있었다. 그때 나는 뱃속에 하얀 동과를 품은 소녀였다.

"안메이, 너는 내가 누구인지 알지." 어머니가 약간 채근하듯 물었다. 이번에는 어머니를 쳐다볼 수도 없었다. 내 머리가 터지고 골이 귀로 흘러나올까 봐 두려웠다.

그러자 어머니는 빗질하기를 멈추고는 길고 부드러운 손가락으로 내 턱 아래를 짚어 내려가셨다. 그러는 동안에도 나는 그저 가만히 있었다. 어머니가 내 목의 부드러운 살갗 위에 남은 흉터를 어루만졌다. 마치 그 아래 있는 기억을 쓰다듬는 것처럼. 그러다 손을 떨구더니 자기 목을 감싸 쥐고 울기 시작하셨다. 너무나도 서글픈 울음소리였다. 그 소리를 듣자 꿈속에서 들었던 어머니의 목소리가 기억났다.

*

네 살 때 일이다. 나는 저녁 상 위에 턱을 괴고서, 내 아기 동생이 할머니 무릎 위에 앉아 얼굴을 잔뜩 찌푸리고 울며 보채는 모습을 지켜보고 있었다. 그날 상 위에 오른 탕이 맛있다며 칭찬하는 소리가 들렸다. "어서 드세요!" 정중히 권하는 말들도.

그러나 일순간 사위가 조용해졌다. 삼촌이 의자에서 벌떡 일어났다. 모두가 문가를 쳐다보았다. 키 큰 여자가 거기 서 있었다. 그 자리에서 입을 연 사람은 나뿐이었다.

"엄마." 나는 울며 자리를 박차고 일어났지만, 숙모가 내 뺨을 때리며 도로 주저앉혔다. 이제는 모두가 자리에서 일어나 소리를 질러댔고, 어머니가 외쳤다. "안메이! 안메이!" 그때 그 모든 소란 위로 할머니의 날카로운 목소리가 들려 왔다.

"이 귀신은 누구냐? 더 이상 정숙한 과부가 아니다. 웬 사내의 셋째 첩일 뿐이지. 네 딸을 데려간다면, 이 애도 너처럼 되고 말 게다. 체면을 잃고 부끄러워서 얼굴도 못 드는 신세가 될 테지."

여전히 어머니는 나를 부르고 있었다. 그 목소리가 아직도 귀에 선하다. **안메이! 안메이!** 식탁 너머로 어머니의 얼굴이 보였다. 우리 사이에는 커다란 국솥이 놓여 있었다. 그것은 굴뚝 모양 받침대 위에서 천천히 앞뒤로 기우뚱거리는가 싶더니, 이내 요란한 소리를 내며 쓰러지고 말았다. 펄펄 끓는 짙은색 국물이 내 목에 쏟아졌다. 마치 그 자리에 있는 모든 사람의 분노가 나에게 퍼부어진 듯했다.

어린아이가 기억해서는 안 될 만큼 끔찍한 고통이었지만, 여전히 내 피부에는 그 기억이 생생히 새겨져 있다. 나는 큰 소리로 울음을 터뜨렸지만 잠시뿐이었다. 이내 살갗이 안팎으로 부풀어 터지며 숨통을 막았기 때문이다.

숨 막히는 끔찍한 고통에 아무 말도 할 수 없었고, 눈물이 하염없이 터져 나와 아무것도 보이지 않았다. 그러나 어머니의 울음 소리만은 들을 수 있었다. 할머니와 숙모가 호통을 쳤고, 어머니의 목소리는 이내 사라져버렸다.

그날 밤 늦게 할머니가 나를 찾아오셨다.

"안메이, 잘 들어라." 마치 내가 복도를 뛰어다닐 때 꾸짖으시던 것 같은 투였다. "우리는 네 수의를 다 마련해두었다. 전부 하얀 무명이야."

나는 겁에 질린 채 듣고 있었다.

"안메이." 할머니는 이번에는 좀 더 부드러운 목소리로 말씀하셨다. "아주 소박한 수의란다. 전혀 화려하지 않아. 네가 아직 아이이기 때문이야. 만약 죽는다면, 너는 잠깐 살다 가면서 가족에게 짐을 지우는 셈이야. 네 장례식은 아주 초라할 거고, 우리가 너를 슬퍼하는 것도 잠깐일 거다."

그리고 뒤이어 하신 말씀은 불타는 듯한 목의 통증보다도 더 끔찍한 것이었다.

"네 어미조차도 울다 지쳐 떠났어. 얼른 낫지 않으면 너를 아주 잊어버리고 말 게다."

할머니는 현명하셨다. 저승의 문턱을 헤매던 나는 그 말을 듣고 부리나케 되돌아왔다. 내 어머니를 찾기 위하여.

너무 아파 매일 밤 울었기 때문에 눈시울과 목이 타는 듯 달아올랐다. 할머니는 내 침상 곁을 지키시며, 속을 긁어낸 커다란 자몽 껍질로 찬물을 퍼 밤새도록 하염없이 내 목에 부어주셨다. 내 숨소리가 부드러워지고 잠들 수 있을 때까지. 그리고 아침이면 뾰족한 손톱을 족집게처럼 써서 죽은 피부를 벗겨내셨다.

이 년이 지나자, 흉터는 희미해지고 반들반들해졌다. 어머니에 대한 기억도 말끔히 사라졌다. 그것이 상처가 하는 일이다. 상처가 저절로 아무는 것은 너무나도 아픈 자리를 보호하기 위함이다. 그리고 마침내 상처가 다 아물고 나면, 그 아래 무엇이 있는지, 또 무엇 때문에 그토록 고통스러웠는지 전혀 알 수 없게 된다.

*

나는 꿈속에서 본 어머니를 숭앙했다. 그러나 할머니의 침상 곁에 선 여자는 내 기억 속의 어머니가 아니었다. 하지만 나는 이 어머니 또한 사랑하게 되었다. 어머니가 내게 와 용서해달라고 빌었기 때문은 아니다. 어머니는 그러시지 않았다. 내가 죽어가고 있을 때 할머니가 당신을 집에서 쫓아냈다고 변명하실 필요도 없었다. 나는 다 알고 있었기 때문이다. 마찬가지로 우 칭의 첩이 된 것은 하나의 불행을 다른 불행으로 덮기 위해서였다고 말씀하시지 않아도 되었다. 그 또한 내가 이미 아는 바였기 때문이다.

나는 어떻게 내 어머니를 사랑하게 되었는가. 나는 어머니에게서 나의 고유하고 진정한 본질을 보았다. 내 피부 밑, 내 뼛속에 들어 있는 그것 말이다.

그날 내가 할머니 방에 들어갔을 때는 이미 밤이 깊은 시각이었다. 숙모가 내게 할머니의 임종을 지켜야 한다고 말씀하셨다. 나는 깨끗한 옷을 차려입고 할머니 침상 발치로 들어가 숙모와 삼촌 사이에 섰다. 나는 너무 큰 소리가 나지 않게 조금 울었다.

그 방의 다른 한켠에서 어머니가 침묵을 지키며 슬퍼하고 계셨다. 어머니는 약초와 약재 들을 약탕기에 넣고 달이는 중이었다. 그때 나는 어머니가 소매를 걷어 올리고 날선 칼을 꺼내 드는 모습을 보았다. 어머니는 칼날을 자기 팔 안쪽 가장 부드러운 살에 가져다댔다. 나는 눈을 감으려 했으나, 그러지 못했다.

어머니는 칼로 자신의 팔에서 살점을 베어냈다. 눈물이 폭포수처럼 쏟아지고 바닥이 피로 얼룩졌다.

어머니는 자신의 살점을 취하여 약탕기에 넣었다. 이 마지막 순간, 어머니는 당신의 어머니를 살리기 위해 고대로부터 마법처럼 전해 내려오는 비방을 시도한 것이었다. 어머니는 할머니의 입을 벌리고 탕약을 떠넣어드렸지만, 이미 굳어진 그 입안에 다시 생기를 불어넣을 수는 없을 것 같았다. 결국 할머니는 그 밤을 넘기지 못하셨다.

나는 어렸지만, 살점이 떨어져 나가는 고통과 그 고통의 가치를 이해할 수 있었다.

이로써 딸은 어머니를 존경하게 된다. 이것이 바로 슈[寿], 우리의 뼛속 아주 깊숙한 곳에 들어 있는 것이다. 살을 에는 고통은 아무것도 아니다. 그런 고통쯤은 잊어버려야 한다. 살점을 베어냄으로써만 뼛속에 든 것을 기억해낼 수 있는 때도 있기 때문이다. 딸은 자신의 피부를 벗기고, 이어서 어머니의 피부와 그 어머니의 피부까지도 벗겨내야 한다. 흉터도, 살갗도, 살점도 남지 않을 때까지.

붉은 초

린도 종의 이야기

나는 부모님과의 약속을 지키기 위하여 내 삶까지도 희생한 적이 있다. 이렇게 말해도 너는 별생각 없겠지. 약속을 가볍게 생각하는 애니까. 같이 저녁을 먹기로 해놓고도 머리가 아프다거나, 차가 막힌다거나, 텔레비전에서 좋아하는 영화를 해준다고 하면, 언제 그런 약속을 했냐는 듯 굴잖아.

네가 오지 않았던 저녁에 나도 그 영화를 봤다. 미군 한 사람이 그렇게 약속하더구나. 다시 돌아올 테니 그때 결혼하자고. 여자는 진심으로 울고 있고, 남자는 말하지. "약속해. 꼭 지키겠어! 내 사랑, 이 약속은 황금과도 같아." 그러고는 여자를 침대로 이끌고 가지만, 그는 돌아오지 않아. 그의 금이란 꼭 네 것과 같지. 꼴랑 14K야.

중국 사람들은 14K를 금으로 쳐주지도 않아. 내 팔찌만 해도 좀 봐라. 안팎이 전부 틀림없는 24K 순금이잖아.

너를 바꿔놓기엔 이미 늦었지만, 네 어린 딸을 생각하면 걱정돼서 이야기하는 거야. 언젠가 그 애는 내게 말하겠지. "감사해요, 할머니. 금팔찌를 주시다뇨. 할머니를 절대 잊지 않을게요." 하지만 좀 지나면 자기가 그렇게 약속했었다는 사실을 잊어버릴 거야. 더 나중에는 자기한테 할머니가 있었다는 것도 까먹겠지.

다시 아까 그 전쟁 영화 이야기를 하자면 말이다. 그 군인은 집으로 돌아가서는 다른 여자 앞에서 무릎을 꿇더구나? 결혼해 달라고 말이야. 그러자 그 여자는 전혀 몰랐다는 듯 부끄러워하며 눈을 이리 굴리고 저리 굴리다가 시선을 가만히 내리깔아. 자기가 지금 울고 싶을 만큼 그를 많이 사랑한다는 사실을 깨닫게 된 거지. 갑자기 말이야! 그래서 여자는 "좋아요"라고 대답하고, 둘은 결혼하여 영원히 행복하게 살아.

내 경우는 이렇게 되지 않았다. 대신 내가 고작 두 살 되었을 때에 마을 중매쟁이가 우리 집에 찾아왔지. 아무도 이야기해주지 않았지만, 나는 다 기억해. 무척 더운 여름날이었고 먼지가 풀풀 날리는 바깥에서는 매미가 울어댔어. 우리는 우리 집 과수원 나무들 아래에 앉아 있었지. 하인들과 오빠들이 내 머리 위에 열린 배를 따는 동안 나는 엄마의 뜨겁고 끈적끈적한 팔에 안겨 있었어. 나는 안긴 채로 손을 뻗어댔는데, 내 앞에 뿔 달린 작은 새가 날고 있었기 때문이야. 새의 날개는 알록달록하고 종이처럼 얇고 섬세했어. 그러나 종이 새는 이내 날아가버리고 대신 내 앞에 웬 여자 두 명이 앉아 있는 거야. 그중 한 사람이 말할 때마다 슈르르, 슈르르 물 흐르는 듯한 소리가 났기 때문에 기억하고 있지. 나중에야 그게 베이징 말씨라는 걸 알았어. 타이위안 사람들이 듣기에는 꽤 생소했을 거야.

그 두 여자가 아무 말 없이 내 얼굴을 들여다보더구나. 물 소리를 내는 여자는 땀을 어찌나 흘리는지 화장한 얼굴이 다 녹아내리고 있었고, 다른 여자의 얼굴은 마치 오래된 나무 줄기처럼 푸석푸석했어. 그 사람이 나를 들여다보더니 화장한 여자에게 눈짓했어.

물론 지금은 그 푸석푸석한 여자가 마을의 늙은 중매쟁이였고, 다른 여자는 황 타이타이, 내가 결혼해야 하는 남자아이의 엄마였다는 걸 알지. 여자 아기는 전혀 쓸모없다고 말하는 중국 사람들이 있는데, 그건 사실이 아냐. 어떤 여자 아기냐가 중요한 거지. 내 경우는 남들 보기에 가치가 있었지. 나는 눈으로 보나 냄새를 맡으나 귀한 빵 같은 아기였거든. 빛깔 좋고 달콤한 빵 말이야.

중매쟁이가 호들갑을 떨었어. "양띠와 말띠는 천생연분이에요." 그러면서 내 팔을 톡톡 두드리길래 그 손을 확 밀어내버렸다. 그러자 황 타이타이가 그 특유의 물 흐르는 듯한 목소리로 속삭이는 거야. 성질이 나쁜 아이가 아니냐고 말야. 하지만 중매쟁이는 웃으며 말했지. "아니에요, 아니에요. 이 애는 힘 좋은 말 같은 아이라 그런 거예요. 나중에 집안의 부지런한 일꾼이 되어서 시어머니 노후를 잘 봉양할 거예요."

그러자 황 타이타이가 그 흐릿한 얼굴로 나를 내려다보았는데, 마치 내 생각과 장래의 의도까지도 꿰뚫어볼 수 있다는 듯했다. 지금까지도 그 시선을 잊을 수가 없어. 눈을 크게 뜨고 내 얼굴을 찬찬히 뜯어보더니 활짝 웃는데, 태양처럼 빛나는 커다란 금이빨이 마치 내 눈을 멀게 할 듯이 나를 쏘아보았고, 나머지 이들도 활짝 열리며 금방이라도 날 한입에 삼켜버릴 것 같았다.

그렇게 나는 황 타이타이의 아들과 정혼하게 되었지. 나중에 알고 보니 그 애는 나보다도 한 살 어린 아기에 불과했어. 이름은 틴유였는데, 탄은 하늘이라는 뜻이다. 그만큼 매우 중요한 존재라는 거지. 그리고 유는 남겨졌다는 뜻인데, 걔가 태어났을 때 그 부친이 무척 아팠기 때문에 가족들은 다 곧 죽을 줄 알았대. 탄유는 그가 마지막으로 세상에 남기고 간 아들이 될 터였지. 그러나 부친은 소생했고, 탄유의 할머니는 귀신들이 이 갓난아이를 대신 잡아갈까 봐 두려워했대. 그래서 무척 세심히 살피며 해달라는 건 다 해주었다는데, 그 바람에 애를 완전히 버려놓고 말았지 뭐냐?

그때는 내가 그렇게 나쁜 남편을 얻게 될 줄 몰랐지만, 설사 알았다 해도 나한테는 선택의 여지가 없었을 거야. 그 시골의 보수적인 집구석에서는 다 그랬어. 한심한 구닥다리 관습들을 언제나 가장 마지막까지 고수하는 사람들이었지. 다른 도시에서는 이미 남자가 스스로 아내를 선택한다는데 말이야. 물론 부모님의 허락을 받아야 하기는 했지만. 그러나 이런 신식 사고는 우리에게 통하지 않았다. 그런 도시들이 우리보다 나은 점은 알아보려 하지 않고, 나쁜 점만 이야기하는 거야! 허구한날 아들이 나쁜 아내한테 물이 들어서는 늙은 부모를 길바닥에 내쳤다는 소리뿐이었지. 부모가 울며 불며 매달려도 아랑곳않고서 말이야. 그래서 타이위안의 아들 가진 엄마들은 자기 며느리를 직접 얻으려 했어. 아들을 훌륭하게 기르고, 어른을 공경하며, 심지어 그들이 무덤에 들어가고 한참 지나서도 집안의 산소를 성실히 비질해줄 사람으로 말이야.

황 씨네 아들과 정혼한 뒤로 우리 가족은 나를 남의 집 식구처럼 대하기 시작했다. 어머니는 내가 밥을 너무 많이 먹는다 싶으면 말씀하셨지. "황 타이타이네 며느리 먹성 좀 보게."

어머니가 나를 사랑하지 않아서 그러신 건 아냐. 아마 혀를 깨무는 심정으로 말씀하셨을 게다. 더 이상 내 것이 아닌 자식을 욕심 내지 않으려고 말이야.

나는 아주 말 잘 듣는 아이였어. 그래도 이따금 덥거나 피곤하거나 아주 아프거나 할 때는 얼굴을 찡그리기도 했는데, 어머니는 그럴 때마다 말씀하셨지. "저 못생긴 얼굴 좀 봐라. 황 씨 가문에서 너를 원하지 않을 거고, 우리 집안은 큰 망신을 당할 거다." 그러면 나는 일부러 더 못생겨 보이려고 마구 울어댔어.

어머니는 말씀하셨지. "소용없다. 우리는 이미 약속을 했어. 그걸 깰 수는 없다." 그러면 나는 더욱 크게 울곤 했다.

여덟아홉 살이 될 때까지 나는 내 신랑감을 보지 못했어. 내가 아는 세계는 타이위안 외곽 마을에 있는 우리 가족의 땅이 전부였지. 우리는 소박한 이층집에 살았는데, 그 곁에 딸린 방 두 개짜리 작은 집에 요리사와 하인, 그 가족들이 살았어. 우리 집은 야트막한 언덕 위에 있었는데, 우리는 그 언덕을 '천국으로 가는 세 개의 계단'이라고 불렀다. 하지만 사실 그 계단이라는 것은 펀허강에 쓸려 온 진흙이 수백 년에 걸쳐 켜켜이 굳어진 것뿐이었어. 아버지는 우리 땅 동쪽으로 흐르는 그 강이 아이들을 즐겨 삼킨다고 하셨지. 언젠가는 타이위안 전체를 집어삼킨 적도 있다고 하셨어. 여름이면 그 강의 수색은 갈색이 되었어. 겨울이 되면, 강폭이 좁고 물살이 빠른 곳은 청록색으로 흐르고, 폭이 넓은 곳은 하얗게 얼어붙었지.

아, 설에 가족들과 그 강에 가서 물고기를 아주 많이 잡았던 것이 생각나. 그 커다랗고 미끄러운 녀석들이 얼어붙은 강바닥에서 자다 끌려 나오는데, 어찌나 싱싱하던지 내장을 빼고 뜨거운 냄비에 집어넣은 뒤에도 꼬리를 치더라니까.

그해는 내 꼬마 신랑을 처음 본 해이기도 했어. 폭죽이 터지자 그 애는 입을 크게 벌리고 "와!" 하고 소리를 지르더구나. 아기도 아니면서 말이야.

후에 붉은 달걀 의식에서 그 애를 다시 보게 되었다. 생후 한 달을 넘긴 남자 아기들에게 진짜 이름을 붙여주는 자리였지. 걔는 자기 할머니의 시원찮은 무릎 위에 앉아 있었는데, 너무 무거워서 그 할머니는 아마 뼈가 부러지기 직전이었을 게다. 그러고 앉아서는 아무것도 안 먹겠다고 버티는데, 달콤한 케익을 가져다줘도 톡 쏘는 장아찌 냄새를 맡은 것처럼 고개를 홱 돌려버리는 거야.

그랬으니 나는 장차 내 남편 될 사람을 곧바로 사랑하게 되지가 않았다. 요즘 텔레비전에서 해주는 이야기들과는 달랐지. 남편이라기보다는 말썽꾸러기 사촌 같은 느낌이었달까? 나는 황 씨 집안 사람들 앞에서는 예의 바르게 행동해야 하고 특히 황 타이타이 앞에서는 더욱 신경써야 한다고 배웠어. 어머니가 나를 황 타이타이 앞에 내세우며 "어머니께 드릴 말씀이 있잖니?" 하시면 일순간 혼란스러워졌지. 어느 어머니를 말씀하시는 건지 헷갈렸거든. 그래서 내 어머니 쪽으로 돌아서서 "잠시만요, 어머니" 하고는 황 타이타이에게 음식을 전해 드리곤 했지. "드세요, 어머님" 하면서 말야. 기억하기에 그 작고 맛있는 요깃거리들은 아마 내가 좋아하던 시오메이라는 만두였을 거야. 그러면 어머니는 내가 황 타이타이를 위해 직접 빚은 만두라고 말씀하셨지. 내가 한 일은 요리사가 김이 나는 만두를 쟁반 위에 쏟아놓았을 때 그저 손가락으로 찔러본 게 다인데도 말이야.

열두 살이 되었을 때, 내 삶은 송두리째 뒤바뀌었다. 그해 여름에는 폭우가 쏟아졌어. 그리고 우리 땅 가운데로 흐르던 펀허강이 범람했지. 우리는 그해 밀 농사를 완전히 망쳤을 뿐 아니라, 앞으로 몇 년간은 땅을 쓸 수도 없게 되었어. 심지어 작은 언덕 위에 있는 우리 집도 사람이 살 수 없게 되어버렸어. 이층에 피신해 있다가 아래로 내려와보니 온 바닥이며 가구가 다 끈적한 진흙투성이지 뭐냐? 마당은 뿌리채 뽑힌 나무와 부서진 벽의 잔해들, 죽어 널브러진 닭들로 엉망이 되어 있었고. 이 모든 난리통 속에서 우리 처지는 아주 비참했단다.

그 시절에는 보험 회사에 쫓아가서 누가 우리에게 손해를 입

혔으니 백만 달러를 내달라고 할 수도 없어. 가진 것을 다 소진해 버렸다면, 그냥 운이 나쁜 거지. 아버지는 상하이에 인접한 저 남쪽 도시 우시로 옮기는 수밖에는 없겠다고 말씀하셨어. 어머니의 형제가 그곳에서 작은 제분소를 운영하고 계셨거든. 온 가족이 즉각 떠나야 한다고 하셨어. 단, 나만 빼고. 나는 열두 살이었으니까. 충분히 가족과 헤어져 황 씨 집안에 들어가 살 수 있는 나이였지.

길이 진창이 된 데다 커다란 웅덩이들까지 잔뜩 패였기에 우리 집까지 오겠다는 짐차가 없었어. 결국 큰 가구와 침구 들은 두고 가야 했지. 그걸 황 씨 집안에 혼수로 내주기로 했어. 이런 걸 보면 우리 가족은 꽤나 실속 있는 사람들이었지. "그거면 충분해. 사실 충분 그 이상이지." 아버지는 말씀하셨지만, 어머니가 내게 자기 목걸이를 주시는 것까지는 말리지 못하셨어. 창이라고 하는, 납작한 적옥 목걸이였다. 어머니는 그 목걸이를 걸어주시면서 나를 아주 엄히 대하셨는데, 오히려 그래서 나는 어머니가 무척 슬퍼하고 계신다는 것을 알 수 있었어. "네 시댁에 순종해라. 우리를 부끄럽게 하지 마." 어머니는 말씀하셨어. "그 집에 가거든 무척 행복하다는 듯 행동해. 정말로, 너는 굉장히 운이 좋은 거야."

*

황 씨 가문의 집 또한 강가에 있었다. 우리 집은 물에 잠겼지만, 그 집은 멀쩡했어. 골짜기 안에서도 더 높은 지대에 지어졌기 때문이야. 그때 처음 깨달았지. 황 씨 가문이 우리 가족보다 지위가 높다는 사실을. 그들은 우리를 내려다보고 있었던 거야. 황 타이타이와 탄유의 콧대가 어째서 그렇게 높았는지 알 수 있었지.

돌과 나무로 만든 황 씨 집안의 아치형 대문을 지나는데, 넓은 마당에 작고 낮은 건물들이 3열, 4열로 늘어서 있더구나. 그중 몇 채는 창고였고, 몇 채는 하인과 그 식구들이 사는 집이었어. 이 소박한 집들 뒤에 저택이 서 있었지.

나는 좀 더 가까이 다가가 내가 앞으로 평생 동안 살게 될 집을 바라보았다. 황 씨 가문이 대대로 살아왔다는 집은 너무 오래되지도, 딱히 인상적이지도 않았어. 그 집은 이 가문과 함께 확장되어온 듯했다. 증조부모와 조부모, 자식과 손자 총 사대가 각각 사층집을 한 층씩 차지하고 살고 있었어. 전체적으로는 좀 산만한 인상이었지. 급하게 지어진 데다, 각 방과 층계, 동(棟)과 장식에 온갖 양식이 뒤섞여 있었거든. 아마 사공이 너무 많았던 게지. 1층은 강에서 주워 온 돌을 짚을 섞은 진흙으로 붙여 만들었고, 2층과 3층은 매끄러운 벽돌로 짓고 노출 통로를 낸 것이 마치 궁궐 누각같이 만들고 싶었던 것 같아. 꼭대기 층은 회색 콘크리트 판을 대고 붉은 기와로 지붕을 이었다. 귀한 집처럼 보이고 싶었는지 정문 출입구 앞에 크고 둥근 기둥을 두 개 세웠는데, 나무 창틀과 같은 붉은색으로 칠해뒀더라. 지붕의 네 귀퉁이마다 황제의 용 머리 장식을 더한 사람은 아마도 황 타이타이였을 거야.

안으로 들어가 보면 또 다른 눈속임이 있었지. 그 집에서 좋은 방이라고는 황 씨 가문이 손님을 맞이하는 1층 응접실뿐이었어. 그 방에는 붉게 칠하고 조각 장식을 넣은 탁자와 의자, 황 씨 성을 고풍스럽게 수놓은 좋은 베개 들, 그밖에도 부와 명성을 느낄 수 있는 귀한 물건들이 많았지만, 나머지 방들은 모두 평범하고 살기 불편했어. 스무 명이나 되는 친척들이 불평해대는 통에 어디를 가나 시끄러웠단다. 세대를 거듭하며 집이 점점 작아지고 복작복작해진 거야. 가벽을 세워서 한 개짜리 방을 두 개로 만들었더구나.

내가 도착했을 때, 큰 환영회 같은 건 없었다. 1층의 화려한 응접실에 붉은 기를 걸어두지도 않았고, 탄유는 나와보지도 않았지. 황 타이타이는 나를 서둘러 2층 주방으로 올려보냈는데, 그곳은 집안의 어린아이들은 좀처럼 들어가지 않는 요리사와 하인들의 공간이었지. 그로써 나는 이 집안에서의 내 위치를 알았다.

첫날, 나는 가장 좋은 누비드레스를 입고 키 작은 나무 탁자 앞에 서서 야채를 썰었어. 손이 떨렸다. 우리 가족이 그립고 속이 좋지 않았어. 마침내 나는 내 삶이 속한 곳에 도착한 게야. 하지만 나는 부모님 말씀을 따르기로 했다. 황 타이타이가 우리 어머니를 흉보며 체면을 깎아내리는 일이 없도록 해야지. 그가 결코 나를 두고 우리 집안을 욕보이지 못하게 할 거야.

그런 생각을 하고 있는데, 늙은 여자 하인 하나가 나를 쳐다보는 거야. 그 사람은 나처럼 낮은 탁자 앞에 서서 생선을 손질하면서는 나를 슬쩍슬쩍 곁눈질하더구나. 나는 울면서도 그 사람이 황 타이타이에게 내가 울고 있었다고 고해 바칠까 봐 무서웠어. 그래서 활짝 웃으며 외쳤지. "나는 참 운도 좋아요. 최고로 잘 살게 될 테니까요." 아마 그러다가 정신이 없어서 들고 있던 칼을 그 여자 코 가까이에 대고 휘두른 모양이야. 잔뜩 화나서 소리를 치더구나. "이런 멍청이가 다 있나!" 즉각 알았지. 그건 경고였어. 나는 행복하다고 소리치면서, 하마터면 정말 그렇게 될 거라고 거의 믿어버릴 뻔했거든.

그날 저녁 식사 자리에서 탄유를 보았다. 나보다 키도 쪼끄만 게 마치 대장군이라도 된 것처럼 굴더구나. 나를 울려보겠다고 갖은 억지를 다 쓰는데, 그 애가 장차 어떤 남편이 될지 안 봐도 뻔했어. 국이 식었다고 불평하는가 하면, 실수인 척 그릇을 엎어버리는 거야. 또 가만히 기다리고 있다가 꼭 내가 식사하려고 자리에 앉으면 밥 좀 더 달라는데, 나보고 왜 그렇게 못마땅한 표정이냐 묻더라.

이후 몇 년 동안 황 타이타이는 하인들을 시켜 나를 가르치게 했다. 베갯잇의 네 귀퉁이를 날렵하게 꿰매는 법, 장차 내 시댁이 될 집안의 성씨를 수놓는 법. "어떻게 아내가 되어서 제 손 더럽히지 않고 시댁 식구들을 모실 수 있겠니?" 황 타이타이는 내게 새로운 일을 시킬 때마다 그렇게 말하곤 했지만, 정작 본인 손은 한 번도 더럽히지 않으면서 명령하고 잔소리하는 일만 수

준급이더구나.

"맑은 물이 나올 때까지 쌀을 깨끗이 씻게 해. 내 아들은 돌 섞인 밥 못 먹는다." 요리사에게 당부하고는, 다른 날은 하인을 불러 나한테 요강 깨끗이 닦는 법을 보여주라고 했어. "말끔히 잘 닦였는지 꼭 직접 코를 대고 냄새를 맡아보게 해." 나는 그렇게 순종적인 아내가 되는 법을 배웠다. 요리를 얼마나 잘 배웠는지 냄새만 맡고도 고기소가 너무 짜다는 걸 알 수 있었어. 마치 그린 것처럼 정교한 자수를 놓을 수도 있었지. 심지어 황 타이타이는 불만스러운 척 투덜대기도 했단다. "더러운 상의를 바닥에 던져놓자마자 깨끗이 빨아서 다시 가져다놓잖아. 그 바람에 매일 똑같은 옷만 입게 된다니까!" 하고 말야.

얼마쯤 지나니, 끔찍하다는 생각도 들지 않았어. 그래, 정말로 그랬었어. 너무 힘들어서 아무 차이도 못 느끼게 된 거야. 내가 준비한 윤기 자르르 흐르는 버섯과 죽순 요리를 시댁 식구들이 맛있게 먹어주는 것보다 행복한 일이 어디 있겠어? 내가 머리를 백 번 빗질해드렸을 때 황 타이타이가 고개를 끄덕이며 내 머리를 가볍게 토닥여주는 것보다 만족스러운 일은? 탄유가 맛없다고 불평하거나 내 표정을 지적하지 않고 국수 한 그릇을 다 먹었는데, 내가 그 이상 뭐 얼마나 더 행복해질 수 있겠니? 네가 요즘 보는 미국 텔레비전 프로그램에 나오는 여자들 같은 거야. 그 사람들 좀 봐. 얼룩을 깨끗이 지워 새 옷같이 만들었다고 행복해하잖아.

이제 황 씨 일가가 나를 어떻게 길들였는지 알겠니? 나는 탄유를 마치 신처럼 생각하게 됐어. 그의 생각은 내 목숨보다도 더 중요한 문제였지. 또 황 타이타이를 친어머니처럼 여기게 되었다. 내가 기쁘게 해드리고 싶은 분, 내가 군말 없이 따르고 복종해야 할 사람 말이야.

내가 열여섯 살이 되던 음력 새해에 황 타이타이는 말했어. 내년 봄에는 손자를 보고 싶다고. 만약 내가 결혼하기 싫었다고 해도, 달리 어디 가서 살 수 있었겠니? 내가 말처럼 힘이 좋았다 해도 어떻게 달아날 수 있었겠니? 일본군이 중국 도처에 깔려 있는데.

*

"일본군이 불청객처럼 들이닥쳤지 뭐냐? 그래서 아무도 안 온 거야." 탄유의 할머니는 말했어. 황 타이타이가 공들여 준비했건만, 우리 결혼식은 아주 초라했단다.

그는 온 동네 사람을 다 청하고 다른 도시에 사는 친구와 친척들까지 초대했어. 그 시절에는 올 수 있는지 없는지 회신하지도 않았어. 일단 초대받으면 무조건 가는 거야. 초대에 응하지 않는 건 무례한 일이었거든. 황 타이타이는 전쟁이 사람들의 예의범절까지 바꿔놓았을 줄은 꿈에도 몰랐겠지. 그래서 요리사와 주방 보조들은 음식을 수백 가지나 준비했어. 우리 집에서 가져온 가구들은 응접실 앞에 놓였지. 반짝반짝하게 닦아놓으니 그 오래된 것들도 마치 근사한 혼수품처럼 보이더구나. 물 자국과 진흙들을 말끔히 지우려고 황 타이타이가 엄청 애를 썼었지. 심지어 돈을 주고 붉은 깃발에 멋들어진 글을 받아 와서는 그걸 가구 위에 드리워놓기도 했어. 마치 우리 부모님이 내 행운을 축하하기 위해 직접 달아서 보내신 것처럼 말이야. 붉은 가마도 준비했단다. 나는 이웃집에 가 있다가 그걸 타고 결혼 예식장으로 들어올 예정이었지.

중매쟁이가 골라준 길일인데도, 우리 결혼식 날에는 온갖 악재가 겹쳤어. 여덟째 달 십오 일. 달이 연중 그 어느 때보다 크고 둥글게 차 오른다는 날이었지. 그러나 달이 차기 일주일 전에 일본군이 들이닥쳤어. 그들은 우리 주변 지역은 물론 산시성(山西省)까지 침공했어. 사람들은 두려움에 떨었지. 그리고 우리 결혼식이 있는 십오 일 아침에는 비가 내리기 시작했어. 아주 안 좋은 징조였지. 천둥이 치고 번개까지 번쩍이니까, 사람들은 일본군이 폭탄을 터뜨리는 줄 알고 집 밖으로 나오지 않았다는 거야.

나중에 듣자니 딱하게도 황 타이타이는 몇 시간이나 손님들을 기다렸다는구나. 그리고 도저히 더 이상은 사람을 끌어모을 수 없겠다 싶을 때, 예식을 시작했지. 그 사람이 뭘 할 수 있었겠니? 전황(戰況)을 바꿀 수도 없고 말이야.

그때 나는 이웃집에 가 있었다. 열린 창가에 놓인 작은 화장대 앞에 앉아 있는데, 사람들이 나를 불렀어. 빨리 내려와서 붉은 가마에 오르라고 말이야. 눈물이 나더구나. 비참한 심정으로 우리 부모님이 나를 두고 하신 약속을 생각했어. 왜 내 운명은 벌써부터 정해진 걸까? 왜 나는 다른 사람을 행복하게 하기 위해 불행한 삶을 살아야 하는 거야? 열린 창 너머로 누런 흙탕물이 흐르는 편허강이 보였다. 우리 가족의 행복을 앗아가버린 그 강에 내 몸을 던지면 어떨까, 생각했지. 생이 막다른 길에 이르렀다 싶으면, 사람은 이렇게 아주 이상한 생각을 하게 된단다.

다시 조금씩 비가 내리기 시작했어. 아래층에서 재차 나를 부르며 서두르라고 채근했지. 나는 다급해졌고, 더 이상한 생각을 했다.

스스로에게 물었어. 한 사람의 진실이란 무엇일까? 저 편허강이 자기 색깔을 바꾸는 것처럼 나도 그렇게 할 수 있을까? 나 자신을 잃어버리지 않으면서 말이야. 커튼이 심하게 펄럭이고 빗줄기가 거세졌어. 사람들이 소리를 지르며 뛰어다녔지. 나는 미소 지었다. 그 순간 처음으로 깨달은 거야. 바람의 힘을 말이야. 바람은 눈에 보이지 않지만, 물을 몰고 와 강을 흐르게 하고 지형까지도 바꿔놓지. 사람을 소리 지르게 하고 춤추게 해.

나는 눈물을 닦고 거울을 들여다봤어. 그리고 깜짝 놀랐지. 내가 입고 있던 붉은 혼례복이 아름다워서는 아니었어. 그보다 더 귀중한 것을 보았거든. 나는 강하고, 순결했어. 내 안에는 아무도 모르는 진실한 생각이 들어 있고, 누구도 그걸 빼앗아가지 못해. 나는 바람이었어.

스스로 자부심을 느끼며 머리를 뒤로 젖히고 웃었어. 그러고는 커다란 자수 너울을 얼굴에 드리우며 이런 생각들도 덮어버렸지만, 그 아래 있는 나는 여전히 알고 있었어. 내가 누구인지 말이야. 나 자신과 약속했지. 나는 언제나 부모님의 소망을 기억할 것이다. 하지만 절대 스스로를 저버리지는 않겠다.

결혼식장에 도착했을 때, 나는 붉은 너울을 쓰고 있었기 때문에 앞에 뭐가 있는지 보이지 않았어. 하지만 고개를 숙였을 때 양옆으로 바깥을 볼 수 있었는데, 손님이 너무 적었어. 우선 황씨 일가 사람들. 늘상 불평만 해대던 이들이 그때는 손님이 너무 없어서 어쩔 줄 몰라 하고 있더구나. 그리고 바이올린과 플루트 연주자들이 있었고, 몇 안 되는 마을 사람들도 보였지. 참 용감한 사람들이었어. 그 난리통에 공짜 밥을 얻어 먹자고 밖으로 나왔으니 말이야. 심지어 하인들과 그 아이들까지 모여 있었다. 어떻게든 손님이 많아 보이게 하려고 동원된 사람들이었지.

누군가 내 손을 잡고 길을 안내해주었어. 나는 마치 앞을 보지 못하는 채로 내 운명을 향해 걸어 나가는 기분이었어. 그러나 더 이상 두렵지 않았지. 내 안에 있는 것을 볼 수 있었으니까.

주례를 맡은 고위 공무원은 옛 성현이니 미덕의 본이니 하는 말을 한참 동안이나 떠들어댔고, 이어 중매쟁이가 우리의 생시가 어떻다는 둥, 궁합이 잘 맞는다는 둥, 자식 복이 많다는 둥 이야기했지. 너울 쓴 머리를 약간 숙였을 때, 그가 붉은 비단 보를 풀고 그 안에 든 붉은 초를 모두가 볼 수 있게 들어 올리는 것이 보였어.

양 끝에 심지가 있는 초였어. 금색으로 한쪽 끝에는 탄유의 이름을, 반대쪽 끝에는 내 이름을 새겨두었지. 중매쟁이가 그 두 심지에 불을 붙이며 선언했어. "성혼되었습니다." 그러자 탄유는 내 얼굴을 덮은 너울을 확 잡아당겨 벗겨버리고는, 친구들과 가족을 향해 의기양양하게 웃어 보이더구나. 내 쪽은 쳐다보지도 않았어. 그 모습을 보니 딱 전에 봤던 어린 공작새 숫놈이 생각났어. 녀석은 그 짧은 꼬리를 활짝 펴며 온 마당이 제 것인 양 굴었지.

중매쟁이가 불 밝힌 붉은 초를 금 촛대에 꽂아 자기 하녀에게 건네주었어. 하녀는 걱정스러운 얼굴이었지. 오늘 연회 동안은 물론이고 밤새도록 그 초를 지키며 어느 쪽 불도 꺼지지 않게 지키는 임무를 맡았거든. 아침이 되면 중매쟁이는 초가 다 타고 남은 검은 재를 사람들에게 보이며 선언할 것이었어. "양쪽 모두 꺼지지 않고 끝까지 탔습니다. 이로써 이 결혼은 절대 깨지지 않을 것입니다."

여전히 기억나. 그 초는 이혼하지 않겠다는 가톨릭 서약보다도 더 강력한 혼인 맹세였어. 그건 내가 이혼하거나 재혼할 수 없다는 뜻이었지. 심지어 탄유가 죽은 뒤에도 말이야. 심지가 다 타버리고 난 뒤에는 그 어떤 이유도 통하지 않아. 그 붉은 초는 나를 앞으로 영원히 내 남편과 그 가족들 곁에 묶어둘 것이었지.

다음 날 아침, 중매쟁이는 초가 다 탔음을 선언하며 자기 소임을 마쳤다는 증좌를 보여주었지. 하지만 나는 진실을 알고 있었어. 이 결혼을 생각하며 우느라고 전날 밤을 지새웠거든.

*

연회가 끝나자 우리의 조촐한 하객들은 나와 탄유를 거의 들어

옮기다시피 하여 삼 층에 마련된 작은 신방으로 떠밀고 올라갔어. 사람들은 큰 소리로 농담을 지껄이며 침대 밑에 숨어든 남자애들을 끌어냈어. 중매쟁이는 어린아이들을 시켜 이불 속에 감춰둔 붉은 계란들을 꺼내 오게 했단다. 탄유 또래 남자애들은 우리를 침대에 나란히 앉히고 입을 맞추게 시켰어. 그 바람에 우리 얼굴은 붉게 달아올랐단다. 열린 창 너머 보도에서 폭죽 터지는 소리가 들려 오자, 여자들은 나를 보고 이 틈에 얼른 네 남편 품으로 뛰어들라고 부추기기도 했어.

모두가 떠나고 나서도 우리는 한참 동안 말없이 침대에 앉아 있었어. 여전히 바깥에서는 키득대는 소리가 들렸지. 그 소리가 잠잠해지자 탄유는 말했어. "이건 내 침대야. 너는 소파에서 자." 그러면서 베개 하나랑 얇은 담요를 한 장 던져주는데, 어찌나 기뻤는지 몰라! 나는 탄유가 잠들 때까지 기다렸다가 조용히 일어나 방을 나왔어. 계단을 내려가 어두운 마당으로 나섰지.

다시 비가 내리려는지 비 냄새가 났어. 나는 그때까지도 열기를 머금고 있던 축축한 벽돌길 위를 맨발로 걸으며 울었어. 마당 저편에 노랗게 불 밝혀진 방이 보였어. 중매쟁이의 하녀가 묵는 방이었지. 붉은 초가 금 촛대 위에서 타 들어가고, 하녀는 매우 졸린 얼굴로 탁자 앞에 앉아 있었어. 나는 나무 아래 앉아 내 운명이 결정되는 모습을 지켜보고 있었지.

내가 아마 잠이 들었는가 봐. 우레 소리에 놀라 깼던 것이 기억나거든. 하녀도 아마 깜빡 졸았던 모양이야. 허둥지둥 방에서 뛰쳐나오는데, 꼭 모가지 잘리기 직전에 잔뜩 겁먹은 닭 같았어.

우스웠지. 아마 일본군이 온 줄 알았을 거야. 하늘이 밝아지며 계속 천둥이 쳤어. 하녀는 잽싸게 마당을 빠져나가 저 길 아래로 도망갔지. 어찌나 땅을 세게 박차며 잽싸게 뛰어가던지, 자갈들이 발에 채여 허공을 날더구나. '어디로 가는지나 알고 가는 거야?' 웃으며 생각하던 그때, 나는 보았지. 붉은 촛불이 바람에 살짝 깜빡이는 것을 말이야.

나도 모르게 다리가 저절로 움직였어. 마당을 가로질러 노랗게 불 밝혀진 방으로 향했지. 속으로는 간절히 기도했어. 아, 부처님, 자비로우신 여신님, 보름달님! 제발 저 촛불이 꺼지게 해주세요! 불꽃은 바람에 살짝 흔들리며 약간 잦아들었지만, 여전히 양 끝의 심지가 맹렬히 타들어가고 있었단다. 절박한 소망이 목구멍까지 차오르더니, 결국 터져 나오고 말았어. 그만 내 남편 쪽 심지를 훅 불어 꺼버리고 말았지 뭐냐?

그러고는 즉각 두려워 떨었다. 어디선가 칼이 나타나서 나를 베어 죽여버릴 것만 같았어. 아니면 하늘이 열려 나를 날려버리든가. 하지만 아무 일도 일어나지 않았어. 나는 정신을 차리고 죄책감 섞인 발걸음으로 재빨리 방에 돌아갔지.

다음 날 아침, 중매쟁이는 탄유와 그의 부모, 그리고 내 앞에서 당당하게 선언했어. 붉은 천 위에 검은 재를 쏟아부으면서 "제 할 일을 다 마쳤습니다"라고 말했지. 그의 하녀는 부끄럽고 슬프다는 표정이었어.

*

나는 탄유를 사랑하는 법을 배웠다. 네가 생각하는 그런 식은 아니었어. 나는 처음부터 끙끙 앓았거든. 언젠가 개가 내 위에 올라타서 제 용무를 볼 거라고 생각하면 견딜 수가 없었어. 부부 침실에 들어가기 전부터 이미 털이 쭈뼛 곤두섰지. 그런데 처음 몇 달 동안 걔는 나를 털끝 하나 건드리지 않더구나. 걔는 자기 침대에서, 나는 소파에서 잤어.

시부모님 앞에서 나는 순종적인 아내였지. 딱 그들이 가르친 것처럼 말이야. 매일 아침 팔팔한 영계를 잡아서 맑은 국물이 나올 때까지 고았어. 물 한 방울 더하지 않은 그 국물을 걸러서 그릇에 담아다가 아침 식사로 남편에게 올렸단다. 나지막한 목소리로 건강을 기원하면서. 그리고 밤에는 토우나우라는 특별한 보양식을 끓였어. 그건 아주 맛있는 데다가 여덟 가지 영양소가 들어서 부녀자들을 장수하게 하는 음식이지. 우리 시어머니는 그걸 아주 흡족해했어.

하지만 그것만으로는 충분치 않았던 모양이야. 황 타이타이와 한 방에 앉아 수를 놓던 어느 아침의 일이야. 나는 어릴 적 내가 대풍(大風)이라 이름 붙여주었던 애완 개구리를 생각하고 있었지. 그런데 황 타이타이는 어쩐지 좌불안석이더구나. 꼭 발바닥이 근지러운 사람처럼 말이야. 그러다 숨을 크게 들이쉬더니 갑자기 자리에서 일어났어. 그러고는 내게 걸어와서 뺨을 후려갈기는 거야!

"못된 것!" 황 타이타이가 소리 질렀어. "네가 내 아들과 자지 않겠다면, 나도 너를 먹이지도, 입히지도 않겠다." 그제야 내 남편이 자기 어머니의 분노를 모면하려고 무슨 핑계를 댔는가를 알았지. 나도 화가 끓었지만, 아무 말도 하지 않았어. 그저 우리 부모님과 약속했던 것만 생각했어. 순종적인 아내가 되기로 했던 것 말이야.

그날 밤 나는 탄유의 침대에 앉아서 그가 내게 손을 대기를 기다렸어. 그래도 그 애는 내 털끝 하나 건드리지 않았어. 내심 안심했지만, 다음 날 밤에는 아예 침대 옆자리에 드러누워버렸어. 그래도 꿈쩍 않더구나. 그래서 그다음 날에는 아예 옷을 벗어버렸지.

바로 그때 나는 보게 된 거야. 탄유 안에 있는 것을 말이야. 그 애가 겁에 질려서 고개를 돌려버렸거든. 그렇게 두려워하는 걸 보니 나에게 아무 욕정도 느끼지 않는 것은 물론, 내가 아닌 그 어느 여자라도 욕망하지 않을 거라는 생각이 들었지. 그 애는 결코 자라지 않는 어린 사내아이 같았어. 얼마쯤 지나니 나는 더 이상 무섭지 않았고, 심지어 그 애를 달리 보게 되었다. 남편에 대한 아내의 사랑이라기보다는 어린 동생을 보호하는 누나 같은 마음이었지. 나는 옷을 다시 챙겨 입고 그 애 옆에 누워서 등을 가만히 쓸어주었어. 나는 더 이상 두려워할 필요가 없었지. 탄유와 함께 잠들더라도 그 애는 절대 나를 건드리지 않을 것이었고, 나는 편안한 침대에서 잠들 수 있게 된 것뿐이야.

그 후로 여러 달이 더 지났는데도 내 배와 가슴이 부풀어 오르지 않자, 황 타이타이는 이번에는 또 다른 식으로 분노를 터뜨리더구나. "내 아들은 손주를 수천 명은 너끈히 볼 만큼 씨를 뿌렸다는데, 왜 아이가 생기지 않는 거냐? 네가 뒤에서 딴짓을 하는 게 틀림없어." 그다음부터는 나를 침대에 가둬두지 뭐냐? 제 손주들이 될 아기 씨를 흘려버리지 못하게 하려고 말이야.

오, 절대 일어나지 않고 하루 종일 누워만 있는다고 하면 너는 참 좋아하겠지만, 그건 감옥만도 못했어. 나는 황 타이타이가 약간 돌아버린 게 아닐까 싶었지.

그는 하인을 시켜서 방 안에 있는 날카로운 물건들을 전부 치워버리게 했어. 가위나 칼이 집안의 대를 끊어놓을 거라고 생각했나 봐. 바느질도 못하게 했다. 아기를 갖는 데만 집중하고 딴 생각은 일절 하지 말라면서. 그리고 마음씨 착한 하녀가 하루에 네 번씩 내 방에 들어와서 역겨운 맛이 나는 탕약을 내밀었어. 그 애는 내가 그 약을 마시는 내내 곁에 서서 미안하다고 사과하곤 했지.

나는 그 여자애가 부러웠어. 저 문을 나서서 밖으로 걸어 나갈 수 있다는 사실에 샘이 났지. 이따금 창문 밖으로 그 애를 보면서 상상하곤 했어. 내가 저 애였다면 어땠을까? 마당에 서서 구두 수선공과 흥정하고 다른 하녀 애들과 수다를 떨다가, 잘생긴 배달부가 오면 높고 앵앵거리는 목소리로 큰 소리를 치는 삶은 어떤 느낌일까?

아무 소득 없이 두 달이 지나간 어느 날, 황 타이타이는 늙은 중매쟁이를 집으로 불렀어. 중매쟁이는 나를 찬찬히 살피더니 내 생년월일시를 들여다보고는 황 타이타이에게 내 성격에 대해 물었어. 그리고 결론을 내놓았지. "무슨 일인지 알겠네요. 여자는 오행 중 하나가 부족할 때만 아들을 낳을 수 있어요. 당신 며느리는 수(水), 목(木), 화(火), 토(土)가 모두 충분한데, 금(金)이 부족해요. 이건 좋은 일이죠. 그런데 시집 오고 나서 금으로 된 팔찌며 장신구를 너무 많이 달아주시는 바람에 지금은 금까지 채워져서 오행이 다 충분한 거에요. 아기를 갖기에는 너무 조화로운 상태인 거죠."

황 타이타이에게는 기쁜 소식이 아닐 수 없었지. 이보다 더 좋은 일이 있겠니? 그저 자기가 줬던 패물들만 돌려받으면 내가 아들을 낳을 수 있게 된다는데! 그건 나한테도 좋은 일이었어. 금붙이를 다 떼버리고 나니까, 훨씬 몸이 가볍고 자유롭게 느껴졌거든. 금이 부족한 사람은 그렇대. 독립적으로 생각하게 된다는구나. 그날부터 나는 생각하기 시작했어. 어떻게 하면 우리 가족과의 약속을 어기지 않으면서 이 결혼에서 도망칠 수 있을지를 말이야.

방법은 정말이지 간단했어. 황 씨 가문이 나를 내치게 만들면 돼. 그쪽에서 먼저 혼인 서약을 무효로 돌리게 하는 거야.

나는 여러 날 동안 계획을 꾸몄어. 주변에 있는 사람들을 전부 관찰하며, 그들의 얼굴 위에 떠올라 있는 생각들을 읽어나갔지. 그리고 마침내 실행에 옮기기로 했어. 거사일은 셋째 달 삼일 상서로운 날로 정했다. 청명이라고 하지, 그날은 모두가 마음을 정결히 하고 조상님을 기리며 성묘 가는 날이야. 호미 들고 풀을 뽑고 빗자루로 돌들을 쓸어낸 뒤, 준비해 온 만두와 오렌지를 제사 음식으로 바치지. 오! 우울한 날은 아니야. 그보다는 소풍 가는 날에 가깝지. 하지만 손주를 목 빠지게 고대하는 누군가에게는 특별한 의미가 있지 않겠어?

그날 아침 나는 크게 울부짖으면서 탄유는 물론이고 온 집안 식구를 다 깨웠어. 황 타이타이가 내 방에 들어오기까지는 꽤 시간이 걸렸지. 처음에 그는 자기 방에서 소리를 질렀어. "저 애가 왜 저래? 가서 조용히 시켜!" 그랬는데도 내가 그치지 않자, 결국 직접 들이닥쳐서 큰 소리로 나를 꾸짖어댔지.

나는 한 손으로 입을 막고 다른 손으로는 눈을 가렸다. 그러고는 마치 끔찍한 고통에 사로잡힌 사람처럼 몸부림쳤지. 내가 꽤 그럴싸하게 해냈나 봐. 황 타이타이가 뒤로 물러서며 겁먹은 짐승처럼 움츠러들었거든.

"무슨 일이냐, 아가? 어서 말해보거라."

"아, 어머니. 너무 끔찍해서 생각할 수가 없어요. 말씀드리지도 못하겠어요." 중간중간 숨을 헐떡이며 더 크게 울부짖는 것도 빼놓지 않았지.

충분히 울었다 싶을 때쯤 그 너무 끔찍해서 생각할 수도 없는 이야기를 들려줬어. "꿈을 꿨어요. 조상님께서 제게 오셔서 우리 결혼식을 보고 싶다고 하셨지요. 그래서 서방님과 저는 한 번 더 결혼 예식을 치렀어요. 중매쟁이가 초에 불을 붙이고 그걸 자기 하녀에게 건네주며 잘 지키라 하였어요. 조상님들은 무척 흡족해하셨지요. 아주… 아주… 흡족해하셨어요…."

내가 다시 흐느껴 울기 시작하자 황 타이타이는 조바심이 나는 듯 보이더구나. "하지만 하녀가 초를 받아 들고 방을 나섰을 때, 돌풍이 불었어요. 그 바람에 초가 꺼져버렸지요. 그러자 조상님들께서 크게 노하셨어요. 이 결혼은 저주받았다고 소리치셨지요. 탄유의 심지가 꺼져버렸다고, 이 결혼을 지속하면 탄유는 죽는다고 말씀하셨어요!"

그 말에 탄유의 얼굴이 하얗게 질렸어. 그러나 황 타이타이는 눈살을 찌푸릴 뿐이었지. "어리석은 것! 그렇게 흉한 꿈을 꾸다니!" 그러고는 모두를 꾸짖으며 잠자리로 돌아가라고 했지.

나는 쉰 목소리로 황 타이타이를 붙잡았어. "어머니, 가지 마세요! 저 무서워요! 조상님께서 이 문제를 해결하지 않으면, 계속 끔찍한 일이 일어날 거라고 하셨단 말이에요!"

"가당치도 않아!" 황 타이타이가 나를 향해 돌아서며 소리쳤다. 탄유도 제 어머니처럼 화난 표정을 지었어. 그 모습을 보고 알았지. 거의 넘어왔구나. 두 마리 토끼를 잡겠다 싶었지.

"그분들은 어머니가 저를 믿지 않을 걸 아셨어요." 나는 체념한 목소리로 말했어. "제가 이 안락한 결혼 생활을 포기하고 싶어 하지 않는다는 걸 아셨거든요. 그래서 우리 결혼이 썩어들어가고 있다는 징조를 심어 보여주시겠다고 했어요."

"멍청한 머리로 헛소리를 하는구나." 황 타이타이는 한숨을 쉬었지만, 거부할 수는 없었지. "무슨 징조?"

"꿈에서 턱수염이 길고 뺨에 점이 있는 남자분을 뵈었어요."

"탄유의 할아버님 말이냐?" 나는 벽에 걸려 있던 초상화를 떠올리며 고개를 끄덕였지.

"그분이 말씀하셨어요. 세 가지 징조가 있으리라. 첫째, 내가 탄유의 등에 검은 점을 찍을 것이다. 그 점은 점점 커지며 탄유의 살을 파먹을 것이다. 마치 그 조상의 얼굴을 죽을 때까지 먹어 들어갔던 것처럼 말이다."

황 타이타이는 재빨리 탄유에게 돌아서더니 그의 상의를 홱 걷어 올렸어. 그러고는 소리를 질렀지. "아이고야!" 왜냐면 거기에 손톱만 한 검은 점이 있었거든. 내가 지난 오 개월 동안 그와 오누이처럼 함께 자면서 늘 봐온 거였지.

"그러고는 제 입을 만지셨어요." 나는 내 뺨을 톡톡 두드렸어. 마치 벌써부터 아프다는 것처럼. "그분은 제 이빨이 하나씩 하나씩 빠질 거라고 하셨지요. 제가 더 이상 이 결혼을 떠나지 않겠다고 버틸 수 없을 때까지요."

그러자 황 타이타이는 내 입을 비틀어 열더니 이내 숨이 막히는 듯 헉 소리를 내더구나. 내 입안에 이빨이 하나 비어 있었거든. 사 년 전 썩은 이빨이 빠진 자리였지.

"마지막으로 저는 그분이 하녀 아이의 태중에 씨를 심으시는 것을 보았어요. 그분은 말씀하셨지요. 이 아이는 별볼일 없는 집안에서 태어났다고 하지만, 사실은 황실의 혈통이라고요. 그리고…."

거기까지 말하고 너무 지쳐서 더 이상은 말 못한다는 것처럼 머리를 베개에 파묻었어. 그랬더니 황 타이타이가 내 어깨까지 흔들어대며 묻더구나. "할아버님이 뭐라고 말씀하셨니?"

"그 하녀 아이야말로 탄유의 영혼의 배필이라고, 당신이 심은 씨앗은 탄유의 아이로 자랄 거라고…."

그날 오전 중에, 집안 사람들은 중매쟁이의 하녀를 끌고 와서 끔찍한 자백을 받아냈지.

그러고는 한참 찾은 끝에 내가 말한 하녀 아이를 발견했어. 내가 무척 좋아해서 매일 창밖으로 바라보았던 그 아이였지. 나는 잘생긴 배달부가 집에 올 때마다 그 애의 눈이 커지고 앵앵거리는 목소리가 잦아드는 것을 보았어. 좀 지나니 배가 불러 오고, 얼굴은 두려움과 걱정으로 절박해지더구나.

그러니 황 씨 일가가 어서 네 황실 조상에 대해 진실을 말해보라고 채근했을 때 그 애가 얼마나 기뻤을지 상상이 가니? 나중에 듣자니 그 애는 탄유와 결혼하는 기적이 일어난 데 크게 감명받아서 아주 신심 깊은 사람이 되었다는구나. 하인들을 시켜서 조상의 묘를 일 년에 한 번이 아니라 하루에 한 번씩 쓸게 했대.

*

이야기는 여기서 끝이야. 황 씨 집안 사람들은 나를 그다지 비난하지 않았어. 황 타이타이는 손자를 얻었고, 나는 옷과 베이징으로 가는 기차표, 미국에 갈 수 있는 돈을 받았지. 그 집 식구들은 그저 나의 저주받은 결혼에 대해 아무에게도 이야기하지 말아달라고 부탁했을 뿐이야.

이 이야기는 전부 사실이야. 나는 그렇게 약속을 지켰고, 내 삶을 희생했단다. 지금 내가 가진 이 금붙이들을 좀 봐라. 이제 나는 이런 것들을 얼마든지 할 수 있어. 내가 네 오빠들을 낳았을 때, 너희 아빠가 이 팔찌 두 개를 해줬지. 그다음에 너를 낳은 거야. 아직까지도 몇 년에 한 번씩 여윳돈이 좀 생기면 팔찌를 산단다. 나는 내가 얼마나 귀중한 사람인지 알아. 그것들은 언제나 24K, 모두 순금이란다.

하지만 절대 잊지 않을 거야. 청명 날이면 나는 팔찌를 다 빼버리고, 마침내 스스로 생각하고 그 생각대로 행동할 수 있게 되었던 그날을 기억한단다. 나는 어린 소녀였고, 내 얼굴에는 붉은 혼례 너울이 드리워져 있었지. 그날 나는 스스로를 저버리지 않겠다고 약속했어.

얼마나 근사한 일인지 몰라. 다시 그날의 그 소녀가 되어본다는 것은 말이야. 너울을 벗어버리고 그 아래 있는 나를 마주하는 거야. 그리고 느끼는 거지. 내 몸이 다시 가벼워지는 감각을!

달의 여인

잉잉 세인트 클레어의 이야기

나는 아주 오랜 세월 입을 굳게 닫고 살았다. 내 이기적인 소망이 밖으로 새어 나가지 못하도록 말이다. 그리고 내가 아주 오랫동안 침묵하였기 때문에, 이제 내 딸은 나에게 귀 기울이지 않는다. 그 애는 화려한 수영장에 앉아 소니 워크맨을 듣거나 무선 전화기를 귀에 가져다댄다. 아니면 자기 남편이 하는 말에 귀를 기울이거나. **왜 집에 숯은 있는데 라이터 기름이 없는 거야?** 그는 아주 크고 중요한 사람이니까.

그동안 나는 내 본성을 숨기고 마치 작은 그림자처럼 달려왔다. 그래서 아무도 나를 잡을 수 없었다. 그리고 내가 아주 은밀히 움직여왔기 때문에, 이제 내 딸은 나를 보지 않는다. 그 애는 사야 할 물건을 적어둔 목록과 금액이 맞지 않는 가계부, 탁자 위에 비뚜름히 놓여 있는 재떨이에 시선을 준다.

나는 그 애에게 말해주고 싶다. 우리는 스스로를 잃어버렸다고. 보이지 않고 보지도 않으며, 들리지 않고 듣지도 않는다고. 그래서 아무도 우리를 알지 못한다고.

한번에 나 자신을 잃어버린 것은 아니었다. 나는 수년간 얼굴을 문지르며 고통을 닦아냈다. 그건 마치 돌에 새겨진 조각이 물에 닳아 없어지는 것과도 같았다.

그러나 이제 나는 기억할 수 있다. 내가 달리고 소리 지르던 시절을, 결코 가만히 있을 수 없었던 시기를. 내 가장 오래된 기억은 달의 여인에게 비밀스러운 소원을 털어놓았던 것이다. 그때 내 소원이 무엇이었는지 잊고 있었기 때문에, 그 기억도 오랜 세월 내 안에 감춰져 있었다.

그러나 이제 나는 그 소원을 기억한다. 그날의 모든 순간을 세세하게 떠올릴 수 있다. 지금 내가 내 딸과 그 한심한 삶을 보고 있는 것만큼이나 선명하게 말이다.

1918년, 내가 네 살 때 일이다. 그해 가을 우시의 중추절은 예년과 달리 뜨거웠다. 끔찍하게 뜨거웠다. 여덟째 달 십오 일 아침, 잠에서 깨어났을 때 침상을 덮은 짚자리는 눅눅하고 찝찝했다. 온 방 안에 삶은 풀 냄새가 진동했다.

여름 일찍이 하인들은 햇빛을 막기 위해 모든 창문에 대나무 발을 치고, 침상마다 엮어 짠 돗자리를 깔았다. 푹푹 찌는 계절에는 모두가 그것만 깔고 잤다. 마당의 뜨거운 벽돌 바닥 위에도 대나무 자리를 열십자 모양으로 깔았다. 가을이 오고 있었으나, 여전히 아침저녁으로 뜨거운 날씨가 이어졌다. 커튼 그림자로도 그 열기를 완전히 막아내지는 못했다. 요강에서 고약한 지린내가 났고, 베개가 땀에 젖었다. 뒷목에 땀띠가 생기고 얼굴이 부었다. 그래서 그날 아침 나는 잔뜩 투정을 부리며 잠에서 깨어났다.

바깥에서 타는 냄새가 났다. 반쯤은 달고 반쯤은 씁쓸한 냄새였다. "이 지독한 냄새는 뭐야?" 나는 유모에게 물었다. 유모는 언제나 내가 잠에서 깨자마자 즉각 내 곁으로 왔다. 유모는 내 옆방에 있는 작은 침대에서 잤다.

"제가 어제 설명해드렸잖아요." 유모는 나를 침대에서 안아 올려 자기 무릎에 앉히며 말했다. 나는 비몽사몽한 채로 어제 아침 일어났을 때 유모가 뭐라고 말했었는지 기억하려 애썼다.

"다섯 가지 악을 불태우고 있는 거구나." 나는 졸린 목소리로 말하며 체온이 후끈후끈한 유모의 무릎에서 빠져나왔다. 작은 의자를 딛고 서서 창문 아래 마당을 내려다보니, 마치 뱀의 똬리같이 구불구불한 초록색 뭉치가 보였다. 뱀의 꼬리에서 노란 연기가 피어 올랐다. 다른 날 유모는 내게 알록달록한 상자에서 나온 뱀을 보여주었다. 그 상자는 다섯 가지 악을 형상화하여 꾸민 생물들로 장식되어 있었다. 헤엄치는 물뱀, 뛰어 오르는 전갈, 날아다니는 지네, 떨어져 내리는 거미, 도약하는 도마뱀. 유모는 설명했다. "그것들은 한 번 물기만 해도 어린아이를 죽일 수 있어요." 그 이야기를 떠올리며 나는 안심했다. 우리 집에서 지금 그 다섯 가지 악을 모두 잡아다가 불태워버리고 있으니까. 그 녹색 또아리가 그저 모기풀 묶음인 줄은 몰랐다.

그날, 유모는 내가 평소 입는 가벼운 면 상의와 헐렁한 바지 대신 노란색 비단으로 된 무거운 상의와 검은 띠를 두른 바지를 입혀주었다. "오늘은 장난칠 시간 없어요." 유모가 상의를 펼쳐 들며 말했다. "어머님께서 중추절을 맞아 새로 지어주신 호랑이 옷이에요." 유모는 나를 안아 바지에 다리를 꿰주며 말했다. "아주 중요한 날이에요. 이제 아가씨는 다 컸기 때문에 예식에 갈 수 있어요."

"무슨 예식?" 이제 유모는 내 면 내의 위에 상의를 입혀주고 있었다.

"예를 갖추는 것이지요. 그로써 신님들이 아가씨를 벌하시지 않게 되죠." 유모가 내 옷섶에 달린 단추를 매듭 장식끈에 잠그며 말했다.

"무슨 벌을 받는데?" 나는 또랑또랑한 목소리로 물었다.

"그만 물어보세요!" 유모가 소리 질렀다. "이해할 필요 없어요. 그냥 시키는 대로 하면 돼요. 어머님을 보고 따라 해요. 향에 불을 붙여 달님께 바치고 고개를 숙이는 거예요. 저를 부끄럽게 하지 마세요, 잉잉."

나는 입술을 삐죽이며 고개를 숙였다. 소매에 두른 검은 띠와 금실로 작게 수놓은 소용돌이 모양 모란 자수가 눈에 들어왔다. 어머니가 작은 은바늘을 우아하게 찔러 넣으며 옷감 위에 꽃과 잎, 덩굴 들을 피어나게 하던 장면이 기억났다.

마당에서 목소리가 들렸다. 나는 의자 위에 서서 누구인지 알아보려고 안간힘 썼다. 덥다고 불평하는 소리였다. "…내 팔 좀 만져봐. 아주 그냥 뼛속까지 푹푹 찌네 정말." 북쪽 지방에 사는 친척들이 중추절을 지내기 위해 내려와서 우리 집에 일주일째 머무르고 있었다.

유모는 굵은 빗으로 내 머리를 빗어주려 했다. 나는 유모가 머리를 묶어 매듭 짓기 바로 직전에 의자에서 떨어져 내리는 시늉을 했다.

"가만히 있어요, 잉잉!" 내가 키득거리며 의자 위에서 비틀거리자 유모가 탄식하듯 소리쳤다. 늘상 있는 일이었다. 유모는 마치 말의 고삐를 잡듯 내 머리카락을 당기며 내가 또다시 의자에서 떨어져 내리기 직전에 재빨리 한쪽으로 땋았다. 알록달록한 비단 가닥도 섞어 넣었다. 땋은 머리를 똘똘 말아 단단한 공 모양으로 묶은 뒤, 늘어진 비단 가닥을 자르고 정리하여 깔끔한 술 모양으로 만들었다.

유모는 나를 한 바퀴 돌아보며 자기 솜씨를 살폈다. 나는 그저 덥기만 했다. 내가 지금 입고 있는 이 옷, 안감을 댄 비단 상의와 바지는 틀림없이 지금보다는 더 쌀쌀한 날씨를 염두에 두고 지어졌을 것이다. 게다가 유모가 머리카락을 너무 꽉 당겨 묶는 바람에 두피에 불이 붙는 것 같았다. **오늘이 무슨 날이길래 이렇게까지 고생시키는 거야?**

"예쁘네요." 유모는 잔뜩 찌푸린 내 얼굴은 아랑곳하지도 않고 그렇게 선언했다.

"오늘 누가 와?"

"다쟈[大家]." 유모는 행복하게 말했다. "온 가족이 다 같이

타이호에 갈 거예요. 유명한 요리사가 있는 배를 빌렸어요. 오늘 밤 예식에서 아가씨는 달의 여인을 보게 될 거예요."

"달의 여인을 본다! 달의 여인을 본다!" 나는 너무 기뻐서 펄쩍펄쩍 뛰었다. 이 새로운 단어를 발음하는 내 목소리가 듣기 좋아 경탄하던 것도 잠시, 이내 유모의 소매를 붙잡고 물었다. "그런데 달의 여인이 누구야?"

"창오[嫦娥]님이요. 달에 사시죠. 하지만 오늘만은 그분을 보고 은밀한 소원을 이룰 수 있어요."

"은밀한 소원이 뭐야?"

"그건 원하지만 달라고 할 수는 없는 것이죠."

"왜 달라고 하지 못하는데?"

"왜냐면… 만약 그걸 달라고 한다면… 그건 더 이상 소원이 아니라 이기심이 되기 때문이에요. 제가 가르쳐드리지 않았나요? 자기 필요를 생각하는 것은 잘못이라고? 여자아이는 물어볼 수 없어요. 오직 들을 뿐이죠."

"그럼 달의 여인은 어떻게 내 소원을 알지?"

"아! 이미 너무 많은 걸 물어봤잖아요! 달의 여인은 보통 사람이 아니에요. 그러니까 알 수 있는 거예요."

나는 그제야 만족하여 재빨리 말했다. "그럼 나는 이 옷을 그만 입고 싶다고 얘기해야지."

"아! 제가 설명하지 않았나요? 이제 저한테 얘기했으니까, 그건 더 이상 은밀한 소원이 아닌 거라고요."

아침 식사를 하며 보니, 아무도 서두르는 것 같지 않았다. 이 사람도 저 사람도 계속 먹기만 했고, 아침을 다 먹은 뒤에도 하나같이 시답잖은 이야기들만 해댔다. 나는 불안해지기 시작했고, 갈수록 기분이 가라앉았다.

"…가을 달이 더워지니, 오! 기러기 그림자 돌아오도다." 아버지는 고대 비문에서 판독해낸 긴 시를 낭송하고 계셨다.

"그 다음 행의 세 번째 단어는 닳아서 보이지 않아. 수세기 동안 내린 비에 씻겨 나가 후손들은 영원히 그 의미를 알 수 없게 되었지."

"아, 그러나 불행 중 다행으로 형님께서는 고대 역사와 문학에 아주 헌신적인 학자가 아니십니까? 저는 형님이 그걸 알아내실 것 같습니다." 삼촌이 눈을 빛내며 말했다.

아버지는 대답 대신 시를 한 행 더 읊으셨다. "물 맺힌 꽃이 빛난다. 오!"

어머니는 숙모와 집안의 여자 어른들에게 여러 가지 약초와 곤충 들을 섞어 연고 만드는 법을 설명하고 계셨다. "이걸 여기, 두 혈자리 사이에 바르고 문지르는 거예요. 피부에서 열감이 느껴질 때까지 세게 문지르다 보면 통증도 사라져요. 열로 통증을 지져 없애는 거지요."

"아이고! 부어 오른 발을 어떻게 문질러?" 한 분이 한탄하셨다. "아주 안팎으로 쑤시고 욱신거리는데 말이야. 건드리기만 해도 아프다고!"

"그 열이 피부를 건조하고 푸석푸석하게 만드는 거야." 또 다른 분이 반박하셨다.

“눈도 따가워진다니까!” 종조모님도 소리치셨다.

나는 어른들이 새로운 화젯거리를 꺼낼 때마다 거푸 한숨을 내쉬었다. 유모는 그제야 내 눈치를 알아차리고는 토끼 모양 월병 하나를 쥐여주었다. 마당에 앉아서 내 ‘2번’ ‘3번’ 이복여동생들과 그걸 먹고 있으라고 했다.

손에 토끼 모양 월병을 쥐고 있는 동안에는 커다란 배 따위 생각도 나지 않는 법이다. 우리 셋은 재빠르게 방 밖으로 빠져나갔다. 그리고 안마당으로 이어지는 만월문을 지나자마자 넘어지고 소리 지르며 누가 돌 벤치까지 제일 먼저 가나 시합을 했다. 내가 가장 나이가 많았기 때문에, 그늘이 드리워 돌 상판이 시원한 자리에 앉았다. 두 동생들은 햇빛 아래 앉았다. 나는 토끼의 귀를 부수어 그 애들에게 각각 나눠주었다. 귀는 그저 밀가루 반죽뿐, 달달한 소나 계란 노른자는 들어 있지 않았다. 그러나 그 애들은 너무 어려서 그 사실을 몰랐다.

“언니는 나를 더 좋아해.” 2번이 3번에게 말했다.

“나를 더 좋아하거든.” 3번이 2번에게 말했다.

“싸우지 마.” 나는 2번과 3번에게 말하고는 입술에 묻은 끈적한 팥소까지 핥아가면서 토끼의 몸통을 먹었다.

우리는 월병 조각을 집어먹었다. 하나, 그리고 또 하나… 마침내 부스러기까지 다 먹고 나자 우리는 조용해졌고, 나는 다시 조급해지기 시작했다. 그때, 갑자기 내 눈앞에 커다란 잠자리 한 마리가 나타났다. 몸통이 붉고 투명한 날개를 가진 잠자리였다.

나는 벤치에서 뛰어내려 잠자리를 쫓기 시작했다. 두 동생들도 나를 따라 펄쩍펄쩍 뛰며 날아가는 잠자리를 향해 팔을 뻗어댔다.

"잉잉!" 나를 부르는 유모의 목소리가 들렸다. 2번과 3번은 달아나버렸다. 유모가 마당에 서 있었고, 어머니와 집안의 다른 여자 어른들이 만월문을 지나오고 계셨다. 유모는 곧장 내게로 달려와 내 노란색 상의를 털어주며 잔뜩 짜증을 부렸다. "새 옷인데! 오만 데 온갖 것을 다 묻혔네요!"

어머니는 웃으며 내게 다가와 엉망이 된 머리를 정돈해주셨다. "사내아이는 마구 뛰고 잠자리를 쫓아다닐 수 있어. 그게 본성이니까." 삐져 나온 머리카락들을 모아 땋은 머리 안쪽으로 밀어넣어주시며 어머니는 말씀하셨다. "하지만 여자아이는 얌전히 있어야지. 오래오래 가만히 있다 보면, 어느 순간 잠자리가 더 이상 너를 의식하지 않게 될 거야. 그러면 네게 날아와서 네 그림자 안에서 쉬게 되지." 다른 여자 어른들은 옳은 말이라는 듯 혀를 끌끌 차시더니 나를 뜨거운 마당 한복판에 남겨두고 전부 가버리셨다.

그 말씀처럼 조금도 움직이지 않고 가만히 서 있던 중에, 내 그림자를 발견했다. 처음에 그것은 그저 벽돌 마당을 덮은 대나무 자리의 어두운 자국에 불과했다. 다리는 짧고 팔은 길었다. 검은 머리는 나처럼 땋아서 돌돌 말아 묶었다. 내가 머리를 흔들자 그림자도 머리를 흔들었다. 우리는 함께 팔을 펄럭거렸다. 한쪽 다리를 들었다. 내가 돌아서 걸어가자 그림자는 나를 따라왔다. 재빨리 뒤를 돌아보자 그림자는 나를 바라보았다. 나는 대나무 자리를 걷어 들었다. 그렇게 해서 내 그림자를 떼어버릴 수 있을지 보기 위해서였다. 그러나 그것은 자리 아래, 벽돌 바닥 위에 있었다.

내 그림자가 이처럼 똑똑하다는 사실에 기뻤다. 나는 그림자가 나를 따라오는 것을 지켜보며 나무 그늘 아래로 달려갔다. 그러자 그것은 사라져버렸다. 나는 내 그림자가 좋았다. 나의 이 어두운 부분은 결코 가만히 있지 못하는 나의 본성을 빼닮았다.

그때 유모가 나를 불렀다. "잉잉! 시간이 다 됐어요. 호수에 갈 준비가 됐나요?" 나는 고개를 끄덕이고는 유모를 향해 달려갔다. 내 그림자가 나보다 앞서서 갔다. 유모가 그러는 나를 꾸짖었다. "천천히 오세요. 뛰지 마세요."

우리 가족은 이미 모두 바깥에 서서 신나게 떠들고 있었다. 다들 좋은 옷을 차려입었다. 아버지도 새로 지은 갈색 외투를 입으셨다. 평범해 보이지만 분명 고급 비단 소재에, 장인의 솜씨가 엿보이는 것이었다. 어머니는 내 것과는 반대로 검은 비단 위에 노란 띠를 두른 상의와 치마를 입으셨다. 여동생들은 자기 어머니가 입은 것과 같은 장미색 상의를 입고 있었다. 그 애들의 어머니는 우리 아버지의 첩이었다. 오빠는 파란 상의를 입었다. 그 위에는 장수를 상징하는 부처의 홀이 수놓여 있었다. 어머니의 아주머니, 할머니와 그 사촌, 뚱뚱한 종조모님까지 이날을 위해 가장 좋은 옷을 차려입으셨다. 그분들은 여전히 앞이마의 머리털을 뽑아내고, 평소에도 마치 미끄러운 시냇가를 건너는 것처럼 걷는다. 소심하게 두 걸음 떼고는 겁먹은 표정을 짓는 식이다.

하인들은 이미 그날 필요한 짐을 꾸려 인력거에 실어두었다. 대바구니에는 쫑쯔[粽子]라고 하는 연잎에 싼 찰밥과 구운 돼지고기, 달콤한 연씨가 들었다. 찻물을 끓여야 하니까 작은 화덕도 챙겼고, 또 다른 대바구니에 잔과 그릇, 젓가락도 챙겼다. 그밖에도 사과와 석류, 배가 든 면주머니, 고기와 야채를 저장해둔 항아리, 월병이 네 개씩 들어 있는 붉은 상자들이 있었다. 당연히 오침을 위한 침구도 준비되어 있었다.

모두가 인력거에 올랐다. 어린아이들은 각자 자기들 유모 옆에 앉았다. 그러나 출발하기 바로 직전에 나는 유모에게서 벗어나 어머니가 타고 계신 인력거에 뛰어 올랐다. 그 바람에 유모의 심기를 거스르고 말았는데, 먼저는 그것이 예의 없는 행동이었기 때문이고, 또 유모가 나를 자기 자식보다 더 사랑했기 때문이기도 했다. 유모는 남편이 죽자 갓난 아들을 포기하고 내 보모가 되었다. 그러나 나는 유모 때문에 버릇이 아주 나빠지고 말았다. 유모는 한 번도 나로 하여금 유모의 감정을 생각해보게끔 가르친 적이 없었다. 그래서 나는 유모를 한여름의 부채나 겨울철 난로처럼 그저 내 편의를 위해 존재하는 사람 정도로 생각하게 되었다. 사람은 오직 곁에 있던 것이 더 이상 존재하지 않게 되었을 때에야 그것이 축복이었음을 깨달아 감사하고 사랑할 수 있는 법이다.

호수에 도착했을 때는 실망스러웠다. 전혀 시원하지 않았던 것이다. 우리를 태워다준 인력거꾼은 땀에 흠뻑 젖어서는 입을 벌리고 말처럼 헐떡댔다. 집안의 어른들이 먼저 배에 올라타기 시작했다. 우리 가족이 빌린 커다란 배는 마치 물 위를 떠 다니는 찻집 같았다. 배에 딸린 누각은 우리 집 마당에 있는 것보다 더 컸다. 붉은색 둥근 기둥들이 뾰족한 기와 지붕을 이고 있었다. 그 뒤로 둥근 창문들이 난 집 같은 것이 보였다.

우리 차례가 되었을 때 유모는 내 손을 꼭 삽고 선창과 배 사이를 연결한 판자 위를 건너갔다. 그러나 나는 발이 갑판에 닿기가 무섭게 유모에게서 벗어나 2번, 3번과 함께 어른들 다리 사이로 뛰어 나갔다. 어두운색, 밝은색, 사람들의 몸을 감싼 비단의 파도가 눈앞에 펼쳐졌다. 우리는 누가 배 이 끝에서 저 끝까지 가장 빠르게 달려가는지 내기를 할 생각이었다.

나는 내 몸이 이쪽 저쪽으로 기우뚱거리는 그 불안정한 감각이 좋았다. 지붕과 난간에 걸린 붉은 등이 바람에 떠밀리듯 흔들렸다. 우리는 손가락으로 벤치들과 누각 안에 놓인 작은 탁자들을 훑었다. 나무로 만든 장식 난간의 무늬를 손으로 따라 그려보다가 그 사이로 얼굴을 내밀고 아래 있는 물을 바라보기도 했다. 이곳에는 새로운 볼거리가 많이 있었다!

나는 둥근 창문 달린 집의 무거운 문을 열고, 커다란 거실처럼 보이는 방을 지나쳐 달려갔다. 여동생들이 웃으며 따라왔다. 주방으로 보이는 문 안쪽에서 사람들이 일하고 있었다. 커다란 식칼을 든 남자가 돌아서서 우리를 불렀다. 우리는 수줍게 웃으며 뒷걸음쳤다.

배의 후미에는 가난해 보이는 사람들이 있었다. 키 큰 굴뚝 난로에 장작을 넣는 남자, 야채를 써는 여자. 그리고 험상궂게 생긴 남자애 두 명이 수면 아래 잠긴 철제 어망의 끈을 쥐고 배 가장자리에 쭈그리고 앉아 있었다. 그들은 우리를 거들떠보지도 않았다.

선수로 돌아가자, 마침 배가 출발하여 선창에서 멀어져 가고 있었다. 어머니와 다른 여자 어른들은 이미 누각 벤치에 앉아 계셨다. 그분들은 팔이 떨어져라 부채질을 하며 모기가 날아들 때마다 서로 옆머리를 탁탁 때려주고 있었다. 아버지와 삼촌은 배의 난간에 기대 서서 진지한 목소리로 깊은 대화를 나누었다. 오빠와 남자 사촌들은 긴 대나무 막대를 찾아내서는, 물을 마구 휘저어댔다. 마치 배가 빨리 가게끔 노를 젓는 것처럼 말이다. 하인들은 앞쪽에 무리 지어 앉아 찻물을 끓이고, 구운 은행의 껍질을 깠다. 점심을 차리기 위해 대바구니에 든 차가운 음식들도 꺼내 놓았다.

타이호는 중국 전체를 통틀어서도 가장 큰 축에 속했지만, 그날은 배들로 붐볐다. 노 젓는 배, 발판을 밟아서 나아가는 배, 돛단배, 고깃배, 우리 배 같은 수상 누각. 난간 밖으로 몸을 숙이고 손을 차가운 물에 스치는 사람들, 천으로 된 차양과 기름 먹인 우산 아래에 잠들어 있는 사람들이 우리를 지나쳐 갔다.

갑자기 사람들이 소리를 질렀다. "아아! 아아! 아아!" 나는 생각했다. **마침내 시작되었구나**! 누각 안으로 달려 들어가 어른들을 찾았을 때, 그분들은 웃으며 젓가락으로 민물새우를 집어들고 계셨다. 그것들은 여전히 살아 꿈틀대며 조그만 다리들을 곤두세우고 있었다. 아까 본 그 철제 어망으로 잡아 올렸을 것이다. 아버지는 새우를 매운 간장 소스에 푹 찍어 한입에 넣더니 딱 두 번 씹고서 삼켜버렸다.

그러나 흥분도 곧 이울었다. 여느 때와 다를 바 없는 정오가 지나가고 있었다. 식사를 마친 뒤 찾아오는 나른함, 뜨거운 차를 마시며 나누는 따분한 수다. 유모는 나를 보고 자리에 누우라 하고, 하루 중 가장 더운 시간 모두가 잠든 뒤에 찾아오는 고요.

깨어났을 때 유모는 여전히 자기 자리 위에 모로 누워 자고 있었다. 나는 어슬렁어슬렁 배의 후미로 향했다. 아까 그 험상궂은 소년들이 대나무로 만든 새장에서 커다란 새 한 마리를 꺼냈다. 꽥꽥거리는 새의 긴 목 둘레에는 쇠고리가 걸려 있었다. 한 사람이 팔로 새의 날개를 꽉 붙잡고 있는 동안, 다른 사람이 단단한 밧줄을 목에 걸린 쇠고리에 묶었다. 그런 다음 풀어주자, 새는 그 하얀 날개를 퍼덕이며 배의 가장자리로 빠르게 날아가더니 이내 반짝이는 수면 위에 내려 앉았다. 내가 뱃전으로 다가가 바라보자 새는 한쪽 눈으로 나를 경계하듯 흘겨보더니 이내 물 속으로 사라졌다.

한 소년이 속 빈 갈대 줄기로 만든 뗏목을 물에 던지더니 자신도 물로 뛰어들었다. 그가 뗏목에 올라타 그 위에 서는 짧은 순간, 새도 다시 나타났다. 거세게 몸부림치는 커다란 물고기 한 마리를 부리에 물고 있었다. 새는 뗏목 위에 뛰어 올라 고기를 삼키려 했으나, 쇠고리에 목이 죄여 그럴 수 없었다. 뗏목에 타고 있던 소년이 잽싸게 그 물고기를 빼앗아 배 위에 있는 다른 소년에게 던졌다. 나는 손뼉을 쳤고, 새는 다시 물속으로 사라졌다.

나는 마치 굶주린 고양이처럼 한 시간 동안이나 그 모습을 지켜보았다. 유모와 다른 가족들은 모두 자고 있었다. 새가 물고 나오는 족족 물고기들은 배 위에 있는 나무 양동이 속으로 들어갈 뿐이었다. 한 마리, 그리고 또 한 마리. "됐어!" 물 위에 있는 소년이 다른 소년을 향해 외쳤다. 그러자 배에 탄 소년도 배 꼭대기에 있는 누군가를 향해 크게 소리쳤다. **철커덕**, **칙칙**. 커다란 소리가 터져나오며 배가 다시 움직이기 시작했다. 내 옆에 있던 소년이 물로 뛰어들어 뗏목에 올라탔다. 그렇게 두 소년이 뗏목 한가운데에 쭈그리고 앉았다. 마치 가지 위에 앉은 두 마리 새처럼. 나는 그 자유분방한 모습에 시기심을 느끼며 손을 흔들어주었다. 이내 그들은 물 위에 뜬 노란색 작은 점이 되어 멀어져 갔다.

이 정도 구경만으로도 충분했겠건만, 나는 단꿈에 사로잡힌 사람처럼 계속 그 자리에 머물러 있었다. 과연 내 기대는 어긋나지 않았다. 뒤를 돌아보니 무뚝뚝한 여자 하나가 물고기 양동이 앞에 쭈그리고 앉아 있었다. 여자는 길고 날 선 칼로 생선의 배를 가르고는 안에 든 붉고 미끄덩한 내장을 끄집어내 어깨 너머 호수로 던져버렸다. 그러고는 칼로 생선 비늘을 긁어냈다. 유리 조각 같은 비늘들이 허공을 날았다. 닭도 두 마리 있었다. 그것들은 이미 목이 달아나 더 이상 울지도 못했다. 커다랗고 사나운 거북이 한 마리가 목을 쑥 빼더니 막대기를 덥석 물었다. 바로 그 순간, **휙!** 거북이의 대가리가 떨어져 나갔다. 시커멓고 가느다란 민물장어들이 냄비 안에서 미친 듯이 헤엄치고 있었다. 여자는 묵묵히 그 모든 것을 주방으로 날랐다. 그러자 더 이상 볼 만한 게 없었다.

그제야 내 새 옷에 핏방울과 생선 비늘이 튀고 깃털과 진흙이 묻어 엉망이 되었다는 사실을 알아차렸지만, 이미 너무 늦은 뒤였다. 아, 그 순간 나는 아주 말도 안 되는 생각을 했다! 때마침 배의 앞쪽에서 가족들이 일어나는 소리가 들렸다. 나는 당황한 나머지 손을 거북이 피를 빼둔 그릇에 담가버렸다. 그리고 피 묻은 손을 내 소매와 바지, 상의 앞판에 마구 문질러댔다. 내 생각은 이랬다. **옷을 전부 피로 칠하면 더러워진 부분을 감출 수 있을 거야. 내가 가만히 서 있으면 다들 옷이 원래 이런 색이었는 줄 알겠지. 아무도 모를 거야.**

그리고 잠시 후 유모는 온통 피로 칠갑을 한 귀신을 발견하게 된다. 공포에 질린 유모의 비명 소리가 아직까지 귀에 선하다. 유모는 곧장 내게로 달려와 사지의 어느 하나가 떨어져 나간 것은 아닌지, 몸에 구멍이라도 난 것은 아닌지 살폈다. 그 뒤에는 내 코와 귀를 살피고 손가락 개수를 헤아려보았다. 유모는 내 몸에 아무 이상도 없다는 걸 확인하고서 내가 난생처음 들어보는 말들을 뱉어냈다. 하지만 그 말하는 투를 보아 분명 아주 나쁜 말들 같았다. 유모는 내 상의를 거칠게 잡아당기고 바지도 벗겼다. 내게서 사악한 냄새가 난다고 했다. 내가 아주 사악해 보인다고도 했다. 그렇게 말하는 목소리는 떨렸는데, 화가 나서라기보다는 두려워하고 있는 듯했다. "어머님께서 기뻐하시겠네요. 이제 아가씨한테 손을 씻게 되었으니." 그 말에 깊은 후회가 느껴졌다. "우리를 쿤밍으로 쫓아내실 겁니다." 그제야 나는 잔뜩 겁에 질렸다. 쿤밍은 아주 멀리 떨어져 있어서 아무도 찾아올 수 없고, 원숭이들이 사는 돌숲에 둘러싸인 황량한 곳이라고 들었기 때문이다. 나는 호피 무늬 슬리퍼에 하얀 내복 바람으로 서서 울기 시작했다. 유모는 그런 나를 배의 뒷전에 남겨두고 떠나버렸다.

나는 그래도 어머니가 이내 나와 보실 거라고 생각했다. 어머니가 내 더러워진 의복과 당신이 그 위에 열심히 수놓은 작은 꽃들을 바라보시는 장면을 상상했다. 나는 정말로 어머니가 곧 내가 있는 배의 뒤편으로 오셔서 나를 자상하게 타이르실 줄 알았다. 그러나 어머니는 오시지 않았다. 아, 딱 한 번 발소리를 듣기는 하였으나, 여동생들이 문에 난 유리창에 얼굴을 들이밀고 밖을 내다보았을 뿐이다. 그 애들은 눈이 휘둥그레져서 나를 향해 손가락질하더니 웃으며 사라져버렸다.

물이 진한 금색으로 바뀌었다. 이어서 빨강, 보라, 마침내 검정. 하늘이 어두워지고 온 호수에 붉은 등불이 빛나기 시작했다. 우리 배 주위에서 웃고 떠드는 사람들의 소리가 들려 왔다. 주방 나무 문을 여닫는가 싶더니, 맛있는 냄새가 진동했다. 누각 안에 있는 가족들이 믿기지 않는다는 듯 즐겁게 외쳤다. "아! 이 음식 좀 봐! 이것도!" 나도 그곳에 함께 있고 싶었다. 배가 고팠다.

나는 가족들이 연회를 벌이는 소리를 들으며 배의 난간에 걸

터앉아 있었다. 밤이었지만, 대낮처럼 밝았다. 수면에 내 모습이 비쳐 보였다. 다리, 난간을 붙잡은 손, 내 얼굴. 그리고 온 사방을 환히 비추는 것이 바로 내 머리 위에 떠 있었다. 검은 물 위에 뜬 보름달, 아주 따뜻하고 커다래서 마치 태양처럼 보이는 달. 나는 밤하늘을 향해 고개를 돌렸다. 달의 여인을 찾아내서 내 은밀한 소원을 전할 생각이었다. 바로 그때 모두가 달의 여인을 본 것이 틀림없다. 폭죽을 터뜨렸으니까. 나는 그대로 아래로 떨어져 내렸다. 폭음이 커서 내가 물에 빠지는 소리조차 들리지 않았다.

뜻밖에 물은 기분 좋게 시원했다. 그래서 처음에는 무섭지 않았다. 마치 무중력 상태에서 잠을 자는 기분이었다. 곧 유모가 나타나 나를 안아줄 것이었다. 그러나 이내 숨이 막혀 오기 시작했고, 나는 깨달았다. 유모는 오지 않는다. 나는 물밑에서 팔다리를 버둥거렸다. 물이 내 코와 목, 눈으로 밀고 들어와 찌르는 듯 아팠고, 몸부림은 더욱 거세어졌다. "유모!" 어떻게든 소리를 질러보려 애쓰는 와중에 화가 치밀었다. 유모가 나를 버렸다. 나를 기다리게 만들고, 아프게 하고 있다. 바로 그때 어두운 그림자 하나가 내 곁을 훑고 지나갔다. 나는 깨달았다. '이것이 다섯 가지 악 중 하나인 헤엄치는 물뱀이구나.'

뱀은 내 몸을 휘감고 마치 스펀지처럼 나를 쥐어짜더니 숨막히는 공기 속으로 내던졌다. 나는 살아 몸부림치는 물고기들로 가득한 어망 속에 머리부터 거꾸로 떨어져 들어갔다. 나는 캑캑대고 물을 토해내면서 서럽게 울었다.

고개를 돌렸을 때, 달을 등지고 선 그림자 네 개가 보였다.

그림자 하나가 물을 뚝뚝 떨구며 배 위에 기어 올랐다. "에게, 너무 작잖아? 요걸 그냥 도로 던져버려? 아니, 그래도 어쩌면 돈이 좀 되려나?" 물에 흠뻑 젖은 남자가 헐떡이며 말하자 나머지 사람들이 웃음을 터뜨렸다. 나는 숨도 쉴 수 없었다. 이들이 어떤 사람들인지 알고 있었다. 길을 가다가 이런 사람들을 지나칠 때면, 유모가 손으로 내 눈과 귀를 가려주던 것이다.

"그만해." 배에 있던 여자가 남자를 나무랐다. "애가 놀랐잖아. 우리가 사람 팔아 넘기는 강도인 줄 알 거라고." 그러고는 다정한 목소리로 물었다. "꼬마 아가씨야, 어디서 왔니?"

아까 그 남자가 허리를 굽히고 나를 내려다보며 소리쳤다. "오! 꼬마 아가씨래! 물고기가 아니라!"

"물고기가 아니라네. 물고기가 아냐." 다른 사람들도 따라 중얼거리며 킬킬거렸다.

이제 몸이 벌벌 떨려 왔지만, 너무 무서워서 울 수도 없었다. 화약 냄새와 생선 비린내가 코를 찔렀다. 위험한 분위기가 감돌았다.

"저 사람들은 신경 쓰지 마." 여자가 말했다. "다른 고깃배에서 왔니? 어느 배야? 무서워하지 말고, 가리켜보렴."

노 젓는 배, 발판 밟는 배, 돛단배, 이 배처럼 뱃머리가 길고 중간에 작은 집이 있는 고깃배 등. 물 위에 온갖 배들이 떠 있었다. 나는 눈에 힘을 주고 열심히 우리 배를 찾았다. 심장이 빠르게 뛰었다.

"저거요!" 나는 등불이 환하게 밝혀져 있고 사람들 웃음소리가 들려 오는 수상 누각을 가리켰다. "저거예요! 저거예요!" 울음이 났다. 어서 빨리 가족의 품으로 돌아가고 싶었다. 내가 탄 고깃배는 좋은 음식 냄새가 나는 배를 향하여 빠르게 나아갔다.

"저기요!" 여자가 배 위쪽을 향해 소리쳤다. "여자아이를 잃어버리지 않았어요? 웬 여자애 하나가 물에 빠져 있었거든요?"

위에서 사람들이 소리치는 소리가 들렸다. 나는 유모와 아버지, 어머니 얼굴을 찾아내려 애썼다. 이윽고 사람들이 내가 탄 배와 접한 한쪽 가로 모여들더니 손으로 우리 쪽을 가리키며 내려다보았다. 붉게 상기된 웃는 얼굴, 시끄러운 목소리. 전부 모르는 사람들이었다. 유모는 어디 있지? 왜 어머니는 오시지 않나? 그때 사람들의 다리 사이를 헤치고 작은 여자애가 나타났다.

"저건 내가 아니에요!" 그 애가 소리쳤다. "나는 여기 있어요. 나는 물에 빠지지 않았어요." 그러자 사람들은 큰 소리로 웃으며 돌아갔다.

"꼬마 아가씨가 잘못 본 모양이구나." 다시 물 위를 미끄러져 가는 고깃배 안에서 여자가 말했다. 나는 아무 말도 하지 않았다. 몸이 다시 떨리기 시작했다. 아무도 내가 사라진 것을 신경 쓰지 않는다. 수백 개의 등불이 수면 위에서 춤추었다. 폭죽이 터지고 웃음 소리가 더욱 커졌다. 배가 앞으로 멀리 나아갈수록 더 큰 세상이 다가왔다. 이제 나는 영영 길을 잃어버린 기분이었다.

여자는 계속 나를 바라보고 있었다. 내 땋은 머리는 풀려 헝클어졌고, 내의는 물에 젖고 더러워졌다. 슬리퍼도 잃어버려 맨발이었다.

"어떡하지?" 남자 하나가 조용히 말했다. "아무도 이 애를 찾지 않잖아."

"어쩌면 구걸하는 아이인지도 모르지." 다른 남자가 말했다. "차림새를 좀 봐. 구걸하려고 허접한 뗏목을 타고 나왔겠지."

나는 공포에 휩싸였다. 어쩌면 그 말이 사실일지도 모른다. 나는 가족을 잃어버리고 구걸하는 아이가 된 것이다.

"아! 너는 눈이 없냐?" 여자가 짜증을 내며 말했다. "이 새하얀 피부를 봐. 발바닥도 매끈하고 부드럽잖아."

"그럼 이 애를 호숫가에 내려주자고. 만약 진짜 가족이 있다면, 그 사람들이 거기서 애를 찾겠지." 남자가 말했다.

"정신 없는 밤이네!" 다른 남자가 탄식했다. "이런 명절날 밤에는 꼭 이렇게 배에서 떨어지는 사람들이 나온다니까. 술 취한 시인이나 어린아이, 뭐 그런 사람들 말이야. 애가 물에 빠져 죽지 않은 게 다행이지." 그들은 그런 이야기를 주고받으며 천천히 호숫가로 나아갔다. 한 남자가 대나무 장대로 밀어주자 우리 배는 다른 배들 사이로 미끄러져 들어갔다. 배가 선창에 닿자, 나를 물에서 건져냈던 남자가 다시 나를 들어 배 밖으로 내려주었다. 그의 손에서는 생선 냄새가 났다.

"다음엔 조심해야 해, 꼬마 아가씨!" 멀어져 가는 배 안에서 여자가 말했다.

밝은 달을 등지고 선창에 서 있던 그때, 나는 다시금 내 그림자를 조우했다. 좀 더 짧아지고 쭈그러든 그 모습이 험상궂어 보였다. 우리는 길 옆에 난 관목숲으로 들어가 숨었다. 사람들이 이야기를 나누며 우리 곁을 지나가고, 개구리와 귀뚜라미 우는 소리가 들렸다. 그리고 피리 소리와 쨍쨍 심벌 소리, 징을 울리고 북을 두드리는 소리가 들려 왔다!

관목 사이로 내다보니 앞쪽에 모여 있는 사람들과 달이 놓인 무대가 보였다. 젊은 남자가 무대 한편에서 뛰어나와 사람들에게 말했다. "바로 지금! 달의 여인이 내려와 여러분께 그 슬픈 이야기를 들려드릴 것입니다. 그림자 연극을 곁들인 전통 창극이지요."

달의 여인! 그 마법 같은 말에 나는 모든 문제를 잊었다. 심벌과 징 소리가 더욱 커지더니 무대 위 달의 뒤편에 여자의 그림자가 나타났다. 그는 길게 풀어 헤친 머리를 빗으며 이야기하기 시작했다. 그 목소리는 어찌나 아름답고도 서글프던지!

"아, 나의 고통스러운 운명." 여자가 긴 손가락으로 머리를 빗어내리며 탄식했다. "내 남편은 태양에, 나는 이곳 달에 산답니다. 우리는 매일 밤낮으로 서로를 지나치지만, 바라볼 수도 없어요. 일 년에 단 하루, 바로 오늘 같은 중추절 달밤 외에는요."

사람들이 더욱 가까이 모여들었다. 달의 여인은 피리를 불며 자신의 이야기를 노래하기 시작했다.

달의 반대쪽에 남자의 형체가 나타났다. 달의 여인은 팔을 벌리고 그를 껴안았다. "오! 후이, 나의 남편, 하늘 최고의 궁수!" 그러나 남편은 여자를 알아채지 못하는 듯 그저 하늘을 응시할 뿐이었다. 하늘이 점점 밝아 오자 그의 입이 크게 벌어졌다. 그건 두려움이었을까, 기쁨이었을까.

달의 여인이 목을 움켜쥐고 쓰러지며 소리쳤다. "동쪽 하늘에 뜬 열 개의 태양이 가뭄을 일으키는구나!" 여자가 그렇게 노래하자 궁수는 마법 화살을 겨누어 아홉 개의 태양을 향해 쏘았다. 아홉 개의 태양은 피를 흘리며 터져 나갔다. "빛나는 바다 속으로 가라앉는구나!" 달의 여인이 행복하게 노래했다. 타닥, 탁. 태양이 죽어가는 소리가 들렸다.

그리고 이제 서쪽 하늘의 요정 황태후가 궁수를 향해 날아왔다. 황태후는 가지고 온 상자를 열고 그 안에 든 빛나는 구체를 꺼냈다. 아, 어린 태양처럼 보이는 그것은 사실 마법의 복숭아였다. 먹는 자는 영생을 얻게 된다는 복숭아 말이다! 달의 여인은 자수를 놓으며 분주한 척했지만, 나는 알 수 있었다. 달의 여인이 자기 남편에게서 눈을 떼지 않고 그가 복숭아를 상자에 숨겨두는 모습을 지켜보고 있다는 것을. 궁수는 활을 들어 보이며 앞으로 일 년간은 이 복숭아를 먹지 않겠다고 서약했다. 자신이 영생을 살기에 충분한 인내심을 지녔음을 증명하기 위해서였다. 그가 그렇게 달려 나가자마자, 달의 여인은 조금도 망설이지 않고 그 복숭아를 찾아내 그대로 삼켜버렸다!

마법의 복숭아를 한입 먹는 순간, 여자의 몸은 공중으로 떠올랐고 이내 날아다니게 되었다. 그러나 요정 황태후 같은 모습은 아니었다. 그는 꼭 날개가 부러진 잠자리처럼 보였다. "나는 내 욕망 때문에 이 땅에서 내팽개쳐진 게야!" 여자는 외쳤다. 바로 그때 그의 남편이 문을 박차고 들어와 소리 질렀다. "도둑이다! 내 아내가 내 영생을 훔쳐 갔구나!" 그는 활을 들고 아내를 향해 화살을 겨누었다. 징이 울리며 하늘이 어두워졌다.

휘이! 휘이! 하늘이 다시 밝아지며 구슬픈 피리 선율이 흘렀다. 그리고 무대 위에는 가련한 여자가 태양만큼이나 밝은 달을 등지고 서 있었다. 그의 머리카락은 아주 길어 바닥을 쓸고, 얼굴에 흐르는 눈물까지 닦아냈다. 그가 마지막으로 남편을 본 이후로 하나의 영원이 지나갔다. 이것이 여자의 운명이었다. 달에서 길을 잃은 채, 영원히 자신의 이기적인 소원만을 추구하는 것.

달의 여인이 구슬프게 말했다. "여자는 음이기에, 그 안의 어둠에는 길들여지지 않은 열망이 도사리고 있지요. 남자는 양이랍니다. 우리 마음을 밝게 비추는 진실이지요."

여자의 노래가 끝났을 때, 나는 절망감에 몸을 떨며 울고 있었다. 그의 이야기를 전부 이해한 것은 아니었지만, 그 슬픔만은 헤아릴 수 있었다. 달의 여인과 나는 찰나의 순간에 우리가 속한 세계를 잃어버렸고, 그것을 되찾을 방법은 없었다.

징이 울렸다. 달의 여인은 고개를 숙이고 차분히 주위를 둘러보았다. 군중들이 열광적으로 박수를 쳤다. 그리고 아까 그 젊은 남자가 다시 무대 위로 올라왔다. "잠시만 기다려주세요! 달의 여인이 여기 계신 여러분의 은밀한 소원을 한 가지씩 들어드릴 겁니다!" 사람들은 그 말을 듣고 신이 나서 높은 목소리로 웅성거렸다. 그러나 남자가 이어 "돈을 조금만 기부해주신다면…"이라고 말하자 웃으며 탄식하더니 흩어지기 시작했다. 남자가 소리쳤다. "일 년에 딱 한 번 있는 기회라고요!" 그러나 그의 말에 귀 기울이는 사람은 관목 뒤에 숨어 있는 나와 내 그림자뿐이었다.

"나 소원이 있어요! 소원이 있다고요!" 나는 맨발로 달려가며 소리 질렀다. 그러나 남자는 내게 눈길도 주지 않고 무대 뒤로 들어가버렸다. 나는 계속 달을 향해 달렸다. 달의 여인에게 내가 원하는 바를 말할 것이다. 이제는 내 소원이 무엇인지 알고 있기 때문이다. 나는 도마뱀처럼 빠르게 무대 뒤쪽, 달의 반대편으로 달렸다.

그곳에 달의 여인이 가만히 서 있었다. 십여 개나 되는 석유램프 불빛을 받은 자태는 아름다웠다. 이윽고 그는 그림자 같은 긴 머리를 젓더니 계단을 내려가기 시작했다.

나는 속삭였다. "소원이 있어요." 여전히 여자는 듣지 못한 것 같았다. 그래서 나는 아예 여자의 얼굴을 마주할 수 있을 만큼 가까이 다가갔다. 움푹 패인 뺨과 볼이 넓고 기름진 코, 크고 번쩍이는 이, 붉게 충혈된 눈. 여자는 잔뜩 지친 얼굴로 머리카락을 벗어버렸다. 긴 겉옷이 그 어깨에서 흘러내렸다. 은밀한 소원이 내 입술 사이로 흘러나왔을 때, 달의 여인이 나를 쳐다보았다. 그는 남자였다.

*

나는 오랫동안 기억하지 못했다. 그날 밤 내가 달의 여인에게 무슨 소원을 빌었으며, 어떻게 우리 가족을 다시 만나게 되었는지.

내게는 그 모든 일이 꿈만 같았고, 감히 바랄 수 없는 소원이 이루어진 것처럼 여겨졌다. 뒤에 유모와 아버지, 삼촌, 온 가족이 내 이름을 큰 소리로 부르며 물길을 헤매고 다녔다고 한다. 결국 그날 밤 늦은 시각 가족들은 나를 찾아냈지만, 나는 이미 그전과는 다른 사람이 되어 있었다.

많은 세월이 흐르며 나는 그날의 남은 이야기들을 잊어버렸다. 달의 여인의 노래에 실린 안타까운 사연과 수상 누각, 목에 고리가 걸려 있던 새, 내 소매 위에 피어 있던 작은 꽃들, 불타오르는 다섯 가지 악들.

그러나 이제 나는 늙었고, 해마다 조금씩 내 생의 끝을 향해 감에 따라 어쩐지 시작과 가까워지는 것을 느낀다. 나는 그날 일어난 모든 일을 기억한다. 왜냐하면 그와 같은 상황이 내가 사는 동안 여러 차례 반복되었기 때문이다. 똑같은 무구함, 똑같은 믿음, 똑같은 조바심, 똑같은 호기심, 똑같은 두려움, 그리고 똑같은 외로움. 그렇게 나는 나 자신을 잃어버렸다.

나는 이 모든 일을 기억한다. 그리고 오늘, 이 여덟째 달 십오 일의 밤에 나는 오래전 달의 여인에게 내가 무슨 소원을 빌었는지도 기억한다. 나는 발견되기를 바랐다.

스물여섯 개의 사악한 문

"모퉁이에서는 자전거를 타지 마라." 어머니가 일곱 살 난 딸아이에게 말했다.

"왜 안 되는데요!" 아이는 따져 물었다.

"엄마가 널 못 보잖아. 네가 넘어져서 울음을 터뜨려도 엄마는 모를 거야."

"내가 넘어질지 어떻게 알아요?" 아이가 징징거렸다.

"『스물여섯 개의 사악한 문』이라는 책에 나와. 그 책에는 집 밖에 있을 때 너에게 일어날 수 있는 안 좋은 일들이 모두 적혀 있어."

"나는 엄마 안 믿어. 내가 직접 그 책을 봐야겠어요."

"중국어로 쓰여서 너는 못 읽어. 그러니까 네가 엄마 말을 잘 들어야 하는 거야."

"근데 그게 뭐예요?" 아이는 물었다. "스물여섯 가지 나쁜 일 말이에요. 들려주세요."

그러나 어머니는 앉은 채 조용히 뜨개질만 했다.

"스물여섯 가지! 나쁜 일이! 뭐냐고요!" 아이가 소리 질렀다.

그래도 어머니는 아이에게 대답해주지 않았다.

"말 못하겠죠! 엄마도 모르니까! 엄마는 아무것도 몰라!" 아이는 집 밖으로 뛰쳐나가 자기 자전거에 올라탔다. 서둘러 사라지려 했으나, 모퉁이에 닿기도 전에 넘어지고 말았다.

게임의 규칙

웨벌리 종의 이야기

내가 여섯 살 때 엄마는 나에게 보이지 않는 힘을 사용하는 기술을 가르쳐주었다. 그것은 논쟁에서 이기고 남들에게 인정받는 전략이었다. 나중에는 체스에도 사용되었는데, 그 당시에는 엄마도 나도 그게 그렇게 쓰일 줄은 몰랐다.

"이 악물고 뚝 그쳐." 내가 소금에 절인 매실을 사달라고 시끄럽게 울면서 엄마 팔을 잡아끌었을 때, 엄마가 나를 꾸짖었던 말이다. 나중에 집에서 엄마는 말했다. "현명한 사람은 바람을 거슬러 가지 않아. 중국에 이런 말이 있어. 남쪽에서 바람을 불어라. 그리하면 북쪽이 따르리니. 가장 강한 바람은 눈에 보이지 않는 법이야."

그다음 주에 엄마와 가게에 들어갔을 때 나는 이를 악물었다. 엄마는 필요한 물건을 다 고른 후 조용히 가게 선반에서 작은 매실 봉지를 하나 꺼내 다른 물건들과 함께 계산대 위에 올려놓았다.

엄마는 일상에서 얻는 깨달음들을 나랑 우리 오빠들에게 가르쳐주었다. 우리가 지금보다 더 잘살 수 있게 해주고 싶었던 것이다. 우리는 샌프란시스코의 차이나타운에 살았다. 레스토랑이나 골동품 가게 뒷골목에서 뛰어 노는 다른 여느 중국인 아이들과 마찬가지로, 나는 우리가 가난하다고 생각하지 않았다. 내 그릇은 언제나 가득 차 있었고, 우리 가족은 하루 세 끼를 다섯 코스로 먹었다. 식사는 이상한 스프로 시작되었는데, 나는 그 안에 든 것들이 무엇인지 알고 싶지도 않았다.

우리는 웨벌리 플레이스라는 침실 두 개 딸린 따뜻하고 깨끗한 아파트에 살았다. 아래층에는 찐빵과 딤섬으로 유명한 작은 중국 빵집이 있었다. 이른 아침 아직 골목이 조용할 때부터 그 집에서는 팥소 삶는 냄새가 났다. 동틀 무렵에는 튀긴 참깨 경단과 달콤한 커리로 양념한 닭고기를 넣은 초승달빵 냄새가 온 집안에 진동했다. 나는 침대에 누운 채 아빠가 출근 준비를 하고 얼마 뒤 집을 나서며 문을 잠그는 소리를 들었다. **1초, 2초, 3초, 찰칵.**

두 블록 정도 되는 우리 집 골목길 끝에는 그네와 미끄럼틀이 딸린 작은 모래 놀이터가 있었다. 미끄럼판의 중간 부분은 아이들의 손을 많이 타 반짝반짝하게 닳아 있었다. 또 놀이터를 빙 둘러 나무 벤치들이 놓여 있었다. 나이 많은 동네 어르신들이 거기 앉아 구운 수박 씨앗을 금니로 깨물어 까 먹으며, 시끄럽게 구구거리는 비둘기 떼에게 그 껍질을 뿌려주곤 했다. 하지만 뭐니 뭐니 해도 최고의 놀이터는 역시 어두운 골목길 그 자체였다. 매일같이 수수께끼와 모험으로 가득한 곳이었다. 우리 남매는 리 할아버지네 약방 안을 힐끔거리며, 할아버지가 하얗고 빳빳한 종이 위에 곤충 껍질과 샤프란색 씨앗, 역겨운 냄새가 나는 잎사귀 따위를 적당량씩 덜어 병들어 찾아오는 손님들에게 건네주는 것을 지켜보았다. 할아버지는 언젠가 조상들에게 저주를 받아 다 죽어가는 여자를 살린 적도 있다고 했다. 미국에서 제일 가는 의사들도 두 손 두 발 다 들었다는데 말이다. 약방 옆에는 금박 청첩장과 축제용 붉은 깃발을 잘하는 복사집이 있었다.

거리를 한참 더 내려가다 보면 핑옌 어시장이 나왔다. 가게 앞 유리창가에 놓인 수조 안에는 불쌍한 물고기들이 가득했다. 거북이들은 발로 물때 낀 녹색 타일벽을 디디며 기어 올라가려고 안간힘 썼다. 관광객들을 위해 손으로 쓴 표지가 보였다. **이 가게 안에 있는 것은 전부 애완용이 아니라 식용입니다.** 가게 안에서는 생선 손질하는 사람이 피로 얼룩진 하얀 앞치마를 입고 재빨리 생선 내장을 뽑아냈다. 손님들은 큰 소리로 생선을 주문하며 하나같이 외쳤다. "제일 싱싱한 놈으로 줘요!" 그러면 생선 손질하는 사람은 매번 이렇게 대꾸했다. "전부 싱싱해요! 다 똑같아!" 시장이 덜 붐비는 날에는 찔러보지 말라는 주의를 받으면서 살아 있는 개구리와 게 들이 들어 있는 상자를 들여다보곤 했다. 이외에 말린 갑오징어, 줄지어 놓인 냉동 보리새우, 오징어, 미끄러운 물고기 들이 담긴 상자들도 있었다. 나는 넙치를 볼 때마다 소름이 끼쳤다. 납작한 옆판 한쪽에 몰려 있는 두 눈을 보면 언젠가 엄마가 들려준 이야기가 떠올랐던 것이다. 조심성 없는 여자애가 차로 붐비는 길거리에 뛰어들었다가 택시에 치였다는 이야기. 엄마는 이렇게 전해주었다. "납작하게 짓이겨졌지."

골목길 모퉁이에는 테이블 네 개짜리 식당 홍 싱네(Hong Sing's)가 있었다. 우묵한 계단통 앞으로 이어지는 문에는 '소매상'이라는 글자가 붙어 있었다. 우리 남매는 밤이면 그 문에서 나쁜 사람들이 나타난다고 믿었다. 관광객들은 그 식당을 찾지 않았다. 중국어 메뉴판밖에 없었기 때문이다. 언젠가 커다란 카메라를 든 백인 남자가 친구들과 나를 그 식당 앞에 세워놓고 사진을 찍은 적이 있다. 그는 줄에 묶어 걸어놓은 구운 오리 대가리가 사진에 담겨야 한다며 우리에게 가게 창문 옆에 가서 서라고 했다. 사진을 다 찍고 나서, 나는 그에게 다가가 홍 싱네에서 저녁을 먹어야 한다고 했다. 그리고 그가 미소 지으며 무슨 음식을 파느냐고 물었을 때, 이렇게 소리쳤다. "곱창과 오리발, 문어 위장이요!" 그 말을 신호로 우리는 크게 웃고 소리 지르며 날쌔게 골목을 가로질러 달아났다. 나는 중국 보석 회사의 동굴 같은 입구에 숨은 채 내심 그가 우리를 잡으러 오기를 기대하며 가슴 설레했다.

엄마는 내 이름을 우리가 살던 거리 이름에서 따 왔다. 웨벌리 플레이스 종. 미국의 중요한 서류에 들어가는 나의 공식 이름은 웨벌리 플레이스 종이지만, 우리 가족은 나를 메이메이[妹妹]라고 불렀다. '여동생'이라는 뜻이다. 나는 우리 집에서 막내이자 외동딸이다. 매일 아침 학교 가기 전마다 엄마는 내 굵고 시커먼 머리카락을 이리 꼬고 저리 잡아당기며 양갈래로 단단히 땋아주었다. 그날도 엄마는 단단한 빗을 들고 내 억센 머리카락과 씨름하고 있었다. 그러는 동안 나는 아주 음흉한 생각을 했다.

엄마에게 물었다. "엄마, 중국식 고문이 뭐예요?" 엄마는 머리를 흔들었다. 엄마의 입술 사이에는 내 머리핀이 물려 있었다. 엄마는 손바닥에 물을 묻혀 내 귀 위쪽 머리를 차분히 가라앉힌 다음 머리핀을 찔러넣었다. 뾰족한 머리핀 끄트머리가 두피를 긁고 지나갔다.

"누가 그런 말을 해?" 엄마가 물었다. 내가 엄마를 골려주려 하는 줄은 전혀 눈치채지 못한 듯했다. 나는 어깨를 으쓱하며 말했다. "우리 반 남자애들이요, 중국 사람들은 중국식 고문을 한대요."

"중국 사람들은 많은 일을 하지." 엄마는 간결하게 말했다. "사업을 하고, 약을 만들고, 그림을 그려. 미국 사람들처럼 게으르지 않아. 물론 고문도 하지. 아주 최고로 한단다."

사실 처음 체스 세트를 받은 사람은 빈센트 오빠였다. 우리는 골목 끝에 있는 제일중국침례교회에서 열리는 크리스마스 행사에 갔었다. 여자 선교사들이 다른 교회에서 기증받은 선물로 산타의 선물 보따리를 만들어두었다. 그 선물들에는 받는이의 이름이 쓰여 있지 않았다. 남자아이와 여자아이 몫의 선물 주머니들을 연령대별로 따로 마련해두었을 뿐이다.

중국인 교인 중 한 사람이 산타 옷을 입고 턱수염을 달았다. 두꺼운 도화지에 솜을 풀로 붙여 만든 수염이었다. 나는 어린애들이나 믿을 거라고 생각했다. 너무 어려서 산타 클로스는 중국인이 아니라는 사실을 모르는 애들 말이다. 내 차례가 되었을 때, 산타가 나에게 몇 살이냐고 물었다. 까다로운 질문이었다. 나는 미국 서류상으로는 일곱 살이지만, 중국 나이로는 여덟 살이었기 때문이다. 그래서 나는 1951년 3월 17일에 태어났다고 말했다. 그는 내 대답에 만족한 듯 이어서 엄숙하게 물었다. "올해 아주 아주 착하게 잘 지냈겠지? 예수님을 믿고 부모님 말씀에 순종했니?" 나는 뭐라고 대답해야 하는지 알고 있었다. 대답은 한 가지였다. 똑같이 엄숙하게 고개를 끄덕이는 것.

나는 다른 아이들이 선물을 뜯어보는 모습을 지켜보면서, 크다고 해서 반드시 가장 좋은 선물은 아니라는 사실을 파악했다. 내 또래의 어느 여자애는 커다란 성경 인물 색칠공부책을 받았다. 반면 욕심 부리지 않고 작은 상자를 고른 아이는 작은 유리병에 든 라벤더 향수를 받았다. 상자에서 어떤 소리가 나는가도 중요하다. 열 살짜리 남자애 하나는 흔들어보아 쨍쨍 소리가 나는 상자를 골랐다. 그 안에 든 것은 지구본 모양 양철 저금통이었다. 그 애는 그 안에 5센트, 10센트짜리 동전들이 가득할 거라고 철석같이 믿었던 모양이다. 달랑 10페니짜리 동전 몇 개 들었을 뿐이라는 사실을 깨닫고는 얼굴에 실망한 기색이 역력했기 때문이다. 그러자 그 애의 엄마는 자기 아들의 머리통을 후려 갈기고는, 교회 밖으로 끌고 나갔다. 모인 사람들을 향하여 "죄송해요. 애가 이렇게 좋은 선물을 받고도 감사할 줄을 모르네요"라고 사과하면서.

나는 선물 보따리 안에 남은 선물들을 재빨리 만져보고 무게를 가늠해보며 안에 뭐가 들어 있을지 추측했다. 그리고 반짝이는 은박지로 감싸고 붉은색 공단 리본을 묶은 선물을 골랐다. 작지만 묵직한 그 선물의 정체는 열두 개들이 라이프 세이버스 사탕이었다. 나는 그날 행사의 나머지 시간 내내 사탕들을 내가 좋아하는 맛 순서대로 늘어놓고 또 다시 늘어놓으면서 보냈다. 윈스턴 오빠 또한 현명한 선택을 했다. 정교한 프라모델 조립 세트를 받은 것이다. 상자에는 제대로 조립하면 제2차 세계대전 당시의 잠수함과 똑같이 생긴 모형을 만들 수 있다고 적혀 있었다.

빈센트 오빠는 체스 세트를 받았다. 딱 봐도 남이 쓰던 물건이었고 나중에 보니 검정색 폰과 흰색 나이트가 하나씩 빠져 있었지만, 교회 크리스마스 행사에서 받을 수 있는 선물치고는 아주 괜찮은 것이었다. 엄마는 익명의 선물 준 사람을 향하여 아주 정중하게 감사를 표했다. "너무 좋은 선물이에요. 굉장히 비싼 물건 같은데." 그러자 한 할머니가 우리 가족을 향해 성긴 백발 머리를 끄덕이며 바람 빠지는 듯한 소리로 말했다. "메리, 메리 크리스마스에요."

나중에 집에 돌아왔을 때, 엄마는 빈센트 오빠에게 그걸 내다버리라고 했다. "그 할머니한테 필요없는 물건이라면, 우리도 됐다." 비스듬히 기울인 얼굴에는 딱딱하고 거만한 미소가 걸려 있었다. 그러나 오빠들은 못 들은 척했다. 이미 체스 세트의 말들을 줄지어 늘어놓고 모서리가 잔뜩 접힌 설명서를 읽어 내려가고 있는 참이었기 때문이다.

크리스마스 주간 내내 빈센트 오빠와 윈스턴 오빠가 체스하는 모습을 지켜보았다. 내 눈에는 그 체스판이 아직 아무도 알아내지 못한 정교한 비밀들을 품고 있는 것 같았다. 그 위에 선 말들은 조상의 저주를 풀었다는 리 씨 할아버지네 마법의 약초보다도 강해 보였다. 특히 체스를 할 때마다 오빠들이 항상 진지한 표정을 지었기 때문에, 나는 거기에 홍 싱네 소매상 전용문을 피해 가는 것보다 더 대단한 무언가가 있을 거라고 확신하게 되었다.

한 판이 끝날 때마다 둘 중 한 사람은 뒤로 기대어 안도의 한숨을 내쉬며 승리의 기쁨을 만끽하는 반면 다른 사람은 잔뜩 화가 나서 씩씩거리며 결과를 받아들이지 못했다. 나는 그때마다 달려들어 졸라댔다. "나도 할래! 나도 시켜줘!" 빈센트 오빠는 처음에는 나를 끼워주려 하지 않았다. 하지만 내가 사라진 검정색 폰과 흰색 나이트 대신 내 라이프 세이버스 사탕을 내놓겠다고 하자 받아들였다. 오빠들은 단추 두 개를 사라진 말들 대신 삼아 쓰고 있었던 것이다. 오빠는 검정색 폰을 대신하여 버찌맛 사탕을, 흰색 나이트를 대신하여 페퍼민트맛 사탕을 골랐다. 게임이 끝난 뒤 이긴 사람이 사탕 두 개를 다 먹기로 했다.

엄마가 저녁으로 먹을 찐만두를 빚으려 도마에 밀가루를 뿌리고 작고 둥근 반죽을 밀대로 밀어 만두피를 만드는 동안, 빈센트 오빠는 말을 하나하나 가리키며 내게 규칙을 설명해주었다.

"너는 말을 열여섯 개 가졌고, 나도 마찬가지야. 킹과 퀸이 하나씩 있고, 비숍 두 개, 나이트 두 개, 캐슬 두 개, 폰이 여덟 개야. 폰은 앞으로 한 칸씩만 갈 수 있어. 단, 처음 나갈 때는 두 칸을 움직일 수 있지. 그리고 이렇게 대각선으로만 상대를 잡을 수 있어. 처음 나갈 때만 빼고. 그때는 앞으로 가서 다른 폰을 잡을 수 있지."

"왜?" 나는 내 폰을 움직이며 물었다. "왜 얘들은 한 칸씩밖에 못 움직여?"

"폰은 원래 그런 거야."

"그치만 그럼 왜 다른 말을 잡을 때는 대각선으로 가는데? 그리고 왜 체스 말에는 여자나 아이 들이 없어?

"야! 그럼 하늘은 왜 파랗냐? 너는 왜 맨날 그렇게 바보 같은 것만 물어보는데? 이건 게임이야. 게임에는 규칙이 있다고. 내가 그렇게 정한 것도 아니야. 봐. 여기, 이 책에 나와 있잖아." 오빠가 손에 든 폰으로 책의 한 쪽을 쿡쿡 찔러댔다. "자, 봐. 폰. 피, 에이, 더블유, 엔. 폰! 네가 직접 읽어봐."

그때 엄마가 손바닥에 묻은 밀가루를 탁탁 털어내며 조용히 말했다. "어디 좀 보자." 엄마는 책장들을 빠르게 훑어보았지만, 영어로 된 부호들을 읽고 있는 것 같지는 않았다. 굳이 뭔가를 찾는 것처럼 보이지도 않았다.

"미국 규칙들이란." 엄마는 마침내 결론 내리듯 말했다. "외국에서 들어오는 사람들은 반드시 규칙을 알아야 해. 규칙을 모른다고 하면 판사는 말하지. **안 됐지만, 돌아가세요**. 그들은 이유를 말해주지 않아. 그러니 일단 하라는 대로 하는 거야. 그 사람들은 항상 그렇게 말해. **이유는 모릅니다. 당신 스스로 찾아보세요.** 웃기는 소리지. 자기들은 항상 다 알고 있으면서 말이야. 그러니까 일단 받아들이고 스스로 이유를 알아내는 편이 나아." 엄마는 고개를 뒤로 젖히고 만족스러운 미소를 머금었다.

나는 나중에 그 모든 '왜'의 해답을 알아냈다. 규칙을 읽었고, 어려운 말은 사전에서 뜻을 찾아보았다. 차이나타운의 도서관에서 책을 빌려 각각의 체스 말들을 공부하고, 그것들이 지닌 능력을 익히려고 애썼다.

나는 체스의 오프닝에 대해 배웠다. 일찍 중앙을 점하는 것이 중요한 이유도 깨달았다. 두 지점 사이의 최단 거리가 중앙에서 떨어지기 때문이다. 미들 게임에 대해서도 알았다. 체스에서 두 사람의 전략은 곧 사고의 충돌과도 같다. 공격을 하든 함정에서 빠져 나오든 더 확실한 계획을 가진 사람이 우위를 차지한다. 왜 엔드게임에서는 몇 수 앞을 내다보아야 하는지, 어째서 가능한 모든 움직임을 수학적으로 이해해야 하는지, 인내심이 필요한 이유는 무엇인지도 배웠다. 강한 사람에게는 모든 약점과 이점이 똑똑히 보이지만, 기진한 사람의 눈에는 아무것도 들어오지 않는다. 게임 전체를 통틀어 보이지 않는 힘을 길러야 한다. 게임이 시작하기도 전에 엔드게임을 볼 수 있어야만 한다.

또 의문을 품고 있더라도 절대 상대에게 티 내면 안 된다. 아주 적은 정보라도 일단 가지고 있으면 나중에 커다란 이점이 되기 때문이다. 그것이 바로 체스의 힘이다. 체스는 비밀의 게임이다. 그 안에서는 보여주되 절대로 말해서는 안 된다.

나는 내가 이 까맣고 하얀 예순네 개의 네모칸 안에서 찾아낸 비밀이 마음에 들었다. 손으로 정성껏 그린 체스판을 내 침대 옆 벽에 붙여두고는, 밤이면 몇 시간이고 그것을 바라보며 상상의 게임을 펼치곤 했다. 곧 나는 더 이상 지지 않게 되었고, 라이프 세이버스 사탕도 잃지 않았지만, 대신 맞수들을 잃었다. 윈스턴 오빠와 빈센트 오빠가 방과후에 체스를 하는 대신 호파롱 캐시디 카우보이 모자를 쓰고 거리를 쏘다니는 데 흥미를 붙인 것이다.

어느 쌀쌀한 봄날 정오 무렵이었다. 학교에서 돌아오다가 우리 집 골목 끝에 있는 놀이터로 빠졌다. 그곳에는 할아버지들이 모여 있었고, 그중 두 분은 접이식 탁자를 가운데 두고 마주 앉아 체스를 하고 있었다. 나머지 할아버지들은 땅콩을 까먹고 파이프 담배를 피우며 구경했다. 나는 집으로 달려갔다. 하드보드지 상자 안에 넣고 고무줄로 묶어두었던 빈센트 오빠의 체스 세트를 집어들고, 아껴두었던 라이프 세이버스 사탕 두 줄을 신중히 골랐다. 그러고는 공원으로 돌아가 게임을 구경하고 있는 한 할아버지 곁으로 다가가 물었다. "저랑 같이하실래요?"

할아버지는 놀란 듯 눈이 커지고 이마가 위로 올라가는가 싶더니, 이내 내가 팔 아래 끼고 있는 상자를 보고 자상하게 웃으며 말씀하셨다.

"얘야, 나는 인형 놀이를 졸업한 지 아주 오래되었단다." 나는 말 대신 행동으로 대답했다. 재빨리 할아버지 곁에 상자를 내려놓고 안에 든 것들을 벤치 위에 펼쳐놓은 것이다.

할아버지는 자신을 라우 포라고 부르라고 했다. 라우 포는 우리 오빠들보다 훨씬 좋은 상대였다. 나는 많이 졌고, 라이프 세이버스 사탕도 많이 잃었다. 그러나 몇 주 뒤에는 사탕이 줄어들 때마다 새로운 비밀들을 알게 되었다. 라우 포는 그것들을 뭐라고 하는지 알려주었다. 동안과 서안에서의 이중 공격, 물에 빠진 사람에게 돌 던지기, 클랜과의 갑작스런 조우, 잠자던 파수꾼의 기습 공격, 왕을 죽인 비천한 하인, 진격해 오는 상대의 눈에 모래 뿌리기, 무혈 병살.

체스를 둘 때 지켜야 할 예의범절도 배웠다. 잡은 말은 가지런히 세워두어라. 후히 대우받는 포로들처럼. 절대 거만하게 "체크"를 선언하지 말아라. 방심하는 찰나에 상대가 보이지 않는 칼로 네 목을 가를 수도 있다. 게임에서 지더라도 절대 말들을 모래놀이판에 던져버리지 말아라. 어차피 나중에 스스로 전부 주워와야 하기 때문이다. 주위 모든 사람에게 사과해야 한다는 것은 덤이다. 그 여름의 끝 무렵, 라우 포는 자기가 아는 모든 것을 내게 가르쳐주었고, 나는 더 훌륭한 체스 선수가 되었다.

내가 상대 도전자들을 하나하나 쓰러뜨리고 있으면, 구경꾼들이 소소하게 모여 들었다. 주말을 맞아 공원에 나온 동네 사람들 아니면 관광객들이었다. 엄마도 그 속에 섞여 이 야외 경기를 참관하곤 했다. 뿌듯하다는 듯 벤치에 앉아서는 내 실력을 칭찬하는 사람들에게 말하는 것이다. "운이죠." 특유의 중국식 겸양이었다.

어떤 아저씨가 내가 공원에서 체스하는 모습을 지켜보고 있다가 엄마에게 말했다. 나를 지역 토너먼트 대회에 내보내라고. 엄마는 그저 말없이 미소 지을 뿐이었다. 나는 대회에 너무나도 나가고 싶었지만, 이를 꽉 깨물었다. 엄마는 내가 모르는 사람들 속에서 체스를 하도록 허락해주지 않을 것이다. 그날 엄마와 함께 집으로 돌아가는 길에 나는 기어들어가는 목소리로 말했다. "엄마, 저는 지역 토너먼트 대회에 나가고 싶지 않아요. 그 사람들은 미국 규칙을 둘 거라고요. 만약 제가 진다면, 우리 가족이 부끄러워질 거예요."

그러자 엄마는 말했다. "아무도 밀지 않았는데 넘어지는 것이야말로 부끄러운 일이지."

나의 첫 토너먼트 대회에서, 엄마는 나랑 같이 맨 앞줄에 앉아 내 순서가 오기를 기다리고 있었다. 살갗에 닿는 접이식 금속 의자의 차가운 감촉이 싫어서 나는 수시로 다리를 튕겼다. 그리고 마침내 내 이름이 호명되었을 때, 튀어 오르듯 자리에서 일어났다. 엄마가 무릎 위에서 뭔가를 끌렀다. 작고 납작한 적옥으로 만든 엄마의 목걸이, 창이었다. 적옥은 태양의 홍염을 품고 있다고 했다. "운이야." 엄마는 그렇게 속삭이며, 목걸이를 내 원피스 주머니에 찔러 넣어주었다. 나는 내 상대방을 바라보았다. 오클랜드에서 왔다는 열다섯 살 소년이었다. 그 애는 나를 보고 코를 찡그렸다.

일단 내가 게임을 시작하자, 상대 소년은 사라져버렸다. 방

안의 모든 색채 또한 가시고, 눈에 보이는 것은 오직 나의 하얀 말들과 맞은편에서 기다리고 있는 상대의 검은 말들뿐이었다. 가벼운 바람이 내 귀를 지나쳐 불기 시작했다. 그 바람은 오직 나만이 들을 수 있는 비밀들을 속삭였다.

"남쪽에서 불어라." 바람이 속삭였다. "바람은 발자취를 남기지 않아." 분명한 경로와 피해야 할 함정들이 눈에 들어왔다. 군중들이 웅성거렸다. "쉬! 쉬!" 경기장 구석에서 누군가 조용히들 하라고 주의를 주었다. 바람이 더욱 거세졌다. "동쪽에서 모래를 뿌려 상대를 교란해." 나이트가 앞으로 나아왔다. 희생할 준비가 되어 있었다. 바람이 윙윙거리는 소리가 갈수록 커졌다. "불어라, 불어라, 불어라. 저 애는 못 봐. 지금 눈이 멀었거든. 바람으로부터 등을 돌리게 만들어. 그리하여 쉬이 넘어지도록."

바람이 귓가에서 우렁찬 웃음을 터뜨렸을 때, 나는 말했다. "체크." 바람은 차츰 잦아들어 내 숨결로 남았다.

엄마는 내 첫 번째 트로피를 새 플라스틱 체스 세트 옆에 두었다. 이웃의 도교 단체에서 내게 선물한 것이었다. 엄마는 부드러운 헝겊으로 말들을 하나하나 닦으면서 말했다. "다음에는 더 많이 잡아. 더 적게 잡히고."

"엄마, 체스에서 얼마나 많이 잡히는가는 중요하지 않아요. 때로는 앞으로 나아가기 위해 말 몇 개쯤은 내줘야 한다고요."

"그래도 이왕이면 덜 잡히는 게 좋잖아. 정말 꼭 잡혀야만 하는 건지 잘 판단해."

다음 토너먼트 대회에서도 나는 이겼다. 그러나 의기양양한 미소를 지은 사람은 엄마였다.

"이번에는 여덟 개만 잡혔구나. 지난번에는 열한 개였지. 내가 뭐랬니? 이왕이면 덜 잡히는 게 좋다고 했잖아!" 나는 짜증이 났지만, 아무 말도 할 수 없었다.

나는 더 많은 대회에 나갔고, 그때마다 대회장은 집에서 점점 멀어졌다. 매번 모든 게임에서 이겼고, 트로피는 점점 늘어났다. 우리 아파트 아래층에 있는 중국 빵집은 쇼윈도 안에 내 트로피들을 전시해두었다. 팔리지 않아 먼지 쌓인 케익들 사이에 내 트로피들이 들어섰다. 내가 중요한 지역 대회에서 우승한 다음 날에는 그 쇼윈도 안에 새로 구운 크림 케익이 놓였다. 하얀 생크림 케익 위에 붉은색으로 이렇게 쓰여 있었다. **차이나타운의 체스 챔피언 웨벌리 종 양을 축하합니다**. 곧 꽃집과 비석집, 장례식장에서 전국 대회 때는 내 스폰서가 되겠다고 나섰다. 그때부터 엄마는 더 이상 내게 설거지를 시키지 않았다. 윈스턴 오빠와 빈센트 오빠가 나 대신 집안일을 해야 했다.

"왜 쟤는 노는데 우리는 이 많은 일을 다 해야 해요?" 빈센트 오빠가 투덜거렸다.

"새로운 미국식 규칙이다." 엄마는 말했다. "메이메이는 체스를 하면서 이기기 위해 온 머리를 다 쥐어짜내는데, 너희가 노는 건 수건 짜는 값어치만도 못하잖아."

아홉 번째 생일이 되었을 때, 나는 전국 체스 챔피언이었다. 그랜드 마스터가 되려면 아직 429점이 부족했지만, 나는 '위대한 미국의 희망'이라 불렸다. 나는 영재였다. 그것도 여자애가 말이다. 《라이프*Life*》 지는 "여자는 절대 그랜드 마스터가 될 수 없을 것이다"라는 바비 피셔의 말 옆에 내 사진을 싣고 "당신 차례예요, 바비"라는 캡션을 달아두었다.

사진 속 나는 머리를 단정히 땋고 테두리를 모조 다이아몬드로 장식한 플라스틱 머리핀을 꽂았다. 커다란 고등학교 강당에서 열린 체스 대회였다. 가래 기침 소리가 울리고, 고무로 마감한 의자 다리가 왁스칠한 나무 바닥 위에 끌리며 끼익거렸다. 내 앞에 앉은 사람은 라우 포와 동년배로 보이는 아저씨였다. 아마 쉰 살쯤 되었을 것이다. 내가 말을 움직일 때마다 눈물을 흘리는 것 같았던 땀에 젖은 이마가 생각난다. 그는 냄새 나는 어두운색 정장을 입고 있었다. 그 주머니들 중 하나에는 커다란 흰색 손수건이 들어 있었다. 그는 한껏 멋을 부리며 체스 말을 집어들기 전에 항상 그 손수건을 꺼내 손바닥을 닦았다.

나는 분홍색과 흰색이 섞인 빳빳한 드레스를 입었다. 목에 달린 레이스가 까끌까끌했다. 엄마가 중요한 자리에 나갈 때 입으라고 지어준 옷 두 벌 중 하나였다. 나는 턱 아래에 깍지를 끼고 팔꿈치를 탁자 위에 살짝 올려놓고 있었다. 엄마가 언론에 사진 찍힐 때를 위해 직접 시범을 보여준 포즈였다. 나는 스쿨버스에 탄 산만한 어린아이처럼 에나멜 가죽 구두 신은 발을 앞뒤로 흔들었다. 그러다가 잠시 멈추어 입술을 빨고, 아직 어디다 둘지 결정하지 못했다는 것처럼 말을 집어든 채 잠시 허공 위를 맴돌았다. 그러고는 이내 위협적인 자리에 단호히 내려놓았다. 상대를 향해 의기양양한 미소를 지어주는 것 또한 잊지 않았다.

나는 더 이상 웨벌리 플레이스의 골목길에서 놀지 않았다. 비둘기와 할아버지들이 모여드는 놀이터에도 가지 않았다. 학교 마친 뒤에는 곧장 집으로 돌아와 새로운 체스 기술을 배웠다. 이점을 영리하게 숨기고 퇴로를 더 많이 내는 법.

하지만 집에서는 집중하기가 쉽지 않았다. 엄마는 내가 게임을 연구할 때면 항상 내 곁에 서 있는 습관이 있었는데, 마치 자기가 나를 보호하는 동료라고 생각하는 것 같았다. 엄마는 입을 굳게 닫고 있었지만, 내가 한 번 움직일 때마다 콧소리가 흘러나왔다. "흐으으으으으으음."

하루는 참지 못하고 말했다. "엄마, 그렇게 서 계시면 제가 연습할 수가 없잖아요." 그러자 엄마는 부엌으로 돌아갔고, 잠시 후 냄비와 팬들을 쾅쾅 부딪는 요란한 소리가 들려 왔다. 그러다 어느 순간 그 소리가 잠잠해져서 힐끗 보니, 엄마가 문간에 서 있었다. 꽉 조인 목 안에서 소리가 새어 나왔다. "흐으으으음!"

부모님은 내가 연습할 수 있도록 많이 배려해주셨다. 오빠들은 원래 나랑 방을 같이 썼는데, 한번은 내가 오빠들이 너무 시끄러워서 생각을 할 수가 없다고 말했다. 그다음부터 오빠들은 길거리와 접한 거실에 침대를 두고 거기서 자게 되었다. 밥을 다 못 먹겠다고 한 적도 있었다. 너무 배부르면 머리가 제대로 돌아가지 않는다는 이유였다. 밥공기 안에 밥이 반절이나 그대로 남아 있었는데도, 아무도 나에게 뭐라고 하지 않았다. 그러나 절대 피할 수 없는 의무가 하나 있었다. 바로 체스 대회가 없는 토요일에는 꼭 엄마와 함께 시장에 가야 한다는 것이었다. 엄마는 나를 데리고 자랑스럽게 걸어다녔다. 물건은 거의 사지도 않으면서 가게란 가게는 다 들렀다. "얘가 내 딸 웨벌리 종이에요." 엄마는 지나가다 눈만 마주쳐도 그렇게 말했다.

어느 날 가게를 나서며 숨 죽여 말했다. "엄마, 나는 엄마가 좀 안 그랬으면 좋겠어요. 모든 사람에게 내가 엄마 딸이라고 이야기하는 거요." 그러자 엄마는 그 자리에 멈춰 섰다. 손에 무거운 봉투를 든 사람들이 우리를 밀치며 지나갔다. 한쪽 어깨를 밀치고 그다음에는 반대쪽 어깨.

"아이고야, 엄마랑 있는 게 그렇게 창피해?" 엄마는 나를 바라보며 내 손을 꽉 움켜쥐었다.

나는 눈을 내리깔며 말했다. "그런 게 아니라요, 너무 뻔하잖아요. 너무 낯간지럽다고요."

"네가 내 딸이라는 게 낯간지러워?" 화가 난 듯 엄마의 목소리가 갈라졌다.

"그런 뜻이 아니에요. 제가 언제 그렇게 말했어요?"

"그럼 뭔데?"

이 이상 말해서는 안 된다는 것을 알고 있었지만, 나는 계속 쏘아붙였다. "왜 꼭 나를 이용해서 자랑하려고 해요? 자랑하고 싶으면 엄마가 체스를 배우면 되잖아요."

이제 엄마의 눈은 무서우리만치 새까매지고 길게 찢어졌다. 하지만 엄마는 아무 말도 하지 않았다. 그저 날카로운 침묵뿐이었다.

뜨겁게 달아오른 귀 주변으로 바람이 휘몰아쳤다. 나는 엄마에게 붙잡힌 손을 홱 뿌리치며 돌아서다가 할머니 한 분과 부딪치고 말았다. 식료품 봉투가 바닥에 엎질러졌다.

"아이고! 이 녀석아!" 엄마와 할머니가 소리쳤다. 오렌지와 깡통 들이 보도 위를 굴렀다. 엄마가 할머니를 도와 땅에 떨어진 물건들을 줍고 있을 때, 나는 도망쳤다.

나는 사람들을 제치며 길 아래로 달려 내려갔다. "메이메이! 메이메이!" 엄마가 뒤에서 째지는 목소리로 불렀지만 돌아보지 않았다. 나는 어느 골목길의 어두운 커튼을 드리운 가게들과 때에 쩌든 창문을 닦고 있는 상인들을 지나쳤다. 햇볕 속으로, 싸구려 장신구와 기념품 따위를 구경하고 있는 관광 인파 속으로 뛰어들었다. 또 다른 어두운 골목길로 들어갔다. 또 다른 거리를 달려 내려갔다. 또 다른 골목길을 달음박질해 올라갔다. 너무 뛰어서 심장이 터질 듯 아파 올 때쯤 깨달았다. 나는 아무 데도 갈 곳이 없다. 그리고 지금 도대체 뭘 피해서 도망치고 있는 거지? 이 골목들에는 퇴로가 없는데.

숨이 성난 연기처럼 뿜어져 나왔다. 바깥은 추웠다. 빈 상자 더미 옆에 물통 하나가 뒤집어져 있기에 그 위에 앉아 손에 턱을 괴고 열심히 생각했다. 엄마는 거리를 하나나 두 개쯤 쿵쾅쿵쾅 걸어다니며 나를 찾다가 포기하고 집으로 돌아갔을 것이다. 내가 돌아오길 기다리고 있겠지. 두 시간쯤 지났을 때, 나는 자리에서 일어섰다. 그리고 얼어붙어 삐걱거리는 다리를 천천히 떼며 집으로 돌아가기 시작했다.

집 앞 골목길은 고요했다. 우리 집에서 뿜어져 나오는 노란 불빛이 마치 어둠 속에서 나를 바라보는 호랑이의 눈 같았다. 나는 최대한 소리 내지 않으려 애쓰며 열여섯 개의 계단을 올랐다. 손잡이를 돌렸으나, 문은 잠겨 있었다. 잠시 후 의자 끄는 소리, 빠르게 걸어오는 발소리가 들리더니 자물쇠가 돌아갔다. **찰칵**! **찰칵**! **찰칵**! 그리고 문이 열렸다.

"이제 들어오시네." 빈센트 오빠였다. "인마, 넌 이제 큰일난 줄 알아."

오빠는 그렇게 말하고는 미끄러지듯 저녁 식탁으로 다시 돌아갔다. 먹다 남은 커다란 생선이 접시 위에 놓여 있었다. 아직까지 뼈에 붙어 있는 그 살진 대가리가 마치 탈출구를 찾아 부질없이 상류를 거슬러 오르는 듯 보였다. 내가 처분을 기다리며 거기서 있는데, 엄마가 무심한 목소리로 말했다.

"저 애는 신경 쓰지 말자. 쟤도 우리를 신경 쓰지 않으니까."

젓가락이 밥그릇에 부딪치며 달그락 달그락 소리가 났다. 식구들 모두가 내 쪽은 거들떠도 안 보고 그릇에 든 음식을 허기진 뱃속에 쓸어넣고 있었다.

나는 내 방으로 들어가 문을 닫고 침대 위에 드러누웠다. 방안은 어두웠다. 이웃집에서 새어 나온 불빛이 천장에 그림자를 가득 드리웠다.

머릿속에 검고 하얀 예순네 개의 네모칸들이 떠올랐다. 맞은편에 내 상대방이 있었다. 잔뜩 성나 길게 찢어진 검은 구멍 두 개. 여자는 득의만면한 웃음을 지었다. "가장 강한 바람은 눈에 보이지 않는 법이지."

여자의 검은 말들이 하나되어 평원 위로 한 단계, 한 단계 진군해 왔다. 내 하얀 말들은 발만 동동 구르다가 비명을 지르며 하나씩 하나씩 떨어져 나갔다. 여자의 말들이 내 쪽 최후방까지 다 가왔을 때, 나는 내 몸이 가벼워지는 것을 느꼈다. 그대로 공중으로 두둥실 떠올라 창밖으로 날아갔다. 높이, 더 높이, 골목 위로, 타일 지붕들 위로. 나는 바람에 실려 밤하늘 위로 밀려 올라갔다. 내 발밑에 있는 것들이 전부 보이지 않게 되고 나 혼자 남을 때까지.

나는 눈을 감고 찬찬히 다음 수를 생각했다.

벽에서 들려 온 목소리

레나 세인트 클레어의 이야기

어린 시절, 엄마는 나에게 증조할아버지 이야기를 들려주었다. 증조할아버지는 어느 걸인 한 사람을 세상에서 가장 잔인한 방법으로 죽이도록 명하셨는데, 이후 죽은 자의 원혼이 다시 돌아와 증조할아버지의 목숨을 앗아갔다는 것이다. 정말 죽은 자의 원한 때문이었는지 인플루엔자 때문이었는지는 알 수 없으나, 증조할아버지는 그로부터 일주일 뒤에 돌아가셨다고 한다.

나는 머릿속으로 그 걸인의 최후를 몇 번이고 그려보곤 했다. 사형 집행인이 남자의 상의를 벗기고 넓은 뜰로 끌고 나간다. 그러고는 판결문을 읽어 내려간다. "이 반역자를 칼로 일천 번 내리쳐 갈가리 찢어 죽이라는 명이시다." 그가 아직 칼을 들어 올리기도 전이었으나, 걸인은 이미 혼비백산하였다.

그로부터 며칠이나 지났을까, 책을 읽던 증조할아버지는 문득 고개를 들었다가 자기가 죽인 남자가 눈앞에 서 있는 것을 보았다. 그 모습은 마치 깨진 화병을 얼기설기 붙여놓은 것 같았다. 원혼이 말했다. "칼날에 찢겨 죽어가면서, 나는 생각했다. 이야말로 내가 견뎌야 하는 중 최악의 고통이로구나! 그러나 오판이었지. 정말 최악의 고통은 저 너머에 있는 것을." 그러고는 갈기갈기 찢어진 팔로 증조할아버지를 붙안고는 벽 안으로 끌어당겼다는 것이다. 자기 말이 무슨 뜻인지 보여주겠다는 것처럼.

하루는 엄마에게 그 죽음의 진상을 사실대로 알려달라고 했다. 엄마는 말했다. "침대에서 돌아가셨지. 아주 급작스러운 일이었어. 앓기 시작한 지 겨우 이틀만에 그리 되셨으니까."

"아뇨, 아뇨. 증조할아버지 말고요. 그 거지는 어떻게 죽은 거예요? 일단 살가죽부터 벗겨냈나요? 식칼로 뼈를 잘게 토막냈어요? 칼로 천 번 내리치는 내내 살아 있었대요? 그 고통을 다 느꼈을까요? 비명을 질렀어요?"

엄마는 펄쩍 뛰며 중국말로 소리를 질렀다. "아니! 얘가 무슨 소리를 하는 거야? 도대체 왜 너희 미국인들은 맨날 그렇게 끔찍한 생각만 하는 거냐? 거의 칠십 년이 다 된 일이야. 그 남자가 어떻게 죽었든 그게 뭐가 중요하냐?"

하지만 난 항상 그건 중요한 문제라고 생각했다. 닥쳐올 수 있는 최악의 고통이 무엇인지, 그것을 피하려면 어떻게 해야 하는지 알아야 하지 않겠는가? 귀신의 저주에 살해당하지 않으려면 말이다! 아무도 말하지 않았지만, 아주 어릴 때부터 나는 느낄 수 있었다. 우리 집을 둘러싼 공포감들을 말이다. 엄마는 그것들을 피해 자기 마음속 아주 어둡고 은밀한 구석에 숨었지만, 결국 발각되고 말았다. 나는 아주 오랜 세월 동안 그것들이 엄마를 뜯어먹는 모습을 지켜보았다. 한 조각, 한 조각. 마침내 엄마가 완전히 사라지고 유령이 되어버릴 때까지 말이다.

내가 기억하는 바에 따르면, 엄마 안의 어둠은 우리가 옛날에 살던 오클랜드 집의 지하실에서부터 뻗어 나왔을 것이다. 그때 나는 다섯 살이었고, 엄마는 내가 지하실에 접근하지 못하게 하려고 애썼다. 문에 자물쇠를 두 개나 걸고 사슬을 친친 감아두고도, 그 앞에 의자까지 놓아 막아버렸다. 그런데 오히려 그 기이한 모습이 흥미를 끌었다. 나는 그 문을 열기 위해 갖은 애를 다 썼다. 그리고 마침내 조그만 손가락으로 지하실 문을 비틀어 여는 데 성공했던 그날, 곧장 그 어둠 속으로 곤두박질치고 말았다. "지하실에는 나쁜 아저씨가 살아. 그러니까 다시는 이 문을 열면 안 돼." 내 비명이 잦아들었을 때, 엄마는 그렇게 말했다. 엄마의 어깨에는 내 코에서 흘러내린 피가 묻어 있었다. "그 남자는 여기서 수천 년 동안이나 살았어. 아주 사악한 데다 몹시 굶주려 있기 때문에 엄마가 너를 빨리 구해내지 않았다면, 너는 아기를 다섯쯤은 배게 되었을 거야. 그 남자가 너랑 아기들을 한번에 잡아먹고는 남은 뼈다귀를 더러운 바닥에 아무렇게나 집어던졌을 거다."

그 일이 있고서부터 나는 끔찍한 것들을 보기 시작했다. 엄마에게 물려받은 중국인의 눈으로 말이다. 하루는 놀이터에서 모래를 파며 놀다가 그 밑에서 미친 듯이 춤추는 악마들을 보았다. 어린아이들에게 벼락을 내리치려고 눈을 부릅뜨고 찾아다니는 번개, 아이 얼굴을 한 딱정벌레를 본 적도 있었다. 나는 즉시 그것을 내 세발자전거 바퀴로 뭉개버렸다. 조금 더 큰 뒤에는 학교의 또래 백인 여자애들은 보지 못하는 것을 보았다. 저 폐타이어로 만든 그네는 곧 두 동강 날 것이다. 그네에 타고 있던 아이는 허공으로 날아가겠지. 또 테더 볼은 여자아이의 머리를 으깨버릴 수도 있었다. 친구들이 까르륵 웃고 있는데, 그 앞에서 터진 뇌가 온 놀이터 사방에 흩뿌려지면 어떡하느냐고?

그러나 아무에게도 내가 본 것을 이야기할 수가 없었다. 심지어 우리 엄마한테도 말이다. 사람들은 따로 말해주지 않으면 대부분 내가 중국인 혼혈이라는 사실을 모른다. 아마도 내 성이 세인트 클레어이기 때문일 것이다. 나를 처음 보는 사람들은 내가 아빠를 닮았다고 생각한다. 아빠는 크고도 섬세한 골격을 가진 아일랜드계 미국인이다. 하지만 내 속에 중국인의 피가 흐른다는 사실을 염두에 두고 자세히 본다면, 중국인다운 특징을 찾을 수 있다. 광대뼈가 날카롭게 각진 아빠와는 달리, 내 뺨은 바닷가 조약돌처럼 둥글고 부드럽다. 아빠처럼 금발에 흰 피부도 아니다. 내 얼굴은 원래 어두웠던 것이 햇볕에 바랜 듯 창백했다.

그리고 눈은 엄마를 닮아 쌍꺼풀이 없다. 꼭 잭오랜턴의 눈처럼 누가 짧은 칼을 빠르게 두 번 놀려 파낸 것같이 생겼다. 나는 내 눈의 양 끄트머리를 잡아 가운데로 밀어넣어보곤 했다. 눈이 좀 더 동그래지도록 말이다. 흰자위가 보일 때까지 눈을 크게 치켜뜨고 다니기도 했다. 그러고 집 안을 돌아다니고 있으면, 아빠는 내게 물었다. "왜 그렇게 겁에 질린 눈을 하고 다녀?"

엄마가 꼭 나처럼 겁에 질린 눈으로 찍은 사진을 가지고 있다. 아빠는 그게 엄마가 엔젤 아일랜드 이민국에서 처음 나왔을 때 찍은 사진이라고 했다. 엄마는 이민국에 꼬박 삼 주를 머물렀다. 이민국 사람들이 엄마가 전쟁 신부인지, 난민인지, 학생인지, 중국계 미국 시민의 아내인지 판단하기까지 시간이 그만큼이나 걸렸던 것이다. "백인 시민의 중국인 아내에 대한 규정은 없었던 거지." 어찌 된 영문인지 그들은 결국 엄마를 난민이라 규정했고, 엄마는 복잡한 이민 수속의 바다에서 표류하는 신세가 되었다.

엄마는 자기가 중국에서 어떻게 살았는지에 대해 절대 말해주지 않았지만, 아빠는 자기가 엄마를 끔찍한 삶에서 구해주었다고 했다. 그곳에서 이루 말할 수 없는 비극이 있었다는 것이다. **베티 세인트 클레어**. 아빠는 직접 지은 엄마의 미국식 이름을 이민 서류에 당당하게 적어넣었다. 원래 이름 구 잉잉은 줄을 그어 지워버렸다. 그러고는 태어난 연도를 1914년이 아니라 1916년으로 잘못 적었다. 그렇게 펜이 종이 위를 몇 번 스치고 지나가자 엄마는 자기 이름을 잃었고, 호랑이띠 대신 용띠가 되어버렸다.

당시 사진을 보면 왜 이민국 사람들이 엄마를 난민이라고 생각했는지 알 수 있다. 우선 커다란 조개 모양 가방을 꽉 움켜쥐고 있다. 마치 조금만 마음을 놓으면 누가 그걸 훔쳐 가기라도 하는 것처럼 말이다. 또 옆선이 약간 트여 있고 발목까지 내려오는 중국 드레스를 입었다. 아빠가 엄마에게 선물해준 웨딩드레스였다. 그 위에 양복 재킷을 걸쳤는데, 패드를 넣은 어깨, 커다란 칼라와 단추가 엄마의 작은 체구에는 전혀 어울리지 않았다. 차림새를 보면 엄마는 어디서 온 사람 같지도, 어디로 가는 사람 같지도 않았다. 턱을 숙이고 찍은 사진이라 머리의 가르마가 잘 보였다. 이마 위에서부터 시작하여 검은 머리를 가로지르는 하얗고 정갈한 수평선.

엄마는 마치 패배자처럼 겸손히 머리를 숙이고 있었지만, 크게 뜬 눈만은 곧장 카메라 위쪽을 응시하고 있었다.

나는 아빠에게 물었다. "엄마는 왜 이렇게 겁에 질린 눈을 하고 있대요?"

아빠는 말했다. 그건 그냥 자기가 엄마에게 "치즈"라고 말했기 때문이라고. 그리고 엄마는 플래시가 터질 때까지 무려 십 초 넘도록 눈을 깜빡이지 않으려 버텼다는 것이다.

엄마는 종종 사물을 이런 식으로 바라보았다. 잔뜩 겁에 질린 얼굴로 무언가가 일어나기를 기다리는 것이다. 비록 나중에는 눈을 뜨고 있으려는 노력마저도 포기했지만.

*

"저 여자 쳐다보지 마." 오클랜드의 차이나타운을 걷던 중에 엄마는 그렇게 말하며 내 손을 잡고 나를 자기 몸 쪽으로 가까이 끌어당겼다. 물론 나는 여자를 보았다. 여자는 빌딩 벽에 기댄 채 보도 위에 앉아 있었다. 늙은 사람 같기도 했고, 젊은 사람 같기도 했다. 마치 몇 년 동안이나 잠을 자지 않은 사람같이 눈이 멍하고 흐릿했다. 손발 끝은 마치 인도 잉크에 담갔다 뺀 것처럼 시커맸는데, 나는 살이 썩어서 그렇다는 것을 알았다.

"도대체 무슨 일을 한 걸까요?" 나는 엄마에게 속삭였다.

"나쁜 남자를 만났대. 원치 않는 아이를 가졌다더라."

하지만 나는 사실이 아니라는 걸 알았다. 엄마는 이런 식으로 나에게 경각심을 주려 했다. 엄마는 눈에 보이는 모든 것에서 위험 요소를 찾아냈다. 심지어 다른 중국 사람들에게서도 말이다. 우리 동네에서는 모두가 광둥어나 영어를 썼다. 엄마는 상하이 근처에 있는 우시라는 곳에서 왔다. 그래서 표준 중국어를 썼고, 영어는 아주 조금밖에 못했다. 마찬가지로 간단한 중국어 표현밖에 모르는 아빠는 엄마에게 영어를 배우라고 했다. 그래서 아빠와 함께 있을 때면 엄마는 분위기와 몸짓, 표정과 침묵으로 대화했다. 때로는 영어로 더듬더듬 말하다가 중국말로 불만을 터뜨리기도 했다. "슈오 브츌라이!" 말이 나오지 않아 답답하다는 뜻이다. 그래서 아빠는 엄마가 하지도 않은 말을 대신해주곤 했다.

엄마가 울적해 보일 때면 아빠는 속삭였다. "네 엄마가 지금 피곤하다는 것 같은데."

그리고 엄마가 아주 먹음직스러운 냄새가 나는 요리를 선보였을 때는 소리쳤다. "우리 가족이 이 근방에서 가장 화목하다는구나!"

그러나 나랑 단둘이 있을 때면 엄마는 중국말로 아빠는 상상하지도 못할 이야기들을 했다. 나는 엄마가 말하는 단어들을 전부 알아들을 수 있었지만, 그게 정확히 무슨 뜻인지는 몰랐다. 생각과 생각이 서로 연결되지 않았기 때문이다.

"딴데 가지 말고 학교로 갔다가 끝나면 곧장 집에 돌아와야 해." 내가 바래다주지 않아도 혼자 학교까지 걸어 다닐 만큼 충분히 컸을 즈음 엄마는 그렇게 주의를 주었다.

"왜요?"

"말해도 너는 이해 못해."

"왜 못하는데요?"

"내가 아직 얘기해주지 않았으니까."

"왜 아직 얘기 안 해줬는데요?"

"아이고야! 그걸 말이라고 하니? 생각하기도 끔찍한 것들이니까 그렇지! 웬 남자가 길에서 갑자기 너를 붙잡아서는 언다 팔아버릴 수도 있어. 넌 원치 않는 아기를 갖게 될 거고, 결국 그 애를 죽여 쓰레기통에 버려버리겠지. 그 사실이 들통나면 어떻게 되는지 아니? 감옥에 가는 거야. 죽을 때까지 거기 살게 된다고."

나는 이게 진짜 대답이 아니라는 걸 알았다. 하지만 나 또한 장래에 불행이 일어나는 것을 막기 위해 거짓말들을 꾸며냈다. 특히 엄마에게 끝도 없는 서류 양식, 설명서, 가정통신문, 전화 내용 같은 것들을 통역해줘야 할 때 자주 그랬다. "셤머 이스?" **뭐래니?** 식료품점 남자가 소리를 질러대자 엄마는 내게 물었다. 엄마가 유리병들의 뚜껑을 열고 냄새를 맡아보고 있었기 때문이다. 나는 너무나도 창피해서 이렇게 말했다. "엄마, 중국 사람들은 여기서 물건을 살 수 없대요." 학교에서 소아마비 예방접종 안내문을 보내주었을 때는, 엄마에게 접종 일자와 장소를 말해주고는 이렇게 덧붙였다. "엄마, 이제부터 모든 학생은 철제 도시락통을 사용해야 한대요. 오래된 종이 봉투가 소아마비균을 옮긴다고요."

*

"이제 우리 집도 쭉쭉 올라가는구나! 상승세를 탔어!" 아빠가 뿌듯하다는 듯 말했다. 의류 공장의 판매 책임자로 승진한 것이다. "네 엄마도 엄청 좋아하네."

그 말대로 우리 가족은 쭉쭉 올라갔다. 샌프란시스코만을 건너 노스 비치의 언덕 위로 이사한 것이다. 이탈리아 사람들이 많이 사는 그곳은 길이 너무 가팔랐다. 어찌나 경사가 급하던지 매일 학교 갔다가 집으로 돌아올 때면 몸을 앞으로 기울이고 걸어 올라가야 했다. 그때 나는 열 살이었고, 오클랜드의 오랜 두려움으로부터 벗어날 수 있으리라는 기대에 가슴이 부풀었다.

우리 아파트는 한 층에 두 집씩 있는 3층짜리 건물이었다. 바깥에서 보는 건물 전면부는 새로 수리하여 하얗게 칠해두었고, 화재 시 비상 탈출용 철제 계단이 연결되어 있었다. 그러나 그 안은 오래되고 낡았다. 폭 좁은 유리창이 난 공동현관을 열면 로비로 이어졌는데, 그곳에서는 꼭 모든 사람의 삶이 한데 뒤섞인 것 같은 퀴퀴한 냄새가 났다. 집집마다 작은 초인종 옆에 명패를 달아두었다. 앤더슨, 지오디노, 헤이만, 리치, 소르시. 우리 성 세인트 클레어도 있었다. 우리 집은 중간층이었다. 우리 가족은 밑에서 올라오는 음식 냄새와 위에서 들려 오는 발소리 사이에 끼여 살았다. 내 방은 길가와 맞닿아 있었기에 밤마다 어둠 속에서 또 다른 형태의 삶을 그려볼 수 있었다. 가파르고 안개 낀 언덕을 오르려고 엔진 소리 요란하게 바퀴를 굴려대는 자동차들과 헐떡대고 가쁜 숨을 몰아 쉬면서도 웃으며 "이제 거의 다 온 건가?"라고 묻는 시끄럽고 행복한 사람들. 비글 한 마리가 벌떡 일어나며 짖어대기 시작한다. 그로부터 얼마 안 되어 소방차 사이렌 소리가 들리고, 화난 듯 숨죽여 꾸짖는 여자 목소리가 들린다. "새미! 이 말썽쟁이야! 당장 조용히 하지 못해?" 이 모든 장면들을 상상하다 보면 마음이 편안해졌고, 이내 잠에 빠져들곤 했다.

한편 엄마는 우리 아파트를 마음에 들어 하지 않았는데, 나는 한동안 그 사실을 몰랐다. 막 이사 왔을 때 엄마는 가구를 배치하고 그릇들을 풀어놓고 벽에 그림을 거느라 혼자서 분주했다. 집 정리를 하는 데 꼬박 일주일이 걸렸다. 그로부터 얼마 지나지 않아 생긴 일이다. 나랑 함께 버스 정류장을 향해 걸어가던 길이었는데, 엄마는 도중에 한 남자를 보고 평정심을 잃을 정도로 깜짝 놀라고 말았다.

그는 얼굴이 붉은 중국인 남자였는데, 마치 길 잃은 사람처럼 보도 위를 비틀비틀 걸어 내려가고 있었다. 그렁그렁한 눈이 우리를 향하는가 싶더니 즉각 그 자리에 멈춰 서서 팔을 뻗으며 외치는 것이었다. "찾았다! 수지 웡, 꿈에 그리던 내 여자! 하!" 그러고는 입을 크게 벌리고 팔을 활짝 편 채로 우리를 향해 뛰어오는데, 엄마는 내 손을 놓아버리고 두 팔로 자기 몸을 감싸안았다. 마치 벌거벗어서 아무것도 하지 못하는 사람처럼 말이다. 엄마가 내 손을 놓았을 때, 나도 그가 우리에게 달려드는 것을 보았고 소리를 지르기 시작했다. "꺄아아아아아아아아아아악!" 그러자 두 남자가 웃으며 다가와 그를 붙잡아 흔들어대며 말했다. "조, 그만해. 제발 부탁이야. 너 때문에 이 불쌍한 꼬마 여자애랑 가정부 아줌마가 놀랐잖아." 그때까지도 나는 계속 소리를 지르고 있었다.

그날 버스를 타고 가게에 가 저녁 장을 보는 나머지 시간 내내 엄마는 바들바들 떨며 내 손을 아프도록 꽉 쥐고 있었다. 그러다 계산대 앞에서 지갑을 꺼내기 위해 잠시 손을 놓았는데, 나는 그 틈에 빠져나가 사탕을 구경하려고 했다. 그러자 엄마가 내 손을 어찌나 빠르게 붙잡던지, 그 순간 엄마가 나를 좀 더 잘 지켜주지 못한 것을 몹시 미안해하고 있음을 알았다.

집에 도착했을 때, 엄마는 사 온 통조림과 야채 따위를 꺼내 놓더니 마치 뭔가 맘에 들지 않는다는 것처럼 선반 위에 놓인 통조림들을 꺼내 다른 선반에 있던 것들과 자리를 바꾸었다. 그다음에는 곧장 거실로 가 현관과 마주 보고 있던 크고 둥근 거울을 떼내어 소파 옆 벽으로 옮겼다.

"엄마, 뭐 해요?"

내가 묻자 엄마는 중국말로 뭐라고 중얼거렸다. '균형이 맞지 않는다'는 뜻이었다. 나는 눈에 보이는 모습을 두고 하는 말인 줄 알았다. 사물이 어떻게 느껴지는가에 대해 이야기하고 있었는 줄은 몰랐다. 엄마는 이어 소파와 그 옆에 놓인 탁자, 의자, 금붕어 그림이 든 중국 족자 등 보다 큼직한 가구들도 옮기기 시작했다.

"이게 다 무슨 일이냐?" 퇴근하여 돌아온 아빠가 물었다.

나는 대답했다. "엄마가 좀 더 보기 좋게 바꾸고 있는 거예요."

다음 날 학교에서 돌아왔을 때, 나는 엄마가 모든 물건을 전부 처음부터 다시 정리했음을 알아챘다. 가구들이 모두 어제와는 다른 자리에 있었다. 뭔가 끔찍한 위험이 닥쳐오는 듯했다.

"엄마, 왜 이래요?" 나는 그렇게 물으면서도 내심은 엄마가 진실을 말해줄까 봐 두려웠다.

그러나 엄마는 중국말로 생뚱맞은 이야기를 속삭였을 뿐이었다. "일이 무언가 네 본성에 반하여 진행된다면, 균형을 잃게 되지. 이 집은 너무 가파른 비탈에 지어졌기 때문에 꼭대기에서 부는 바람이 사는 사람의 힘을 언덕 아래로 쓸어내려버린단다. 그래서 절대 앞으로 나아갈 수가 없는 거야. 계속 뒤로 구를 뿐이지."

그러고는 손가락으로 사방의 벽과 문들을 가리켰다. "봐. 출입구가 너무 좁잖아. 꼭 목이 졸린 모양새라고. 또 부엌은 화장실과 마주 보고 있지. 그래서 복이 다 씻겨 내려가는 거야."

나는 물었다. "그게 무슨 뜻이에요? 균형을 잃으면 무슨 일이 일어나는데요?"

나중에 아빠가 설명해주었다. "네 엄마는 둥지 트는 연습을 하는 거야. 그게 본능이야. 세상 모든 엄마들은 다 그래. 너도 이다음에 나이 들면 알 거다."

왜 아빠는 조금도 걱정하지 않나? 지금 이 상황이 보이지 않는 건가? 왜 항상 엄마와 나는 아빠보다 더 많은 것을 보나?

그로부터 며칠 뒤, 아빠 말이 옳았음을 알았다. 학교에서 돌아오니, 엄마가 내 방 가구 배치를 다 바꿔두었다. 창가에 있던 침대가 벽에 붙어 있었고, 원래 내 침대가 있던 자리에는 중고 아기 요람이 놓였다. 비밀스러운 위험은 부풀어 오르는 배에 있었다. 그것이 엄마가 불균형을 느끼는 원인이었다. 엄마는 아기를 가진 것이다.

나란히 서서 아기 요람을 바라보며 아빠가 말했다. "아빠가 둥지 트는 본성 얘기했었지? 봐라, 여기 둥지가 있잖아. 이 둥지에 아기가 들어올 거야." 침대에 누운 아기의 모습을 상상하는 듯 무척 흐뭇한 목소리였다. 그러나 아빠는 내가 그 뒤에 보게 된 것을 보지 못했다. 엄마는 탁자 가장자리 같은 주위 물건들에 자꾸만 몸을 부딪쳐댔다. 꼭 뱃속에 아기가 있다는 사실을 잊고 계속 안 좋은 상황을 향해 가는 사람 같았다. 아기를 갖게 되어 기쁘다는 말은 하지 않았다. 대신 몸이 무겁다, 사물의 균형이 맞지 않는다, 조화롭지 않다는 이야기만 했다. 그래서 나는 아기가 걱정됐다. 그 애가 우리 엄마 배와 내 방에 있는 아기 요람 사이 어딘가에 끼여버릴 것만 같았다.

침대가 벽가로 옮겨지자, 한밤중 거기 누워 상상하며 보내던 시간에도 변화가 생겼다. 나는 거리에서 들리는 소리 대신 벽을 타고 옆집에서 전해져 오는 소리를 듣기 시작했다. 현관문 초인종 옆에 붙은 명패에 따르면 그 집에는 소르시라는 성을 가진 사람들이 살았다.

첫날 밤에는 누군가 소리 지르는 목소리가 희미하게 들려 왔다. 여자인가? 여자애인가? 나는 벽에 귀를 납작하게 붙이고 잔뜩 화난 목소리에 귀를 기울였다. 한 사람이 아니었다. 곧 여자애가 더 높은 목소리로 맞받아치는 것이 들렸다. 이제 그 목소리들이 선명해졌다. 마치 우리 거리를 향해 달려오는 소방차 사이렌처럼 말이다. 서로 비난하는 말들이 들렸다 안 들렸다 했다. **엄마 알기를 아주 개코로 아는구나! … 왜 자꾸 날 괴롭히는 건데요? … 그럼 나가! 나가 살아! … 내가 그냥 콱 죽어버리든가 해야지! … 어머, 얘 좀 봐라? 맘대로 해! 누구 말리는 사람 있니?**

그러고는 할퀴고 쾅쾅 밀쳐대고 고함을 치는가 싶더니 짝! 짝! 짝! 세게 후려치는 소리가 났다. 나는 생각했다. '사람을 죽이는 거야. 사람이 죽임당하고 있어.' 비명 지르고 소리를 지른다. 엄마가 칼을 딸의 머리 위로 높이 치켜들더니 이내 내리쳐 그 애의 생명을 저며내기 시작했다. 처음에는 땋은 머리카락을, 이어서 두피, 눈썹, 발가락, 엄지, 광대뼈, 콧날 순으로 베어 나간다. 아무것도 남지 않고 비명조차 멎을 때까지.

나는 베개를 베고 누워 있었지만, 내 귀로 듣고 상상한 장면들 때문에 가슴이 두방망이질했다. 방금 막 여자애 하나가 죽임당한 것이다. 듣지 않으려 했지만 그렇게 되지 않았다. 이 모든 끔찍한 일이 자행되었고, 내가 그걸 막을 수는 없었다.

하지만 다음 날 밤, 여자애는 다시 살아났다. 더 크게 비명을 지르고 더욱 격렬하게 싸웠으며, 재차 죽을 고비에 놓였다. 다음 날에도, 그다음 날에도 매일 밤 같은 일이 반복되었다. 내 방 벽 너머에서 들려 오는 목소리는 나에게 말해주었다. 이것이 바로 일어날 수 있는 가장 최악의 상황이라고. 바로 이 모든 일이 언제 끝날지 모른다는 공포 말이다.

이따금 복도 너머로 시끄러운 소리가 들려 오기도 했다. 그 집은 3층으로 올라가는 계단 옆에 있었고, 우리 집은 로비로 내려가는 계단 옆에 있었다.

"그렇게 난간 타고 내려가다 다리 부러진다. 아주 모가지를 확 분질러놓기 전에 당장 그만둬!" 여자가 소리치고, 이어서 쿵쾅거리며 계단을 내려가는 소리가 들렸다. "아빠 양복 찾아 오는 거 잊지 마라!"

나는 그들의 끔찍한 삶을 속속들이 알고 있었다. 그래서 처음 그 집 아이를 보았을 때는 그만 깜짝 놀라고 말았다. 나는 품에 책을 한 아름 안고 집을 나서는 길이었다. 현관문을 닫고 돌아섰을 때, 그 애가 불과 몇 발짝 거리에서 걸어오고 있었다. "엄마야!" 나는 깜짝 놀라 소리를 지르며 들고 있던 책들을 전부 떨어뜨리고 말았다. 그 애는 키가 크고 나보다 두 살 정도 많아 보였다. 아마 열두 살쯤 되었던 것 같다. 그 애는 나를 보고 킥킥 웃더니 이내 계단을 번개처럼 뛰어 내려갔다. 나는 황급히 책을 주워 들고 그 뒤를 따랐다. 길 하나를 사이에 두고 걸으며 조심스럽게 그 애를 지켜보았다.

그 애는 골백 번쯤 죽었다 살아난 애로는 보이지 않았다. 옷에 핏자국 같은 것도 없었다. 빳빳한 흰색 블라우스 위에 파란색 카디건을 걸쳤으며, 청록색 플리츠 스커트를 입고 있었다. 사실을 말하자면, 그 애는 꽤 행복해 보였다. 양갈래로 땋은 갈색 머리가 걸음에 맞춰 경쾌하게 통통 튀었다. 그러다 갑자기 그 애가 고개를 홱 돌렸다. 마치 '네가 내 생각 하는 거 다 알고 있어'라고 말하는 것처럼. 그 애는 나를 째려보더니 이내 옆길로 빠져 사라져버렸다.

그다음부터 그 애를 볼 때마다, 나는 고개를 숙이고 책을 정리하거나 카디건 단추를 잠그면서 바쁜 척을 했다. 내가 그 애에 대해 전부 알고 있다는 죄책감 때문이었다.

*

하루는 수 아줌마와 캐닝 아저씨가 학교 끝나는 시간에 맞춰 나를 데리러 오셨다. 병원으로 가 엄마를 봐야 한다는 것이었다. 나는 큰일이 생긴 모양이라고 생각했다. 아줌마와 아저씨는 별것 아닌 얘기도 굉장히 심각하게 말씀하시는 분들이었기 때문이다.

"네 시군." 캐닝 아저씨가 시계를 들여다보며 말했다.

"버스가 절대 제시간에 오는 법이 없다니까." 수 아줌마가 말했다.

병실에 들어섰을 때, 엄마는 반쯤 잠들어 있었다. 몸을 이리 뒤척, 저리 뒤척이는가 싶더니 별안간 눈을 뜨고 천장을 바라보았다.

"내 탓이야. 내 잘못이야. 이렇게 될 줄 이미 알고 있었는데…." 엄마가 중얼거렸다. "알면서도 아무것도 하지 않았어."

"베티, 내 사랑. 베티." 아빠가 황망히 불렀지만, 엄마는 계속 큰 소리로 자신을 탓할 뿐이었다. 엄마가 내 손을 움켜잡았다. 잡은 손에서 온몸의 떨림이 전해져 왔다. 엄마는 나를 아주 낯선 눈으로 바라보았다. 그 시선은 마치 내게 목숨을 구걸하는 듯했다. 내가 엄마의 죄를 사해줄 수 있는 사람이라도 되는 것처럼 말이다. 엄마가 중국말로 중얼거렸다.

"레나, 엄마가 뭐라니?" 아빠가 소리쳤다. 제아무리 아빠라도 그 순간만큼은 엄마가 하지도 않은 말들을 대신해줄 수 없었던 것이다.

그리고 나 또한 마찬가지로 그 순간만큼은 대답할 수가 없었다. 일어날 수 있는 최악의 상황이 벌어지고 말았다는 충격이 온몸을 덮쳤다. 엄마가 내내 두려워하던 일이 더 이상 경고에 머물지 않고 현실이 되어버린 것이다. 그래서 나는 그저 엄마의 말에 귀를 기울였다.

"나올 때가 되었는데도," 엄마가 희미하게 속삭였다. "그 애는 내 뱃속에서 비명을 질렀어. 나가기 싫다고, 계속 안에 있고 싶다고, 그 조그만 손가락으로 꽉 붙들고 매달려 있었지. 하지만 간호사들과 의사는 내게 말했어. “힘 주세요, 아기를 밀어내세요!” 아기의 머리가 나왔을 때, 간호사가 소리쳤어. “아기가 눈을 뜨고 있어요! 다 보고 있다고요!” 이어서 몸까지 전부 빠져나오자 사람들은 그 애를 테이블 위에 눕혔어. 그 몸에서는 새 생명의 훈김이 모락모락 피어 올랐지.

그 애를 보자마자 알아차렸어. 팔다리가 아주 짧고 목도 가느다란 데 비해, 머리는 너무 컸어. 너무 끔찍했지만 눈을 거둘 수가 없었어. 그 애의 눈은 열려 있었고… 머리… 머리도 열려 있었어! 골이 들어 있어야 하는 머리 안쪽이 텅 비어 있더구나. 의사가 소리쳤어. “뇌가 없잖아!” 그 애의 머리는 꼭 텅 빈 달걀 껍질 같았다고!

아마 우리 이야기를 다 듣고 있었나 봐. 아기가 테이블 위에서 일어서더구나. 꼭 그 커다란 머리에 뜨거운 공기가 가득 차오르는 것처럼 말이야. 그러고는 천천히 주위를 둘러보더니 눈을 내게로 향하여 곧장 나를 꿰뚫어보더구나. 그 애는 내 속에 있는 생각을 전부 볼 수 있었어. 나는 내 다른 아들을 죽일 생각이 없었어! 저를 가질 생각도 없었지!”

나는 차마 아빠에게 엄마의 말을 전할 수가 없었다. 아빠는 지금 텅 빈 아기 침대만 생각해도 이미 충분히 슬플 텐데, 어떻게 그런 아빠에게 엄마가 미쳤다고 얘기할 수 있겠나?

그래서 대신 이렇게 전해주었다. “엄마가 이제 우리 모두 다시 아기를 갖도록 열심히 노력해야 한대요. 하늘나라에 간 아기가 아주 아주 행복하기를 바란대요. 우리를 보고는 이제 돌아가서 저녁을 먹으래요."

아기가 죽은 후, 엄마는 무너져 내렸다. 어느 순간 한 번에 그렇게 된 것은 아니었다. 그건 마치 선반 위에 놓인 접시들이 차례로 하나씩 하나씩 바닥에 떨어져 깨져버리는 것과 같았다. 나는 언제 일이 생길지 몰라, 항상 초조한 마음으로 그저 기다릴 뿐이었다.

때때로 엄마는 저녁 식사를 준비하려다 말고 그대로 멈춰버렸다. 개수대 수도꼭지에서 더운 물이 콸콸 쏟아져 나오는데, 엄마는 야채 썰던 칼을 허공에 멈춘 채로 조용히 눈물을 흘렸다. 밥을 먹다가도 엄마가 고개를 푹 떨구는 바람에 포크를 내려놔야 하는 순간들이 있었다. 엄마는 손으로 얼굴을 감싸고 말했다. "메이관시." **괜찮아. 아무 일도 아니야.** 그러면 아빠는 뭐가 괜찮다는 건지, 뭐가 아무 일도 아니라는 건지 알아내려 애썼고, 나는 조용히 일어나 자리를 떴다. 이런 일이 다음에도 되풀이되리라는 것을 알고 있었다.

아빠 또한 무너져 내리는 듯 보였으나, 엄마와는 양상이 달랐다. 아빠는 상황을 더 나아지게 하려고 노력했다. 그 모습을 보고 있으면, 꼭 떨어지는 것들을 붙잡기 위해 달려가지만 그 전에 먼저 나가 떨어져버리는 사람 같았다.

"엄마는 그냥 좀 지친 거야." 골드 스파이크에서 저녁을 먹으면서 아빠는 말했다. 그날도 엄마는 침대 위에 석상처럼 누워 있었기 때문에 우리 둘만 나왔다. 걱정하는 얼굴을 보아 아빠가 엄마를 생각하고 있음을 알 수 있었다. 접시를 들여다보는 표정을 보면 꼭 그 안에 스파게티가 아니라 벌레들이 우글거리고 있는 것 같았다.

엄마는 주변에 있는 모든 것을 공허한 눈으로 바라보곤 했다. 아빠는 퇴근하고 집에 돌아오면 내 머리를 쓰다듬으며 "우리 딸, 오늘은 어떻게 지냈니?" 묻곤 했지만, 언제나 시선은 나를 지나쳐 엄마를 향해 있었다. 나는 무서웠다. 그것은 머리가 아니라 뱃속에서부터 차 오르는 공포였다. 이제는 전처럼 무서운 장면들이 눈앞에 그려지지 않았지만, 느낄 수는 있었다. 고요한 집 안에서는 아주 작은 움직임까지도 다 느껴졌다. 그리고 밤이면 내 방 벽 너머에서 요란한 싸움이 벌어졌다. '그 애가 죽도록 맞고 있는 거야.' 누운 채 이불을 목까지 덮고서 나는 생각하곤 했다. '우리 집과 저 집 중, 어느 쪽이 더 불행할까?' 한참 궁금해하고 스스로를 연민하다 보면 끝에는 어느 정도 나를 위안하는 사실이 있었다. 바로 옆집에 사는 여자애가 나보다 훨씬 더 불행하다는 사실이었다.

어느 날 밤, 저녁 식사를 마친 시각에 초인종이 울렸다. 드문 일이었다. 왜냐면 집에 찾아오는 손님들은 보통 아래층 공동현관에 있는 버저를 먼저 누르기 때문이었다.

"레나, 네가 좀 나가보겠니?" 아빠가 부엌에서 설거지를 하며 외쳤다. 엄마는 침대 위에 누워 있었다. 이제 엄마는 언제나 '쉬는 중'이었다. 그 모습을 보고 있으면 마치 엄마가 이미 죽어 귀신이 된 게 아닌가 하는 의심이 들었다.

나는 조심스럽게 문을 열어보다가 깜짝 놀라 활짝 열어 젖혔다. 옆집 여자애가 문 앞에 서 있었기 때문이다. 내가 놀란 눈으로 쳐다보자 그 애는 나를 보고 미소 지었다. 마치 자다가 침대에서 빠져나온 사람처럼 매무새가 헝클어져 있었다.

"누구니?" 아빠가 물었다.

"옆집이요!" 나는 아빠에게 소리쳤다. "옆집에 사는…"

"테레사야." 그 애가 빠르게 알려주었다.

"테레사예요!" 나는 아빠에게 큰 소리로 말했다.

"들어오라고 하렴." 아빠의 말이 떨어지기 무섭게 테레사는 내 옆을 비집고 집 안으로 들어왔다. 그러고는 물어보지도 않고 내 방으로 걸어 들어가는 것이었다. 나는 현관문을 닫고 그 뒤를 따랐다. 양갈래로 땋은 갈색 머리가 마치 말잔등을 후려 갈기는 채찍처럼 등 뒤에서 통통 튀었다.

그 애는 곧장 창가로 다가가더니 창문을 활짝 열었다. 나는 소리쳤다. "뭐 하는 거야?" 그 애는 창틀에 앉아 바깥 거리를 내다보더니 나를 보고 낄낄 웃기 시작했다. 나는 내 침대에 앉아서 그 애가 웃음을 그치기를 기다렸다. 깜깜한 창밖에서 차가운 공기가 불어 들어왔다.

"뭐가 그렇게 웃겨?" 나는 결국 참지 못하고 물었다. 그 애가 나를, 내 삶을 비웃고 있다는 생각이 들었던 것이다. 어쩌면 이 애도 벽에 귀를 대고 들었는지 모른다. 하지만 아무것도 들리지 않았을 것이다. 불행한 우리 집은 침묵에 잠겨 있으니까.

"왜 웃는 거냐고?" 내가 재차 채근하자 그 애는 말했다. "우리 엄마가 날 쫓아냈거든." 마치 그 사실이 자랑스럽다는 듯 으스대는 투였다. 그러고는 또다시 잠깐 키득거리다가 말을 이었다. "좀 싸웠는데, 나를 집 밖으로 쫓아내고 문을 잠가버렸어. 아마 지금쯤 내가 문 밖에 서 있는 줄 알겠지? 충분히 반성하고 잘못했다고 빌 때까지 나를 거기 세워두려고 했겠지만 말이야, 난 절대 안 그래."

"그럼 어떡하려고?" 숨이 턱 막히는 기분이었다. 이번에는 틀림없이 자기 엄마 손에 죽고 말 것이다.

"너네 집에 비상 계단 있지? 그걸 타고 내 방으로 들어갈 거야." 그 애가 속삭였다. "엄마는 계속 기다리다가 어느 순간 너무 걱정돼서 현관문을 열 거야. 하지만 문 밖엔 아무도 없겠지! 나는 내 방, 내 침대 속에 있을 거니까." 그렇게 말하며 그 애는 다시 낄낄거렸다.

"그렇지만 너네 엄마가 널 찾아내면 무척 화를 내실 텐데?"

"글쎄, 아닐걸. 아마 무척 기뻐할걸? 내가 어디 가서 죽었거나 나쁜 일을 당했을까 봐 걱정했을 테니까. 아, 뭐 화가 났다거나 빡친 것처럼 보일 수는 있겠다. 근데 그거 다 척이야. 우리는 항상 그러거든." 그 애는 말을 마치고는 내 창문으로 빠져나가 조용히 자기 집으로 돌아갔다.

나는 열린 창문을 한참 동안 바라보았다. 어떻게 다시 돌아갈 수 있지? 자기 삶이 지긋지긋하지도 않나? 이 모든 불행이 절대 끝나지 않고 계속 반복되리라는 걸 모르는 거냐고?

나는 침대에 누워 비명과 고함 소리가 다시 들려 오기를 기다렸다. 나는 밤이 깊어 옆집에서 큰 소리가 들려 올 때까지 깨어 있었다. 소르시 부인이 소리 지르고 고함을 쳐댔다. "이 멍청한 계집애야. 너 때문에 심장마비 걸릴 뻔했다. 하여간 내가 너 때문에 제 명에 못 살아!" 테레사도 똑같이 맞받아치고 있었다. "나도 거의 죽을 뻔했어요! 땅에 떨어져서 목이 부러질 뻔했다고요!" 그들은 웃다가 울고, 다시 울다가 웃으며 사랑에 겨워 소리를 질렀다.

나는 크게 감동받았다. 엄마와 딸이 서로를 끌어안고 입을 맞추는 장면이 눈앞에 그려지는 듯했다. 나는 그들과 함께 기쁨의 눈물을 흘렸다. 내 생각이 틀려서 다행이었다.

여전히 그날 밤을 기억할 때마다 내 안에서 두근거리는 희망을 느낄 수 있다. 나는 그 희망에 매달렸다. 하루, 또 하루, 오늘 밤 그리고 내일 밤, 한 해, 또 한 해. 여전히 엄마는 침대에 누워 있거나 소파에 앉아 혼잣말을 중얼거리곤 했지만, 이제 나는 알고 있었다. 최악의 상황도 언젠가는 끝난다는 것을. 여전히 내 마음속에는 안 좋은 생각들이 떠올랐지만, 이제 나는 그것들을 다른 방향으로 바꾸는 법을 알고 있었다. 소르시 부인과 테레사는 그 뒤로도 지긋지긋하게 싸워댔지만, 나는 그 속에서도 무언가 다른 것을 보게 되었다.

나는 한 여자아이를 보았다. 아이는 짜증을 내고 있었다. 눈에 보이지 않는 고통은 견딜 수 없는 법이라며. 그 애의 엄마는 길고 하늘하늘한 잠옷 차림으로 침대에 누워 있다. 이제 딸이 날카로운 칼을 꺼내 들고 엄마에게 말한다. "엄마는 칼로 일천 번 내리쳐 갈기갈기 찢겨 죽어야 해요. 그것만이 살길이에요."

여자는 죽음을 받아들이고 눈을 감는다. 칼이 내려와 여자의 온몸을 난자한다. **푸슉**! **푸슉**! **푸슉**! 여자가 비명 지르고 악을 쓴다. 공포와 고통에 휩싸여 절규한다. 그러나 감았던 눈을 떴을 때, 피나 잘게 찢긴 살점 따위는 어디에도 없었다.

딸이 말한다. "이제 알겠어요?"

엄마는 고개를 끄덕인다. "이제 분명히 알겠어. 나는 이미 최악을 경험했어. 이제 그보다 더 나쁜 일은 없을 거야."

"그럼 이제 돌아오셔야죠. 이쪽으로요. 그럼 엄마가 왜 잘못 생각했는지 아실 거예요."

그렇게 말하며 딸은 엄마의 손을 잡고 벽 안쪽으로 끌어당긴다.

반반

로즈 슈 조던의 이야기

엄마는 매주 일요일 제일중국침례교회에 갈 때면 인조가죽으로 장정한 작은 성경책을 챙겨 들곤 했다. 그것은 엄마에게 믿음의 징표였다. 그러나 엄마가 하나님에 대한 믿음을 잃어버린 뒤, 그 책은 한쪽 다리가 짧은 탁자 밑을 괴는 신세가 되고 말았다. 그것이 엄마가 삶의 불균형을 바로잡는 방법이었다. 저 성경책은 이십 년 넘도록 그 자리에 있었다.

엄마는 그걸 모르는 척한다. 누가 왜 성경책이 저런 데 있냐고 물으면 다소 큰 소리로 대답한다. "어머나, 저거요? 내가 깜빡 잊었네." 그러나 나는 안다. 그 말은 사실이 아니라는 걸. 우리 엄마가 특별히 살림을 잘하는 축에 속하지 않음에도 불구하고, 저 성경책은 그 오랜 시간이 지난 지금까지 여전히 깨끗한 하얀색으로 남아 있기 때문이다.

오늘 밤도 엄마는 저녁을 먹은 뒤 여느 때와 같이 주방 탁자 아래를 쓸고 있다. 성경책으로 받쳐놓은 탁자 다리 주위를 빗자루로 부드럽게 쓸어내고 또 쓸어낸다. 나는 그런 엄마를 지켜보며 이야기할 기회를 기다리고 있다. 테드랑 이혼할 거라고 말하면, 엄마 대답은 뻔하다. "그럴 수는 없어."

내가 기정사실이라고, 이 결혼은 끝났다고 말하면 뭐라고 할지도 안다. "그럼 네 가정을 지켜야지."

나는 전혀 가망 없는 문제이며, 더 이상 지킬 것도 남아 있지 않다는 걸 안다. 하지만 그 사실을 엄마에게 말하기가 겁이 난다. 엄마는 그럼에도 노력해보라고 날 설득할 것이기 때문이다.

*

엄마가 내 이혼을 반대한다니, 아이러니하다. 십칠 년 전 내가 테드와 사귀기 시작했을 때는 그렇게 원통해하더니. 언니들은 결혼하기 전까지 교회에서 만난 중국인 남자애들과만 사귀었던 것이다.

나는 대학의 생태정치학 수업에서 테드를 처음 만났다. 내가 그에게 공책 필기를 보여주었는데, 그다음 주에 그는 보답으로 나에게 이 달러를 건네주려 했다. 나는 대신 커피나 한 잔 사라고 했다. UC 버클리에서 두 번째 학기를 다니고 있던 때의 일이다. 나는 일반 교양 전공으로 입학했다가 나중에 미술로 전과했다. 테드는 의예과 3학년이었다. 초등학교 6학년 때 새끼 돼지 해부

실습을 계기로 전공을 결정했다고 했다.

솔직히 인정하지 않을 수 없다. 처음 테드에게 끌렸던 건 그가 우리 오빠들이나 내가 그동안 사귀었던 다른 중국인 남자애들이랑은 달랐기 때문이다. 자신만만한 태도, 당당하게 요구하고 원하는 것을 얻으리라 확신하는 모습, 확고한 자기 주장, 각진 얼굴과 마른 몸, 단단한 팔, 그의 부모님은 중국 톈진이 아니라 뉴욕 테리타운 출신이라는 사실까지.

테드가 나를 데리러 왔던 저녁에 엄마도 분명 그것을 알아차렸을 것이다. 그날 집에 돌아왔을 때, 엄마는 여전히 깨어 텔레비전을 보고 있었다.

"그 남자는 미국인이다." 내가 눈이 멀지 않은 이상 그걸 모를 리 없는데도 엄마는 그렇게 말했다. "바이종렌[白种人]이라고."

나는 말했다. "나도 미국인이에요. 그리고 내가 지금 개랑 결혼하겠다는 것도 아니잖아요."

테드의 어머니 조던 부인도 내게 할 말이 있었다. 테드가 나를 자기네 가족 소풍에 초대한 적이 있다. 골든 게이트 파크의 폴로 경기장에서 열리는 가족 연례 행사였다. 우리는 지난 달에 몇 번 데이트한 것이 고작이었는데도(심지어 아직 같이 잔 적도 없었다. 우리 둘 다 부모님과 함께 살았기 때문이다) 테드는 모든 친척 앞에서 나를 자기 여자친구라고 소개했다. 여자친구라니, 나는 그때까지도 내가 그의 여자친구라고 생각해본 적이 없었다.

테드가 아버지랑 배구를 하러 떠나자 조던 부인이 내 손을 잡았다. 우리는 다른 사람들로부터 떨어져 잔디밭 위를 걷기 시작했다. 조던 부인은 내 손을 다정하게 잡고 있었지만, 눈은 절대 나를 바라보지 않았다.

"드디어 만나네요. 반가워요." 조던 부인이 말했다. 나는 테드랑 그런 사이가 아니라고 말하고 싶었지만, 조던 부인은 계속 말을 이어나갔다. "테드랑 즐겁게 지내는 건 좋은 일이라고 생각해요. 그러니까 내 말을 오해하지는 말아요. 나로서는 꼭 해야만 하는 말이니까."

그러고는 조곤조곤한 목소리로 테드의 장래에 대해 이야기하면서, 그는 지금은 의학 공부에 집중해야 하고 앞으로도 수년간 결혼은 생각도 못할 거라고 했다. 자신은 사회적 소수자들에 대한 반감이 전혀 없다고도 했다. 자기네 부부는 사무용품 체인 점포들을 운영하고 있고, 동양인과 히스패닉, 심지어 흑인 중에서도 좋은 사람들을 많이 알고 있다고. 하지만 테드가 장차 갖게 될 직업에서는 다른 기준으로 평가받게 될 것이다. 그의 환자들이나 다른 의사들은 자기들 부부처럼 이해해주지 않을 수도 있다. "세상이 그렇게 돌아간다는 건 참 불행한 일이죠. 베트남전쟁만 해도 봐요, 얼마나 인기가 없었냐고."

"존슨 부인, 저는 베트남 사람이 아니에요." 나는 거의 소리를 지를 뻔했지만, 애써 부드럽게 말했다. "그리고 저는 댁의 아드님과 결혼할 생각이 없습니다."

그날 테드가 나를 집까지 바래다주는 길에, 앞으로 만나지 말자고 했다. 그가 왜냐고 묻기에, 그저 어깨만 으쓱했다. 그래도 계속 캐묻길래 그 애 엄마가 내게 뭐라고 말했는지 들려주었다. 토씨 하나도 빼놓거나 더하지 않고 있는 그대로.

"아, 그래서 너는 가만히 앉아서 당하고 계시겠다? 뭐가 옳은지 우리 엄마가 정해주게 하자고?" 소리치는 그 모습은 마치 내가 변절자라도 된다는 듯했다. 그리고 그렇게나 화난 그의 모습이 내 마음을 울렸다.

"그럼 어떻게 해?" 그렇게 말하는데 가슴이 아팠다. 사랑이 시작되려는 모양이라고, 나는 생각했다.

처음 몇 달 동안, 우리는 다소 어리석다 싶을 만큼 절박한 심정으로 서로에게 꼭 붙어 있었다. 우리 엄마와 조던 부인이 뭐라고 말하든 간에 실제로 우리를 못 만나게 하는 장애물은 없었다. 우리를 엄습해 오는 비극을 생각하다 보니, 우리는 절대 떨어질 수 없게 되었다. 음과 양, 두 개의 반쪽이 모여 하나를 이루었다. 나는 인질이고, 테드는 영웅이었다. 나는 항상 위험에 처했고, 그럴 때마다 그가 나를 구해주었다. 내가 쓰러지면 그가 나를 일으켜주었다. 그건 아주 짜릿하면서도 진 빠지는 일이었다. 우리는 구원하고 구원받는다는 감정적 자극에 중독되었다. 보호가 필요한 나의 연약함을 그와 결합하는 것. 우리가 침대에서 하는 일이나 마찬가지였다. 우리는 그런 식으로 사랑을 나누었다. 나는 항상 그에게 물었다. "어떻게 해?"

처음 만난 그해에 우리는 함께 살게 되었다. 테드가 캘리포니아대학교 샌프란시스코 캠퍼스의 의과대학에 들어가기 한 달 전에는 그곳에 있는 성공회 교회에서 결혼식을 올렸다. 조던 부인은 맨 앞자리에 앉아 신랑 엄마답게 펑펑 울었다. 테드가 피부과 레지던트 근무를 마친 뒤에 우리는 헤이트 애시베리에 집을 샀다. 커다란 정원이 딸린 삼 층짜리 낡은 빅토리아풍 주택이었다. 테드가 아래층에 스튜디오 차리는 일을 도와주어 나는 그래픽 아티스트 보조로서 프리랜서 업무를 시작할 수 있었다.

오랫동안 테드가 휴가지를 정했고, 어떤 가구를 새로 장만해야 할지 판단했다. 더 좋은 지역으로 이사 갈 때까지 아이 갖는 것을 미루자고 결정한 사람도 그였다. 우리는 이런 문제들을 두고 함께 의논했지만, 두 사람 다 알고 있었다. 어차피 결국에는 내가 "테드, 당신이 결정해"라고 말할 거란 걸. 더 지나서는 의논도 하지 않았다. 테드가 간단하게 결정했다. 나는 절대 반대하지 않았다. 나를 둘러싼 세계를 무시해버리는 쪽이 편했다. 나는 오직 내 앞에 놓인 것들에만 사로잡혀 있었다. 나의 티자, 작토 칼, 파란색 연필.

그러나 작년에 테드의 심경을 바꿔놓는 사건이 있었다. 그 전까지 그가 이른바 '결정에 따르는 책임감'이라 표현하던 감정이었다. 어느 날 한 환자가 뺨에 거미줄처럼 보기 싫게 불거진 정맥을 해결하고 싶다고 했다. 테드는 붉은 혈관을 제거하면 다시 아름다워질 것이라고 말했고, 환자는 그 말을 믿었다. 하지만 테드는 잘못하여 신경을 제거하고 말았다. 그 바람에 환자는 웃을 때 왼쪽 얼굴이 내려앉게 되었고, 테드를 고소했다.

테드는 의료과실 소송에서 패소했다. 지금 생각해보면 그에게는 그 사건이 생애 첫 충격이었던 것 같다. 그가 나보고 결정하라고 밀어붙이기 시작한 것은 그때부터였다. **미국산 자동차를 사야 할까, 일본산 자동차를 사야 할까? 종신보험을 기간제 보험으로 바꿔야 할까? 반대 정당 후보에 대해 어떻게 생각해? 가족에 대해서는?**

나는 그 모든 것에 대해 찬성과 반대 의견, 장점과 단점들을 고려해보았으나 결국에는 혼란에 빠지고 말았다. 하나로 딱 떨어지는 정답이란 있을 수 없다고 생각했기 때문이다. 반면 오답은 너무 많이 산재해 있었다. 그래서 나는 말했다. "당신이 결정해." "어느 쪽이든 상관없어." "다 좋아." 그러면 테드는 답답하다는 듯 말했다. "아니. 당신이 정해. 둘 다 선택할 수는 없잖아. 아무 책임도 안 지고 욕도 안 먹겠다는 거야? 그건 아니지."

나는 우리 사이가 달라지고 있음을 느꼈다. 나를 지켜주던 보호막이 걷히고 테드는 매사에 나를 밀어붙이기 시작했다. 그는 마치 나를 약올리기라도 하는 것처럼 가장 사소한 문제 하나하나까지 나에게 결정하라고 했다. **이탈리아 음식을 먹을까, 태국 음식을 먹을까? 전채 요리는 하나만 시킬까, 두 개 시킬까? 그래? 그럼 어떤 걸 먹을래? 카드로 결제할까, 현금을 낼까? 카드로 하자고? 비자 카드랑 마스터카드가 있어.**

지난달에는 로스앤젤레스로 이틀간 피부과 연수를 받으러 떠나며 나에게 함께 가고 싶냐고 물었다. 그러더니 내가 뭐라고 말하기도 전에 재빨리 덧붙이는 것이었다. "신경 쓰지 마. 혼자 갈게."

나도 그러라고 했다. "그래. 그러는 편이 공부할 시간도 더 많아질 테니까."

"아니? 그래서가 아니야. 당신은 아무것도 결정 못하잖아."

나는 항변했다. "그렇지만 이건 중요한 문제가 아니잖아."

"그럼 당신한텐 중요한 문제라는 게 없는 모양이지." 그가 말했다. 환멸이 난다는 투였다.

"테드. 만약 당신이 나랑 같이 가고 싶다면, 같이 갈게."

그 말이 그의 이성의 끈을 끊어놓은 것 같았다. "젠장! 도대체 우리가 어떻게 결혼한 거지? 너는 그냥 목사님이 "따라 하세요(Repeat after me)"라고 말했기 때문에 "아이 두(I do)"라고 대답한 거야? 내가 너랑 결혼하지 않았으면 너는 어떻게 살았을까? 그런 생각 해본 적이나 있어?"

내가 말한 것과 그가 말한 것 사이에는 엄청난 논리 비약이 있었다. 꼭 우리가 각자 외따로 떨어진 산꼭대기에 서 있는 것만 같았다. 우리 사이의 위험천만한 협곡은 전혀 인지하지 못하고 마구잡이로 몸을 내밀고서 서로를 향해 난폭하게 돌을 던져대는 것이다.

하지만 이제는 깨닫는다. 그렇게 말하는 내내 테드에게는 의도가 있었다. 나에게 우리 관계에 일어난 균열을 보여주고 싶었던 것이다. 그 저녁에 로스앤젤레스에서 전화를 걸어 이혼하자고 말했기 때문이다.

테드가 떠난 뒤로 계속 생각하고 있다. 아무리 내가 이걸 예상하고 있었다 해도, 또 내가 이후 어떻게 살아야 하는지 알고 있었다 해도, 그 말을 듣는 순간에는 숨이 멎는 것 같았을 거라고.

사람이 무언가에 세차게 얻어맞으면, 균형을 잃고 쓰러질 수밖에 없다. 그리고 스스로를 추슬러 다시 일어선 뒤에는 아무도 나를 구해줄 수 없음을 깨닫게 된다. 남편도, 엄마도, 심지어 신조차도. 그러니 자꾸만 비틀거리며 넘어지는 자신을 어찌 하겠는가?

*

엄마는 오랫동안 하나님의 뜻을 믿었다. 그건 마치 하늘의 수도꼭지를 열어 축복이 쏟아져 내리게 하는 것 같은 믿음이었다. 엄마는 이 모든 좋은 일이 우리 삶에 계속 찾아드는 것은 믿음(faith) 덕분이라고 했지만, 내 귀에는 운명(fate)처럼 들렸다. 엄마는 th 발음을 잘 못했기 때문이다.

나중에서야 그런 생각이 들었다. 어쩌면 엄마는 처음부터 운명이라 말하고 있었는지도 모른다고. 믿음이란 우리가 어떻게든 유지하고 있는 환각에 지나지 않는다. 대체로 내가 할 수 있는 일은 희망을 갖는 것뿐이다. 나는 좋은 일과 나쁜 일 둘 중 어느 쪽이든 일어날 수 있다는 사실을 부정하지 않았다. 그저 이렇게 기도할 뿐이었다. 만약 선택의 여지라는 것이 있다면, 당신이 하나님이든 누구든 상관없으니 바로 여기에 그 기적을 내려달라고.

이런 생각을 하기 시작한 날을 기억한다. 내게는 계시 같은 날이었다. 그날 엄마는 하나님에 대한 믿음을 잃었고, 추호도 의심하지 않는 믿음 같은 것은 가지지 않겠다고 마음먹었다.

그날 우리는 바다에 갔다. 도시 남쪽, 데빌스 슬라이드와 가까운 한적한 곳이었다. 아빠는 〈선셋*Sunset*〉 잡지를 읽다가 이곳이 바다 농어 낚시 명소라는 정보를 얻었다. 비록 아빠는 어부도 아니고 한때 중국에서 의사로 일하다가 지금은 약사 보조로 있을 뿐이지만, 마음먹은 일은 무엇이든 이룰 수 있다고 믿었다. 그것이 아빠의 넝간[能干]이었다. 엄마 역시 아빠가 무얼 잡고자 하든 그걸 요리할 수 있다는 넝간이 있었다. 그 넝간에서 오는 믿음이 부모님을 미국으로 이끌었다. 그분들이 이곳에서 일곱 아이를 낳게 했고, 아주 적은 돈으로 선셋 디스트릭트에 집을 사게 했다. 그 사실이 부모님에게 어떤 자신감을 주었다. 우리의 행운은 영영 다하지 않을 것이다. 하나님이 우리 편에 계시고, 터주신들도 그저 좋은 이야기만 들려주고 있으며, 조상님들도 기뻐하신다. 오행이 조화롭고 풍수도 좋다.

그래서 부모님과 딸 셋에 아들 넷까지 총 아홉 식구가 해변을 걷는 마음은 아주 뿌듯했다. 바닷가에 와보는 것은 처음이었다. 우리는 나이 순서대로 한 줄로 서서 차가운 잿빛 모래 위를 걸었다. 나는 열네 살이었고, 줄의 가운데에 있었다. 만일 그 모습을 지켜보는 사람이 있었다면, 꽤나 볼 만한 광경이라고 생각했을 것이다. 터덜터덜 걷는 아홉 명의 벗은 발, 손에 들린 신발 아홉 켤레, 고개를 돌리고 밀어쳐 오는 파도를 바라보는 아홉 개의 검은 머리통.

입고 있는 면바지가 펄럭거렸고, 나는 눈을 찔러대는 모래바람을 피할 만한 곳을 찾았다. 우리는 작은 만의 움푹 꺼진 곳에 서 있었다. 마치 커다란 그릇이 둘로 쪼개져 절반은 바다에 쓸려 나가고 절반만 남은 것 같은 지형이었다. 엄마는 곧장 깨끗한 해변가 쪽으로 걸어갔고, 우리도 그 뒤를 따랐다. 이쪽에는 굽이져 감도는 절벽이 해변에 들이치는 거친 파도와 바람을 막아주고 있었다. 그리고 그 그림자를 따라 걷다 보면, 암초가 하나 나왔다. 암초들은 해변의 가장자리부터 물살이 거칠어지는 뒤쪽까지 이어졌다. 그 암초 위를 걸어가면 저 바다까지도 나아갈 수 있을 것 같았다. 비록 암초는 아주 울퉁불퉁하고 미끄러웠지만 말이다. 만의 반대쪽에 있는 절벽은 물에 깎여 나가 더욱 들쭉날쭉했다. 곳곳에 틈이 패여 있어 이따금 파도가 그리로 들이치면 마치 하얀 도랑처럼 물을 뿜어냈다.

돌이켜보면 참 끔찍한 곳이었다. 온 사방이 축축한 그늘이라 싸늘했고, 보이지 않는 작은 알갱이들이 눈으로 날아 들어오는 통에 위험한 상황에 있어도 알아차릴 수 없었다. 우리 가족은 바닷가에서의 이 새로운 경험에 눈이 멀어 있었다. 우리는 해변에 나온 미국인 가족을 흉내내려 애쓰는 중국인 가족이었다.

엄마는 모래사장 위에 낡은 줄무늬 침대보를 펼쳤는데, 어찌나 바람에 펄럭이던지 신발 아홉 켤레로 눌러놓아야만 했다. 아빠는 기다란 대나무 낚싯대를 조립했다. 아빠가 어린 시절 중국에서 보았던 모양대로 직접 만든 것이었다. 우리 남매는 침대보 위에 어깨를 부대끼고 앉아 볼로냐 샌드위치가 가득 들어 있는 가방을 향해 손을 뻗었다. 그리고 손가락에 묻은 모래를 양념 삼아 샌드위치를 허겁지겁 먹었다.

아빠는 일어서서 낚싯대를 들고 이리저리 살펴보며 감탄했다. 이 얼마나 우아하고 튼튼한 낚싯대인가? 아빠는 만족스러워하며 신발을 들고 해변가로 걸어갔다. 그리고 암초 위로 올라가, 파도가 들이쳐 축축하게 젖은 부근까지 나아갔다. 제니스와 루스 언니는 침대보 위에서 튀어오르듯 일어나서는 허벅지를 탁탁 쳐가며 모래를 털어냈다. 그러고는 서로의 등짝을 때리더니 소리 지르며 해변가로 달려 내려가는 것이었다. 나도 자리에서 일어나 언니들을 쫓아가려고 했지만, 엄마가 고갯짓으로 남동생 네 명을 가리키면서 상기시켜주었다. "당스잉 타멘더 센티[当心他们的身体]!" 해석하자면 동생들을 돌보라는 말이었고, 문자 그대로 풀자면 저 애들의 몸을 지키라는 뜻이었다. 매튜, 마크, 루크, 빙. 그 애들의 몸은 내 삶에 내린 닻이었다. 나는 도로 모래밭에 주저앉으며 탄식했다. "아아아, 왜요?" **왜 내가 쟤들을 돌봐야 하는데요?**

엄마는 평소처럼 대답했다. "이딩[一定]."

나는 마땅히 그래야만 한다는 것이다. 저 애들은 내 동생이니까. 언니들도 한때 나를 돌봐주었다. 동생들을 돌보지 않고서 내가 달리 어떻게 책임감을 배우고 부모님의 은혜를 깨닫겠는가?

매튜와 마크, 루크는 각각 열두 살, 열 살, 아홉 살이었다. 그만하면 충분히 자기들끼리 떠들며 놀 수 있는 나이였다. 그 애들은 이미 머리를 제외한 루크의 온몸을 얕은 모래 무덤 속에 파묻은 뒤였고, 이제 그 위에 모래성벽을 쌓기 시작했다.

하지만 빙은 고작 네 살이었다. 쉽게 흥분하고 그만큼 쉽게 지루해하며 짜증을 냈다. 빙은 다른 형들과 같이 놀기 싫다고 했다. 형들이 자기를 옆으로 밀쳐내며 "안 돼, 빙. 네가 하면 무너진단 말이야"라고 말한다는 것이다.

그래서 빙은 마치 쫓겨난 왕처럼 꼿꼿이 서서 해변을 배회했다. 그러다 바위에서 떨어져 나온 돌 조각이나 떠내려온 나무 조각 따위를 주워 파도를 향해 있는 힘껏 던져버리곤 했다. 나는 그 애 뒤를 쫓아다니며 이런 상상을 했다. '만약 해일이 오면 어쩌지?' 그래서 한 번씩 주의를 주었다. "물에 너무 가까이 가지 마. 신발 젖어." 그러자 스스로 꼭 엄마 같다는 생각이 들었다. 엄마는 언제나 공연히 걱정하면서, 막상 위험성에 대해 이야기할 때는 별것 아니라는 식으로 말한다. 걱정이 바다에 둘러친 절벽처럼 나를 에워싸고 있었으나, 그래서 오히려 안전하다는 느낌이 들었다. 나는 일어날 수 있는 모든 가능성을 고려했으니까.

사실 우리 엄마는 미신 신봉자였다. 아이들은 중국식 생일에 따라 저마다 특정한 시기에 특정한 위험에 노출된다는 것이다. 『스물여섯 개의 사악한 문』이라는 조그만 중국 책에 그렇게 나와 있었다. 순진한 어린아이들을 노리는 끔찍한 위협을 다룬 그림책이었다. 한쪽에 그림에 대한 설명이 나와 있었지만 나는 한자를 읽을 수 없었다. 그래서 그저 그림을 보고 보이는 대로 파악할 뿐이었다.

매 그림마다 항상 똑같은 남자아이가 등장했다. 그 애는 부러진 나뭇가지 위로 오르거나, 쓰러지는 문짝 옆에 서 있거나, 나무 욕조 안에서 미끄러지거나, 개에 물려 가거나, 벼락을 피해 도망 다녔다. 그리고 항상 그 근처에는 도마뱀 옷을 입은 것 같은 남자가 서 있었다. 남자의 앞이마에는 깊은 주름이 한 줄 잡혀 있었다. 아니, 둥근 뿔이 두 개 솟아 있던 건지도 모르겠다. 어떤 그림에서는 그 도마뱀 남자가 곡선교 위에 서서 아이가 난간 너머로 떨어지는 것을 보며 웃고 있다. 실내화를 신은 아이의 발은 이미 허공을 날고 있었다.

사실 이 책에 나오는 위험들 중 하나만 알아도 충분했다. 아이들은 생일에 따라 각각 한 가지 위험에만 대응되기 때문이다. 하지만 우리 엄마는 전부 다 걱정했다. 미국식 생일을 중국에서 쓰는 음력 생일로 계산하는 법을 몰랐기 때문이다. 그래서 엄마는 모든 위험을 염두에 두면 그것들을 전부 예방할 수 있을 거라고 철석같이 믿었다.

해가 절벽의 반대편으로 기울었다. 이제는 모든 것이 자리를 잡았다. 엄마는 침대보 위로 날아드는 모래를 쓸어내느라 여념이 없었다. 신발 위 모래도 털어내고 깨끗해진 신발들을 다시 침대보 귀퉁이에 올려놓았다. 아빠는 여전히 암초 끝에 서서 인내심 있게 낚싯대를 던지고 있었다. 물고기의 형상으로 나타날 넹간을 기다리는 것이다. 저 아래 해변에 작은 형체 두 개가 보였다. 검은색 머리통과 노란 바지를 보아 우리 언니들이었다. 시끄러운 남동생들 목소리가 갈매기 울음소리와 뒤섞였다. 빙은 빈 소다병을 하나 주워 와서는 어두운 절벽 옆에서 모래를 파댔다. 나는 모래 위, 그늘과 양지의 경계면에 앉아 있었다.

빙이 소다병을 바위에 대고 두들겨대기에 나는 말했다. "너무 세게 파지 마. 그러다 벽에 커다란 구멍이 뚫려서 중국까지 떨어지는 수가 있어." 그러자 그 애가 나를 쳐다보는 눈이 마치 내 말을 곧이곧대로 믿는 듯하기에 그만 웃어버리고 말았다. 빙은 자리에서 일어나 물가로 걸어가기 시작했다. 나는 그 애가 주저하며 한 발을 암초 위에 올려놓는 것을 보고 재차 소리쳤다. "빙!"

"아빠한테 갈 거야!" 빙이 짜증을 냈다.

"그럼 절벽에 가까이 붙어. 물에서 떨어져서 걸으라고. 나쁜 물고기가 있으니까."

그러자 빙은 울퉁불퉁한 절벽에 등을 딱 붙이고서 암초 위를 찔끔찔끔 걸어나가기 시작했다. 지금도 그 모습이 눈에 선하다. 영원히 잊지 못할 것 같다.

빙은 안전하게 절벽 옆에 딱 붙어서서 아빠를 불렀다. 아빠가 어깨 너머로 빙을 확인하는 것을 보고 얼마나 기뻤는지 모른다! 이제 한동안 아빠가 그 애를 봐줄 테니까 말이다. 빙이 아빠 곁으로 걸어가려 발을 떼어놓던 그때, 무언가 아빠의 낚시줄에 걸렸다. 아빠는 있는 힘껏 빠르게 줄을 감았다.

그때 고함 소리가 터져 나왔다. 마크가 루크의 얼굴에 모래를 뿌린 것이다. 모래 무덤 속에 파묻혀 있던 루크는 단박에 뛰쳐나와서는 마크에게 덤벼들어 주먹을 날리고 발길질을 해댔다.

엄마가 나를 향해 소리쳤다. "재들 좀 말려봐라!" 루크와 마크를 서로 떼어놓고 시선을 돌렸을 때, 빙이 암초의 가장자리를 향해 걸어가고 있었다. 소란한 싸움 때문에 아무도 알아채지 못한 것이다. 그 순간 빙을 본 사람은 나뿐이었다.

한 걸음, 두 걸음, 세 걸음. 빙의 조그만 몸이 재빠르게 움직였다. 수면 위에서 뭔가 신기한 거라도 발견한 모양이었다. 빙이 물에 빠지고 말 거라 예감했던 바로 그 순간, 빙이 한순간 균형을 잃고 휘청했다. 그리고 첨벙 하는 소리와 함께 바다로 떨어져 흔적도 없이 사라지고 말았다. 수면에 잔물결조차 일지 않았다.

나는 무릎을 꿇은 채 빙이 떨어진 자리를 멀거니 바라보았다. 움직일 수 없었고, 목소리도 나오지 않았다. 아무것도 실감되지 않았다. 그저 생각했다. 물속으로 뛰어들어 빙을 건져내야 할까? 아빠를 불러야 하나? 내가 그만큼 빨리 달려갈 수 있을까? 시간을 되돌려서 빙이 아빠한테 간답시고 절벽 위로 올라가는 것을 막을 수는 없을까?

그때 언니들이 돌아왔다. "빙은 어딨어?" 몇 초간 침묵이 흐른 뒤 모두가 소리를 지르고 모래 바람을 날리며 나를 지나쳐 물가로 달려갔다. 언니들이 절벽을 살펴보고 동생들이 빙이 나무 조각들과 함께 떠내려오지는 않았는지 살펴보는 동안에도 나는 그 자리에 그대로 얼어붙어 있었다. 엄마 아빠는 바다로 뛰어 들어가 손으로 물살을 헤치며 빙을 찾고 있었다.

우리는 오랫동안 거기에 있었다. 실종자 수색선들과 해질녘

노을이 생각난다. 나는 그와 같은 노을을 본 적이 없었다. 밝은 오렌지색 불꽃이 물가에 닿더니 이내 퍼져 나가며 바다에 온기를 더했다. 해가 지자 수색선들은 노란색 전구를 켜고는 어둡고 반짝이는 수면 위를 떠다녔다.

그 와중에 노을 색깔이나 수색선 따위를 생각하고 있었다는 것이 어처구니 없다. 하지만 그때는 우리 가족 모두 이상한 생각을 하고 있었다. 아빠는 시간을 계산하고 물의 온도를 추정하며, 빙이 떨어진 시간에 맞추어 추정치를 다시 조정했다. "빙! 빙!" 언니들은 마치 그 애가 해안 절벽 위에 있는 덤불들 속에 숨어 있기라도 한 것처럼 불러댔다. 남동생들은 차 안에 앉아 조용히 만화책을 읽었다. 그리고 수색선들의 노란색 전구가 꺼졌을 때, 엄마는 물로 뛰어들었다. 엄마는 평생 수영이라고는 해본 적이 없었다. 그러나 자신의 넹간에 대한 믿음이 엄마에게 확신을 주었다. '이 미국인들은 못했지만, 나는 할 수 있다. 나는 내 새끼를 찾을 수 있어.'

수색대원들이 엄마를 물에서 끌어낼 때까지도 엄마의 넹간은 조금도 흔들리지 않았다. 머리카락과 옷가지가 찬물에 흠뻑 젖어 무겁게 축 늘어졌지만, 엄마는 조용히 차분하게 서 있었다. 그 장엄한 모습은 마치 물 밖으로 나온 용왕 같았다. 경찰은 수색을 중단하고 우리를 차에 태웠다. 이제 우리가 할 수 있는 일은 집에 돌아가 슬퍼하는 것뿐이었다.

나는 부모님과 언니, 동생 들에게 죽도록 얻어맞을 거라고 생각했다. 다 내 잘못이었으니까. 내가 빙을 충분히 주의 깊게 살피지 않았다. 그런데 다들 어두운 거실에 앉은 채 저마다 속삭이며 자책하는 것이었다.

"나 좋자고 낚시를 가자고 하다니." 아빠가 말했다.

"산책을 가지 말았어야 해." 제니스 언니가 말하자, 루스 언니가 다시 한 번 코를 풀었다.

"형은 왜 내 얼굴에 모래를 뿌렸어? 왜 나한테 시비를 걸었느냐고." 루크가 탄식했다.

그리고 엄마는 조용히 내게 말했다. "내가 너한테 저 애들을 말리라고 했어. 그래서 네가 빙을 못 본 거야."

만약 내가 그 말에 위로받았다 해도, 아주 잠깐이었을 것이다. 엄마가 이어서 말했기 때문이다. "그러니까 우리는 빨리 돌아가서 그 애를 찾아야 해. 내일 아침에 당장." 그러자 온 식구가 고개를 떨구고 눈을 피했지만, 나는 알 수 있었다. 이것이 내가 받아야 할 벌이었다. 엄마와 함께 바닷가로 돌아가 빙의 시신을 찾는 것.

다음 날 엄마가 보여준 행동은 전혀 뜻밖이었다. 잠에서 깨어났을 때, 바깥은 여전히 깜깜했지만 엄마는 이미 옷을 다 입고 있었다. 부엌 식탁 위에는 보온병과 찻잔, 하얀색 성경책과 자동차 열쇠가 놓여 있었다.

"아빠는요?" 내가 묻자 엄마는 대답했다. "아빠는 안 가신다."

“그럼 어떻게 가요? 누가 운전해주는데요?”

엄마는 대답 대신 자동차 열쇠를 집어들었고 나는 엄마를 따라 현관문을 나섰다. 차를 타고 바닷가까지 가는 내내 나는 엄마가 어떻게 하룻밤만에 운전하는 법을 배웠는지 의아해했다. 엄마는 지도도 보지 않았다. 부드럽게 차를 몰아 기어리로 돌아 내려갔고 그레이트 하이웨이를 지났다. 제때 깜빡이를 켰고, 코스트 하이웨이의 가파른 모퉁이도 가뿐히 돌았다. 초보 운전자들은 이 구간에서 미끄러져 낭떠러지로 떨어지기 십상인데 말이다.

바닷가에 도착하자마자 엄마는 곧장 진창길로 내려가 암초 위에 올라갔다. 빙이 떨어진 곳이었다. 손에는 하얀 성경책이 쥐여 있었다. 엄마는 물 위를 살펴보며 하나님을 불렀다. 날아다니는 갈매기들이 엄마의 작은 목소리를 천국까지 전했다. 엄마의 기도는 “주여”로 시작하여 “아멘”으로 끝맺었을 뿐, 나머지는 모두 중국말이었다.

“저는 항상 주님의 축복을 믿었습니다.” 중국말로 과장되게 칭찬할 때와 같은 어조였다. “저희는 주께서 복 주실 것을 알았습니다. 추호도 의심하지 않았습니다. 주님의 뜻이 저희 뜻이었습니다. 주께서는 저희 믿음 위에 복을 더하셨습니다.

주신 은혜에 감사하여 저희는 항상 주님을 깊이 경외하려고 노력했습니다. 교회에 출석하고, 헌금을 드렸습니다. 주님을 찬양했습니다. 주께서는 저희에게 더욱 복을 주셨습니다. 지금 저희는 그중 하나를 잃어버렸습니다. 저희가 부주의했습니다. 네,

정말로 그랬습니다. 좋은 것들을 너무 많이 받아서 항시 그 모든 것을 염두에 두지는 못했던 것입니다.

저희를 교훈하시려고, 장래에 주실 선물은 더 잘 간수하라는 뜻으로 그 애를 숨기신 거라면, 저는 이미 배웠습니다. 제 마음속에 깊이 새겨두었습니다. 그래서 이제 빙을, 제 아이를 되찾으러 왔습니다."

그 말을 조용히 듣고 있는데 소름이 끼쳤다. 그래서 엄마가 이렇게 덧붙였을 때는 울기 시작했다. "그 애가 버릇이 나빠도 용서해주세요. 여기 제 딸이 있습니다. 이 아이가 빙을 가르칠 겁니다. 그 애가 죽어 주님 앞에 서기 전까지 순종을 가르칠 겁니다."

엄마의 믿음이 어찌나 철석같았는지, 기도를 마친 뒤 엄마는 세 번이나 빙의 모습을 보았다. 저 바로 앞에 오는 파도 너머에서 빙이 엄마를 향해 손을 흔들고 있었다. "저기 있다!" 엄마는 보초병처럼 그 자리에 꼿꼿이 서 있었다. 엄마가 빙이라고 생각했던 것은 파도에 흔들리는 해초 그림자로 판명되었다.

그러나 엄마는 턱을 꼿꼿이 쳐들고 절대 고개를 떨구지 않았다. 해변으로 돌아와 성경책을 내려놓고는 보온병과 찻잔을 들고 물가로 걸어갔다. 그러면서 지난 밤, 자신의 삶을 되돌아보았다고 했다. 그리고 중국에 살던 소녀 시절의 기억을 떠올렸다.

"폭죽 사고로 한 손을 잃었던 남자애가 기억나. 팔에서 떨어져 나간 살점과 그 애의 눈물이 생생해. 그런데 그 엄마는 그러더구나. 내 아들의 손은 새로 자라날 거라고, 이전 것보다 훨씬 좋은 손으로 자랄 거라고. 그이는 자기 조상의 빚을 열 배 넘게 갚겠다고 했어. 세눈박이 불의 신 추중의 노여움을 가라앉히기 위해 물 치료법을 쓸 거라고 했지. 그리고 정말 그 말대로, 그다음 주에 개가 자전거 타는 것을 봤어. 깜짝 놀랐지. 두 손으로 운전해서 내 앞을 곧장 지나쳐가더구나!"

엄마는 잠시 침묵하더니 신중하고 공손한 투로 말했다.

"우리 조상들 중 한 분이 언젠가 신성한 우물에서 물을 훔쳤대. 이제 그 물이 되갚아주려는 거야. 우리는 바다에 똬리를 튼 용의 성미를 달래주어야 해. 그러고는 다른 보물을 주어 빙을 졸라 매고 있는 똬리를 풀게 해야지."

엄마는 설탕을 넣어 달콤한 차를 잔에 따르고는 그것을 바다에 부었다. 그러고는 꼭 쥐고 있던 주먹을 풀었다. 그 안에는 물먹은 푸른색 사파이어 반지가 들어 있었다. 엄마가 오래 전 돌아가신 할머니에게 물려받은 것이었다. "이 반지를 끼고 있으면," 엄마는 내게 말했다. "다른 여자들이 어찌나 부러워했는지 몰라. 자기 자식까지 잊어버릴 정도였으니까, 이거면 바다에 사는 용도 빙을 잊어버릴 거야." 그러고는 반지를 물속으로 던져버렸다.

그러나 그렇게까지 했는데도 빙은 나타나지 않았다. 한 시간, 아니 어쩌면 그보다 더 긴 시간이 훌쩍 지났는데도 눈앞에 보이는 것은 바다에 떠다니는 해초뿐이었다. 엄마는 손을 깍지 껴 가슴께에 모으고 있었다. 엄마가 경탄하는 목소리로 말했다. "봐. 우리가 엉뚱한 방향을 보고 있었구나." 저 먼 해변 끝에서 빙이 녹초가 되어 터덜터덜 걸어오고 있었다. 신발은 벗어서 손에 들고, 탈진한 듯 검은 머리를 푹 숙이고 있었다. 그 순간에는 엄마가 느낀 기쁨을 나도 느낄 수 있었다. 하지만 미처 자리에서 일어서기도 전에 우리가 잘못 보았음을 알았다. 그는 담배에 불을 붙여 든 키 큰 남자였다. 전혀 모르는 사람이었다.

"엄마, 이제 가요." 나는 최대한 부드럽게 말했다.

그러나 엄마는 단호하게 말했다. "내 새끼가 저기 있어." 엄마는 건너편의 들쭉날쭉한 절벽을 가리켰다. "나는 그 애가 보여. 지금 동굴 안에 있어. 물 위의 작은 계단에 앉아서는 배고파하고 있어. 또 약간 추워하는구나. 하지만 이제는 너무 많이 불평하면 안 된단 걸 배웠지."

그러고는 일어서서 바닷가 모래사장을 마치 포장도로를 걷듯 걸어가기 시작했다. 나는 부드러운 모래톱 위에서 휘청대고 비틀거리면서 엄마를 따라갔다. 엄마는 가파른 길을 걸어 올라가 우리 차를 세워둔 곳까지 갔다. 엄마는 끙 소리도 내지 않고 트렁크에서 커다란 타이어를 꺼내서는 아빠의 대나무 낚싯대에 묶었다. 엄마는 다시 되돌아가서 낚싯대를 붙잡고 튜브를 바다에 던졌다.

"이게 빙이 있는 곳까지 갈 거야. 나는 그 애를 되찾을 거다." 약간 흥분한 듯한 목소리였다. 엄마의 입에서 그토록 강렬한 넹간은 들어본 적이 없었다.

튜브는 엄마의 뜻에 따르는 것처럼 만의 반대쪽을 향해 떠내려갔으나, 그만 거센 파도에 휩쓸리고 말았다. 낚싯줄이 팽팽해졌다. 엄마는 낚싯대를 단단히 붙잡고 놓치지 않으려 안간힘을 썼다. 그러나 결국 줄이 끊어져버렸고, 튜브는 나선형을 그리며 물에 휘말려버렸다.

우리는 바다를 내다보기 위해 암초 위로 올라갔다. 이제 튜브는 만의 반대쪽에 닿았다. 커다란 파도가 절벽을 때렸다. 튜브는 위로 솟아 올랐다가 다시 잠겨들며 절벽 아래 커다란 동굴 속으로 사라졌다. 잠시 후 튜브가 다시 밖으로 튀어나왔다. 물에 젖어 반짝이는 검은 튜브는 사라졌다 나타나기를 몇 번이고 반복했다. 마치 자신이 그 안에서 빙을 찾았고 동굴 안에서 꺼내 오려 애쓰고 있다는 것처럼. 튜브는 번번이 텅 비어 있었지만, 여전히 희망이 있었다. 그러나 그러기를 열두 번도 더 반복한 뒤에는 마침내 어두운 물속에 완전히 휘말려버렸고, 다시 나타났을 때는 이미 터져서 수명을 다한 상태였다.

그제서야 엄마는 포기했다. 그 순간 엄마의 표정을 영영 잊지 못할 것이다. 엄마는 완벽한 공포와 절망에 사로잡혀 있었다. 빙을 잃었다는 공포, 믿음으로 운명을 바꾸려 하다니 너무나 어리석은 행동이었다는 절망. 그 모습을 지켜보는 나는 화가 났다. 주체할 수 없을 만큼 화가 치밀었다. 온 세상이 우리를 저버린 것이다.

*

이제는 알고 있다. 당시 나에게 빙을 찾을 수 있으리라는 기대는 조금도 없었다는 것을. 지금 내가 이 결혼을 지킬 수 없다는 사실을 알고 있듯이 말이다. 그럼에도 엄마는 여전히 내가 노력해야 한다고 말한다.

나는 말한다. "뭐 때문에요? 가망이 없다니까요. 계속 노력할 이유가 없다고요."

엄마는 말한다. "너는 그래야만 하니까. 가망이 있고 없고의 문제가 아니야. 이유도 필요없어. 그게 너의 운명이고, 삶이야. 네가 마땅히 해야만 하는 일이라고."

"그래요? 그럼 제가 뭘 할 수 있나요?"

"그건 너 스스로 생각해야지. 네가 뭘 해야 하는지 말이야. 만약 다른 사람이 말해준다면, 너는 노력하지 않을 거야." 엄마는 그렇게 말하고는 혼자 남아 생각해보라는 듯 부엌을 빠져나간다.

나는 빙을 생각한다. 나는 그 애가 위험하다는 걸 알면서도 그대로 놔두었다. 이제 나는 내 결혼에 대해 생각한다. 나는 파경의 조짐을 보았다. 그래, 분명히 보았음에도 그대로 되도록 놓아둔다. 운명이란 절반은 기대감으로, 절반은 부주의로 이루어지는 것 같다. 그러나 어쩐 일인지, 사랑하는 것을 잃어버리고 난 뒤에는 믿음이 사람을 장악한다. 우리는 잃어버린 것을 항상 생각하면서 처음처럼 기대를 품어야 한다.

엄마 또한 여전히 그렇게 하고 있다. 나는 엄마가 식탁 아래 성경을 의식하고 있다는 것을 안다. 엄마가 그 책을 거기 괴어놓기 전에 그 안에 뭐라고 적었던 것이 떠올랐다.

나는 식탁을 들어 올리고 성경책을 꺼낸다. 식탁 위에 올려놓고 빠르게 파라락 넘겨본다. 이 안 어딘가에 엄마의 글씨가 적혀 있을 것이다. 신약 성서가 시작하기 바로 이전 장에 "죽음"이라는 절이 있다. 엄마는 거기에 "빙 슈"라고 적어두었다. 지울 수 있게 연필로, 흐릿하게.

두 부류

징메이 우의 이야기

엄마는 미국에서는 원하는 것은 무엇이든 할 수 있다 믿었다. 레스토랑을 열 수도 있고, 공무원으로 일하다 은퇴하여 평안한 노후를 보낼 수도 있다. 돈이 별로 없어도 집을 살 수 있다. 부자가 될 수 있고 단번에 유명해질 수도 있다.

"물론 너도 천재가 될 수 있어." 내가 아홉 살 때 엄마는 말했다. "너는 어디서든 최고가 될 수 있어. 린도 개가 뭘 안다니? 개네 딸도, 그저 잔재주만 제일가지 뭐."

미국은 엄마의 모든 희망이 깃들어 있는 곳이었다. 엄마는 1949년에 미국으로 왔다. 중국에서 모든 걸 잃은 뒤였다. 어머니, 아버지, 남편에 아직 아기였던 쌍둥이 두 딸까지. 그러나 엄마는 결코 후회하며 과거를 되돌아보지는 않았다. 더 좋은 것들을 얻을 수 있는 길이 아주 많았다.

*

엄마랑 내가 즉각 어떤 타입의 천재가 되어야겠다고 결정한 것은 아니었다. 처음에 엄마는 내가 중국계 셜리 템플이 될 수 있을 것이라고 생각했다. 우리는 텔레비전으로 셜리 템플이 나오는 옛날 영화를 마치 공부하듯 보았다. 엄마는 내 팔을 쿡 찌르며 말했다. "니 칸[你看]." **잘 봐**. 그러면 나는 셜리가 발을 구르며 춤을 추거나, 뱃노래를 부르거나, 입술을 동그랗게 오므리고 "어머나!"라고 말하는 모습을 유심히 지켜보았다.

"니 칸." 셜리의 눈에서 눈물이 폭포수처럼 흐르는 장면에서 엄마는 말했다. "너는 이미 울 줄 알잖아. 우는 데는 재능이 필요 없다고!"

엄마는 나를 제2의 셜리 템플로 키우겠다고 마음먹고서 미션 디스트릭트에 있는 미용 학교에 데려갔다. 그리고 한 학생의 손에 나를 맡겼는데, 그는 손을 떨지 않고 가위를 잡는 것만도 버거워 보였다. 크고 풍성한 웨이브를 기대했건만, 나는 자글자글한 검정색 곱슬머리가 되어 나타났다. 좌우 대칭도 맞지 않았다. 엄마는 나를 화장실로 끌고 가 물을 묻혀서 머리를 가라앉히려고 애썼다.

"꼭 중국인 깜둥이 같잖아." 엄마는 한탄했다. 마치 내가 일부러 그러기라도 했다는 투였다.

미용 학교 선생님은 좌우 대칭을 맞추기 위해 이 축축한 수세미 뭉치를 잘라내야 했다. "요즘에는 피터 팬 스타일이 굉장히 인기거든요." 선생님이 엄마를 안심시키려 말했다. 이제 내 머리는 남자애처럼 짧아졌다. 앞머리는 뱅 스타일로 눈썹으로부터 2인치쯤 위에 비스듬하게 내려와 있었다. 나는 이 머리가 마음에 들었다. 정말로 앞으로 유명해질 것 같았다.

사실 처음에는 나도 엄마만큼이나 들떠 있었던 것이다. 어쩌면 엄마보다 더했을지도 모른다. 내 안에 잠재된 천재성을 다양한 모습으로 그려보며, 그 상을 나에게 입혀보려 했다. 나는 커튼 옆에 서서 음악을 기다리는 앙증맞은 발레리나 소녀였다. 알맞은 음악이 나오면 발끝으로 서서 몸을 둥실 띄우고 춤을 출 것이었다. 또 나는 말구유에서 들어 올려지며 그 거룩한 수모에 울음을 터뜨리는 아기 예수였다. 발랄한 만화영화 음악이 흐르는 가운데 호박 마차에서 내리는 신데렐라이기도 했다.

이 모든 상상 속에서, 나는 항상 내가 곧 완벽해지리라는 기대감에 충만했다. 엄마 아빠도 좋아하시겠지. 더 이상 잔소리도 안 하실 테니 부루퉁해질 일도 없겠다.

하지만 때때로 내 안의 천재성은 참을성을 잃고 나를 재촉했다. "빨리 서둘러서 나를 끄집어내지 않으면 말이야, 나는 영영 사라져버릴 거야." 그것은 경고였다. "그러면 너는 평생 아무것도 못 되겠지."

매일 밤 저녁을 먹고 난 뒤에는 엄마와 함께 호마이카 식탁 앞에 앉았다. 엄마는 매일 새로운 테스트를 제시했다. 《리플리의 믿거나 말거나*Ripley's Believe It or Not*》《굿 하우스키핑*Good House-*

keeping》《리더스 다이제스트*Reader's Digest*》 등 엄마가 화장실에 잔뜩 쌓아놓은 잡지들에서 읽은 신동들의 이야기에서 따온 것들이었다. 엄마는 청소 일 하러 다니는 집에서 그 잡지들을 얻어 왔다. 엄마가 한 주에도 아주 여러 집을 다녔기 때문에 잡지는 많이 쌓였다. 엄마는 그것들을 전부 들여다보며 특출난 아이들의 이야기를 찾았다.

첫날 저녁 엄마는 모든 주의 수도를 외우는 세 살짜리 남자애의 이야기를 찾아냈다. 그 애는 심지어 유럽 국가들의 수도도 거의 다 알고 있었다. 거기 인용된 한 선생님의 말에 따르면, 그 꼬마애는 외국 도시들의 이름을 정확하게 발음할 줄도 알았다.

"핀란드의 수도가 어디냐?" 엄마가 잡지 기사를 들여다보며 내게 물었다.

내가 아는 수도라고는 캘리포니아의 수도뿐이었다. 왜냐면 새크라멘토는 우리가 살고 있는 차이나타운의 거리 이름이었기 때문이다. "나이로비!" 그건 내가 생각해낼 수 있는 중 가장 이국적인 단어였다. 엄마는 나에게 답을 보여주기 전에 혹시 헬싱키를 그렇게 부르는 경우도 있는지 확인했다.

테스트는 갈수록 어려워졌다. 곱셈 암산, 카드 뭉치 속에서 하트 퀸 찾아내기, 손으로 버티지 않고 물구나무 서기, 로스앤젤레스와 뉴욕, 런던의 일일 기온 예측하기….

하루는 성경의 한 페이지를 삼 분 동안 들여다보고서 기억나는 모든 것을 읊어야 했다. "이제 여호사밧은 부와 명예를 풍족하게 가졌고… 그리고, 그리고… 엄마, 여기까지밖에 생각이 안

나요."

그러자 또 한 번 실망하는 엄마의 얼굴을 본 순간부터, 내 안에 있는 무언가가 죽어가기 시작했다. 나는 테스트가 싫었다. 희망에 부풀었다가 실망하고 마는 것이 끔찍했다. 그날 밤 자기 전에 욕실 세면대 위에 달린 거울을 물끄러미 들여다보았다. 그 안에 비친 내 모습은 너무나도 평범했다. 언제까지나 지금처럼 평범할 것이었다. 나는 울음을 터뜨렸다. '왜 울어! 이 못생긴 계집애야!' 나는 거울 속 내 얼굴을 마구 긁어대며 미친 짐승처럼 소리 높여 울었다.

그 순간 나는 내 안에 있는 천재적인 일면을 보았다. 전에는 한 번도 이런 얼굴이 되었던 적이 없었기 때문에 몰랐다. 나는 더욱 선명히 보려고 눈까지 깜빡여가며 거울을 들여다보았다. 그 안에서 나를 바라보고 있는 여자애는 화가 나 있었고, 강인해 보였다. 그 아이는 나였다. 새로운 생각이 떠올랐다. 그건 결연한 의지였다. 어쩌면 온통 '안 할 거야'로 가득 찬 생각이었는지도 모른다. '엄마가 나를 바꾸게 두지 않아.' 나 자신과 약속했다. '결코 내가 아닌 것은 되지 않을게.'

엄마가 매일 밤 테스트를 낼 때마다 나는 내키지 않는 듯 한 팔로 머리를 갸우뚱하게 괴고 앉아서 지루한 척을 했다. 실제로도 그랬다. 나는 엄마가 반복하여 가르치는 말을 한 귀로 흘려버리며 대신 항만에서 들려 오는 뱃고동 소리를 세기 시작했다. 그 편안한 소리를 듣고 있으면, 소 한 마리가 달에서 뛰어 노는 장면이 떠올랐다. 다음 날 나는 스스로와 내기를 걸었다. 엄마가 뱃고동이 여덟 번 울리기 전에 나를 포기하는지, 안 하는지 말이다. 아마 딱 한 번밖에 못 셌던 것 같다. 많아봤자 두 번을 넘기지 못했을 것이다. 결국 엄마는 희망을 버리기 시작했다.

두 달, 혹은 세 달쯤 지나는 동안 엄마는 천재의 천 자도 입밖에 내지 않았다. 그날 엄마는 〈에드 설리반 쇼〉를 보고 있었다. 낡은 텔레비전은 자꾸만 소리가 끊겼다. 엄마가 소파에서 몸을 반쯤 일으켜 텔레비전 수상기를 조정하고 나면, 소리는 정상으로 돌아왔고 에드가 말을 이어가기 시작했다. 그러나 엄마가 다시 자리에 앉으면 에드는 침묵했다. 엄마가 자리에서 일어난다. 커다란 피아노 소리. 엄마가 자리에 앉는다. 다시 잠잠. 앉았다 일어났다, 앞으로 갔다 뒤로 갔다, 시끌벅적 와르르하다가 쥐 죽은 듯 침묵. 마치 텔레비전과 엄마가 딱딱하게 굳은 채 포옹 없는 춤을 추고 있는 것 같았다. 결국 엄마는 텔레비전 옆에 서서 손을 사운드 다이얼에 가져다 댔다.

엄마는 마치 음악에 빠진 사람 같았다. 사람의 마음을 사로잡는 약간 광란적인 곡이었다. 곡은 빠르게 진행되다가 장난스럽게 경쾌해졌고, 그러다 다시 빠르게 흘러갔다.

"니 칸!" 엄마는 다급하게 손까지 파닥이며 나를 불렀다. "이것 좀 봐라."

텔레비전을 들여다보자 엄마가 왜 이 음악에 매료되었는지 알 것 같았다. 피터 팬 스타일로 머리를 자른 아홉 살짜리 중국계 여자애가 건반을 두드리고 있었던 것이다. 그 애는 셜리 템플처럼 도도하면서도, 예의 바른 중국 어린이다운 겸양을 갖추고 있었다. 그 애가 카메라를 향해 허리 숙여 인사하자 하얀 드레스 자락이 뽐내듯 화려하게 플로어를 쓸었다. 작은 폭포처럼 천천히 바닥에 내리는 하얗고 풍성한 치맛단이 마치 커다란 카네이션의 꽃잎들 같았다.

조짐이 나빴지만, 걱정하지 않았다. 우리 집에는 피아노가 없고, 한 대 들일 만한 돈도 없었으며, 나 하나를 위해 악보를 사고 피아노 레슨을 시켜줄 만큼 넉넉한 형편이 아니었기 때문이다. 그래서 엄마가 텔레비전 속 여자애를 헐뜯을 때도, 마음 편하게 그 애 편을 들어줄 수 있었다.

"건반을 정확히 누르기는 하는데, 소리가 별로야! 노래하는 듯한 느낌이 없다고!"

"뭘 또 그렇게까지 말씀하세요?" 나는 별생각 없이 말했다. "꽤 잘했다고요. 최고는 아닐지 몰라도 최선을 다했잖아요." 그리고 그렇게 말하는 순간 후회했다.

엄마가 말했다. "그래. 꼭 너 같아. 너는 최고가 아니지. 노력하지 않으니까." 그러고는 잠깐 씩씩거리는가 싶더니 사운드 다이얼에서 손을 떼고 소파로 돌아가 앉았다.

그 조그만 여자애도 피아노 앞으로 돌아가 앙코르 곡으로 그리그의 〈아니트라의 춤*Anitra's Dance*〉을 연주했다. 내가 지금도 그 곡을 기억하는 것은, 나도 나중에 그 곡을 배워야 했기 때문이다.

엄마가 나에게 앞으로 피아노를 배우고 연습해야 한다고 말한 건 그로부터 삼 일 뒤였다. 우리 아파트 건물 1층에 사는 총 선생님과 이미 이야기를 다 해두었다고 했다. 총 선생님은 은퇴한 피아노 교사였는데, 엄마가 그 집 청소를 해주는 조건으로 내게 일주일에 한 번씩 피아노를 가르쳐주고 매일 오후 네 시부터 여섯 시까지 피아노를 연습할 수 있게 해주기로 했다는 것이다.

그 말을 듣는데 꼭 지옥으로 떨어지는 기분이었다. 더 이상은 견딜 수가 없었다. 나는 끙끙 앓는 소리를 내며 발을 굴렀다.

"왜 엄마는 나를 있는 그대로 좋아해주지 않아요? 나는요, 천재가 아니라고요! 피아노도 못 쳐요. 만약 칠 줄 안다고 해도 텔레비전 쇼에는 안 나갈 거야! 백만 달러를 준다고 해도!"

내가 소리 지르자 엄마는 손바닥으로 나를 후려갈겼다. "누가 너보고 천재가 되래?" 엄마가 소리쳤다. "그저 최선을 다하라는 거야. 너 스스로를 위해서! 내가 지금 네가 천재가 되기를 바라고 이러는 것 같니? 하! 누가 뭐 하러 너한테 그런 일을 시키겠냐고!"

엄마는 이어서 중국말로 툴툴거렸다. "배은망덕한 계집애 같으니라고. 성질머리만큼만 재능이 있었어 봐라! 진작에 유명해졌을 거다."

총 선생님은 아주 이상한 사람이었다. 그는 언제나 손가락을 까딱거렸는데, 꼭 들리지도 보이지도 않는 오케스트라를 지휘하는 것 같았다. 그런 그에게 나는 남몰래 총 영감이라는 별명을 붙여주었다. 그는 아주 옛날 사람 같았다. 정수리의 머리카락은 거의 다 빠졌고, 두꺼운 안경 아래로 보이는 눈은 언제나 피곤하고 졸려 보였다. 그러나 분명 내 생각보다는 젊은 사람이었을 것이다. 왜냐면 그는 엄마와 함께 살았고, 그때까지도 미혼이었기 때문이다.

총 영감의 엄마를 한 번 만난 적이 있는데, 두 번은 보고 싶지 않았다. 마치 바지에 실례를 한 아기 같은 냄새가 났고, 손가락은 마치 죽은 사람의 것 같아서 언젠가 내가 냉장고 깊숙한 곳에서 찾아냈던 오래된 복숭아를 연상시켰다. 그 복숭아는 내가 집어들자마자 껍질이 훌러덩 벗겨지며 과육을 드러냈었다.

총 영감이 피아노 선생 일을 그만둔 이유를 알기까지는 그리 오래 걸리지 않았다. 그는 귀를 먹었던 것이다. "우리 둘 다 오직 머리로만 듣고 있는 거야! 베토벤처럼!" 총 영감은 그렇게 외치고는 광란적인 침묵의 소나타를 지휘하기 시작했다.

수업은 이런 식이었다. 총 영감은 책을 펼치고 이것저것 가리키며, 그것들의 용도를 설명해주었다. "키! 트레블! 베이스! 샵도 없고 플랫도 없지. 그럼 다장조야! 자, 잘 듣고 따라 쳐봐라!"

총 영감은 다장조의 단순한 음계를 몇 번쯤 들려주었다. 그러더니 마치 오랫동안 해소되지 않는 열망을 느껴온 사람같이 서서히 많은 음을 더해가는 것이었다. 그렇게 음악이 아주 웅장해질 때까지 떤꾸밈음을 넣고 저음을 두드려댔다.

나는 영감을 따라서 간단한 음계와 화음을 연주했다. 그리고 이어서 말도 안 되는 연주를 펼쳤는데, 마치 고양이가 쓰레기통 위에서 오르락 내리락하는 것 같은 소리가 났다. 총 영감은 미소 지으며 박수를 쳤다. "아주 잘했어! 하지만 이제는 박자 맞추는 법을 배워야지!"

나는 총 영감이 내가 건반을 잘못 눌러도 알아채지 못한다는 사실을 알았다. 그는 피아노를 두 배 정도 빠르게 쳐버리고는, 내가 박자를 따라갈 수 있도록 뒤에 서서 오른쪽 어깨를 꾹꾹 눌러 댔다. 그는 내 손목 위에 동전을 올려놓고는 음계와 아르페지오를 천천히 연주하면서 그 동전들이 떨어지지 않게 하라고 했다. 내 손 모양을 사과를 쥔 것처럼 둥글게 잡아주며 연주할 때 그 모양을 계속 유지하라고 했다. 또 딱딱하게 걸어 보이며 스타카토를 연주할 때 각각의 손가락이 어떻게 오르내려야 하는지 설명해주었다. 군기 바짝 든 신병처럼 움직여야 한다는 것이다.

나는 이 모든 가르침에 더하여 요령 피우는 법과 아주 아주 많이 실수하고도 시치미 뚝 떼는 법을 터득했다. 가령 충분히 연습하지 않아 잘못된 음을 눌렀을 때도 연주를 중단하지 않았다. 그냥 박자에 맞춰 계속 쳤다. 그러면 총 영감도 자기만의 몽상에 빠져 지휘를 계속했다.

그랬으니 어쩌면 나는 제대로 노력해본 적이 없었는지도 모른다. 기본은 꽤 빠르게 떼었으니 어쩌면 어린 나이에 훌륭한 피아니스트가 될 수도 있었을 것이다. 그러나 내 입장은 너무나 확고했다. '노력하지 않겠다, 내가 아닌 다른 누군가는 되지 않겠다.' 그래서 오직 고막이 찢어지는 듯한 전주곡들과 불협화음투성이 찬송가만 연주했을 뿐이다.

그다음 해에도 나는 충실하게 내 갈 길을 갔다. 그러던 어느 날 엄마와 엄마 친구 린도 종 아줌마가 남들이 다 들을 수 있을 만큼 큰 소리로 뽐내는 것을 들었다. 교회 예배가 끝난 뒤였다.

나는 하얗고 빳빳한 페티코트가 달린 드레스를 입고 벽돌 벽에 기대 서 있었다. 린도 아줌마네 딸 웨벌리도 약 5피트쯤 떨어진 거리에 서 있었다. 우리는 같은 또래로서 함께 자라며 마치 한 자매처럼 크레용이나 인형을 두고 옥신각신했다. 이걸 달리 말하자면, 보통의 경우 우리는 서로를 싫어했다는 것이다. 내가 보기에 그 애는 너무 싸가지가 없었다. 당시 웨벌리 종은 '차이나타운 출신 최연소 중국계 체스 챔피언'으로서 얼마간의 명성을 누리고 있었다.

"아유, 트로피를 타 와도 너무 많이 타 와." 린도 아줌마가 하소연했다. "애는 하루 종일 체스만 하고, 나는 하루 종일 트로피 닦느라 다른 일은 전혀 못한다니까." 그렇게 말하면서 린도 아줌마는 엄마를 못 본 척하는 웨벌리를 흘겨보았다.

"너는 참 운도 좋아. 이런 일로 고민할 필요가 없잖아." 린도 아줌마가 한숨을 쉬면서 우리 엄마에게 말했다.

그러자 엄마는 어깨를 꼿꼿이 펴며 그러는 것이었다. "아이고, 우리 애도 웨벌리보다 더하면 더했지 못하진 않을걸? 징메이는 나와서 설거지 좀 하라고 시켜도 그저 음악에 푹 빠져서는 듣지를 않아. 타고난 재능이란 게 그렇잖아? 어디 말린다고 말려진다니?"

바로 그 순간, 나는 결심했다. 엄마의 이 한심한 자랑질을 끝장내주기로.

몇 주 뒤, 총 영감과 엄마는 나를 교회 강당에서 열리는 장기자랑에 내보내기로 했다. 그 무렵 엄마 아빠는 나에게 중고 피아노를 사줄 수 있을 만큼 돈을 모았다. 흠집 난 의자가 딸린 검은색 소형 울리처 피아노는 우리 거실에서 가장 근사한 가구였다.
나는 슈만의 《어린이 정경*Scenes from Childhood*》 중 〈조르는 아이*Pleading Child*〉라는 곡을 공연하기로 했다. 그 곡은 쉽지만 분위기가 있어서 실제보다 더 어려운 곡처럼 들렸다. 악보를 통째로 외우고, 연주가 너무 짧게 끝나지 않도록 후렴구를 두 번 반복해서 칠 예정이었다. 하지만 나는 고작 몇 마디 치고는 악보를 흘긋흘긋 들여다보는 식으로 빈둥거렸다. 내 연주에 전혀 귀를 기울이지 않았다. 나는 이곳이 아닌 다른 어딘가에 있는 상상을 했다. 내가 아닌 다른 사람의 모습이 되어.

연습하면서 가장 좋아한 부분은 바로 화려하게 인사하는 것이었다. 오른발을 뻗어 발끝으로 카펫 위 장미를 살짝 건드린다. 그러고는 옆으로 돌아 왼무릎을 구부리고 고개 들어 미소 짓는 것이다.

우리 부모님은 내 데뷔 무대를 보라고 조이 럭 클럽의 아줌마 아저씨 들을 다 초대했다. 린도 아줌마와 틴 아저씨도 왔다. 웨벌리와 그 애의 두 오빠들도 물론 왔다. 맨 앞의 두 줄은 아이들로 가득 찼다. 나보다 어린 아이도, 나이 많은 아이도 있었다. 가장 어린 아이부터 앞으로 나갔다. 그 애들은 동시를 낭송하거나, 조그만 바이올린으로 스컹크 같은 소리를 내거나, 훌라후프를 돌리거나, 분홍색 발레 튀튀를 입고 폴짝폴짝 뛰어다녔다. 아이들이 허리를 숙이거나 절을 하면, 관객들은 "오" 하고 일제히 한숨을 쉬었다. 그러고는 열정적으로 박수를 쳤다.

내 차례가 되었을 때는 자신만만했다. 나는 어린애답게 들떠 있었던 것 같다. 내 안에 잠재한 천재성을 털끝만큼도 의심하지 않았다. 아무것도 두렵지 않았고, 걱정도 없었다. '바로 지금이야! 나는 바로 이런 걸 바라왔다고!'라고, 생각했던 것이 기억난다. 나는 청중을 바라보았다. 엄마의 무표정한 얼굴과 하품하는 아빠, 어색한 미소를 짓고 있는 린도 아줌마, 고까운 듯 샐쭉한 웨벌리의 표정이 눈에 들어왔다. 나는 겹겹의 레이스로 이루어진 하얀 드레스를 입었고, 피터 팬 스타일의 짧은 머리에는 분홍색 리본을 달았다. 피아노 앞에 앉으면서, 나는 사람들이 자리에서 튀어오르더니 에드 설리반에게 달려가서 나를 텔레비전에 내보내 모두에게 선보여야 한다고 말하는 모습을 상상했다.

그리고 연주하기 시작했다. 아주 아름다웠다. 나는 스스로 얼마나 사랑스럽게 보일까에 골몰해 있었기 때문에 처음에는 내 연주가 어떻게 들릴지에 대해서는 전혀 걱정하지 않았다. 그래서 최초로 틀린 음을 쳤을 때 깜짝 놀랐고, 그제야 무언가 좋지 않은 소리가 난다는 사실을 깨달았다. 나는 또 한 번 틀린 음을 쳤고 그 뒤에도 계속 틀렸다. 머리 꼭대기에서부터 싸한 한기가 감돌더니 온몸으로 퍼져 나갔다. 그래도 연주를 멈출 수는 없었다. 마치 손이 마법에 걸린 것 같았다. 나는 기차가 선로를 정확히 찾아 들어가는 것처럼 내 손가락도 저절로 제 길을 찾을 것이라고 생각했다. 그렇게 이 엉망진창의 연주를 두 번이나 반복했고, 듣기 싫은 소리가 처음부터 끝까지 내내 이어졌다.

연주를 마치고 자리에서 일어섰을 때는, 다리가 후들거렸다. '어쩌면 그저 나 혼자 걱정하는 걸 수도 있어. 청중들은 총 영감처럼 내 동작이 정확한지만 보고 잘못된 소리는 전혀 듣지 않았을지도 모르잖아.' 나는 오른발을 살짝 빼고 무릎을 굽혔다. 객석을 올려다보며 미소 지었지만, 강당 안은 쥐 죽은 듯 고요했다. 활짝 웃으며 소리치는 총 영감만 빼고. "브라보! 브라보! 잘했어!" 그러나 내 눈에 들어오는 것은 엄마의 얼굴뿐이었다. 엄마는 마치 뺨이라도 한 대 맞은 듯한 표정이었다. 관객들은 맥아리 없이 박수를 쳤다. 내 자리로 돌아가는데 울음을 참느라 얼굴이 부들부들 떨렸다. 그때 조그만 남자애가 자기 엄마에게 큰 소리로 속삭였다. "엄청 못하네." 그러자 그 애의 엄마가 다시 속삭였다. "그래. 하지만 저 애도 분명 노력했을 거야."

그제야 많은 사람이 내 연주를 들었음이 실감되었다. 어찌나 많은지 내게는 마치 온 세상처럼 크게 여겨졌다. 내 등 뒤로 날아와 꽂히는 시선들이 느껴졌다. 엄마 아빠가 지금 얼마나 부끄러워하는지도 알 수 있었다. 그 이후 장기자랑이 끝날 때까지 내내 뻣뻣하게 앉아 있었기 때문이다.

쉬는 시간에 행사장을 나올 수도 있었을 것이다. 하지만 자존심과 이상한 공명심 같은 것이 우리 부모님을 행사 끝날 때까지 그 자리에 묶어두었다. 우리는 모든 순서를 다 보았다. 열여덟 살 남학생이 가짜 콧수염을 달고 나와 마술 공연을 했다. 자전거를 타면서 불붙은 고리들을 가지고 곡예를 부리기도 했다. 가슴 큰 여자애가 얼굴을 하얗게 칠하고 나와 오페라 《나비 부인》에 나오는 곡을 불러 찬사를 받았다. 그리고 열한 살짜리 남자애가 어려운 바이올린곡을 연주해 1등 상을 받았다. 그 애의 바이올린에서는 마치 바쁘게 날아다니는 꿀벌 같은 소리가 났다.

장기자랑이 끝난 뒤, 조이 럭 클럽의 아저씨 아줌마 들이 우리 쪽으로 다가왔다.

"대단한 애들이 참 많네." 린도 아줌마가 활짝 웃으며 의미심장하게 말했다.

"차원이 다르네요." 아빠가 말했다. 아빠가 지금 사람들 앞에서 나를 놀리는 건가? 아니면 그새 내가 어떻게 연주했는지 잊어버렸나?

웨벌리가 나를 보고는 어깨를 으쓱했다. "넌 천재가 아냐. 나랑은 달라." 그 애는 있는 그대로의 사실만 말했다. 만약 내가 그처럼 비참한 기분만 아니었다면, 그 땋은 머리채를 휘어잡으며 배에 주먹을 한 방 먹였을 것이다.

나를 무너뜨린 것은 엄마의 표정이었다. 엄마는 마치 전부를 잃은 사람처럼 공허한 얼굴로 침묵하고 있었다. 나 또한 세상 다 잃어버린 기분이었다. 이제는 다가오는 모든 사람이 꼭 사고 현장에서 팔다리 어디 하나 없어진 곳은 없나 구경하는 부류처럼 보였다. 집으로 가는 길 버스 안에서, 아빠는 콧노래로 바쁜 꿀벌 같은 바이올린 선율을 흥얼거렸다. 엄마는 아무 말도 하지 않았다. 엄마가 나한테 소리를 지르고 싶은데 집에 갈 때까지 꾹 참고 있는 거라고 생각했다. 그러나 아빠가 현관문을 열었을 때도 엄마는 곧장 침실로 들어갔을 뿐이었다. 나에게 따져 묻지도 않았고, 탓하지도 않았다. 그래서 나는 실망했다. 엄마가 나에게 소리 지르기만을 기다렸던 것이다. 그러면 나 또한 맞서서 소리 지르면서 울음을 터뜨렸을 것이다. 나는 불행하다고, 그리고 내가 이렇게 불행한 건 다 엄마 때문이라고.

장기자랑에서 그런 대형 사고를 쳤으니 앞으로는 피아노 칠 일이 없을 거라고 생각했다. 그러나 이틀 뒤 내가 학교 마치고 텔레비전을 보고 있을 때, 엄마는 부엌에서 나와 내게 말했다.

"네 시다." 마치 무슨 날이라도 되는 것처럼 그 사실을 환기해주는데, 너무나 큰 충격을 받았다. 마치 그 고문 같은 장기자랑에 또 나가라는 소리를 들은 듯한 기분이었다. 나는 텔레비전 앞에 좀 더 바짝 붙어 앉았다.

오 분 뒤 다시금 주방에서 엄마 목소리가 들렸다. "티비 꺼."

나는 꿈쩍도 하지 않았다. 그리고 결심했다. 더 이상 엄마 말대로 할 필요 없다. 나는 엄마의 종이 아니고, 여기는 중국이 아냐. 엄마 말을 들었다가 어떻게 되었는지도 봤잖아. 엄마는 바보야. 엄마는 아무것도 몰라.

엄마가 주방에서 나와 거실로 통하는 아치형 입구에 섰다. "네 시라고 했다." 엄마가 재차 일깨워주었다. 이번에는 좀 더 큰 목소리였다.

"저 이제 피아노 안 칠 거예요." 나는 태연히 말했다. "제가 그걸 왜 해야 해요? 천재도 아닌데."

그러자 엄마는 그대로 걸어와 텔레비전 앞을 막아섰다. 잔뜩 화가 난 듯 엄마의 가슴이 위아래로 거칠게 들먹거렸다.

"안 해요!" 그렇게 말하는데 스스로 좀 더 강해진 듯한 기분이 들었다. 마침내 진정한 나 자신을 찾은 것이다. 이것이 바로 내내 내 안에 있었던 그것이었다.

"안 해요! 안 한다니까요!" 내가 악을 쓰자 엄마는 내 팔을 확 낚아채 나를 일으켜세웠다. 텔레비전도 꺼버렸다. 엄마는 무서울 정도로 힘이 세서, 나는 발밑의 러그를 마구 걷어차며 저항했음에도 반쯤 들려가다시피 하여 피아노 앞까지 끌려갔다. 엄마가 나를 딱딱한 나무 의자 위에 억지로 앉혔다. 나는 비통한 심정으로 엄마를 바라보며 울고 있었다. 엄마의 가슴이 더 거세게 오르내렸고 벌어진 입에는 기묘한 미소가 걸려 있었다. 마치 내가 울고 있는 모습이 즐겁다는 것 같았다.

"엄마는 제가 다른 사람이 되기를 바라잖아요! 내가 아니라!" 나는 흐느껴 울었다. "엄마가 원하는 딸 같은 건 되지 않을 거예요."

"이 세상에는 오직 두 부류의 딸이 있을 뿐이다." 엄마가 중국말로 소리쳤다. "부모님 말씀에 순종하는 딸과 저 하고 싶은 대로 하는 딸! 이 집에서 살 수 있는 딸은 오직 한 부류뿐이야. 순종적인 딸!"

"그럼 내가 엄마 딸이 아니었으면 좋겠어. 엄마가 우리 엄마가 아니었으면 좋겠어." 그렇게 소리치는데 덜컥 겁이 났다. 온갖 벌레며 두꺼비, 그 밖의 끈적끈적한 것들이 내 가슴속에서 기어나오는 것 같았다. 그러나 한편으로는 꽤 기분 좋기도 했다. 마침내 내 안의 끔찍한 일면이 수면 위로 올라온 것이다.

"그걸 이제 와서 바로잡기엔 너무 늦었지." 엄마가 날카롭게 말했다.

그리고 나는 엄마의 분노가 한계치에 이르렀음을 느꼈다. 그 분노가 그대로 쏟아져버리는 모습을 보고 싶었다. 바로 그 순간, 나는 엄마가 중국에서 잃어버렸다는 아기들을 떠올렸다. 우리가 평소에 절대 이야기하지 않았던 그 아이들 말이다. "그럼 애초에 태어나지 않았으면 좋았겠다 싶어." 나는 소리 쳤다. "죽는 편이 나았겠네. 그 애들처럼."

마치 내가 마법의 주문이라도 외운 것 같았다. 알라카잠! 엄마의 얼굴이 공허해지더니 벌어졌던 입이 굳게 닫혔다. 두 팔은 힘없이 늘어졌다. 엄마는 그대로 거실을 떠났다. 그 모습이 마치 바람에 날려 가는 작은 낙엽 같았다. 생명을 잃어 마르고, 금방이라도 부서질 것 같은 나뭇잎.

*

엄마가 나에게 실망한 것은 이뿐만이 아니다. 다음 해에도 그다음 해에도, 나는 엄마를 수도 없이 실망시켰다. 매번 내 뜻을 고집했으며 내게는 엄마 기대에 못 미칠 권리가 있다고 주장했다. 올 A 성적을 받지도 않았고, 반장이 되지도 않았다. 스탠포드에도 들어가지 않았다. 대학을 중퇴했다.

나는 엄마랑은 달라서 원하는 건 무엇이든 될 수 있다는 말을 믿지 않았다. 나는 오직 내가 될 수 있을 뿐이었다.

그 이후 흘러간 수많은 시간 동안, 우리는 절대 그날 장기자랑에서 일어난 대참사나 내가 피아노 의자 위에서 엄마에게 퍼부었던 끔찍한 악담에 대해서는 언급하지 않았다. 그날의 일은 기억 속에 그대로 방치되었다. 마치 입에 담을 수도 없는 배신처럼. 그래서 나는 엄마에게 물어볼 기회도 갖지 못했다. '엄마는 왜 항상 그렇게 큰 것을 바랐어요? 실패할 게 뻔하잖아요.'

더 불행한 사실은 이 질문을 할 수 없었다는 것이다. '그렇다면 엄마는 왜 희망을 포기했을까?' 나를 가장 공포스럽게 했던 질문이었다.

피아노 앞에서 한바탕 싸움을 벌인 이후, 엄마는 다시는 나에게 피아노 얘기를 꺼내지 않았다. 수업도 그만두었다. 먼지가 쌓이지 않게 굳게 닫힌 피아노 덮개는 나의 불행과 엄마의 꿈까지 덮어버렸다.

그러니 몇 년 전 엄마가 내 서른 번째 생일 선물로 그 피아노를 주겠다고 했을 때는 놀라지 않을 수 없었다. 나는 그동안 피아노를 치지 않았다. 나는 그 말을 엄마가 나를 용서한다는 뜻으로 받아들였다. 어마어마한 짐을 더는 기분이었다.

"정말요?" 수줍게 물었다. "그러니까 제 말은, 엄마랑 아빠가 허전하지 않겠냐는 거였어요."

"아니, 이건 네 피아노야." 엄마는 단호하게 말했다. "언제나 그랬어. 저걸 칠 수 있는 사람은 너뿐인걸."

"음, 아마 이젠 못 칠 거예요. 안 친 지 너무 오래됐잖아요."

"너는 빨리 배우잖아." 확신한다는 어조였다. "너는 타고난 재능이 있어. 마음만 먹었으면 천재가 될 수도 있었어."

"아뇨. 그럴 수 없었어요."

"그냥 네가 노력하지 않을 뿐이야." 그렇게 말하는 엄마는 화가 난 것 같지도 않았고, 슬퍼 보이지도 않았다. 그저 절대 반박할 수 없는 사실을 천명하듯 말했을 뿐이다. 엄마가 이어 말했다. "가져가렴."

그러나 나는 피아노를 가져가지 않았다. 엄마가 그걸 내게 주었다는 사실만으로도 충분했다. 그 뒤로 부모님 집 거실 퇴창 앞에 놓여 있는 피아노를 볼 때마다 뿌듯했다. 그게 마치 내가 되찾은 빛나는 트로피라도 되는 것처럼.

지난 주에 나는 부모님 집으로 악기 조율사를 보내 피아노를 조율하게 했다. 순전히 감상적인 이유에서였다. 엄마는 몇 달 전 돌아가셨고, 나는 그 후로 조금씩 시간을 내어 아빠를 위해 엄마 물건들을 정리하고 있었다. 엄마의 패물은 따로 비단 주머니에 챙겨 넣어두었다. 엄마가 직접 뜬 노란색, 분홍색, 밝은 주황색 스웨터들은(전부 내가 싫어하는 색깔이었다) 좀약이 든 상자에 넣었다. 옆이 살짝 트인 오래된 중국 비단 드레스도 몇 벌 찾았다. 나는 그것을 내 살갗에 부벼보고는, 종이에 잘 싸서 우리 집에 가져가기로 했다.

조율이 끝난 후, 피아노 뚜껑을 열고 건반을 눌러보았다. 내가 기억하는 것보다 훨씬 풍성한 소리가 났다. 정말로, 정말로 좋은 피아노였다. 피아노 의자 안에는 손으로 음표를 적어둔 연습장과 노란색 테이프로 표지를 붙여놓은 중고 음악 교재가 들어 있었다. 전부 그 시절 그대로였다.

나는 슈만 책을 열고 내가 그 옛날 장기자랑 때 쳤던 우울한 소곡을 찾았다. 〈조르는 아이〉는 왼쪽 면에 들어 있었다. 내가 기억하는 것보다 더 어려워 보였다. 나는 몇 마디 쳐보았다. 이 음이 이렇게 쉽게 떠오른다는 사실이 놀라웠다.

그때 처음으로 그 오른쪽 면에 있는 악보가 눈에 들어왔다. 제목은 '완전한 만족'이었다. 나는 그것 또한 쳐보았다. 곡조는 좀 더 가볍지만, 리듬 전개가 같고 실제로 쳐보니 꽤 쉬운 곡이었다. 〈조르는 아이〉는 더 짧고 느린 곡이었다. 〈완전한 만족〉은 더 길지만 빨랐다. 그 두 곡을 몇 번쯤 쳐보고 난 뒤, 나는 그것들이 하나의 곡을 반으로 나눈 것이었음을 깨달았다.

미국식 해석

"야!" 엄마가 딸의 새 아파트 거실에 있는 거울 달린 장식장을 보고 소리쳤다. "침대 발치에는 거울 두는 거 아니야. 결혼 생활의 모든 행복이 거울에 반사되어 반대로 튕겨나간단다."

"아, 둘 데가 거기밖에 없어서 그런 거예요." 딸이 말했다. 매사에 안 좋은 징조만을 찾는 엄마에게 짜증이 났다. 딸은 평생 그런 식으로 주의를 받으며 살았던 것이다.

엄마는 얼굴을 찌푸리며 메이시스 백화점 쇼핑백에 손을 뻗었다. 일전에 받은 쇼핑백을 챙겨뒀다가 다시 쓰는 것이었다. "하이고야, 그래도 행운이구나. 내가 너를 위해 고쳐줄 수 있으니." 엄마는 그렇게 말하며 금색 테를 두른 거울을 꺼냈다. 딸아이 집들이 선물로 지난 주에 프라이스 클럽에서 산 것이었다. 엄마는 그것을 침대 머리판, 베개 두 개 위에 기대놓았다.

"이걸 여기 달아." 엄마가 벽 위쪽을 가리키며 말했다. "이 거울이 저 거울을 마주 보게. 후후! 그럼 복숭아꽃 행운을 갑절로 늘려줄 거다."

"복숭아꽃 행운이 뭐예요?"

그러자 미소 짓는 엄마의 눈에는 장난기가 어려 있었다. "이 안에 있는 거야." 엄마는 그렇게 말하며 거울을 가리켰다. "이 안을 들여다보렴. 엄마 말이 틀렸니? 이 거울 안에는 내 미래의 손주가 들어 있어. 내년 봄쯤에는 이미 내 무릎에 앉아 있겠구나."

딸도 거울을 들여다보았다. 정말 거기 있었다. 거울에 비친 자기 얼굴이 자신을 바라보고 있었다.

밥풀 남편

레나 세인트 클레어의 이야기

오늘까지 나는 우리 엄마에겐 불가사의한 능력이 있다고 믿는다. 어떤 일이 일어나기도 전에 그 일이 있으리라는 것을 아는 능력 말이다. 엄마는 그걸 이러한 중국 격언으로 표현한다. 순망치한(脣亡齒寒). **입술이 없으면 이가 시린 법이지**. 내 생각에 그 말은 어떠한 현상은 반드시 다른 현상의 결과라는 뜻 같다.

그러나 엄마는 지진이나 주식 시장 전망 같은 것은 예측하지 않는다. 오직 우리 가족에 미칠 안 좋은 일들만 본다. 무엇 때문에 그렇게 되고 마는지도 안다. 지금 엄마가 탄식하는 것은 그 일들을 막기 위해 어떠한 노력도 하지 않았기 때문이다.

엄마는 우리가 살던 샌프란시스코의 아파트가 너무 가파른 언덕 위에 있다는 것을 보았다. 그래서 아기가 엄마 뱃속에서 떨어져 죽을 거라고 했고, 실제로 그렇게 되었다. 우리 가족이 거래하는 은행 맞은편에 배관과 욕실 기구를 취급하는 가게가 문을 열었을 때는, 곧 은행의 돈이 다 새어 나갈 거라고 했다. 한 달 뒤 은행원이 횡령으로 체포되었다.

작년에 아빠가 돌아가셨을 때도, 엄마는 그렇게 될 줄 다 알고 있었다고 했다. 그 전에 아빠가 엄마에게 선물한 덩굴 식물이 말라 죽었다는 것이다. 물을 잘 챙겨 줬는데도 말이다. 식물의 뿌리가 상해서 물을 빨아들일 수가 없었던 거라고 했다. 아빠는 74세에 심장마비로 돌아가셨는데, 엄마가 나중에 받아 본 부검 보고서에 따르면 아빠의 동맥은 이미 구십 퍼센트가량이 막혀 있었다고 했다. 아빠는 엄마처럼 중국 태생이 아니고 아일랜드계 미국인이었다. 매일 아침마다 베이컨 다섯 장과 서니 사이드 업 계란 세 개를 먹어치우는.

내가 엄마의 예지 능력을 떠올리는 것은, 지금 엄마가 해럴드와 내가 우드사이드에 새로 장만한 집에 방문했기 때문이다. 나는 엄마가 우리 집에서 무엇을 볼지 궁금하다.

우리가 이 집을 발견한 것은 운이 좋았다고밖에 할 수 없다. 9번 고속도로 부근에 위치한 이곳을 찾으려면 표지판도 없는 진창길을 왼쪽, 오른쪽, 다시 왼쪽으로 따라 내려가야 한다. 표지판이 없는 이유는 주민들이 외판원과 개발업자, 시찰 공무원 들을 따돌리기 위해 철거해버리기 때문이었다. 우리 집에서 샌프란시스코에 있는 엄마의 아파트까지는 차로 사십 분밖에 걸리지 않았다. 하지만 엄마를 모시고 돌아올 때는 험난한 한 시간을 보내야 했다. 정상으로 올라가기 위해 구불구불한 이차선 고속도로를 탔을 때, 엄마가 한 손을 해럴드의 어깨에 부드럽게 얹으며 인자한 음성으로 말했다. "이보게, 타이어가 끼이익거리네." 그러고는 조금 뒤에 덧붙였다. "이러면 차가 못 쓰게 돼."

해럴드는 미소 지으며 속도를 늦췄지만, 한눈으로는 백미러를 초조하게 들여다보며 재규어의 운전대를 꽉 움켜쥐었다. 우리 뒤로 성질 급한 차들이 길게 줄 서 있었던 것이다. 나는 그가 쩔쩔매는 모습이 은근히 통쾌했는데, 그는 평소에 뷰익 자동차를 모는 나이 든 여성 운전자들 뒤에 바짝 따라붙어서 빨리 비키지 않으면 그대로 밀어버리겠다는 듯 경적을 울리고 엔진 기어를 올려대는 사람이기 때문이다.

하지만 한편으로는 해럴드는 그래도 싸다고 생각하는 자신이 비열하다는 생각이 들었다. 그래도 어쩔 수가 없었다. 나는 해럴드 때문에 잔뜩 열 받은 상태였기 때문이다. 그도 나 때문에 못지않게 짜증이 나 있기는 마찬가지였지만. 그날 아침 엄마를 데리러 가기 전에 해럴드는 말했다. "해충 방제 비용은 당신이 내. 미루가이는 당신 고양이잖아. 그러니까 그 벼룩도 당신 벼룩이라고. 그래야 공평하지."

친구들은 우리가 벼룩같이 한심한 문제로 싸우는 줄 상상도 못할 것이다. 우리 부부의 문제는 그보다 훨씬, 훨씬 더 깊은 곳에 있다는 사실도. 너무 깊어서 나조차도 바닥이 어디인지 모르겠다.

그러나 지금은 엄마가 함께 있다. 엄마는 우리 집에 일주일

간 머물 것이다. 아파트 배선 교체가 언제 끝나냐에 따라 더 길어질 수도 있다. 그리고 일단 엄마가 우리 집에 있는 동안에는 우리 두 사람 다 아무 문제도 없다는 듯 행동해야 할 것이다.

생각에 골몰해 있는 동안에도 엄마는 계속 묻고 또 묻고, 질문에 질문을 거듭했다. "헛간을 고쳐 살고 곰팡이 슨 풀장 청소하면서 무슨 돈을 그렇게 많이 썼나?" 그것들은 4에이커 정도 되는 부지 위에 있었는데, 그중 2에이커는 미국 삼나무와 옻나무들이 차지하고 있었다. 엄마가 정말로 이유가 궁금해서 물어보는 것은 아니다. 그냥 이렇게 말하고 싶은 거다. "아이고야, 돈을 너무, 너무 많이 썼어." 우리가 집과 부지의 다른 부분들을 보여주는 동안에도 그랬다. 그리고 해럴드는 엄마가 그렇게 타박할 때마다 반드시 쉬운 말로 설명해주어야만 할 것 같은 압박을 느끼는 모양이다. "그러니까, 어머니도 보세요. 섬세한 부분에서 돈이 많이 들어가는 거거든요. 가령 이 나무 바닥은요, 사람이 직접 손으로 표백한 거예요. 여기 벽에 대리석 같은 무늬도 다 사람이 스펀지로 찍어낸 거예요. 그 정도 돈을 줄 만해요."

그러면 엄마는 고개를 끄덕이며 말한다. "그렇다면 돈이 많이 들 수밖에 없겠네."

잠깐 집 구경을 시켜드리는 동안에도, 엄마는 계속 흠을 찾아냈다. 바닥이 기울어서 그냥 걸어 다닐 때도 마치 달려 내려가는 듯한 느낌이 들고, 엄마가 묵게 될 손님방은 양쪽이 다 밑으로 기울어 있다고 한다. 그 방은 전에 건초 저장고로 쓰던 곳으로, 실제로 지붕이 경사져 있었다. 엄마는 천장 한 구석에서 거미를 발견했고, 벼룩이 마치 뜨거운 기름이 튀어 오르는 것처럼 뛰어다니는 것도 보았다. **팟! 팟! 팟!** 엄마는 다 안다. 우리가 아무리 많은 돈을 쏟아부어 화려하게 꾸며놨어도 엄마 눈에 이 집은 여전히 헛간이었다.

엄마 눈에는 다 보인다. 나는 자꾸 트집만 잡는 엄마에게 짜증이 났지만, 직접 한번 돌아보고 나면 엄마 말이 다 맞았다. 엄마는 해럴드와 나 사이 관계가 어떻게 돌아가고 있는지 분명 알 것이다. 우리에게 무슨 일이 일어나려 하는지도.

내가 여덟 살 때도 엄마는 보았다. 내 밥그릇을 들여다보며 그렇게 말했기 때문이다. "아무래도 너는 이다음에 아주 못된 남편을 얻겠다."

아주 오래전 일이다. 저녁을 먹은 뒤 엄마가 말했다. "야, 레나야. 장차 네 남편 될 사람 얼굴에는 곰보 자국이 있을 거야. 네가 남긴 밥풀만큼."

엄마는 내 밥그릇을 내려놓으며 말했다. "곰보 자국이 있는 남자를 한 사람 알았었지. 아주 심술궂고 나쁜 이였어."

그 말을 듣고 나는 이웃에 사는 심술궂은 남자아이를 떠올렸다. 그 애의 뺨에는 패인 자국들이 나 있었는데, 그 크기가 정말로 꼭 밥풀만 했던 것이다. 그 남자애는 열두 살쯤 되었고 이름은 아놀드였다.

아놀드는 내가 학교 마치고 자기 집 앞을 지나갈 때면 내 다리를 향해 고무줄 총을 쏘아댔다. 자전거로 내 인형을 밟고 지나가 무릎 아래 부분을 완전히 으스러뜨려놓기도 했다. 그렇게 잔인한 남자애가 내 남편이 되는 건 싫었다. 그래서 차게 식은 밥그릇을 다시 집어들고 한 톨도 안 남기고 싹싹 긁어 먹었다. 그러고는 엄마를 향해 웃어 보였다. 내 미래의 남편은 아놀드가 아닐 거예요. 그 사람 얼굴은 아주 매끈할 거예요. 제가 깨끗이 비운 이 도자기 밥그릇처럼요.

하지만 엄마는 한숨을 쉬었다. "어제도 밥을 남겼잖니?" 그제야 내가 어저께 밥을 한 숟가락 남겼다는 것이 떠올랐다. 그저께도 남은 밥풀들이 그릇에 잔뜩 붙어 있었고, 그 전날에도 그그 전날에도…. 그때부터였다. 내 조그만 가슴속에 공포가 차올랐던 것은. 못된 아놀드랑 결혼하게 될지도 모른다. 그리고 내가 평소 입이 짧은 탓에 미래의 그 얼굴은 점차로 달의 분화구처럼 되어가고 있었다.

단순히 어린 시절의 우스운 해프닝이었을지도 모른다. 그러나 이따금 그 일을 회상할 때면 나는 속이 메스꺼워지고 회한을 느낀다. 아놀드에 대한 혐오가 너무 커져서 나는 그 애를 죽일 방법까지도 찾아내게 되었다. 하나의 현상에서 다른 일이 야기되게끔 하는 것이다. 물론 전부 그저 우연의 일치였을 수도 있다. 그러나 우연이었든 아니든 간에 나에게 의도가 있었음을 부정할 수는 없다. 나는 일단 어떤 일이 일어나기를, 혹은 일어나지 않기를 바라게 되면, 주변 모든 것을 그 일과 관련지어 이용할 수 있는 기회 내지는 피해야 할 경우로 보았기 때문이다.

나는 기회를 찾아냈다. 엄마가 내 밥그릇을 들여다보며 내 미래의 남편에 대해 이야기했던 그 주에, 교회 주일학교에서 충격적인 영화를 보았던 것이다. 선생님이 불을 꺼서 주변이 어두워졌기 때문에 우리는 오직 다른 사람의 형체 정도만 알아볼 수 있었다. 발육 좋은 중국계 미국인 어린이들이 방 안 가득 모여 꼼지락거리고 있었다. 선생님은 그런 우리를 보며 말했다. "이 영화를 보면 우리가 주님과 주님의 일을 위해 십일조를 내야 하는 이유를 알 수 있을 거야. 너희가 사탕 사는 데 쓰는 5센트를, 뭐 꼭 5센트가 아니더라도 한 주 동안 굿 앤 플랜티스나 네코 와퍼, 쥬쥬베 같은 걸 사 먹느라 돈을 쓰겠지? 이 영화를 보면서 그렇게 쓰는 돈에 대해 생각해보렴. 인생에게 있어 진정한 축복이란 무엇일까에 대해서도."

말을 마친 선생님이 영사기를 조작하자 기계가 덜그럭 소리를 내며 돌아가기 시작했다. 아프리카와 인도 선교사들에 대한 영화였다. 그 선량한 영혼들은 다리가 나무 줄기처럼 부어오르고 사지가 마비되어 밀림의 덩굴들처럼 배배 꼬인 사람들과 함께 일했다. 그러나 그중에서도 가장 최악으로 고통스러운 사람들은 나병에 걸린 이들이었다. 나는 그들의 얼굴에서 상상할 수 있는 모든 종류의 불행을 찾아볼 수 있었다. 움푹 패인 자국과 고름집, 찢어진 상처와 혹. 그리고 깊게 갈라진 틈들. 저건 분명 살갗이 소금 속에서 몸부림 치는 달팽이처럼 격렬히 요동치다가 터져 나간 흔적일 것이다. 만약 우리 엄마가 그 방에 있었다면 나에게 말했을 거다. '저들의 남편 혹은 아내 될 사람들이 밥을 한 공기 다 먹지 않았기 때문에 저렇게 된 거야.'

나는 그 영화를 본 뒤 끔찍한 짓을 시작했다. 아놀드와 결혼하지 않으려면 무엇을 해야 하는지 알게 된 것이다. 밥을 더 많이 남겼다. 나중에는 단순히 집밥뿐만 아니라 크림 콘, 브로콜리, 라이스 크리스피, 땅콩 버터 샌드위치까지 남기기 시작했다. 한번은 캔디바를 한입 물었는데 속에 정체 불명의 짙은색 울퉁불퉁한 덩어리들과 찐득한 크림이 가득하길래 그대로 버려버렸다.

어쩌면 아놀드에게는 아무 일도 일어나지 않을지 모른다고 생각했다. 문둥병에 걸리지 않을 것이고, 아프리카에 가서 죽을 일도 없을 것이다. 그로써 그가 실제로 그렇게 될 수도 있다는 불길한 예상을 어느 정도 외면해버릴 수 있었다.

그가 그 즉시 죽어버렸던 것은 아니다. 그 일은 오 년 뒤에 일어났다. 그때쯤 나는 상당히 말라 있었다. 단식을 시작했는데, 아놀드 때문은 아니었다. 나는 그를 잊어버린 지 오래였고, 그저 당시 유행하던 거식증 환자가 된 것뿐이었다. 다이어트를 하면서 십 대의 고통을 겪을 수 있는 방법이 또 어디 없나 찾아다니는 여느 열세 살짜리 여자애들처럼 말이다. 나는 아침마다 식탁 앞에 앉아 엄마가 점심 샌드위치를 싸주기를 기다렸지만, 집 앞 모퉁이를 돌면 곧바로 그걸 버려버렸다. 아빠는 한 손에 베이컨을 집어들고 계란 노른자에 찍어 먹으면서 다른 한 손으로는 신문을 펼쳐 들었다.

"세상에, 이것 좀 들어봐라." 옛날 오클랜드에 살 때 우리 이웃에 살던 아놀드 레이즈먼이라는 아이가 홍역 합병증으로 죽었다는 것이다. 그 애는 캘리포니아 주립 대학교에 들어갔고, 장차 족부전문의가 될 계획이었다.

아빠가 신문을 읽어 내려갔다. "의사들은 당황했다. 극히 드문 사례였기 때문이다. 이 병은 보통 10세에서 20세 사이의 아동에게 발병하며, 홍역 바이러스에 감염된 뒤 증세가 나타나기까지 몇 개월에서 몇 년 정도의 잠복기를 거친다. 모친의 증언에 따르면 소년은 12세에 홍역을 한 차례 가볍게 앓았다. 금년에 처음 이상을 발견한 것은 운동 협응 능력에 문제가 생기고 정신적 무기력 상태에 빠졌을 때였다. 증상은 갈수록 심화되어 소년은 코마 상태에 빠지고 말았다. 결국 17세 소년은 영영 의식을 되찾지 못했다."

아빠가 내게 물었다. "너도 아는 애 아니냐?" 나는 아무 말도 못하고 그 자리에 붙박여 있었다.

"딱한 일이야." 엄마가 나를 바라보며 말했다. "정말로 안 됐어."

그 시선에서 느낄 수 있었다. 엄마가 내 속을 들여다보고 있다. 엄마는 다 알고 있을 것이다. 내가 아놀드를 죽게 만들었다는 것도. 두려움이 엄습해 왔다.

그날 밤 내 방에 틀어박혀 폭식을 했다. 냉장고에서 하프갤런 사이즈 딸기 아이스크림을 몰래 꺼내 와서는 크게 한입 떠서 삼키고, 또 삼키기를 반복했다. 그러고는 몇 시간 뒤 내 방 바깥 벽에 달린 비상 탈출 계단에 쭈그리고 앉아 먹은 아이스크림을 통 안에 도로 다 게워냈다. 혼자서 궁금해했던 기억이 난다. 맛있는 걸 먹는데 왜 그토록 끔찍한 기분이 드는 걸까. 역겨운 토사물을 쏟아내는 건 이렇게나 기분 좋은데 말이다.

내가 아놀드를 죽게 했을지 모른다는 생각이 마냥 터무니없지만은 않다 싶다. 어쩌면 그는 내 남편이 될 운명이었는지도 모른다. 나는 오늘까지도 생각한다. 어떻게 이토록 많은 우연의 일치와, 유사하거나 정반대되는 사건들이 일어날 수 있는 걸까? 세상은 그 자체로 엄청난 혼란인데 말이다. 어째서 아놀드는 나만 콕 집어서 고무줄을 쏴댔을까? 어떻게 하필 내가 그를 의식적으로 싫어하기 시작했던 그해에 딱 홍역에 걸렸는가? 애초에 왜 나는 엄마가 내 밥그릇을 들여다보고 잔소리를 했을 때 아놀드를 생각했을까? 그 뒤에 그 애를 그렇게나 싫어하게 된 건 왜인가? 싫어하는 감정이란 그저 상처받은 사랑의 결과는 아니었을까?

심지어 전부 바보 같은 생각이라며 떨쳐낼 수 있게 된 뒤에도, 나는 어째서인지 대개의 경우 우리는 우리가 받는 것에 합당하다고 생각하게 되었다. 나는 아놀드와 결혼하지 않았다. 대신 해럴드를 만났다.

우리는 리보트니&어소시에이츠라는 건축 회사에서 일한다. 경영자이자 최고 의사결정권자는 오직 해럴드 리보트니이고, 나는 그냥 직원이다. 우리는 팔 년 전 처음 만났다. 아직 그가 리보트니&어소시에이츠를 창업하기 전이었다. 나는 스물여덟 살이었고, 프로젝트 보조로 일하고 있었다. 그는 서른네 살이었다. 우리 둘 다 한드 캘리&데이비스의 레스토랑 디자인 및 개발 부서에서 일했다.

우리는 프로젝트에 대해 상의하기 위해 점심을 함께 먹기 시작했고, 그때마다 계산서상의 금액을 정확히 반으로 나누어서 냈다. 심지어 나는 살이 잘 찌는 체질이라 샐러드만 시켜 먹었는데도 그랬다. 얼마 뒤 우리는 남몰래 저녁을 같이하게 되었지만, 여전히 돈은 반씩 나눠 냈다.

우리는 계속 이런 식으로 만났다. 모든 것을 정확히 반으로 나누는 것이다. 어떤 때는 내가 먼저 나서서 그러자고 하기도 했다. 내가 식사와 음료를 전부 다 사고 팁까지 내는 날도 있었다. 그래도 전혀 부담스럽지 않았다.

"레나, 당신은 참 요즘 보기 드문 여자야." 저녁을 함께 먹기 시작하고 육 개월, 식후에 섹스를 하게 되고 오 개월, 소심하고 바보같이 사랑을 고백한 지 일주일째 되었을 때, 침대 위에서 해럴드가 말했다. 보라색 새 침대보는 내가 사준 것이었다. 그전에 있던 하얀색 침대보는 낡고 잘 보이는 곳에 얼룩까지 져서 분위기를 해쳤다.

그가 내 목에 코를 부비며 속삭였다. "내가 이제까지 만났던 다른 여자들과는 달라…." 그 말을 듣는데 '이제까지 만났던 다른 여자들'이라는 대목에서 겁에 질려 딸꾹질을 할 뻔했다. 해럴드의 기분 좋은 숨결을 피부로 느낄 수만 있다면 아침, 점심뿐 아니라 저녁까지도 사줄 수 있다며 안달하는 수십, 수백 명의 여자들이 머릿속에 그려졌다.

그는 내 목을 깨물며 거침없이 말했다. "당신처럼 부드럽고 말랑말랑하고 사랑스러운 사람은 없어."

그 말을 듣자 속에서부터 황홀감이 차올랐다. 이 최신 사랑 고백을 듣고도 평정심을 잃지 않는다는 건 불가능했다. 해럴드 같이 대단한 사람이 나를 특별하게 생각한다니, 어떻게 이런 일이 가능하냔 말이다.

이제 내가 화가 나는 건 도대체 이 남자의 무엇을 그렇게 대단하다 여겼는지 기억나지 않는다는 것이다. 하지만 내가 기억 못한다뿐이지 그것들은 거기 그대로 있을 것이다. 왜냐면 내가 이런 사람과 사랑에 빠져 결혼할 만큼 어리석지는 않기 때문이다. 떠오르는 것은 그저 스스로 운 좋은 사람이라 생각했다는 것과 이 과분한 행운이 언젠가 사라져버리지 않을까 걱정했다는 것뿐이다. 그와 함께 사는 상상을 할 때면 가슴속 깊은 공포를 길어올리는 꼴이었다. 그는 내게 말할 것이다. **당신한테 냄새 나. 당신 왜 이리 잠버릇이 고약해? 음악 취향도 텔레비전 취향도 영 형편없네.** 어느 날 아침에는 새로 맞춘 안경을 쓰고 나를 위아래로 훑어보며 이렇게 말할지도 모른다. "세상에, 왜지? 당신은 내가 생각하던 그 여자가 아닌데, 안 그래?"

언젠가 여자로서 수치스러운 부분을 들켜버리고 말 것이라는 공포는 영영 나를 떠나지 않을 것이다. 최근 내 친구 로즈가 말하길, 그런 생각은 우리 같은 여자에게는 아주 흔한 것이라고 했다. 로즈의 결혼 생활은 이미 파탄났고, 그 애는 심리 치료를 받고 있다.

"처음엔 내가 중국인 특유의 겸손을 배우며 자라서 그런 줄 알았어." 로즈는 말했다. "어쩌면 중국인으로 태어난 순간부터 모든 것을 받아들이기로 되었는지도 모르지. 파도를 일으키지 말고 도교 사상의 가르침대로 그저 흐르는 거야. 그런데 내 심리치료사는 그러더라? 왜 자기 문화와 민족성을 탓하느냐고. 그 말을 들으니까 언젠가 베이비붐 세대에 대한 기사를 읽었던 게 생각났어. 우리 세대는 최고를 기대하는데, 막상 그걸 이룬 뒤에는 걱정한대. 더 큰 걸 바랐어야 하는 게 아닌가 하고. 앞으로 나이 먹고 나면 돌아오는 게 줄어들 테니까 말이야."

로즈와 이야기를 나누자 기분이 좀 나아졌다. 물론 해럴드와 나는 동등하다. 여러 측면에서 말이다. 그는 깨끗한 피부와 강단 있고 지적인 면이 분명 매력적이긴 하지만, 엄밀히 말해 미남은 아니다. 나 또한 대단한 미인은 아닐지 몰라도, 내가 다니는 에어로빅 교실의 여자들은 나를 보고 '이국적'으로 생겼다고 한다. 그들은 내 처지지 않은 가슴을 부러워한다. 요즘엔 작은 가슴이 멋스럽다 여겨지니까. 게다가 내 고객 중 한 사람은 나를 보고 놀랄 만큼 활기 차고 생기발랄하다고 했다.

그러니까 나는 해럴드에게 합당한 사람이다. 업보니 어쩌니 하는 부정적인 의미에서가 아니라, 좋은 의미에서 말이다. 우리는 동등하다. 나도 똑똑하고 상식 있는 사람이다. 직관도 뛰어나다. 해럴드에게 자기 사업을 시작해보라고 한 사람이 바로 나다.

우리가 한드 켈리&데이비스에 다니던 시절이었다. 나는 말했다. "해럴드, 회사도 다 알걸요? 당신이 얼마나 큰 도움이 되는지 말이에요. 당신은 황금알을 낳는 거위예요. 만약 지금 당신

사업을 시작한다면, 현 고객의 절반 이상은 당신을 따라 나올걸요?"

그는 웃으며 대답했다. "이야 절반이나? 그거 멋진데?"

나 또한 웃으며 소리쳤다. "절반 이상이요! 당신은 그만큼 대단해요. 레스토랑 디자인 및 개발 업계에서는 최고라고요. 당신도 알고 나도 알고, 수많은 레스토랑 개발자가 다 아는 사실이죠."

그날 밤 그는 그렇다면 "해보자"고 결정했다. 내가 개인적으로 굉장히 싫어하는 표현이었다. 전에 다니던 은행에서 직원들을 생산성 경쟁에 붙이려고 채택했던 슬로건이기 때문이다.

하지만 나는 꾹 참고 말했다. "그래요, 해럴드. **해보자고요**. 나도 당신을 돕고 싶어요. 그러니까 내 말은, 사업을 시작하려면 우선 돈이 필요할 거잖아요?"

내 돈을 쓰라고 했지만 그는 들으려고도 하지 않았다. 호의로 받아들이는 것은 물론, 빌리는 것도 거절했다. 투자 명목이라고 해도, 심지어 동업자로서 착수금을 대겠다고 해도 마찬가지였다. 그는 소중한 우리 관계가 돈 때문에 오염되는 것이 싫다고 했다. "거저 받는 것은 원하지 않아. 당신도 마찬가지겠지. 돈 문제를 개입시키지 않아야 언제까지나 서로의 사랑을 확신할 수 있는 거야."

나는 그런 게 아니라고 말하고 싶었다. '아니에요! 나도 정말로 당신하고 돈 때문에 이러기 싫어. 그냥 거리낌없이 주고 싶을 뿐이라고요.' 그러나 어떻게 말을 꺼내야 할지 알 수 없었다. 그에게 묻고 싶었다. 혹시 이런 일로 여자에게 상처받은 적이 있냐고, 그래서 내가 당신에게 이토록 근사한 사랑을 주고 싶다고 해도 겁을 내는 거냐고 말이다. 그때 그가 나에게 말했다. 내가 아주 오랫동안 듣고 싶어 했던 말이었다.

"음, 당신이 내 집에 들어온다면 도움이 될 것 같아. 그러니까 당신이 나한테 집세로 오백 달러를 내면, 내가 그 돈을 쓸 수 있잖아."

"그거 아주 근사한 생각인데요." 나는 즉각 말했다. 그도 나에게 이런 식으로 부탁할 수밖에 없는 것이 무척 머쓱했을 것이다. 어찌나 행복하던지 지금 내가 살고 있는 스튜디오의 임대료가 435달러밖에 안 된다는 사실은 전혀 문제도 되지 않았다. 게다가 해럴드의 집이 훨씬 좋았다. 침실이 두 개고, 240도로 바다를 조망할 수 있는 집이었다. 누구와 같이 사느냐를 떠나서도 충분히 돈을 더 줄 만한 곳이었다.

그리하여 그해에 우리는 회사를 그만두었다. 해럴드는 리보트니&어소시에이츠를 창업했고, 나는 거기서 프로젝트 코디네이터로 일하게 되었다. 하지만 해럴드는 한드 켈리&데이비스의 고객 절반을 끌어오지 못했다. 그 회사에서 다음 해까지 고객을 한 사람이라도 데려가면 고소하겠다고 으름장을 놓았던 것이다. 그래서 나는 매일 저녁 대화를 나누며 낙담해 있는 그를 북돋워 주려고 했다. 좀 더 아방가르드한 레스토랑 디자인을 선보이면 다른 회사들과 차별화될 것이라고 말했다.

"요새 누가 놋쇠와 참나무로 된 바와 그릴을 찾겠어요? 번지르르한 현대식 이탈리아 레스토랑도 마찬가지예요. 경찰차들이 벽을 따라 쭉 늘어서 있는 그런 가게들은 또 얼마나 많게요? 이 동네는 쌍둥이처럼 똑같이 고루한 레스토랑들이 수두룩 빽빽해요. 당신이 틈새 시장을 공략하는 거예요. 매번 다른 걸 선보이는 거야. 홍콩 투자자들을 찾아봐요. 미국 사람들의 독창성을 믿고 기꺼이 돈을 댈 만한 사람들 말이에요."

그는 나를 보고 사랑스럽다는 듯 미소 지었다. 꼭 이렇게 말하는 듯했다. **나는 당신이 이렇게 순진하게 굴 때가 좋다니까.** 그리고 나는 나를 그런 식으로 보는 그가 사랑스러웠다.

그래서 더듬거리며 내 사랑을 고백했다. "당신은… 당신은… 새로운 테마의 외식 장소를 디자인할 수 있어요. 어… 그러니까… 언덕 위의 집 같은 거요! 엄마를 연상시키는 곳으로 꾸미는 거예요. 깅엄 에이프런을 두르고 주방 레인지 앞에 있는 엄마, 식탁 앞에 앉아 있는 나를 들여다보며 스프를 마저 다 먹으라고 잔소리하는 엄마… 뭐 그런 거요.

아니면… 소설 속 음식을 파는 레스토랑을 개발할 수 있어요…. 문학에서 나온 음식들! 뭐 그렇게요. 로렌스 샌더스의 살인사건을 다루는 미스터리 소설에 나오는 샌드위치나 노라 에프론의 『상심』에 나오는 그런 디저트들 있잖아요. 아니면 마법 테마나 농담, 개그도 있고…."

해럴드는 내 말을 주의 깊게 들었다. 그는 그 아이디어들을 차용하여 보다 똑똑하고 체계적인 방식으로 적용했다. 비록 실제로 구현한 사람은 해럴드지만, 나는 알고 있다. 그건 내 아이디어였다는 것을.

이제 리보트니&어소시에이츠는 정규직 직원을 열두 명이나 둔 성장하는 회사다. 이색 레스토랑 디자인에 특화되어 있다. 나는 아직까지도 그걸 '테마 외식'이라고 부른다. 해럴드는 기안자이자 선임 건축가이고 디자이너이자 새로운 고객 앞에서 최종 세일즈 프레젠테이션을 선보이는 사람이다. 나는 인테리어 디자이너 밑에서 일한다. 해럴드는 우리가 부부라는 이유로 자기가 나를 승진시키면 다른 직원들이 불공평하다 생각할 수도 있다고 했다. 오 년 전, 그가 리보트니&어소시에이츠를 창립한 뒤 이 년이 지났을 때의 일이다. 게다가 나는 일을 굉장히 잘하긴 하지만, 이 분야를 제대로 배운 적이 없다. 아시아계 미국인 연구를 전공할 때, 학생 연극《나비 부인》의 무대를 디자인하기 위해 연관 과목을 딱 하나 수강했을 뿐이다.

리보트니&어소시에이츠에서 나는 테마 장식에 필요한 소품들을 조달한다. '어부 이야기'라는 레스토랑 프로젝트에서 호평을 받은 소품 중 하나는 노란색으로 바니시 칠한 나무배였다. 배의 한켠에는 스텐실로 '너무 따분한(Overbored)'이라고 찍혀 있었다. 메뉴판을 미니어처 낚싯대에 매달아야 한다고 말한 사람도, 냅킨에 인치를 피트로 환산하는 자를 인쇄해야 한다고 말한 사람도 나였다. 트레이 셰익이라는 아라비아의 로렌스 풍 델리를 작업할 때는 중동의 상점가 같은 분위기를 내야 한다고 했고, 가짜 할리우드 표석 위에 앉은 코브라 모형을 찾아냈다.

나는 깊이 생각하지만 않으면 내가 하고 있는 일을 충분히 사랑할 수 있었다. 하지만 일단 한번 생각하기 시작하면 화가 치밀었다. 이렇게 열심히 일하는 내가 연봉은 얼마나 받고 있나? 해럴드는 모든 사람을 공평하게 대한다. 단, 나만 빼고.

그래, 실제로 우리는 동등했다. 해럴드가 나보다 돈을 일곱 배나 더 많이 벌긴 하지만 말이다. 그도 다 아는 사실이다. 내 월급 수표에 서명하는 사람이 바로 본인이니까. 나는 그 돈을 내 개인 예금 구좌에 입금한다.

그런데 요새 들어 이 동등해진다는 일이 나를 짜증스럽게 한다. 내내 품고 있었지만, 인식하지는 못했던 생각이다. 그동안에는 그저 뭔가 불편하다고 느꼈을 뿐이다. 하지만 지난 주에 이 불편감의 정체가 선명해졌다. 그날, 나는 아침 먹은 그릇을 치우고 해럴드는 출근하기 위해 차에 시동을 걸고 있었다. 문득 눈을 들어 보니 주방 카운터 위에 해럴드가 읽던 신문이 펼쳐진 채 놓여 있었다. 그리고 그 위에는 그의 안경과 커피 머그잔이. 손잡이에 이가 빠진 그 머그잔은 해럴드가 가장 좋아하는 컵이었다. 우리의 이토록 작고 친밀한 일상의 흔적들을 보고 있자니 어쩐지 황홀해졌다. 해럴드와 처음 사랑을 나눈 뒤 그를 바라보았을 때도 꼭 이런 느낌이었다. 그에게 내가 가진 전부를 다 줄 수 있을 것 같았다. 나를 저버리고, 아무 대가도 바라지 않고서.

차에 올라탔을 때도 내 안에는 여전히 이 감정의 여운이 남아 있었다. 그래서 그의 손을 어루만지며 말했다. “사랑해, 해럴드.” 그는 백미러를 들여다보며 차를 후진하고는 말했다. “나도 사랑해. 현관문 잠갔어?” 그 순간부터였다. 결코 이대로 충분하지 않다고 생각하게 된 것은.

해럴드가 차 열쇠를 짤랑짤랑 흔들며 말한다. "저 아래 내려가서 저녁거리를 사 올 건데, 스테이크 괜찮아? 뭐 따로 필요한 거 있어?"

"쌀이 떨어졌어." 나는 엄마의 뒷모습을 향해 조심스럽게 고갯짓하며 대답한다. 엄마는 지금 부겐빌레아 격자 문양을 친 주방 창문 밖을 내다보고 있다. 해럴드는 문을 나선다. 이윽고 시동을 거는 듯 차가 깊게 우르릉거린다. 그가 차를 몰고 나가자 으드득 으드득 자갈 으스러지는 소리가 난다.

이제 집에는 엄마와 나 둘뿐이다. 나는 화초에 물을 주기 시작한다. 엄마는 까치발을 딛고 서서 냉장고에 붙어 있는 목록을 들여다본다.

그 목록에는 "레나" "해럴드"라고 적혀 있고, 그 아래에 각자가 산 물건들과 그 금액이 적혀 있다.

레나

- 치킨, 야채, 빵, 브로콜리, 샴푸, 맥주: 19달러 63센트
- 마리아(청소 비용+팁): 65달러
- 식료품(쇼핑 목록 참고): 55달러 15센트
- 페투니아, 화분 흙: 14달러 11센트
- 사진 현상: 13달러 83센트

해럴드

- 차고 용품: 25달러 35센트
- 욕실 용품: 5달러 41센트
- 자동차 용품: 6달러 57센트
- 조명 기구: 87달러 26센트
- 포장용 자갈: 19달러 99센트
- 휘발유: 22달러
- 자동차 연통 점검: 35달러
- 영화 관람 및 저녁 식사: 65달러
- 아이스크림: 4달러 50센트

이번 주 현황을 보니, 해럴드가 쓴 돈이 이미 이백 달러를 훌쩍 넘는다. 그러니 나는 그에게 오십 달러가량을 빚지고 있는 셈이다.

"이게 뭐냐?" 엄마가 중국말로 묻는다.

"아, 정말 별거 아니에요. 그냥 우리가 같이 쓰는 물건들을 정리한 거예요." 나는 최대한 대수롭지 않은 것처럼 말하려 애쓴다.

엄마는 나를 보고 눈살을 찌푸리지만, 아무 말도 하지 않는다. 다시 목록으로 눈을 돌릴 뿐이다. 이번에는 손으로 품목들을 하나하나 짚어가며 보다 꼼꼼히 들여다본다.

부끄럽고 창피하다. 그래도 한 가지 안도하는 것은 엄마가 그 목록의 이면에 자리한 수많은 논쟁까지는 들여다볼 수 없으리라는 사실이었다. 수없는 대화 끝에, 해럴드와 나는 마스카라나 셰이빙 로션, 헤어 스프레이, 빅 면도기, 탐폰, 무좀 파우더같이 개인적인 물품들은 목록에 포함시키지 않기로 합의했다.

우리가 시청에서 결혼했을 때, 그는 자기가 대관비를 내겠다고 했다. 나는 내 친구 로버트에게 사진을 찍어달라고 부탁했다. 우리는 살고 있던 아파트에서 피로연을 열었고, 손님들이 샴페인을 가져왔다. 집을 샀을 때는 각자 자기 수입에 기반하여 대출금을 갚기로 했고, 부부 공동 재산에 대해서는 본인이 낸 만큼 지분을 갖기로 했다. 그것이 우리 결혼 계약서의 내용이다. 해럴드가 돈을 더 많이 냈기 때문에, 집을 꾸미는 데서도 그가 결정권을 가졌다. 우리 집은 매끈하고 단순하며 그의 말마따나 '유동적'이다. 아무것도 열을 흐트리지 않는다. 즉 나처럼 어수선하지 않다는 것이다. 휴가 비용처럼 두 사람이 함께 결정한 경우에는 각자 오십 대 오십으로 돈을 낸다. 내 생일이나 크리스마스, 기념일 선물이라는 점을 양해하여 해럴드가 지불하는 경우도 있다.

그리고 누가 지불해야 한다고 딱 결정 짓기 애매한 영역에 대해서는 철학적인 논의를 나누었다. 가령 내가 먹는 피임약은 누가 사야 하는가? 내 대학 동기이면서 그의 고객이기도 한 사람들을 집에 초대한다면 저녁 식사 비용은 어떻게 부담해야 하나? 비록 내가 보고 싶어서 신청하긴 했지만 그도 심심할 때마다 들여다보는 요리 잡지 구독료는?

그리고 우리 고양이 미루가이에 대해서는 여전히 논쟁 중이다. 아, '우리 고양이'가 아니고 '내 고양이'구나. 비록 해럴드가 작년 내 생일에 선물로 데려온 고양이이긴 하지만 말이다.

"이거! 이거는 네가 같이 쓰는 물건이 아니잖아!" 엄마가 깜짝 놀란 목소리로 외친다. 나도 덩달아 깜짝 놀란다. 미루가이 문제에 대해 생각하고 있는 걸 들켰나. 하지만 이내 엄마가 해럴드 쪽 목록에 적힌 아이스크림을 가리키고 있다는 걸 깨닫는다. 엄마는 분명 그날 비상 사다리에서 있었던 일을 기억할 것이다. 엄마가 나를 발견했을 때 나는 탈진한 채로 벌벌 떨며 다 게워낸 아이스크림통 옆에 앉아 있었다. 그 뒤로는 도저히 아이스크림을 먹을 수가 없었다. 그제야 해럴드가 금요일 저녁마다 아이스크림을 사 오면서도 내가 일절 먹지 않는다는 걸 전혀 알아차리지 못했다는 사실을 깨닫고 다시금 놀란다.

"왜 이러고 사니?"

엄마가 말했다. 상처받은 목소리였다. 마치 내가 엄마 마음을 아프게 하려고 일부러 그 목록을 붙여놓기라도 한 것처럼. 나는 과거 해럴드와 내가 사용했던 단어들을 떠올리며 엄마에게 이 상황을 어떻게 설명해야 할지 궁리한다. "서로에게 그릇된 방식으로 의존하지 않고… 동등해지는 거예요. 의무감 없이 사랑하는 거죠…." 그러나 엄마는 이런 말들을 절대 이해할 수 없을 것이다.

그래서 대신 이렇게 말했다. "실은 저도 잘 모르겠어요. 그저 우리가 결혼 전부터 해오던 방식이에요. 무슨 이유에서인지 그만두지 않았고요."

귀가한 해럴드는 목탄에 불을 붙이기 시작한다. 나는 식료품을 꺼내놓고 스테이크를 마리네이드한다. 밥을 짓고, 상을 차린다. 엄마는 화강암 카운터 앞에 앉아 내가 내려드린 커피를 마신다. 그러면서 휴지를 들고 수시로 컵 밑바닥을 닦는다. 엄마가 스웨터 소매에 챙겨두는 휴지다.

저녁 먹는 동안, 해럴드가 대화를 이어간다. "이 집을 어떻게 꾸밀 거냐면요, 천창을 내고 데크를 확장할 거예요. 화단에는 튤립과 크로커스를 심고요. 옻나무들을 뽑아버리고 부속 건물을 하나 더 지을 겁니다. 일본풍 타일 욕실도 두고요…." 그러고 나서 그는 상을 치우고 먹은 접시들을 식기세척기 안에 쌓기 시작한다.

"디저트 드실 분?" 그가 냉장고 문을 열며 묻는다.

나는 말한다. "난 배불러."

엄마가 말한다. "레나는 아이스크림 못 먹네."

"그러게요. 그런 것 같더라고요. 항상 다이어트 중이니까."

"아니, 그게 아니라도 얘는 아이스크림을 절대 안 먹어. 안 좋아한다고."

그러자 해럴드는 미소 지으며 의아한 표정으로 나를 쳐다본다. 엄마가 무슨 말씀을 하시는 건지 설명해달라는 뜻이다.

"사실이야." 나는 차분히 말한다. "거의 사는 내내 아이스크림을 싫어했다고."

그러자 해럴드는 마치 나 또한 그가 못 알아듣는 중국말로 말하고 있다는 것처럼 나를 본다.

"나는 당신이 그저 살 빼려고 안 먹는 줄 알았지…. 아무튼, 알겠어."

"이제 내 딸이 너무 바짝 말라서 자네는 이 애를 보지도 못하는구먼." 엄마가 말한다. "마치 유령같이, 사라지는 거지."

"네! 맞아요. 세상에, 아주 근사한 말씀인데요." 해럴드가 웃으며 소리친다. 엄마가 자애롭게 자기를 이 곤경에서 구해주려는 줄 아는 모양이다.

저녁을 먹은 후 나는 손님방 침대에 깨끗한 수건을 깔아놓는다. 엄마는 침대에 앉아 있다. 이 방 또한 해럴드의 미니멀한 취향에 맞게 꾸며져 있다. 하얀색 민무늬 시트와 담요가 마련된 트윈 베드. 윤을 낸 나무 바닥, 표백한 오크나무 의자. 비스듬한 회색 벽에는 아무것도 걸려 있지 않다.

이 방의 유일한 장식품은 침대 바로 옆에 있는 이상하게 생긴 탁자다. 대리석을 깎아 만든 평탄하지 않은 상판에 검게 칠한 나무 다리는 가느다란 열십자 모양이다. 엄마가 그 위에 손가방을 올려놓자 검은색 실린더 모양 화병이 흔들린다. 화병에 꽂힌 프리지아가 몸을 떨었다.

"조심하세요. 탁자가 그리 튼튼하지는 않아서요." 나는 말한다. 이 형편 없는 테이블은 해럴드가 학창 시절 만든 물건이다. 왜 이걸 그리도 자랑스러워하는지 내내 이해할 수 없었다. 선도 어설프고, 그 어떤 형태의 '유동성'도 견디지 못한다. 그거야말로 해럴드가 요즘 가장 중요하게 생각하는 건데.

"무슨 쓸모가 있니?" 엄마가 손으로 테이블을 흔들어보며 말한다. "뭔가 올려놓으면 전부 다 무너져버리는데. 순망치한이야."

엄마를 손님방에 남겨두고 계단을 내려온다. 해럴드가 창문을 열어두어 밤공기가 집 안으로 들어오고 있다. 그가 매일 저녁마다 하는 일이다.

"나 추워."

"그래서?"

"창문 좀 닫아줄래?"

그는 나를 보고 한숨 쉬며 미소 짓더니 창문을 닫았다. 그러고는 바닥에 책상 다리를 하고 앉아 잡지를 펼쳐 들었다. 소파에 앉아 있는데, 속이 부글부글 끓는다. 이유는 나도 모른다. 해럴드가 잘못한 것은 없는데. 해럴드는 그저 해럴드일 뿐인데.

그리고 나는 일이 일어나기 전에 미리 깨닫는다. 내가 스스로 감당할 수 있는 것 이상의 싸움을 시작하려 한다는 사실을. 그러나 어쨌든 나는 그렇게 해버린다. 냉장고로 다가간다. 해럴드 쪽에 쓰인 '아이스크림'이라는 글자 위에 줄을 죽죽 그어 지워버린다.

"뭐 하는 거야?"

"그냥 이제 당신 아이스크림 값은 당신이 내야 하지 않겠나 싶어서."

그는 어깨를 으쓱하며 재밌다는 듯 말했다. "그래. 난 좋아."

나는 소리 지른다. "도대체 왜 당신은 항상 그놈의 빌어먹을 공평에 집착하는 건데!"

해럴드는 읽던 잡지를 내려놓고 입을 벌린 채 화가 난 표정을 짓는다. "뭐 하는 거야? 왜 그래? 뭐가 문젠지 제대로 말해."

"몰라… 나도 모르겠다고. 전부 다… 모든 걸 나눠 쓰는 것과 나눠 쓰지 않는 것으로 계산하고 따지는 우리 방식 말이야. 나는 지쳤어. 목록에 뭔가를 더하고 빼는 것도, 공평하게 하는 것도 신물이 난다고."

"고양이를 키우고 싶다고 한 사람은 당신이잖아."

"지금 무슨 소리를 하는 거야?"

"알았어. 그렇게 불공평하다고 생각한다면, 해충 방제비는 반씩 부담하자."

"그런 말이 아니잖아!"

"그럼 말을 해, 제발. 요점이 뭐야?"

해럴드가 싫어한다는 건 알지만, 눈물이 난다. 내가 울면 해럴드는 언제나 불편해하고 화를 낸다. 내가 눈물로 자신을 움직이려 든다고 생각하기 때문이다. 하지만 어쩔 수 없다. 나조차도 이 논쟁의 요지가 무엇인지 모른다는 사실을 깨달았기 때문이다. 해럴드에게 나를 좀 봐달라고 하고 싶은 건가? 돈을 절반보다는 덜 내게 해달라고? 정말 우리는 매사에 계산하는 일을 그만두어야 할까? 그렇게 한다 해도 머릿속으로는 총합 내는 것을 계속하지 않을까? 결국 해럴드가 돈을 더 많이 내게 되는 것은 아닌가? 그러면 내가 불편해지지 않을까? 동등하지 않으니까. 애초에 우리는 결혼하지 말았어야 하는지도 모른다. 어쩌면 해럴드가 나쁜 놈인지도 모른다. 어쩌면 내가 그를 이렇게 만들었는지도 모른다.

그중 제대로 된 생각은 하나도 없는 듯했다. 말이 되는 게 하나도 없었다. 나는 아무것도 받아들일 수 없었고 그저 완전한 절망 속에 빠졌다.

"나는 그저 우리가 바뀌어야 한다고 생각해." 울먹이지 않고 제대로 말할 수 있게 되었을 때 나는 말했다. 그 뒤에 이어진 말은 거의 흐느낌이나 마찬가지였다. "우리 결혼의 기초가 무엇인지 생각해야 해. 이런 대차대조표 말고, 누가 누구에게 무엇을 빚졌는가 하는 거 말고."

"제기랄." 해럴드가 말한다. 그는 마치 이 일에 대해 생각하는 것처럼 한숨을 쉬며 뒤로 몸을 기대더니, 마침내 상처받은 듯한 목소리로 말한다. "그래, 나도 알아. 우리 결혼이 대차대조표 그 이상이라는 거, 나도 안다고. 그 그 그 이상이지. 만약 그렇게 여겨지지 않는다면, 나는 당신이 변화를 말하기 전에 자신이 원하는 게 뭔지 생각해봐야 한다고 봐."

이제 나는 내가 뭘 생각해야 하는지 모르겠다. 내가 뭐라고 말하고 있지? 저 사람은 또 뭐라고 말하는 건가? 우리는 같은 방에 앉아 아무 말도 하지 않는다. 공기가 답답하다. 나는 창밖을, 저 멀찍이 아래 있는 계곡을 바라본다. 수천 개의 불빛이 여름 안개 속에서 희미하게 빛나고 있다. 그때, 위층에서 유리가 깨지고 의자가 나무 바닥 위에 끌리는 소리가 들린다.

해럴드가 일어나려 하지만, 나는 말한다. "아냐. 내가 가볼게."

문을 열자, 방 안은 어둠이다. 그래서 나는 부른다. "엄마?"

가느다란 검은 다리 위로 무너져 내린 대리석 테이블 상판이 즉각 눈에 들어온다. 그 곁에는 검은 화병이 두 동강 난 채 놓여 있고, 물웅덩이 속에 프리지아꽃들이 흩어져 있다.

엄마는 열린 창가에 앉아 있다. 밤하늘 앞에 있는 어두운 형상이 보인다. 엄마는 의자에서 몸을 돌리지만, 나는 엄마의 얼굴이 보이지 않는다.

"쓰러졌구나." 엄마는 그렇게 말할 뿐이다. 사과는 하지 않는다.

"괜찮아요." 나는 그렇게 말하고는 깨진 유리 조각을 줍기 시작한다. "이렇게 될 줄 알고 있었어요."

엄마가 내게 묻는다. "그렇다면 왜 그걸 그냥 두는 거니?"

지극히 단순한 질문이었다.

사방

웨벌리 종의 이야기

언젠가 점심을 먹으러 엄마를 내가 좋아하는 중국 레스토랑에 모시고 간 적이 있다. 엄마와 단란한 시간을 보내고 싶었는데, 재앙이 되고 말았다.

일단 레스토랑 '사방'에서 만나자마자 엄마는 못마땅하다는 듯 중국말로 말했다. "아이고야! 너 머리에 뭔 짓을 한 거냐?"

"엄마, 뭔 짓이라뇨? 그냥 좀 자른 거예요." 내 헤어 디자이너 로리 씨가 이번에 내 머리를 왼쪽이 좀 더 짧은 비대칭 스타일로 툭 떨어지게 잘라주었는데, 세련되면서도 너무 과하지 않은 스타일이었단 말이다.

"부엌칼로 숭덩 썰어낸 것 같아." 엄마가 말했다. "너 반드시 다시 가서 환불받아라."

나는 한숨을 쉬었다. "네네. 이쯤 해두고 이제 우리 근사한 점심을 먹자고요. 알았죠?"

엄마는 입술을 굳게 다물고 코를 찡그린 특유의 표정으로 메뉴판을 훑어보더니 투덜거렸다. "먹을 만한 것도 별로 없네." 그러고는 종업원의 팔을 톡톡 두드리더니, 손가락으로 젓가락을 한번 쓱 훑어보며 킁킁거렸다. "이 기름기 좀 봐. 지금 나보고 이걸로 밥을 먹으라는 거예요?" 엄마는 보란 듯이 밥그릇에 뜨거운 차를 부어 헹궈내면서, 우리 근처에 앉은 다른 손님들에게도 이렇게 해야 한다고 당부했다. 엄마는 종업원에게 국을 아주 뜨겁게 하여 내달라고 했는데, 물론 서빙되어 나온 국은 엄마의 뛰어난 미각으로 평가하기에 미지근하지조차 않았다.

"엄마, 그렇게 화낼 거 없잖아요." 추가 요금 2달러를 놓고 종업원과 한바탕 실랑이를 벌인 뒤 나는 말했다. 엄마가 기본 제공되는 녹차 대신 국화차를 선택했기 때문이었다. "자꾸 그렇게 불필요하게 열을 내다 보면 심장에 좋지 않아요."

"내 심장은 끄떡없다." 엄마가 분한 듯 씩씩대며 말했다. 그러는 동안에도 눈은 종업원을 노려보고 있었다.

그 말은 사실이다. 엄마는 스스로 긴장하며 살 뿐 아니라 다른 사람까지 긴장시키는 사람인데, 의사는 그런 엄마가 예순아홉임에도 혈압은 열여섯 살 같고 꼭 말처럼 힘이 장사라고 했다. 실제로도 그랬다. 엄마는 1918년생 말띠다. 천성적으로 고집스럽고 완고한 데다, 돌려 말하는 법이 없이 솔직하다. 엄마와 나는 궁합이 안 좋은데, 내가 1951년생 토끼띠이기 때문이다. 토끼띠는 보통 예민하고, 비난받을 조짐만 보여도 민감하게 받아들이며 움츠러드는 경향이 있다.

힘겨운 점심 식사를 마친 뒤, 나는 포기해버렸다. 원래 같이 밥을 먹다 보면 엄마에게 내 이야기를 자연스럽게 전할 수 있을 거라고 기대했었다. 리치 실즈와 결혼할 거라는 소식을 말이다.

"왜 그렇게 걱정해?" 다른 날 밤 내 친구 말린 퍼버와 통화했을 때 그 애가 말했다. "리치가 형편없는 사람도 아니고, 너랑 같은 일을 하는 세무 전문 변호사잖아. 빌어먹을. 너희 어머니가 그걸 대체 뭐라고 비난하실 수 있겠어?"

"너는 우리 엄마를 몰라." 나는 말했다. "엄마 눈에 차는 사람은 아무도 없다고."

"그럼 그냥 도망가자."

"그건 이미 전에 마빈이랑 한번 해봤어." 마빈은 내 전남편이다. 우리는 고등학교 때부터 사귀던 사이였다.

"그럼 됐네. 이번에도 그렇게 해!"

"마빈이랑 나를 찾아냈을 때, 엄마는 우리한테 신발을 던졌어. 그건 시작에 불과했고."

엄마는 한 번도 리치를 만난 적이 없다. 사실 내가 리치랑 교향악 공연에 갔다거나, 리치가 이제 네 살 된 내 딸 쇼샤나를 동물원에 데려갔다거나 하는 이야기를 꺼낼 때마다 엄마는 매번 대화 주제를 돌려버렸다.

"제가 말씀드렸죠?" 식사를 마치고 계산대 앞에서 기다리면서 말했다. "쇼샤나가 리치랑 체험탐사관에 갔는데 엄청 좋았대요. 그 사람이…."

"오, 맞다!" 엄마가 내 말을 끊으며 말했다. "내가 너희 아빠 얘기 안 했지? 의사들이 탐사 수술이 필요할 거라고 했었잖아. 그런데 이제는 변비가 심한 것만 빼면 다 정상이래." 그래서 나는 또 포기했다. 그리고 우리는 평소처럼 행동했다.

나는 십 달러짜리 한 장과 일 달러짜리 세 장을 지불했다. 엄마는 일 달러짜리들을 다시 거두어들이더니 정확히 13센트를 세어 트레이 위에 올려놓고는 단호히 말했다. "팁은 없어요!" 엄마는 턱을 치켜들며 의기양양한 미소를 지었다. 나는 엄마가 화장실에 간 사이에 몰래 종업원에게 오 달러를 건네주었다. 그는 너무나 이해한다는 듯 고개를 끄덕였다. 엄마를 기다리며 나는 또 다른 계획을 세웠다.

"초쓸[臭死了]!" **어찌나 냄새가 고약하던지, 죽을 뻔했다!** 화장실에서 돌아온 엄마가 투덜거렸다. 엄마가 조그만 여행용 크리넥스 티슈로 나를 쿡 찌르며 물었다. "너도 쓸래?" 우리 엄마는 밖에 걸려 있는 휴지는 못 믿는 사람이다.

나는 고개를 저었다. "엄마, 집에 내려드리기 전에 우리 집에 잠깐만 들러요. 보여드리고 싶은 게 있어요."

엄마는 지난 몇 달 동안 우리 아파트에 오지 않았다. 내가 처음 결혼했을 때는 아무 연락도 없이 불쑥불쑥 들이닥치곤 했는데, 결국 우리 집에 오기 전에는 미리 연락 달라고 이야기해야 했다.

그 뒤로 엄마는 내가 정식으로 초대하지 않는 이상 찾아오지 않았다.

나는 엄마가 달라진 우리 집을 보고 어떻게 반응하나 지켜보았다. 막 이혼한 후에는 완전히 새 집같이 해놓고 살았다. 갑자기 시간이 너무 많아져서 내 삶을 질서 있게 정돈할 수 있었던 것이다. 그랬던 우리 집이 지금은 현존하는 카오스, 생기와 사랑이 넘치는 집으로 거듭났다. 복도에는 온통 쇼샤나의 밝은색 플라스틱 장난감들이 널브러져 있다. 거실에는 리치의 바벨 세트가, 커피 탁자 위에는 더러운 브랜디잔이 두 개 놓여 있다. 한때 전화기였던 것의 잔해도 있다. 다른 날 쇼샤나와 리치가 목소리가 어디서 나오는지 보겠다고 다 뜯어본 것이다.

"여기요, 안쪽이에요." 나는 말했다. 우리는 침실까지 걸어 들어갔다. 정돈되지 않은 침대, 양말과 넥타이 들이 매달려 있는 옷장 서랍. 엄마는 러닝화와 쇼샤나의 장난감, 리치의 검은색 로퍼, 내 스카프, 세탁소에서 막 찾아온 흰 셔츠들을 넘으며 걸었다.

엄마는 무언가를 고통스럽게 부정하는 듯한 표정이었다. 그 모습을 보니 오래전 엄마가 소아마비 예방접종을 위해 오빠들과 나를 병원으로 데려갔던 날이 떠올랐다. 바늘이 팔 속으로 들어오자 오빠는 소리를 질렀다. 엄마는 고통스러운 기색이 역력한 얼굴로 나를 보며 장담했다. "다음 것은 안 아플 거야."

그러나 이제는 엄마도 알 수밖에 없다. 우리가 함께 살고 있고, 아주 진지한 관계라서 엄마가 아무리 모른 척한다 해도 없던 일이 되지는 않는다는 것을. 이제는 무슨 말이든 해야 할 것이다.

나는 옷장으로 가서 내 밍크 재킷을 꺼내 왔다. 리치가 크리스마스 선물로 준 옷이었다. 내가 받아본 것 중 가장 비싼 선물이었다.

나는 그 재킷을 걸쳐 입어보았다. "좀 바보 같은 선물이에요." 긴장하며 말했다. "샌프란시스코는 밍크를 입어야 할 만큼 추운 날도 드문데 말이에요. 하지만 요즘은 아내나 여자친구한테 이걸 선물하는 게 유행인가 봐요."

엄마는 아무 말도 하지 않았다. 그저 내 열린 옷장 안을, 불거져 나온 신발과 넥타이, 드레스들과 리치의 양복들을 바라볼 뿐이었다. 엄마는 손가락으로 내 밍크 재킷을 쓸어보고는 마침내 입을 열었다.

"그다지 좋은 건 아니네. 남은 자투리로 만든 것 같아. 털도 너무 짧네."

"엄마! 다른 사람이 준 선물을 그렇게 말씀하시는 게 어딨어요!" 나는 상처받았다. 아주 깊이 상처받았다. "진심이 담긴 선물이라고요."

"그래서 걱정하는 거야." 엄마가 말했다.

거울에 비친 내 모습을 들여다보는데, 나는 도저히 엄마를 이길 수 없을 것 같다는 생각이 들었다. 엄마는 나로 하여금 원래 백이었던 곳에서 흑을 보게 하고, 흑이었던 곳에서 백을 보게 하는 사람이다. 이제는 내가 입은 이 밍크 재킷도 초라해 보였고, 조잡한 연애 시늉 같았다.

"달리 하실 말씀은 없으세요?" 나는 부드럽게 물었다.

"내가 무슨 말을 해?"

"우리 집에 대해서요. 이걸 어떻게 보세요?" 나는 곳곳에 산재해 있는 리치의 흔적들을 가리키며 말했다.

엄마는 방 안을 둘러보고 거실을 바라본 뒤에 결론 짓듯 말했다. "너 직장 다니는구나. 바쁜 모양이야. 쓰레기장에서 살고 싶은가 본데, 내가 무슨 말을 해?"

우리 엄마는 사람의 아픈 곳을 찌르는 법을 안다. 그 순간 내가 느낀 고통은 그 어떤 불행보다도 끔찍한 것이었다. 왜냐면 엄마가 하는 일은 나에게 언제나 충격으로, 정확히 말하자면 감전당한 것 같은 느낌으로 내 기억의 기저에 영구히 남기 때문이다. 아직도 기억한다. 그런 충격을 처음 느꼈던 날을.

*

나는 열 살이었고, 아직 어렸지만 내 체스 실력이 타고났다는 걸 알고 있었다. 체스가 전혀 힘들지 않았고, 아주 쉬웠다. 나는 체스판 위에서 남들은 보지 못하는 것을 읽어낼 수 있었다. 나는 스스로를 보호하기 위해 상대 눈에 보이지 않는 견고한 장벽을 쌓을 수 있었다. 이 재능이 나에게 엄청난 자신감을 주었다. 한 수 한 수 내 상대들이 어떻게 나올지가 훤히 보였다. 어느 지점에서 그들이 낙담하여 고개를 떨굴지도. 그저 단순한 어린애 장난 같왔던 나의 전략이 대단히 파괴적이고 피할 수 없는 수령이었음이 드러나는 바로 그 순간이었다. 나는 이기는 게 좋았다.

그리고 엄마는 나를 드러내 보이며 자랑하기를 좋아했다. 마치 엄마가 반짝반짝하게 닦아놓는 내 수많은 트로피 중 하나처럼 말이다. 엄마는 내 게임에 대해 논하며 마치 자기가 나한테 전략을 알려준 것처럼 말하곤 했다.

가게 주인에게는 이렇게 말했다. "내 딸한테 그랬죠. 네 말들로 적에게 달려들라고. 그렇게 하니까 아주 순식간에 이겼다고요." 물론 엄마가 나한테 그렇게 말하기는 했다. 하지만 내가 이기는 데 하등 쓸모 없는 이야기들도 백 개쯤 늘어놓았다는 사실 역시 짚고 넘어가야 한다.

또 손님들이 찾아오면 무슨 비밀이라도 털어놓듯 이렇게 말했다. "체스에서 이기는 데 머리는 그다지 필요 없어요. 그건 그냥 속임수를 쓰는 게임이거든요. 동서남북 사방에서 몰아치면 상대는 아주 혼이 쏙 빠지죠. 어느 쪽으로 도망가야 할지 알 수 없으니까."

나는 엄마가 이런 식으로 모든 공을 가로채려 하는 것이 싫었다. 스톡턴 스트리트의 수많은 사람 앞에서 엄마한테 소리를 질렀던 적도 있다. 엄마는 아무것도 모르니까, 자랑해서도 안 된다고, 그러니까 가만히 좀 계시라, 뭐 그런 얘기였다.

그날 저녁부터 다음 날까지 엄마는 나에게 한마디도 하지 않았다. 엄마는 마치 내가 보이지 않는다는 것처럼 아빠와 오빠들에게만 무뚝뚝하게 말했다. 생선이 썩어서 내다버렸는데 여전히 나쁜 냄새가 남아 있다고.

나는 이게 무슨 전략인지 알았다. 상대를 화나게 만들어 함정에 빠지게 하는 교활한 전략이다. 그래서 그냥 무시해버렸다. 아무 말도 하지 않고 엄마가 나한테 찾아오기를 기다렸다.

침묵 속에 여러 날이 흘렀다. 나는 내 방에 앉아 체스판의 예순네 개 네모칸을 들여다보며 다른 방법을 생각해내려 애쓰고 있었다. 바로 그 순간이었다. 내가 체스를 그만두기로 결심한 것은.

물론 아주 관둘 생각은 아니었고, 길어야 며칠이었다. 나는 체스를 안 하고 있다는 티를 내기 시작했다. 평소처럼 저녁에 내 방에서 체스를 연습하는 대신, 거실 텔레비전 앞에 앉았다. 오빠들은 나를 불청객 보듯 바라보았다. 그다음 단계로 나아가기 위해서는 그들을 이용해야 했다. 나는 손가락 관절을 딱딱 꺾어대며 오빠들의 화를 돋우었다.

"엄마!" 오빠들이 소리쳤다. "얘 좀 못하게 해요. 가라고 해주세요."

그래도 엄마에게서는 아무 대답도 돌아오지 않았다.

하지만 나는 걱정 없었다. 다만 좀 더 강수를 두어야겠다는 생각은 들었다. 그래서 한 주 앞으로 다가온 토너먼트 대회를 희생하기로 했다. 나는 그 대회에 나가지 않을 것이다. 그럼 엄마도 분명 그에 대해 뭐라고 말하지 않을 수 없을 것이다. 스폰서와 자선 협회 들이 엄마에게 전화를 걸어 이유를 묻고, 소리 치고, 나를 경기에 내보내라고 간청할 것이기 때문이다.

대회 일정이 지나갔다. 엄마는 나에게 오지 않았고 "왜 체스를 안 하는 거냐?"라고 소리를 지르지도 않았다. 속으로 운 사람은 나였다. 앞서 다른 두 대회에서 내가 아주 가볍게 이겼던 남자아이가 우승했다는 소식을 들었기 때문이다.

그제서야 엄마가 생각보다 많은 기술을 알고 있다는 걸 깨달았다. 하지만 이제 나는 엄마의 게임에 지쳐 있었다. 다음 토너먼트를 위해 연습을 시작하고 싶었다. 그래서 나는 엄마를 이기게 해주기로 했다. 내가 먼저 엄마에게 말을 거는 것이다.

"이제 다시 체스 할래요." 그렇게 선언하면 엄마가 웃으며 뭐 먹고 싶은 게 있냐고 물어볼 거라고 생각했다.

그러나 예상과는 달리 엄마는 얼굴을 한껏 찌푸리며 내 눈을 바라보았다. 마치 내 속셈을 끄집어내겠다는 것처럼.

"왜 나한테 그런 얘기를 해?" 마침내 엄마가 날카롭게 말했다. "너는 너무 쉽게 생각하는구나. 그만두었다가, 그다음 날에는 다시 시작했다가. 너는 매사에 그런 식이지. 너무 똑똑하고, 항상 너무 쉽고, 너무 빠르지."

"그냥 체스를 하겠다고 말한 거예요." 나는 기어들어가는 소리로 말했다.

"아니!" 엄마가 소리쳤다. 나는 너무 놀라 머리털이 곤두서는 듯했다. "이제 그리 쉽지만은 않을 거다."

몸이 부들부들 떨렸다. 그 말이 무슨 뜻인지는 몰랐지만, 엄마가 그렇게 말했다는 사실이 충격이었다. 내 방으로 돌아와 체스판을 들여다보며 생각했다. 어떻게 하면 이 끔찍한 난국을 타

개할 수 있을까? 그렇게 여러 시간을 들여다본 뒤, 내가 하얀 칸을 흑으로, 검은 칸을 백으로 만들었으니 전부 괜찮을 거라고 믿었다.

그리고 과연 나는 엄마를 되찾게 되었다. 그날 밤 나는 고열을 앓았다. 엄마는 내 침대 곁에 앉아 스웨터를 안 입고 학교에 가니까 그렇게 되지, 라며 잔소리를 했다. 아침까지도 엄마는 내 곁에 있으면서 직접 고아낸 닭죽을 먹여주었다. 닭죽을 먹이는 건 내가 수두(chicken pox)에 걸렸기 때문이라고 했다. 낡은 다른 닭과 싸우는 법을 안다면서. 정오에는 내 방 의자에 앉아 분홍색 스웨터를 떴다. "수위안이 준한테 스웨터를 떠줬는데 얼마나 볼품없던지. 실도 안 좋은 걸 썼더라." 나는 행복했다. 엄마가 이전으로 돌아온 것 같아서.

그러나 완전히 낫고 난 뒤에 나는 엄마가 정말로 달라져버렸다는 걸 깨달았다. 이제 엄마는 내가 체스를 연습할 때도 내 곁에서 맴돌지 않았다. 매일 내 트로피를 닦지도, 내 이름이 난 기사를 오려내어 따로 모아두지도 않았다. 마치 엄마가 보이지 않는 벽을 쳤고, 나는 매일 몰래 그 벽을 손으로 더듬어보면서 얼마나 높고 폭은 어느 정도 되는지 알아내려 하는 형국이었다.

다음 대회에서 나는 대체로 잘했지만 점수가 부족했다. 결국 지고 말았다. 더욱 나쁜 것은 엄마가 아무 말도 하지 않았다는 것이다. 엄마는 오히려 흡족한 얼굴이었다. 마치 엄마가 전략을 알려줬기 때문에 내가 이긴 거라고 말할 때처럼 말이다.

나는 공포에 사로잡혔다. 매일 오랫동안 숙고했다. 내가 무엇을 놓친 거지? 그것은 단순히 지난 토너먼트가 아니었다. 모든 수와 모든 말, 모든 칸을 복기했지만, 이제는 더 이상 보이지 않았다. 각각의 말이 지닌 비밀스러운 무기들도, 각 칸들이 교차하는 지점에 깃든 마법도. 눈에 보이는 것은 오로지 내가 저지른 실수들과 나의 연약함뿐이었다. 마치 마법 갑옷을 잃어버린 것 같았다. 이제 모두가 볼 수 있었다. 내 약점이 어디인지.

그 후에도 나는 계속 체스를 했다. 하지만 전과 같은 월등한 자신감은 다시 느끼지 못했다. 나는 공포와 절망 속에서 힘겹게 싸웠고, 이기면 감사하며 안도했다. 지고 나면 두려움이 자라났고 공포가 엄습했다. 내가 더 이상 천재가 아니라는 두려움, 재능을 잃고 이제 아주 평범한 사람이 되고 말았다는 공포 말이다.

여러 해 전 내가 아주 쉽게 쓰러뜨렸던 남자애에게 두 번이나 졌을 때, 나는 체스를 완전히 그만두었다. 아무도 말리지 않았다. 내가 열네 살 때 일이다.

*

"너도 알지. 너 이해 안 되는 거." 엄마에게 내 밍크 재킷을 보여주었던 그날 밤에 말린에게 전화를 걸었다. 말린은 말했다. "국세청 직원한테는 썩 꺼져버리라고 잘도 말하는 애가 왜 너희 엄마에게는 맞서지 못하냐고."

"나도 항상 그러려고 해. 그런데 그럴 때마다 엄마가 자꾸 이렇게 별것 아닌 듯하면서 은근히 긁는 얘기를 하잖아. 꼭 연막탄이나 잔가시처럼….”

“그럼 엄마한테 말하면 되잖아. 가서 그래. 나 좀 그만 괴롭혀요! 이제 내 인생을 망치는 일은 그만둬요. 입 다물고 가만히 계시라고요.”

“그거 진짜 웃기다.” 정말로 나는 반쯤 웃었다. “너는 내가 우리 엄마한테 가만히 있으라고 말했으면 좋겠어?”

“그럼. 왜 안 돼?”

“음, 그런 법이 있는지는 모르겠는데, 중국 출신 엄마한테는 절대로 가만히 있으라고 말할 수 없어. 그랬다가는 기소되고 말걸? 자기 자신을 살해한 죄로 말이야.”

사실 엄마 자체보다는 리치가 더 걱정스러웠다. 엄마가 그 사람을 어떻게 괴롭힐지 안 봐도 뻔했다. 우선 처음에는 침묵하다가 별것 아닌 듯 한마디 툭 던질 것이다. 그리고 한마디, 또 한마디. 그런 말들이 마치 모래알처럼 어떤 것은 이쪽에서, 다른 것은 뒤쪽에서 점점 더 많이 날아들 것이다. 그의 외모도, 성격도, 영혼도 전부 다 깎여 나가 사라질 때까지. 심지어 나는 엄마의 이 교묘한 공격 전략을 다 알고 있지만, 여전히 두렵다. 보이지 않는 진실의 티끌 하나가 내 눈에도 날아들어 지금 보고 있는 상을 흐려놓을까 봐. 아주 소중하고 멋진 남자인 리치를 따분한 데다 성가신 습관까지 있는 짜증나는 결점투성이로 생각하게 될까 봐.

마빈 첸과의 첫 번째 결혼에서 딱 그런 일이 있었다. 우리는 같이 도망치기까지 했다. 그때 나는 열여덟, 그는 열아홉 살이었다. 처음 사랑에 빠졌을 때, 내 눈에 마빈은 거의 완벽했다. 그는 로웰에서 반 삼 등으로 졸업했고, 스탠포드 전액 장학금을 받았다. 그는 테니스를 쳤다. 종아리 뒤쪽에 근육이 불거졌고, 가슴에는 곧고 검은 털이 146가닥이나 나 있었다. 그는 모두를 웃게 하는 사람이었다. 그 자신의 웃음 소리는 저음에 듣기 좋고 섹시했다. 그는 요일과 시간마다 좋아하는 섹스 체위가 다르다는 자부심이 있었다. 그래서 그가 그저 "수요일 오후"라고만 말해도 나는 전율했다.

그러나 엄마가 마빈에 대해 이야기하고 나서부터, 내 눈에도 보이기 시작했다. 그의 두뇌는 너무 게으른 나머지 쪼그라들어서 이제는 오직 변명이나 꾸며낼 줄 안다는 사실이. 그는 가족에 대한 책임감을 회피하기 위해 골프공과 테니스공만 쫓아다니는 사람이었다. 다른 여자들 다리를 위아래로 훑어보느라 바빠 곧장 집으로 오는 법도 까먹은 듯했다. 그는 다른 사람을 우습게 만드는 농담을 즐겼다. 모르는 사람한테는 팁이랍시고 십 달러씩 선뜻선뜻 건네면서 가족에게는 인색했다. 오후 시간 내내 빨간 스포츠카에 광을 내는 일을 자기 아내를 거기 태우고 데이트하는 것보다 더 중요하게 생각하는 인간이었다.

내 감정은 결코 마빈을 싫어하는 데에 머물지 않았다. 사실 더 최악이었다. 그것은 실망에서 시작하여 경멸로, 무관심한 권태로 이어졌다. 우리가 별거하게 되고 난 뒤의 어느 날 밤 쇼샤나가 잠들고 나 혼자 외로이 있는데 그런 의문이 들었다. '엄마가 내 결혼에 독을 탄 거 아냐?'

다행스럽게도 엄마의 독이 내 딸 쇼샤나에게까지 미치지는 못했다. 비록 그 애를 거의 잃기 직전까지 갔었지만 말이다. 임신 사실을 알았을 때 나는 격분했다. 남몰래 그 애를 '불어나는 혹덩이'라고 부르다가 결국 마빈을 끌고 병원에 갔다. 너도 나처럼 고통받아야 해, 라는 심정이었다. 그런데 그만 잘못된 병원에 찾아가고 말았다. 그 병원에서는 우리에게 청교도적인 사고방식을 지긋지긋하게 세뇌하는 영화를 보여주었다. 나는 고작 7주밖에 안 됐다는 조그만 태아들의 자디잔은 손가락을 보았다. 영화는 말했다. **이 아기는 투명한 손가락들을 움직일 수도 있습니다. 그 손가락으로 생에 매달려 있는 모습을, 삶이라는 기회를 붙잡고 있는 장면을 떠올려보아야 합니다.** 그들이 다른 게 아니라 그 조그만 손가락을 보여주어서 다행이었다. 왜냐면 쇼샤나는 정말로 기적이었기 때문이다. 그 애는 완벽했다. 그 애의 모든 부분이 놀라웠는데, 특히 쥐었다 폈다 하는 손가락이 그랬다. 쇼샤나가 주먹을 입에서 떼고 울음을 터뜨렸던 바로 그 순간에, 나는 알았다. 이 세상 무엇도 그 애에 대한 나의 사랑을 끊어놓을 수 없으리란 걸.

하지만 리치는 걱정이었다. 그에 대한 내 감정은 엄마의 의심과 낙인, 빈정거림에 취약했다. 그로 인해 내가 잃고 말 것이 두려웠다. 리치 실즈의 사랑은 내가 쇼샤나를 사랑하는 것과 같은 사랑이었다. 그의 사랑은 확고했다. 아무것도 그걸 흔들 수 없었다. 그는 나에게 아무것도 바라지 않았다. 그저 내가 이 세상에 존재하는 것만으로 충분하다고 했다. 내 덕분에 자신이 더 좋은 사람이 되었다고 했다. 그는 정말 낯간지러울 정도로 로맨틱한 사람이다. 하지만 나를 만나기 전에는 절대 이렇지 않았다고 했다. 그 말을 듣자 그의 사랑 표현이 더욱 특별하고 귀하게 느껴졌다. 가령 회사에서 법률 서류와 내가 검토해야 할 기업 재무제표에 FYI(For Your Information) 쪽지를 붙일 때, 그는 그 아래에 이렇게 써서 건네주었다. "FYI-Forever You and I" 회사에서는 우리 관계를 몰랐기 때문에, 이런 식의 무모한 행동은 나를 짜릿하게 했다.

사실 내가 정말로 놀랐던 부분은 섹스다. 나는 그가 소극적인 타입일 거라고 생각했다. 왜, 온순한 데다 지나치게 조심스럽고 서툴러서 수시로 "아파?"라고 물어보는 남자 있잖은가. 정작 여자는 아무것도 못 느끼는데 말이다. 그러나 리치는 어쩌면 그렇게 내 모든 움직임에 잘 맞춰주는지, 내 마음을 읽는 것이 틀림없었다. 그는 조금도 거리낌이 없었으며, 무엇이든 내게 주저함이 있다 싶으면 즉시 그것을 작은 보물 다루듯 조심스럽게 치워버렸다. 그는 나의 내밀한 부분을 전부 보았다. 단순히 성적인 이야기가 아니다. 나의 어두운 부분, 하찮디하찮은 자아와, 자기 혐오, 내가 감춰두었던 모든 것을 리치는 다 안다. 그래서 그와 함께 있으면 나는 완전히 벌거벗은 사람이나 다름없었다. 그리고 내가 가장 취약할 때, 독한 말이 나를 저 문 밖으로 영영 날려버릴 것 같은 때에 그는 언제나 정확히 내게 필요한 말을 들려주었다. 내가 혼자 숨어버리게 두지 않았다. 내 손을 잡고 눈을 마주보며 그가 나를 사랑하는 이유를 말해주곤 했다. 그에게는 매 순간 새로운 사랑의 이유들이 샘솟는 것 같았다.

이렇게 순수한 사랑을 받아보는 건 처음이었기 때문에 엄마가 다 망쳐버릴까 봐 겁이 났다. 그래서 나는 리치에 대한 이 모든 사랑의 말들을 전부 간직해두었다가, 필요할 때 다시 되새겨 보기로 했다.

오래 고민한 끝에 나는 기발한 작전을 생각해냈다. 일단 리치랑 엄마가 만나게 하자. 그가 엄마 마음을 사로잡게 하는 거야. 내 계획이란, 엄마가 리치에게 밥을 해 먹이고 싶게 만드는 것이었다. 수위안 아줌마에게 살짝 도움을 받았다. 아줌마는 엄마의 오랜 친구다. 두 분은 아주 가까운 사이인데, 그 말은 즉 각자 비밀 얘기를 하는 척 은근히 자랑하면서 끊임없이 서로를 약올린다는 것이다. 나는 수위안 아줌마에게 우리 엄마한테 자랑할 만한 비밀을 하나 선물해드리기로 했다.

어느 일요일 리치랑 노스 비치를 산책하고 나서, 온 김에 수위안 아줌마와 캐닝 아저씨네에 잠깐 들러서 인사드리고 가자고 했다. 그분들은 레븐워스에 살고 있다. 우리 엄마의 아파트와는 서쪽으로 불과 몇 블록 거리밖에 안 되었다. 우리가 찾아갔을 때는 늦은 오후라 아줌마는 마침 딱 주일 저녁 식사를 준비하던 중이었다.

"더 있다 가거라! 밥 먹고 가!" 아줌마가 강권했다.

나는 말했다. "아뇨, 아니에요. 그냥 지나가다 들른 거예요."

"벌써 너희 먹을 것까지 다 만들었어. 볼래? 탕이 하나 있고, 요리가 네 개야. 너희가 먹고 가지 않으면 고대로 남을 거다. 다 버리게 된다고!"

우리가 무슨 수로 거절하겠는가? 삼 일 뒤 나는 수위안 아줌마에게 감사 편지를 보냈다.

리치가 말하길 평생 먹어본 중국 요리 중 아줌마가 해주신 게 최고였대요.

그다음 날 엄마가 내게 전화를 했다. 늦었지만 아버지 생신을 축하하는 의미로 저녁 식사를 하자는 거였다. 빈센트 오빠는 자기 여자친구 리사 럼을 데려올 것이었다. 그렇다면 나도 친구를 데려갈 수 있다.

엄마가 우리를 반드시 초대할 거라고 생각했다. 왜냐면 엄마에게 요리란 자신의 사랑과 자부심, 능력을 표현하는 수단이었으며, 자기가 수위안 아줌마보다 낫다는 증거이기도 했기 때문이다. "나중에 우리 엄마한테 어머니가 해주신 요리가 이제까지 먹어본 것 중 제일이라고, 수위안 아줌마 요리보다 훨씬 맛있었다고 말하기만 해." 나는 리치에게 말했다. "내 말대로 해."

저녁 식사가 있는 밤, 나는 주방에 앉아 엄마가 요리하는 걸 지켜보고 있었다. 결혼 계획을 알리기에 적당한 때를 기다리는 중이었다. 우리는 오는 7월, 일곱 달 정도 뒤에 결혼할 것이다. 엄마는 가지를 납작하게 썰며 수위안 아줌마에 대해 수다를 떨었다. "걔는 그냥 레시피만 보고 요리할 줄 알았지, 나로 말하자면 요리법이 내 손가락 안에 다 들어 있다고. 나는 냄새만 맡고도 어떤 재료를 더 넣어야 하는지 안다니까!" 정말 엄마의 거침없는 칼질을 보면 날카로운 칼 따위는 전혀 신경 쓰지 않는 것 같았고, 나는 붉게 양념한 가지와 다진 돼지고기 요리에 엄마의 손톱이 들어가는 것은 아닌가 염려되었다.

나는 엄마가 먼저 리치에게 말을 걸어주기를 바랐다. 문을 열어줄 때 엄마의 표정을 봤는데, 리치를 머리부터 발끝까지 뜯어보면서 억지로 비소 짓고 있었다. 수위안 아줌마한테 들은 대로인지 어떤지 확인해보려는 듯했다. 나는 엄마가 또 뭐라고 트집을 잡을까 예상해보려 했다.

일단 리치는 중국계가 아닐 뿐 아니라 나보다 몇 살이나 어렸다. 게다가 붉은색 곱슬머리와 창백하고 부드러운 피부, 콧잔등에 오렌지 주스가 튄 것 같은 주근깨 때문에 실제보다 한참 더 어려 보였다. 키는 조금 작은 축에 속했지만, 몸매는 탄탄했다. 어두운색 정장을 입은 모습이 근사해 보였지만, 그리 깊은 인상을 줄 것 같지는 않았다. 마치 장례식장에서 본 어느 집 조카처럼 말이다. 그래서 나 또한 같은 회사에 다니면서도 처음 일 년 동안은 그가 있는지도 몰랐다. 그러나 엄마는 그의 모든 것을 간파했다.

"그래서 리치에 대해 어떻게 생각하세요?" 나는 숨을 참으며 물었다.

엄마가 가지를 뜨거운 기름에 던져넣자 아주 크고 맹렬하게 쉭쉭거리는 소리가 났다. "얼굴에 점이 너무 많더라."

그 말을 듣자 마치 작은 바늘로 등짝을 수없이 찔리는 기분이었다. "주근깨예요. 주근깨는 행운을 뜻한다는 거 엄마도 아시잖아요." 시끄러운 주방에서도 잘 들리도록 목소리를 키웠는데 그 바람에 약간 격한 어조가 되고 말았다.

"아, 그러냐?" 엄마가 선선히 말했다.

"네! 많으면 많을수록 좋은 거래요. 다들 아는 사실인데요."

엄마는 그 말을 듣고 잠깐 생각하는가 싶더니 이내 미소 지으며 중국말로 말했다. "어쩌면 사실일지도 몰라. 네가 어려서 수두에 걸렸을 때 말이다. 몸에 반점이 어찌나 많이 생겼는지 몰라. 꼬박 십 일 동안 집 밖으로는 한 발짝도 못 나가고 학교도 못 갔지. 너는 아마 아주 운 좋게 되었다고 생각했겠지?"

결국 부엌에서는 리치의 점수를 따는 데 실패했다. 이후 저녁 식탁 앞에서도 마찬가지였다.

리치는 프랑스산 와인을 한 병 들고 왔는데, 우리 부모님은 와인을 마실 줄 몰랐다. 심지어 집에 와인잔도 없었다. 그 뒤에도 리치는 계속 실수를 했다. 와인을 잔에 가득 한 번도 아니고 두 번이나 마신 것이다. 모두가 맛만 보겠다며 한 모금씩 마시고 마는데 말이다.

내가 포크를 줬는데도 리치는 꼭 미끄러운 상아 젓가락을 써야겠다고 우겼다. 그 젓가락을 마치 타조의 안짱다리처럼 벌려 쥐고는 큼직한 가지 토막을 집어들려고 했는데, 접시에서 벌린 입까지 가져가던 길에 결국 떨어뜨리고 말았다. 빳빳한 흰색 셔츠 위로 떨어진 양념 가지는 그의 바지 가랑이 사이로 쏙 빠져버렸다. 쇼샤나가 자지러지는 듯 웃음을 터뜨렸고, 잠잠해지기까지는 한참이나 걸렸다.

여하튼 그러고 나서는 새우와 깍지완두를 잔뜩 덜어 오려 했는데, 모두가 조금씩 덜어 먹을 때까지는 점잖게 한 수저 정도만 가져와야 한다는 걸 몰랐던 거다.

그러면서 새싹 볶음은 또 안 먹겠다고 했다. 그건 콩깍지가 맺히기 전에 뜯어낸 부드럽고 비싼 콩잎으로 만든 요리였다. 그러자 쇼샤나도 덩달아 안 먹는다고 난리를 쳤다. 리치를 가리키면서 이렇게 소리 치는 것이었다. "아저씨도 안 먹잖아! 아저씨도 안 먹는데 왜!"

리치는 한번 덜어 온 음식을 다 먹고 나면 더 갖다 먹지 않는 게 예의라고 생각했던 모양이다. 하지만 그게 아니라 우리 아빠처럼 했어야 했다. 조금씩 두 번, 세 번, 심지어 네 번까지도 떠다 먹으면서 배가 터질 것 같은데 너무 맛있어서 자꾸 먹게 된다고 죽는 소리를 해야 했다.

하지만 뭐니 뭐니 해도 가장 최악은 리치가 우리 엄마의 요리를 품평했다는 것이다. 심지어 그래놓고 자기가 무슨 짓을 했는지도 몰랐다. 중국 사람들이 으레 하는 것처럼 엄마는 항상 자기 요리를 폄하하곤 했다. 그날 밤에는 돼지고기찜과 야채 절임을 타깃으로 삼았는데, 사실 그것들은 엄마가 특히 자신 있어 하는 요리였다.

"아이고! 소금을 너무 적게 넣었네. 싱거워. 아무 맛도 안 나잖아." 엄마는 작게 한입 떠 맛을 보고는 말했다. "이를 어째. 이런 걸 어떻게 먹나?"

우리 가족에게 그건 얼른 먹어보고 이제까지 만든 것 중 가장 맛있다고 말하라는 신호였다. 그런데 우리가 어찌 해볼 틈도 없이 리치가 불쑥 말한 것이다. "어머니도 아시겠지만, 간장을 조금만 더 넣으면 괜찮을 것 같아요." 그러면서 충격받아 놀란 눈을 뜨고 있는 엄마 앞에서 간장을 퍼붓는 것이었다.

그날 저녁 내내 엄마가 무엇이든 리치에게서 좋은 점을 발견하기를, 그의 친절함이나 유머 감각, 남성적인 매력 등을 봐주기를 바랐지만, 실은 나도 알고 있었다. 그가 엄마 눈에 들기에는 너무 처참하게 실패하고 말았다는 사실을.

하지만 리치의 생각은 정반대였다. 그날 밤 집에 돌아와 쇼샤나를 재우고 나서 얌전하게 말하는 것이었다. "음, 있지. 우리 오늘 완전 잘한 것 같아!" 그러면서 꼭 할딱거리며 주인이 쓰다듬어주기를 기다리는 충직한 달마시안처럼 나를 쳐다보는 것이다!

"어, 음." 나는 그렇게 말하고는 낡은 나이트가운을 입었다. 오늘은 별로 섹스할 기분이 아니라는 뜻이었다. 그가 우리 부모님 손을 굳게 잡고 악수하던 것만 생각하면 지금도 머리털이 쭈뼛 서는 것 같았다. 꼭 처음 만나는 예민한 고객을 편하게 해줄 때처럼 말이다! 그러면서 하는 말. "린다, 팀. 곧 다시 뵐게요!" 우리 부모님 이름은 린도와 틴 종이다. 그리고 몇 안 되는 오래된 가족 친구분들을 빼면 아무도 우리 부모님을 이름만 달랑 부르지 않았다.

"그래서, 어머니가 뭐라셔?" 우리 결혼에 대한 엄마 반응을 묻는 것이었다. 앞서 그에게 엄마에게 먼저 말해서 아빠에게도 전해주도록 하겠다고 말했었다.

나는 말했다. "기회가 없었어." 정말 그랬다. 어떻게 엄마한테 나 결혼할 거예요, 얘기할 수가 있나? 단둘이 있을 때마다 엄마는 그 사람 즐겨 마시는 와인은 얼마짜리냐, 사람이 왜 그렇게 창백하니 아파 보이냐, 쇼샤나가 기운이 없어 보이더라, 뭐 그런 이야기만 하는데 말이다.

리치는 빙긋 웃으며 말했다. "엄마, 아빠, 나 결혼해요! 그 말 하는 데 뭐가 그렇게 오래 걸려?"

"너는 몰라. 너는 우리 엄마를 이해 못한다고."

그러자 리치는 머리를 흔들었다. "와! 맞아. 어머님 영어는 정말 못 알아듣겠어. 왜 그 〈다이내스티*Dynasty*〉에 나온 죽은 남자에 대해 말씀하시는데, 나는 오래전 중국에서 있었던 일을 이야기하시는 줄 알았잖아."

*

그날 밤, 침대에 누웠는데 잠이 오지 않았다. 저녁 식사 자리에서의 실패는 그만큼 절망적이었으며, 더욱 괴로운 건 리치는 그 사실을 전혀 눈치채지 못하고 있다는 것이었다. 가여운 리치. 정말 가엽다, 그 말이 딱이었다! 엄마가 다시 내 마음을 조종하기 시작한 것이다. 전에는 하얗게만 보였던 곳에서 검은색을 보도록. 엄마의 손아귀 안에서 나는 언제나 폰이었다. 내가 할 수 있는 일은 그저 달아나는 것뿐이다. 그리고 엄마는 퀸이다. 모든 방향으로 움직일 수 있으며, 자기 의지를 관철하는 데 있어 주저함이 없다. 엄마는 언제나 나의 가장 취약한 부분이 어디인지 찾아내고야 만다.

다음 날 아침 늦은 시간에 이를 악문 채 잠에서 깨어났다. 온 신경이 날카롭게 곤두서 있었다. 리치는 이미 일어나서 샤워를 하고 주말 신문을 읽고 있었다. "좋은 아침이야, 내 사랑." 리치가 콘플레이크를 우적우적 씹으며 말했다. 나는 운동복을 입고 문을 나섰다. 그대로 차에 올라타 부모님 집으로 향했다.

말린 말이 맞다. 엄마에게 말해야만 한다. 나는 엄마가 무슨 일을 하고 있는지 다 안다고, 또 나를 불행하게 만들기 위해 계략을 꾸미고 있는 게 아니냐고 말이다. 도착할 무렵에는, 극도로 화가 나서 만약 천 개의 날 선 칼이 날아들어도 다 막아낼 수 있을 것 같았다.

아빠는 문을 열어주었는데 내가 서 있어서 놀란 듯했다. "엄마 어딨어요?" 나는 흥분하지 않으려 애쓰며 물었다. 아빠는 안쪽 거실을 가리켰다.

엄마는 소파에서 하얀색 자수 도일리 위에 머리를 괴고 깊이 잠들어 있었다. 입은 약간 벌어져 있었고, 얼굴에는 주름 하나 잡히지 않았다. 그 부드러운 얼굴을 보니 엄마가 마치 어린 소녀 같았다. 유약하고 아주 순진무구한. 한 팔은 소파 팔걸이 아래로 축 늘어졌고, 가슴도 들먹이지 않았다. 마치 엄마의 모든 힘이 다 사라진 것 같았다. 엄마는 완전히 무장 해제 상태였다. 호위하고 있는 악마도 없었다. 꼭 무력한 패자 같았다.

갑자기 겁이 덜컥 났다. 엄마가 꼭 죽은 것처럼 보였기 때문이다. 내가 엄마에 대해 끔찍하게 나쁜 생각을 품었을 때 그리 되었을 것이다. 나는 엄마가 내 인생에서 사라지기를 바랐고, 엄마는 거기 순순히 따라준 것이다. 엄마의 영혼이 나의 끔찍한 증오를 피하기 위해 육신을 빠져나간 것이다.

"엄마!" 나는 높은 목소리로 외쳤다. "엄마!" 이제 나는 흐느껴 울기 시작했다.

그러자 엄마가 천천히 눈을 떴다. 두 눈이 깜빡이고, 손도 생기를 되찾아 움직이기 시작했다. "셤머? 메이메이 아니냐?"

아무 말도 나오지 않았다. 메이메이는 내 어린 시절 이름이다. 엄마가 나를 메이메이라 부르지 않은 지 아주 오래되었는데. 엄마가 자리에 일어나 앉자 얼굴의 주름살도 다시 제자리를 잡았다. 그러나 그것은 걱정의 흔적일 뿐, 전처럼 엄혹해 보이지는 않았다. "네가 어쩐 일이야? 왜 여기 와서 울고 있어? 무슨 일이 생긴 게로구나!"

이 순간 나는 무엇을 해야 할까, 무슨 말을 해야 할까. 아무 생각도 나지 않았다. 화난 상태에서 벗어나는 것은 순식간이었다. 이 또한 엄마의 위력이었다. 나는 엄마의 무구함에 놀랐고, 엄마의 무방비한 모습에 공포를 느낀 것 같다. 이제는 아무 감각도 느껴지지 않는다. 이상할 정도로 유약한 상태가 되어버렸다. 마치 누군가가 내 플러그를 뽑아 내 속에 흐르던 전류가 멈추기라도 한 것처럼 말이다.

"아무 일도 아니에요. 아무 문제 없어요. 저도 제가 여기 왜 왔는지 모르겠어요." 나는 잠긴 목소리로 말했다. "그냥 엄마한테… 얘기하고 싶었어요. 리치랑 결혼할 거라고요."

나는 부정적인 반응이 돌아오리라 예상하고 눈을 질끈 감았다. 엄마는 한숨을 쉴 것이다. 건조한 목소리로 나에게 고통스러운 판결을 내릴 것이다.

"즈르다울래[早知道了]." 이미 다 안다, 라고 엄마는 말했다. 마치 왜 이미 했던 얘기를 또 하느냐는 투였다.

"아신다고요?"

"그럼 당연하지. 네가 말 안 해도." 엄마는 간단히 말했다.

그렇다면 내 생각보다 더 안 좋은 상황이었다. 엄마는 내내 알고 있었으면서도 내 밍크 재킷에 대해 악담을 했고, 리치의 주근깨를 깎아내렸으며, 그가 술을 너무 많이 마신다고 헐뜯었다. 리치를 인정하지 않은 것이다. "엄마가 리치를 싫어하신다는 건 알아요." 나는 떨리는 목소리로 말했다. "그가 성에 차지 않으시겠죠. 그렇지만 저는…."

"싫어한다니? 왜 내가 네 남편 될 사람을 싫어한다고 생각하는 거야?"

"리치에 대해 이야기하고 싶어 하시지 않았잖아요. 일전에 제가 엄마한테 리치랑 쇼샤나가 탐사관에 갔다고 얘기했을 때도 엄마는, 엄마는… 말을 다른 데로 돌리고… 아빠의 탐사 수술에 대해 이야기하셨잖아요. 또…."

"탐사관에 놀러가는 거랑 병증을 탐사하는 것 중에 뭐가 더 중요한 문제냐?"

이번만은 엄마가 이대로 빠져나가게 두지 않을 것이다. "리치를 처음 만났을 때는 얼굴에 점이 많다고 하셨잖아요."

그러자 엄마는 나를 어이없다는 듯 쳐다봤다. "그럼 점이 많지. 안 많아?"

"그래요. 많죠. 많은데, 엄마는 단순히 그런 뜻이 아니었잖아요. 내가 상처받을 거 다 알면서… 일부러…."

"아이고, 너는 왜 나를 그렇게 나쁘게 생각하는 거냐?" 그렇게 말하는 엄마의 얼굴은 슬픔으로 가득 차 더욱 나이들어 보였다. "그래, 네 어미가 그렇게 나쁜 사람이라는 거지. 항상 다른 꿍꿍이가 있다고 생각하는구나. 하지만 정작 속내가 다른 사람은 내가 아니라 너 아니냐? 아이고, 동네 사람들! 얘가 제 엄마를 그렇게 나쁘게 생각한대요!" 소파에 꼿꼿이 앉은 엄마의 입은 굳게 닫혀 있었고 손은 꼭 맞잡은 채였다. 눈에는 분노의 눈물이 그렁그렁했다.

아! 엄마의 그 힘! 그 연약함! 그것들이 각각 양편에서 나를 붙잡고 잡아당기는 것 같았다. 이성은 이쪽으로, 감성은 저쪽으로 날아갔다. 나는 엄마 옆에 나란히 앉았다. 우리 둘은 서로에게 한 방 얻어맞은 것이다.

이 싸움에서 또 지고 말았다는 생각이 들었다. 내가 싸우는 줄도 몰랐던 싸움이다. 진이 다 빠져버렸다. "집에 갈래요." 겨우 그렇게 말했다. "지금 당장은 기분이 별로 안 좋네요."

"몸이 안 좋아?" 엄마가 그렇게 말하며 내 이마에 손을 얹었다.

"아뇨." 나는 그저 떠나고 싶을 뿐이었다. "그냥… 지금 제 안에 있는 이 마음이 어떤 마음인지 모르겠어요."

"내가 알려주마." 엄마는 간결하게 말했다. 나는 엄마를 쳐다보았다. "네 안에 있는 것들 중 절반은," 엄마는 중국말로 말했다. "네 아빠한테서 온 거야. 아주 자연스러운 일이지. 그들은 종 씨 가문이고, 광둥 사람들이야. 착하고 정직한 이들이지. 이따금 성미가 고약하고 인색하게 굴 때가 있지만 말이다. 너도 네 아빠를 보면 알 거다. 내가 옆에서 잡아주지 않으면 네 아빠가 어떻게 되겠니?"

속으로 생각했다. 엄마는 왜 나한테 이런 얘기를 하는 걸까? 이런 얘기가 무슨 소용이라고? 그러나 엄마는 활짝 웃는 얼굴로 손까지 내저어가며 이야기를 이어 나갔다. "그리고 또 다른 절반은 나에게서 온 거야. 타이위안의 쑨 씨 가문에서 말이야." 엄마는 내가 한자를 못 읽는다는 것도 잊고 종이 봉투의 뒷면에 글자들을 써 내려가며 설명했다.

"우리 집안 사람들은 똑똑해. 아주 강하고 재간이 많아서 전쟁에서 승리하기로 유명하지. 쑨 원이라는 분 알지?"

나는 끄덕였다.

"그분도 우리 가문 사람이야. 물론 그 집안은 수백 년 전에 남쪽으로 옮겨 갔기 때문에 정확히 같은 가문이라고 볼 수는 없지만 말이다. 우리 가족은 쭉 타이위안에 살았어. 쑨 웨이 이전부터였지. 너 쑨 웨이라는 분은 아니?"

나는 고개를 저었다. 여전히 이 대화가 어디로 가고 있는 건지 알 수 없었지만, 이상하게 마음이 편해졌다. 마치 엄마랑 이렇게 평범한 대화를 나눠보기란 처음이라는 것처럼.

"그분은 징기스칸과 맞서 싸우셨단다. 휘익! 몽골 군사들이 쑨 웨이의 전사들을 향해 화살을 쏘았지만! 전사들의 갑옷 앞에서 화살은 맥없이 튕겨 나갔지. 마치 바위에 떨어지는 빗방울처럼 말이야! 쑨 웨이 님이 만든 갑옷이 어찌나 튼튼했는지 징기스칸은 마법이라고 믿었단다."

"그럼 징기스칸은 마법 화살을 개발했겠네요. 결국 그가 중국을 정복하잖아요."

엄마는 내 말을 못 들었다는 것처럼 말했다. "그건 사실이야. 우리는 항상 이기는 법을 안다고. 그러니 이제 네 안에 뭐가 들어 있는지 알겠지? 타이위안 가문의 거의 모든 미덕이 거기 다 들어 있어."

"우리는 완구와 전자제품 시장에서나 이기도록 진화했나 봐요."

"네가 그걸 어떻게 알아?" 엄마가 열띤 목소리로 물었다.

"죄다 그렇게 붙어 있잖아요. 메이드 인 타이완이라고."

"아이고!" 엄마가 크게 탄식했다. "나는 타이완 사람이 아냐!"

우리가 쌓아 올리기 시작한 위태로운 유대가 박살나는 소리가 들렸다.

"나는 중국 타이위안에서 태어났다고. 타이완은 중국이 아니야."

"알았어요. 저는 그냥 엄마가 타이완이라고 말씀하시는 줄 알았어요. 발음이 똑같잖아요." 나는 항변했다. 내가 일부러 그런 것도 아닌데 화를 벌컥 내시니 나도 약간 짜증이 났다.

"발음도 완전히 달라! 전혀 다른 나라라고!" 엄마는 잔뜩 흥분하여 말했다. "거기 사는 사람들이야 타이완이 중국이길 바라겠지. 하지만 중국인이라면 마음속에서 중국을 놓을 수 없는 법이다."

그리고 침묵이 흘렀다. 우리는 교착 상태에 빠진 것이다. 그때 별안간 엄마의 눈이 빛났다. "자, 들어봐. 타이위안을 빙이라고 부를 수도 있어. 타이위안 출신들은 다들 그렇게 부르거든. 그 편이 네게도 더 쉽겠구나. 빙, 그게 별명이야."

엄마는 다시 한자를 써 내려갔고, 나는 이제는 다 알겠다는 것처럼 고개를 끄덕거렸다. 엄마는 영어로 덧붙였다. "뉴욕을 애플, 샌프란시스코를 프리스코라 부르는 것과 같아."

"누가 샌프란시스코를 그렇게 불러요!" 웃음이 터져 나왔다. "잘 모르는 사람들이나 그러겠죠."

"이제야 말귀를 알아듣는구나." 엄마가 의기양양하게 말씀하셨다.

나는 미소 지었다.

정말로, 나는 마침내 이해한 것이다. 엄마가 말한 것뿐 아니라 내내 진실이었던 사실까지.

내가 그간 무엇을 위해 싸워왔는지를 깨달았다. 그것은 바로 나 자신이었다. 더 안전한 곳을 향해 오랜 세월을 달아나기만 했던 겁먹은 아이. 나는 그곳에, 보이지 않는 장벽 뒤에 숨었다. 그 장벽 너머에 무엇이 있을지 알고 있었다. 그곳에서는 엄마의 측면 공격이, 엄마의 비밀 무기가, 언제나 나의 최약점을 찾아내는 엄마의 신묘한 능력이 나를 노리고 있을 것이었다. 그러나 그 장벽 너머를 힐끗 내다보았을 때, 나는 마침내 거기 있는 것의 실체를 볼 수 있었다. 그것은 그저 웍을 갑옷 삼아, 뜨개 바늘을 무기 삼아 들고 있는 나이든 여자일 뿐이었다. 아주 오랜 세월 동안 딸이 자신을 안으로 들여보내주기만을 기다려온 나머지 약간은 괴팍해진 여자 말이다.

*

리치와 나는 결혼식을 미루기로 했다. 엄마가 7월은 중국으로 신혼여행 가기에 좋은 때가 아니라고 했기 때문이다. 엄마는 마침 베이징과 타이위안으로 여행 갔다가 돌아온 참이다.

"거기는 여름에 너무 더워. 얼굴에 주근깨만 많아진다고. 어디 그뿐인가? 온 얼굴 전체가 새빨갛게 익어버릴 텐데!" 엄마는 리치에게 말한다. 리치는 씩 웃으며 엄마를 향해 엄지를 들어 보이고는 내게 말한다. "도저히 믿어지지가 않네! 이제야 당신의 요령과 재치가 어디서 나왔는지 알겠어."

"10월에 가야 해. 그때가 딱 좋아. 너무 덥지도 않고 춥지도 않지. 나도 그때쯤 다시 가볼까 생각 중이야." 엄마는 단언하듯 말하더니 재빨리 이렇게 덧붙인다. "물론 너희랑 간다는 건 아니고!"

나는 초조하게 웃고, 리치는 농담을 던진다. "그거 근사하네요, 린도! 우리한테 식당 메뉴판을 읽어주실 수 있잖아요. 우리가 실수로 뱀이나 개로 만든 요리를 먹지 않도록요." 나는 거의 그를 발로 차다시피 한다.

"아냐. 정말로 그런 게 아냐. 진짜로, 같이 가자는 뜻은 아니라고." 엄마는 강력히 주장한다.

그리고 나는 엄마의 진심을 안다. 우리와 함께 중국에 간다면 엄마는 무척 기뻐할 거다. 그리고 아마도 나는 싫어할 것이다. 삼 주 동안 매일 삼시세끼마다 엄마가 더러운 젓가락과 차가운 국을 놓고 불평하는 소리를 듣는다고 생각하면… 재앙이 따로 없다.

그러나 한편으로는 아주 근사한 생각이다 싶다. 리치, 엄마, 그리고 나. 전혀 다른 우리 세 사람이 서로의 모든 차이점을 떠나 한 비행기에 올라탄다. 비행기가 이륙하고, 우리는 나란히 앉아 함께 서방에서 동방을 향해 나아가는 것이다!

나무가 없는 사주

로즈 슈 조던의 이야기

나는 엄마 말이라면 전부 믿었다. 심지어 그 말이 무슨 뜻인지 모를 때도 그랬다. 어릴 적 한번은 엄마가 말했다. "비가 오겠네." 길 잃은 유령들이 우리 창가에 어른거리며 들여보내달라고 "우우"거리고 있다는 것이었다. 문단속을 두 번씩 하지 않으면 한밤중에 문이 저절로 열려버릴 거라고 했다. 또 거울은 오직 내 얼굴만을 비추지만, 엄마는 내 마음속까지 다 들여다볼 수 있다고 했다. 심지어 내가 없을 때조차 말이다.

나는 이 모든 게 진실이라고 생각했다. 엄마의 말은 그만큼 강력했다.

엄마는 내가 엄마 말을 잘 들으면 장차 엄마가 아는 것을 알게 될 거라고 했다. 진실한 말은 언제나 저 위 높은 곳, 만물보다 위에서 내려오는 것이다. 만약 엄마 말을 듣지 않으면, 나는 귀가

얇아져서 여러 사람들에게 휘둘리게 된다. 그들의 말은 들어봤자 남는 게 없다. 사람의 마음에서 나오는 말들이기 때문이다. 각 사람의 마음에는 저마다의 바람이 살고 있으며, 나는 속할 수 없는 곳이다.

엄마의 말은 위에서 내려오는 말이었다. 돌이켜보건대, 나는 언제나 베개를 베고 누운 채 엄마의 얼굴을 올려다보곤 했다. 그 시기에 우리 자매는 더블 베드 하나를 함께 썼다. 큰언니 제니스는 알러지성 비염이 있어서 코에서 밤마다 새가 노래하는 듯한 소리가 났다. 그래서 우리는 언니를 '코파람쟁이'라고 불렀다. 루스 언니는 '발못난이'였다. 발가락을 꼭 마녀의 발톱 모양으로 넓다랗게 벌릴 수 있었기 때문이다. 나는 '쫄보 눈'이었다. 어둠이 무서워서 눈을 질끈 감아버리곤 했기 때문이다. 언니들은 그런 나를 보고 바보 같다고 했다. 우리의 어린 날에 나는 언제나 가장 꼴찌로 잠드는 사람이었다. 이 세계를 떠나 꿈속으로 빠져드는 것이 싫어서 침대에 단단히 매달려 버텼던 것이다.

"네 언니들은 이미 초우 할아버지를 뵈러 갔구나." 엄마가 중국말로 속삭였다. 엄마 말에 따르면, 초우 할아버지는 꿈의 세계로 통하는 문을 지키는 사람이다. 매일 밤 엄마는 물었다. "너도 초우 할아버지를 뵈러 갈 준비가 됐니?" 그러면 나는 고개를 저으며 울먹였다. "초우 할아버지가 저를 안 좋은 곳으로 데려가신단 말예요."

초우 할아버지는 우리 언니들을 잠들게 했다. 다음 날 아침이면 언니들은 전날 밤에 있었던 일을 전혀 기억하지 못했다. 그러나 초우 할아버지는 나만 보면 문을 활짝 열었다가는 내가 그 안으로 걸어 들어가려는 찰나에 쾅! 소리를 내며 빠르고 세차게 닫아버리는 것이었다. 나를 파리처럼 뭉개버리고 싶은 것 같았다. 그래서 나는 항상 잠들지 않으려고 버텼던 것이다.

그러나 결국 초우 할아버지도 지쳐버렸고 문을 감시하지 않게 되었다. 내 침대는 머리 쪽부터 무거워지더니 천천히 기울어졌다. 나는 머리부터 거꾸로 미끄러져서 초우 할아버지의 문으로 들어가게 되었고, 문도 없고 창문도 없는 집 안에 떨어졌다.

하루는 초우 할아버지의 집 마룻바닥에 난 구멍으로 떨어져내렸다. 정신을 차려보니 한밤중의 정원이었고, 초우 할아버지가 고함 치는 소리가 들렸다. "내 뒷마당에 있는 게 누구냐?" 나는 그대로 달아났다. 그리고 곧 내가 식물들의 혈맥을 마구 밟아대고 있다는 사실을 알아차렸다. 나는 신호등처럼 색깔을 바꾸는 금어초들로 가득한 들판을 내달렸다. 마침내 네모난 모래놀이판이 줄지어 늘어서 있는 거대한 놀이터에 도착할 때까지 말이다. 각각의 모래놀이판 안에는 새 인형이 하나씩 들어 있었다. 그리고 거기 있지 않아도 내 마음을 훤히 들여다볼 수 있는 우리 엄마는 초우 할아버지에게 말했다. **저 애가 어떤 인형을 선택할지 알아요**. 그래서 나는 완전히 다른 인형을 고르기로 했다.

"저 애 좀 말려주세요! 못하게 하세요!" 엄마가 소리를 질렀다. 또다시 달아나려고 하는데, 초우 할아버지가 소리를 지르며 쫓아왔다. "엄마 말씀을 듣지 않으면 어떻게 되는지 봐라!" 그 말을 듣고 그만 뻣뻣하게 굳어버렸다. 너무 무서워서 어느 방향으로도 도망칠 수가 없었다.

다음 날 아침, 전날 밤 꿈에 있었던 일을 이야기하자 엄마는 웃으며 말했다. "초우 할아버지는 신경 쓰지 마. 그저 꿈일 뿐이야. 너는 그냥 엄마 말만 잘 들으면 돼."

나는 소리를 질렀다. "하지만 초우 할아버지도 엄마 말을 듣고 날 쫓아온 거라고요!"

그로부터 삼십 년이 넘게 흘렀건만, 엄마는 여전히 나에게 자기 말을 들으라고 한다. 테드와 이혼하겠다고 말하고 나서 한 달 뒤에 교회 장례식에서 엄마를 만났다. 고인이 된 차이나 메리 여사님은 아주 훌륭한 92세 여성이었다. 제일중국침례교회의 문턱을 드나드는 모든 아이의 대모님이 되어주셨다.

"너무 말랐구나." 내가 엄마 옆에 나란히 앉아 있을 때에 엄마가 안쓰럽다는 듯 말했다. "더 많이 먹어."

"전 괜찮아요." 나는 그렇게 말하며 정말 괜찮다는 뜻으로 미소 지어 보였다. "원래 저한테 항상 옷이 너무 꽉 낀다고 말씀하시지 않았어요?"

"더 잘 챙겨 먹어야 해." 엄마는 그저 그렇게 말하며 작은 스프링 공책 하나를 찔러주었다. 표지에는 손글씨로 '차이나 메리 찬의 중국 요리법'이라고 쓰여 있었다. 난민을 위한 장학 기금을 마련하기 위해 교회 문 앞에서 한 권에 5달러씩 받고 팔고 있었다.

오르간 음악이 그치고 목사님이 목을 가다듬었다. 그는 보통 목사가 아니었다. 내 기억 속 그는 내 동생 루크와 함께 야구 카드를 훔치곤 하던 윙이라는 이름의 조그만 남자아이이다. 그저 윙은 나중에 차이나 메리 여사님의 도움을 받아 신학교에 갔고, 내 동생 루크는 장물 카 스테레오를 팔다가 감옥에 갔을 뿐이다.

"여전히 그분의 목소리가 귓가에 생생합니다." 윙이 조문객들을 향해 말했다. "그분은 말했습니다. 하나님이 당신을 오성이 조화롭게 만드셨는데 만약 지옥불에 타게 된다면 부끄러운 일이라고요."

"이미 화장되었지." 엄마가 영정 사진이 놓여 있는 성단을 향해 고갯짓하며 무덤덤한 목소리로 말했다. 내가 도서관 사서들처럼 검지를 입술에 가져다대며 조용히 하라고 했지만, 엄마는 아랑곳하지 않았다.

"저게 우리가 산 거야." 엄마는 노란 국화와 빨간 장미 들을 엮어 만든 커다란 꽃가지를 가리키며 말했다. "34달러야. 전부 조화니까 평생 가겠지. 돈은 나중에 줘도 된다. 제니스랑 매튜도 얼마씩 나눠 냈어. 너 돈 있니?"

"네. 테드가 수표를 보내줬어요."

그때 목사가 모두 머리 숙여 기도하자고 했다. 엄마도 마침내 조용해졌다. "저는 그분을 볼 수 있습니다. 중국 요리와 쿵후 자세로 천사들의 탄성을 자아내는 모습을요." 목사가 말하는 동안 엄마는 크리넥스 휴지로 코를 훔쳤다.

그리고 사람들은 일제히 고개를 들고 다 함께 찬송가 335장을 불렀다. 차이나 메리 여사님이 생전에 가장 좋아하던 곡이었다. "저 천사와 같이 될 수 있네, 날마다 이 땅 위에…."

그러나 엄마는 따라 부르지 않고 나를 뚫어지게 바라볼 뿐이었다. "왜 네 남편이 너한테 수표를 보내?" 나는 계속 찬송가책을 들여다보며 따라 불렀다. "생명의 기쁨 찬란한 햇살을 주시네."

그리고 엄마는 스스로 대답하듯 조용히 말했다. "바람이 난 게로구나."

바람이라고? 테드가? 엄마의 터무니없는 단어 선택과 발상에 웃음이 나올 것 같았다. 냉담하고 과묵하고 털도 없는 테드가? 그는 오르가즘을 느낄 때도 숨소리조차 바뀌지 않는 사람이다. 그저 그가 "오, 오, 오." 끙끙거리며 겨드랑이를 긁고, 상대 여자의 가슴을 움켜쥐려 애쓰며 매트리스 위에서 튀어 오르고 비명을 지르는 모습이 그려질 뿐이었다.

그래서 나는 말했다. "아뇨. 그런 것 같진 않아요."

"왜 아니야?"

"제가 지금 왜 엄마랑 여기서 테드에 대해 이야기해야 하는 건지 잘 모르겠네요."

"너는 왜 그런 문제를 네 정신과랑은 이야기하면서 엄마한테는 입을 꾹 닫는 거냐?"

"정신의학과 의사겠죠."

"그래! 그, 정신과들 말이야!" 엄마는 스스로 정정하며 말했다. "엄마가 최고야. 엄마는 딸의 속에 든 것을 다 안다고." 그러는 엄마 목소리는 찬송가 소리보다도 컸다. "정신과에 가서 얘기해봤자 훌리후두[糊里糊涂]해질 뿐이야. 헤이몽몽[黑蒙蒙]한 것들만 보게 된다고."

집으로 돌아와서 엄마가 말한 것에 대해 생각해보았다. 그 말이 맞았다. 최근 나는 훌리후두해지기 시작했다. 그리고 나를 둘러싼 모든 것이 헤이몽몽해 보였다. 그것들을 영어로 뭐라고 표현해야 하는지는 한 번도 생각해보지 않았다. 뜻이 가장 가까운 단어를 찾자면 "혼란스러운(confused)" 그리고 "검은 안개(dark fog)" 정도가 아닐까 싶다.

그러나 실로 그 단어들이 의미하는 바는 그 이상이다. 아마 그것들을 번역하기란 좀처럼 쉽지 않을 것이다. 왜냐면 그것들은 오직 중국인의 피가 흐르는 사람들만이 느끼는 감각을 이르는 말이기 때문이다. 마치 초우 할아버지의 문으로 머리부터 거꾸로 떨어져 내린 뒤에 다시 돌아가는 길을 찾는 것처럼 말이다. 그러나 너무 무서운 나머지 감히 눈을 뜨지는 못하고 손과 무릎으로 어둠 속을 더듬어가며 어디로 가라고 일러주는 목소리에 귀를 기울이는 것이다.

테드만 빼고 거의 모든 사람과 이야기를 나눠본 것 같다. 나는 각 사람에게 다 다른 이야기를 들려주었지만, 그건 전부 사실이었다고 말할 수 있다. 적어도 그렇게 이야기하는 순간에는 그랬을 것이다.

웨벌리에게는 이렇게 말했다. 그가 나를 얼마나 아프게 할 수 있는지 알고서야 비로소 내가 그를 얼마나 많이 사랑하는지 깨달았다고. 나는 말 그대로 '육체적인 고통'을 느꼈다. 마치 누가 내 두 팔을 마취도 하지 않은 상태로 떼어내고는 다시 꿰매주지도 않는 듯한 고통이었다.

웨벌리는 말했다. "마취한 상태로 팔을 떼어내본 적은 있고? 주여, 네가 이렇게 히스테릭한 모습은 처음 봐. 내 생각을 듣고 싶은 거라면, 나는 네가 테드랑 헤어지는 게 낫겠다고 생각해. 지금 너는 그저 테드가 얼마나 지질한 인간인지 깨닫는 데 무려 십오 년이나 걸렸다는 사실이 뼈아픈 거야. 잘 들어봐, 나도 그게 어떤 기분인지 알아."

레나에게는 테드 없이 지내는 게 훨씬 좋다고 말했다. 일단 처음의 충격이 가시고 나자 내가 그를 조금도 그리워하지 않는다는 사실을 깨닫게 된 것이다. 그저 그와 함께 있을 때 내가 느꼈던 감정이 그리울 뿐이었다.

"그게 무슨 소리야?" 레나는 숨을 몰아쉬며 말했다. "너 우울했잖아. 그 사람 옆에 있으면 너는 아무것도 아니라 생각하게끔 가스라이팅당한 거라고. 그래서 지금도 그가 없으면 너는 아무것도 아니라고 생각하잖아. 나 같았으면, 유능한 변호사를 선임해서 챙길 수 있는 건 다 챙길 거야. 복수해야지."

내 정신의학과 주치의에게는 복수심에 사로잡혔다고 말했다. 나는 테드에게 전화를 걸어 저녁이나 먹자고 말하는 상상을 했다. 셀럽들이 많이 찾는 카페 마제스틱이나 로잘리스 같은 식당 말이다. 그리고 그가 전채 요리를 먹고 나서 기분 좋아지고 편안해진 그때, 이렇게 말하는 것이다. "그렇게 쉽진 않을걸, 테드." 그러고는 손가방에서 레나의 소품부에서 빌려 온 부두인형을 꺼낸다. 에스카르고 포크를 부두인형의 중요 부위를 향해 겨누고는 그 세련된 레스토랑 손님들 앞에서 큰 소리로 외칠 것이다. “테드, 넌 그냥 발기 불능 개새끼일 뿐이야. 네가 평생 그렇게 살게 해주마!” 그리고 **푸욱!**

그렇게 말하는데, 내 인생 최대 전환점의 절정에 다다른 기분이었다. 불과 이 주간의 상담만으로 나는 완전히 달라진 것이다! 그러나 주치의는 그저 손에 턱을 괴고 나를 심드렁하게 바라볼 뿐이었다. “아주 강렬한 감정을 경험하신 것 같아요.” 그가 졸린 눈으로 말했다. “다음 한 주 동안 그것들에 대해 좀 더 생각해 봅시다.”

더 이상 뭘 생각하자는 건지 알 수 없었다. 그다음 몇 주 동안 나는 내 삶을 목록화했다. 방과 방을 오가며 집 안에 있는 모든 물건의 사연을 기억해내려 애썼다.

내가 테드를 만나기 전에 모았던 것

1. 유리 수공예품
2. 마크라메 벽장식
3. 내가 직접 고친 흔들의자

신혼 때 둘이 함께 샀던 것: 커다란 가구 대부분

선물 받은 것

1. 유리 뚜껑이 달린 시계. 이제는 작동하지 않는다.
2. 사케 세트 세 개

3. 찻주전자 네 개

테드가 고른 물건

1. 서명이 있는 리소그라피들. 그 시리즈는 250종이 넘는데 25번 이상인 것은 하나도 없다.
2. 스튜번 크리스털 딸기 장식품들

내가 도저히 안 사고는 못 배길 것 같아 고른 장식품들

1. 벼룩시장에서 산 촛대들. 우리 집에는 어울리지도 않는데.
2. 구멍 난 앤티크 퀼트.
3. 독특한 모양의 유리병들. 연고나 향신료, 향품을 담는 데 쓰였을 것 같다.

테드에게 편지를 받았을 때 나는 서가의 도서 목록을 정리하고 있었다. 처방전 노트에 볼펜으로 급히 휘갈겨 쓴 그것은 편지라기보다는 쪽지에 가까웠다. **가위 표시가 있는 네 군데에 서명해.** 그러고는 파란색 만년필 글씨로 이렇게 덧붙였다. **이혼 절차가 완료될 때까지의 생활비로 수표를 보냄.**

그 쪽지는 이혼 서류에 일만 달러짜리 수표와 함께 동봉되어 있었다. 똑같은 만년필로 서명한 수표였다. 나는 고맙기는커녕 상처받았다.

왜 이혼 서류와 함께 수표를 보낸 거야? 왜 굳이 펜 두 개를 바꿔가며 썼지? 나중에 불현듯 수표를 보내야겠다는 생각이 든 걸까? 사무실에 앉아서 얼마나 보내야 할지 결정하기까지 시간은 얼마나 걸렸을까? 그리고 왜 하필 그 만년필로 서명한 거야?

지난해 크리스마스의 기억이 아직도 선하다. 테드는 조심스럽게 선물의 금박지 포장을 뜯고 트리 불빛에 비추어가며 만년필을 이모저모 천천히 살펴보았다. 그때 그의 눈에 떠올랐던 경탄. 그는 내 이마에 입 맞추며 말했다. "중요한 데 서명할 때만 쓸게." 그렇게 약속했었는데.

수표를 손에 쥔 채 지난날을 회상했다. 내가 할 수 있는 일은 소파 한 귀퉁이에 앉아 지끈지끈해 오는 두통을 느끼는 것뿐이었다. 나는 이혼 서류 위의 가위 표시들을, 처방전 종이 위에 쓰인 말들을, 두 가지 색 잉크를, 수표의 날짜와 그가 꼼꼼하게 덧붙인 글을 들여다보았다. **잔돈 없이 금 일만 달러 정**.

나는 조용히 앉아 내 마음의 소리에 귀 기울이려고 애썼다. 내가 올바른 결정을 내릴 수 있기를 바랐다. 하지만 이내 깨달았다. 나는 선택지가 무엇인지조차 모른다는 것을. 그래서 이혼 서류와 수표를 서랍 안에 넣어버렸다. 그 서랍은 내가 차마 내버리지 못했지만 한 번도 쓴 적은 없는 가게 쿠폰들을 넣어두는 곳이었다.

언젠가 엄마는 나에게 물었다. 너는 왜 매사에 항상 그리도 혼란스러워하느냐고. 그러면서 나는 목(木)이 없다고 했다. 사주에 나무가 없어서 귀가 너무 얇다는 것이다. 엄마 또한 한때 거의 그렇게 될 뻔했기 때문에 잘 안다고 했다.

"여자애는 어린 나무와 같아. 너는 반드시 당당하게 서서 네 곁에 있는 엄마 말을 잘 들어야 해. 그래야만 힘세고 올곧게 자랄 수 있는 거야. 남의 말을 듣다 보면 줄기가 휘고 유약한 나무가 된단다. 그런 나무는 한번 강풍이 불면 곧바로 쓰러져버려. 그다음에는 잡풀때기같이 되고 말겠지. 아무 방향으로나 막 자라며 땅 위를 내달리다가 다른 사람 손에 뽑혀 내던져지는 거야."

그러나 엄마가 그렇게 말했을 때는 이미 너무 늦은 뒤였다. 나는 벌써 휘어지기 시작한 것이다. 내가 학교에 들어갔을 때, 베리 선생님은 나를 비롯한 아이들을 줄 세워 이끌고 다니며 교실과 교실을 드나들고 이 복도 저 복도를 오르락내리락하며 외쳤다. "여러분, 나를 따라오세요!" 만약 말을 듣지 않는 아이가 있으면, 선생님은 허리를 숙이게 시키고는 자로 엉덩이를 열 대씩 때렸다.

나는 여전히 엄마 말을 잘 들었지만, 동시에 한 귀로 듣고 한 귀로 흘려버리는 법을 배웠다. 그리고 때로는 다른 사람의 생각으로 내 마음을 가득 채웠다. 전부 영어로 이루어진 생각들이었으니 내 안을 들여다볼 때면 엄마는 꽤나 혼란스러웠을 것이다.

오랜 세월에 걸쳐, 나는 가장 좋은 의견을 선택하는 법을 배웠다. 중국 사람들에게는 중국 사람의 의견이, 미국 사람들에게는 미국 사람의 의견이 있다. 그리고 거의 모든 경우에 미국 사람의 의견이 더 나았다.

거기에 심각한 결함이 있음을 알게 된 것은 나중의 일이다. 미국 사람의 의견에는 선택지가 너무 많아서, 듣는 사람은 혼란스러워하다가 잘못된 선택지를 고르기가 쉽다. 테드와의 관계에서 일어난 일이 꼭 그와 같다는 생각이 들었다. 생각하고 결정해야 할 것들이 너무 많았다. 각각의 선택지는 곧 다른 방향으로의 국면 전환을 의미했다.

이 수표만 해도 그렇다. 나는 궁금했다. 테드가 지금 머리를 굴리고 있는 건가? 내가 순순히 포기하고 이혼을 받아들이도록 말이다. 만약 내가 이 수표를 찾는다면, 나중에 그게 위자료였다고 말할지도 모른다. 그렇게 생각하다가, 또 약간 감성적이 되어 아주 잠깐이었지만 그런 상상을 하기도 했다. '*그*가 나에게 일만 달러를 보낸 것은 나를 진정으로 사랑하기 때문인지도 몰라. 내가 그에게 얼마나 큰 의미인지 자기만의 방식으로 말해주는 거지.' 그에게 일만 달러쯤은 껌값이며, 그러니 나 또한 그에게 아무것도 아니라는 사실을 깨닫게 될 때까지 그랬다.

이제 이 괴로운 상황에 종지부를 찍고 이혼 서류에 서명해야 한다고도 생각했다. 쿠폰 서랍에서 이혼 서류들을 꺼내려던 참에, 새삼 이 집이 떠올랐다.

나는 이 집을 사랑한다. 커다란 오크나무 문을 열면 나타나는 현관은 스테인드글라스 창으로 둘러싸여 있다. 거실에 드는 햇살과 정면 응접실에서 바라보는 도시의 남쪽 풍경, 테드가 심은 허브와 꽃이 가득한 정원. 그는 주말마다 정원을 돌보곤 했다. 초록색 고무판 위에 무릎 꿇고 앉아 이파리 하나하나를 열심히 살폈다. 마치 손톱에 매니큐어라도 칠하는 것처럼 말이다. 그는 식물들을 여러 개의 화판에 각각 나누어 심었다. 튤립을 다년생 식물과 섞어 심어서는 안 되었다. 레나가 잘라준 알로에 베라는 어디에도 들어갈 수가 없었다. 함께 심을 다른 다육식물들이 없었기 때문이다.

창밖에 칼라 백합이 쓰러져 갈색으로 말라붙은 것이 보였다. 데이지는 제 무게에 못 이겨 뭉개졌고, 상추에는 씨가 맺혔다. 화판 사이사이로 난 판석 보도 위에는 잡초들이 자랐다. 무심했던 지난 몇 달 동안 모든 것이 제멋대로 자라난 것이다.

정원에 대해서는 완전히 잊어버리고 있다가 이제 와 그 상태를 보니 언젠가 포춘쿠키 안에 들어 있던 운세가 생각났다. **남편이 정원 돌보기를 그만두었다면, 뿌리를 들어내야겠다고 생각하고 있는 것이다.** 테드가 마지막으로 로즈마리를 쳐냈던 게 언제였더라? 화단에 살충제를 쳤던 것은?

나는 재빨리 정원 창고로 가 살충제와 제초제를 찾았다. 마치 병 안에 남아 있는 용액의 양과 사용 기한 같은 것들이 지금 내 삶에 벌어지고 있는 일들에 대한 단서라도 줄 것처럼 말이다. 그러나 나는 이내 그만두었다. 누가 내 모습을 지켜보며 비웃고 있는 것만 같았다.

집으로 돌아와서 이번에는 변호사에게 전화를 걸고자 했다. 그러나 다이얼을 누르려다 말고 혼란스러워져서 그만 수화기를 내려놓았다. 뭐라고 말할래? 이 이혼에 대해서 뭘 원하는지 알기나 해? 결혼할 때도 내가 이 결혼을 통해 무엇을 얻고 싶은 건지를 몰랐는데?

다음 날 아침까지도 나는 내 결혼에 대해 생각하고 있었다. 테드의 그림자 안에 살아간 십오 년 세월. 침대에 누워 눈을 질끈 감고 있는 나는, 가장 단순한 결정조차도 내릴 수가 없을 것 같았다.

꼬박 삼 일을 침대에 누운 채 보냈다. 화장실에 가거나 치킨 누들 스프 통조림을 데울 때 빼고는 자리에서 일어나지 않았다. 나머지 대부분의 시간은 수면제를 집어삼키고 잠을 잤다. 테드가 약장 구석에 남겨두고 간 것이었다. 처음에는 아무 꿈도 꾸지 않았다. 그저 어둠 속으로 부드럽게 떨어져 내렸다는 기억뿐이다. 그 어떤 공간감이나 방향감도 느껴지지 않았다. 이 어둠 속에는 나뿐이었다. 매번 잠에서 깰 때마다 나는 수면제를 한 알 더 삼키고 다시 그 어둠 속으로 되돌아갔다.

그러나 나흘째에는 악몽을 꿨다. 어둠 속에서 목소리가 들려왔다. 초우 할아버지였다. 모습은 보이지 않았고 오직 목소리뿐이었다. 할아버지는 나를 찾아내서는 땅에 짓뭉개버리겠다고 으름장을 놓았다. 종을 울리며 나를 향해 다가오는데, 종소리가 커져감에 따라 할아버지가 점점 가까워 오고 있음을 알 수 있었다. 소리 지르지 않으려고 숨을 참았지만, 종소리는 커지고, 또 커지고, 계속 커져만 갔다.

깜짝 놀라 깨어났을 때는 전화 벨이 울리고 있었다. 한 시간은 족히 울렸을 전화의 수화기를 집어들었다.

"이제 일어났구나. 너네 집에 남은 음식 좀 가져다주려고."

엄마였다. 그 말이 마치 지금 나를 다 볼 수 있다는 소리처럼 들렸다. 그러나 방 안은 어두웠고 커튼은 굳게 닫힌 채였다.

"어… 엄마, 지금은 좀 곤란해요. 바빠서요."

"뭐 얼마나 바쁘길래 엄마 얼굴도 못 봐?"

"약속이 있어요…. 정신의학과 의사랑요."

엄마는 얼마간 침묵하더니, 특유의 처량한 목소리로 말했다. "왜 네 생각을 주장하지 못하냐? 왜 네 남편에게는 말하지 못하는 거냐고?"

그 말을 듣자 진이 다 빠지는 듯했다. "엄마, 제발요. 제발 더는 저한테 가정을 지키라고 말씀하지 마세요. 이미 저 충분히 힘들어요."

"가정을 지키라는 게 아냐." 엄마가 정정하듯 말했다. "그저 네 생각을 똑바로 말해야 한다는 거야."

전화를 끊었는데, 다시 전화가 울렸다. 정신의학과 접수원에게서 걸려 온 전화였다. 오늘 아침 진료를 놓친 것이다. 이미 이틀 전에도 한 번 그랬다. 내가 진료 예약을 다시 잡고 싶은 걸까? 나는 일정을 확인한 후 다시 전화하겠다고 말했다.

그로부터 오 분 뒤 다시 전화가 울렸다.

"어디 갔었어?" 하는데 몸이 떨려 왔다. 테드였다.

"밖에."

"지난 사흘 내내 전화했는데. 심지어 전화 회사에 회선을 확인해달라고 부탁까지 했어."

그가 그렇게 한 것은 나를 걱정해서가 아니라 무언가 원하는 것이 있었기 때문임을 안다. 그는 누군가 자기를 기다리게 하면 조급해하고 짜증스러워진다.

"벌써 이 주째인 거 알지?" 짜증이 완연한 목소리였다.

"이 주라니?"

"수표를 찾지도 않았고 이혼 서류도 회신하지 않았어. 나는 좋게 마무리하고 싶어, 로즈. 내가 서류 절차 대행인을 구할 수도 있었다는 걸 알잖아."

"그래?"

그러자 테드는 곧장 본론으로 들어갔는데, 그건 내가 여지껏 상상한 그 어떤 끔찍한 경우보다도 더 비열한 이야기였다.

그는 내가 이혼 서류에 서명하여 회신하기를 원했다. 그는 집을 갖기를 원했다. 모든 절차가 최대한 빨리 끝나기를 바랐다. 왜냐면 다른 사람과 재혼할 생각이었기 때문이다.

나도 모르게 헉 소리가 나왔다. "지금 다른 사람이랑 바람을 피우고 있었다고 말하는 거야?" 너무 모욕적이라 거의 울기 직전이었다.

그리고 몇 달 만에 모든 것이 분명해졌다. 모든 의문점이 사라졌다. 선택지 같은 것도 없었다. 나는 그저 멍할 뿐이었다. 하지만 한편으로는 홀가분했고, 더 이상 거칠 게 없다 싶었다. 누가 내 머리 꼭대기에 서서 웃어대는 기분이었다.

"뭐가 그렇게 웃겨?" 테드가 화난 목소리로 말했다.

"아, 미안. 나는 그냥…." 나는 낄낄거리다가 웃음을 참아보려고 갖은 애를 다 썼지만, 미처 가다듬지 못한 호흡이 코로 새어나가며 우스꽝스러운 소리가 났고, 그 바람에 더 크게 웃어버리고 말았다. 이후 이어진 테드의 침묵은 더더욱 우스웠다.

나는 웃느라 헐떡거리면서도 다시 차분한 목소리로 말해보려고 노력했다. "테드, 미안. 들어봐…. 나는 당신이 일 끝나고 여길 한번 들르는 게 좋을 것 같아. 우리 얘기 좀 해." 어쩌자고 이런 말을 하는지 스스로도 알 수 없었지만, 그게 맞다는 생각이 들었다.

"할 얘기 없어, 로즈."

"알아." 그렇게 말하는 내 목소리가 어찌나 차분하던지 스스로도 놀랐다. "그냥 당신한테 보여주고 싶은 게 있어. 걱정 마. 이혼 서류는 준비해둘 테니까. 내 말 믿어."

아무 계획도 없었다. 나중에 그가 오면 뭐라고 말할 것인지도 몰랐다. 그저 이혼하기 전에 테드가 나를 한 번 더 만나주기를 바랐을 뿐이다.

결국 내가 그에게 보여준 것은 정원이었다. 그가 도착할 무렵에는 늦은 오후의 여름 안개가 내렸다. 내 바람막이 호주머니 안에는 이혼 서류가 들어 있었다. 스포츠 재킷 차림의 테드는 엉망이 된 정원을 보고는 진저리를 쳤다.

"완전히 엉망이 됐네." 테드가 말했다. 그는 보도 위를 구불구불 덮으며 자라다가 바짓단에 엉겨붙은 블랙베리 줄기를 털어내려 애쓰고 있었다. 머릿속으로는 정원을 원상복구하려면 얼마나 걸릴지 가늠해보고 있을 것이다.

"나는 이대로가 좋은데." 너무 많이 자라버린 당근의 윗 부분을 토닥이며 말했다. 그 주황색 머리는 마치 이제 막 태어나려는 것처럼 땅을 밀고 올라오고 있었다. 나는 이어 잡초들을 향해 시선을 주었다. 그중 얼마는 테라스의 갈라진 틈 안팎에 뿌리를 내렸다. 집의 한편에 붙박여 자라는 녀석들도 있다. 그리고 그보다 많은 잡풀이 느슨해진 지붕널에 몸을 숨기고는 지붕을 향해 올라가고 있었다. 그것들이 일단 한번 석재에 뿌리를 내려버리면 무슨 수를 써도 뽑아낼 수 없다. 건물 전체를 허물어버리는 것 밖에는.

테드는 땅바닥에서 자두들을 주워서 울타리 너머 이웃집 마당으로 던져버렸다. 마침내 그가 입을 열었다. "서류는 이뎠어?"

내가 서류를 건네자 그는 그것을 재킷 안주머니에 챙겨 넣었다. 그가 나를 보았고 나는 그의 눈을 들여다보았다. 내가 한때 자상하고 든든하다 착각했던 그 모습. 그가 말했다. "지금 당장 집을 비워줘야 하는 건 아냐. 지낼 곳을 찾는 데 적어도 한 달은 걸리겠지. 나도 알아."

"지낼 곳은 이미 정했어." 나는 빠르게 말했다. 바로 그 순간 내가 어디서 살아야 할지 알았던 것이다. 그는 놀랐다는 듯 눈썹을 치켜올리더니 미소지었다. 하지만 그것도 아주 잠깐이었다. 내가 바로 이어 말했기 때문이다. "바로 여기."

"그게 무슨 소리야?" 그가 날카롭게 말했다. 눈썹은 여전히 치켜올라가 있었지만, 미소는 사라졌다.

그래서 다시금 일러주었다. "계속 이 집에서 살 거라고."

"누구 맘대로?" 그는 가슴께에 팔짱을 낀 채 눈을 가늘게 뜨고 내 얼굴을 뚫어져라 살폈다. 그가 그런 눈으로 나를 볼 때마다 나는 겁에 질려 말을 더듬곤 했다.

하지만 이제는 아무 감정도 없었다. 두렵지도 않았고, 화가 나지도 않았다. "내 마음대로지. 내가 여기 살 거라고 말하잖아. 이제 이혼 서류를 넘겼으니까 내 변호사도 그렇게 이야기할 거야.

테드는 이혼 서류를 꺼내서 들여다보았다. 가위표를 쳐둔 공란들은 여전히 비어 있었다. "무슨 생각이야? 뭐 하자는 거냐고?" 그가 말했다.

그 순간 내 몸속을 타고 올라 입 밖으로 빠져나온 대답은 그 무엇보다도 중요한 말이었다. "나를 당신 삶에서 쉽게 뽑아 내팽개쳐버릴 수는 없을 거야."

마침내 나는 내가 원하던 것을 보았다. 혼란스러운 듯하다가 이내 두려움에 사로잡히는 그의 두 눈. 그는 훌리후두한 상태였다. 내 말의 힘이란 그만큼 강력한 것이었다.

그날 밤 꿈을 꾸었다. 꿈속에서 나는 초우 할아버지의 정원을 배회했다. 나무와 덤불들은 이슬에 촉촉히 젖어 있었고, 저만치 떨어진 곳에 초우 할아버지와 엄마가 서 있었다. 두 사람은 주위를 에워싼 안개 속을 휘저으며 바삐 움직이는가 싶더니, 허리를 숙이고 어느 화판 하나를 들여다보았다.

"저기 내 딸이 있네요!" 엄마가 소리쳤다. 초우 할아버지는 나를 보고 미소 지으며 손짓했다. 엄마를 향해 걸어가 보니, 엄마는 마치 아기라도 돌보는 것처럼 무언가의 위를 맴돌고 있었다.

"봐." 엄마가 활짝 웃었다. "엄마가 오늘 아침에 심은 거야.

일부는 너를 위해서, 또 다른 일부는 나를 위해서."

헤이몽몽한 가운데, 엄마가 심은 잡초는 이미 화판을 벗어나 온 땅의 사방천지를 향해 거침없이 내달리며 퍼져 나가고 있었다.

최고로 좋은 것

징메이 우의 이야기

다섯 달 전, 음력 설을 기념하여 게 요리를 먹었던 저녁에 엄마는 나에게 목걸이를 주었다. 내 생을 소중히 여기라면서. 금줄에 옥으로 만든 펜던트가 달린 목걸이였다. 나였다면 그런 펜던트를 돈 주고 사지는 않았을 것이다. 크기가 거의 내 새끼손가락만 했고, 녹색과 흰색이 얼룩덜룩하게 섞인 위에 정교한 조각이 새겨져 있었다. 내 눈에는 그것들이 주는 전체적인 인상이 좋아 보이지 않았다. 너무 크고, 너무 초록색이고, 너무 화려했다. 그래서 그 목걸이를 보석함에 넣어두고는 그대로 잊어버리고 말았다.

하지만 근래 들어 나는 내 '생의 중요성'에 대해 생각하기 시작했다. 그게 무슨 뜻인지 궁금하다. 엄마는 세 달 전, 내 서른여섯 번째 생일을 육 일 앞두고 돌아가셨다. 엄마만이 내 질문에 답해줄 수 있는 유일한 사람이었다. 내게 생의 중요성에 대해 알려주고, 내가 나의 슬픔을 이해하도록 도와줄 수 있는.

이제 나는 매일 그 목걸이를 한다. 그 조각들에는 뭔가 의미가 있으리라는 생각이 든다. 그 모양과 각각의 요소가 중국 사람들에게는 항상 무언가 의미를 갖는 듯했기 때문이다. 나는 그들이 말해주기 전까지는 그것들을 알아채지도 못했다. 린도 아줌마나 안메이 아줌마 혹은 다른 중국 친구들에게 물어볼 수 있다는 것은 나도 안다. 하지만 그들이 말해주는 의미는 엄마가 나한테 들려주고 싶었던 바와는 다를 것이다. 그들이 이 곡선이 이루는 세 개의 타원은 석류를 상징한다고, 엄마가 내게 자식 복이 있기를 바랐던 거라고 말해주었는데, 사실 엄마는 그것을 순결과 정직을 상징하는 배나무 가지라고 생각했으면 어쩌나? 아니면 신비한 산에서 일만 년 동안 떨어져 내린 물방울들일지도 모른다. 내 삶의 방향을 잡아주고 천년의 영화와 불로장생을 가져다주는.

항상 그런 생각에 골똘해 있었기 때문인지, 다른 사람들이 똑같은 옥 목걸이를 하고 있으면 항상 알아챌 수 있었다. 납작한 사각형 메달 모양, 가운데 구멍이 있는 둥근 백옥, 내 것처럼 2인치 정도 되는 길쭉한 모양의 밝은 청사과색 펜던트도 있었다. 그건 마치 우리 모두가 똑같은 비밀 약속을 맹세한 것 같았다. 너무 비밀이라 심지어 우리들 자신도 스스로 무엇에 속해 있는지 모르는 것이다. 지난 주말에 옥 목걸이를 하고 있는 바텐더를 보았다. 나는 손가락으로 내 목걸이를 가리켜 보이며 물었다. "당신은 어디서 구한 거예요?"

그는 말했다. "엄마가 주셨어요."

"왜요? 왜 주신 건데요?" 다소 참견이 지나치다 싶은, 오직 중국 사람이 다른 중국 사람에게만 물어볼 수 있는 그런 질문이었다. 수많은 백인 속에서 만난 중국계 두 사람은 이미 가족과도 같았으니까.

"이혼하고 난 뒤에 주셨어요. 제 생각에 아마 엄마는 너는 여전히 소중한 사람이라고 말씀하시고 싶었던 게 아닐까 싶어요."

추측하는 듯한 목소리에서 나는 그 또한 펜던트의 진짜 의미는 모른다는 사실을 알았다.

작년 음력 설 저녁 만찬을 위해 엄마는 게를 열한 마리 준비했다. 한 사람당 하나씩 돌아가게 하고도 한 마리 더 여유를 두었다. 엄마와 나는 스톡턴 스트리트의 차이나타운에서 그것들을 샀다. 거기까지 가려면 부모님 집에서 가파른 언덕을 내려가야 했다. 부모님은 캘리포니아 근처의 리븐워스에 있는 자기 명의의 육층 건물 일 층에 사셨다. 내가 카피라이터로 일하는 작은 광고 회사에서 여섯 블록 거리 정도밖에 안 되었기에 일을 마치고 한 주에 두세 번 정도는 부모님 집에 들렀다. 엄마는 언제나 식사를 넉넉히 준비해두고는 저녁을 먹고 가라고 했다.

그해 음력 설은 목요일이었다. 그래서 나는 일찍 퇴근해서 엄마랑 같이 장을 보러 갔다. 엄마는 71세였지만, 여전히 걸음이 힘찼고 작은 몸은 꼿꼿하고 강단이 있었다. 엄마가 알록달록한 꽃무늬 장바구니를 들고 앞장서 걷고, 나는 쇼핑 카트를 끌고 그 뒤를 따랐다.

함께 차이나타운에 갈 때마다, 엄마는 항상 동년배의 중국계 아주머니들을 가리키며 말하곤 했다. 짙은색 밍크 코트를 잘 차려입고 검은 머리를 완벽하게 손질한 여자들을 보면서는 이렇게 말했다. "홍콩 여자들이구만." 그리고 뜨개 모자를 쓰고 솜을 넣은 누비 상의와 남자 조끼를 입은 채 몸을 웅숭그리고 있는 여자들을 지나치면서 말했다. "광둥 사람들이야. 시골뜨기들이지." 그리고 우리 엄마, 밝은 파란색 폴리에스테르 바지에 빨간 스웨터를 입고 초록색 아동용 오리털 점퍼를 걸친 우리 엄마는… 어느 쪽으로도 보이지 않았다. 엄마는 1949년에 미국에 왔다. 1944년 구이린에서 시작한 기나긴 여정 끝의 일이었다. 엄마는 충칭을 향해 북쪽으로 갔고, 그곳에서 우리 아빠를 만났다. 두 분은 함께 남서쪽 상하이로 갔고, 거기서 한참 남쪽에 있는 홍콩으로 달아났다. 그리고 샌프란시스코로 가는 배를 탔다. 그러니 우리 엄마는 아주 여러 지방에서 온 셈이다.

엄마는 내리막길을 걸으면서 걸음에 맞춰 씩씩거리며 불평을 늘어놓았다. "싫어도 방도가 없어." 또다시 이 층 세입자들에 대하여 열을 올리는 것이다. 이 년 전, 엄마는 중국 친척들이 살러 온다는 핑계를 대며 그들을 내보내려고 했다. 그러나 그들은 그 말이 임대 규제를 피하려는 계책임을 간파하고는, 엄마가 친척들을 데려오기 전까지는 안 나가겠다고 버텼다는 것이다. 그 뒤로는 엄마가 그들이 또 무슨 짓을 저질렀는지 하소연하는 말을 귀에 딱지가 앉도록 들어야 했다.

엄마는 머리가 희끗한 그 집 남자가 쓰레기를 너무 많이 버린다고 했다. "쓰레기 값이 너무 들어."

그리고 아주 고고한 예술가 타입인 그 집의 금발 여자는 추정하건대 집 안을 온통 끔찍한 빨간색과 초록색으로 칠해놓은 모양이었다. "도저히 못살겠다. 그 인간들은 또 목욕을 하루에 두세 번씩 해요. 물을 아주 콸콸콸콸콸 틀어놓고서 도무지 잠글 줄을 몰라!" 엄마가 탄식했다.

"지난 주에는 말이다." 매 걸음마다 분노가 격앙되는 듯했다. "그 바이종렌이 나를 고발했지 뭐냐?" 엄마는 모든 백인을 바이종렌이라 칭했다. 외국인이라는 뜻이었다. "뭐 내가 생선에 독을 넣어서 고양이를 죽였다나?"

"무슨 고양이요?" 나는 어떤 고양이를 말하는지 알면서도 물었다. 덩치가 크고 귀가 한쪽뿐인 회색 줄무늬 수고양이였다. 전에 아주 자주 보았던 것이다. 녀석은 엄마 주방의 바깥 창턱 위로 훌쩍 뛰어오르는 법을 터득했다. 까치발을 들고 서서 창문을 탕탕 두드리며 녀석을 겁줘서 쫓아보내려 하는 엄마 모습이 눈앞에 생생히 그려졌다. 고양이는 굴하지 않고 제자리에 딱 버티고 서서 엄마를 향해 하악질을 해댔을 것이다.

"그놈의 고양이. 언제나 꼬리를 빳빳이 쳐들고는 우리 집 문 앞에서 고약한 냄새를 풍겨댔지."

한번은 엄마가 물이 펄펄 끓는 냄비를 들고 계단참에서 녀석을 뒤쫓는 것을 보았다. 나는 정말로 엄마가 생선에 독을 넣은 거냐고 물어보고 싶었지만, 절대 엄마와 척을 져서는 안 된다는 것을 알았다. 그래서 대신 이렇게 물었다.

"그래서 그 고양이는 어떻게 됐어요?"

"가버렸지! 사라졌어!" 엄마는 허공을 향해 손짓하며 미소지었다. 아주 잠깐 기뻐 보였지만 이내 도끼눈을 떴다. "그 집 남자가 그 못생긴 주먹을 이렇게 쳐들어 보이면서 말이다, 글쎄 나더러 악독한 푸젠 주인 여자라는 거야. 나는 푸젠 사람이 아닌데 말이야. 흥! 뭣도 모르는 주제에!" 그러면서 엄마는 그에게 딱 알맞는 말을 했다는 듯 흡족해했다.

스톡턴 스트리트에서 우리는 최고로 싱싱한 게를 찾아 이 가게 저 가게를 돌아다녔다.

"죽은 건 사지 마라." 엄마가 중국말로 일러주었다. "거지도 죽은 건 안 먹는단다."

나는 게들이 얼마나 싱싱한지 보기 위해 연필로 쿡쿡 찔러보았다. 게가 집게발로 연필을 물면 그대로 들어 올려 바구니에 담았다. 그런 식으로 게 한 마리를 집어들었는데, 게 다리 하나가 다른 게에게 물려 있었다는 것을 뒤늦게 알아차렸다. 잠깐의 줄다리기 끝에 결국 그 다리는 떨어져 나가고 말았다.

"도로 넣어놔." 엄마가 속삭였다. "음력 설에 다리 떨어진 게를 먹으면 재수가 없어."

그러나 흰 앞치마를 입은 남자가 우리에게 다가왔다. 그는 광둥어로 엄마에게 뭐라고 크게 이야기하기 시작했다. 엄마도 떨어져 나간 게 다리를 가리키며 크게 맞받아쳤는데, 광둥어를 거의 못했기 때문에 그저 표준 중국어처럼 들렸다. 날카로운 말들이 몇 마디 더 오간 뒤, 게와 그 떨어진 다리는 우리 바구니에 담겼다.

"괜찮아." 엄마는 말했다. "열한 마리째였잖아. 우리 먹을 건 이미 샀고, 넉넉하게 한 마리 더 담으려고 했던 거니까."

집으로 돌아와 엄마는 신문지에 싼 게들을 풀어놓았다. 그것들을 찬물을 가득 채운 개수대에 쏟아 넣고, 오래된 나무 도마와 식칼을 꺼내 생강과 파를 썰었다. 그러고는 간장과 참기름을 얕은 접시 위에 부었다. 주방은 젖은 신문지와 중국 음식 냄새로 가득 찼다.

엄마는 등딱지를 잡고 게를 한 마리씩 개수대 밖으로 꺼내어 흔들어 깨우며 물기를 털었다. 게들은 개수대와 스토브 사이 허공 위에서 다리를 버둥거렸다. 엄마는 그것들을 다층 찜기 안에 차곡차곡 쌓아 넣고는 스토브의 양쪽 버너 위에 앉혔다. 그리고 뚜껑을 덮고 가스불을 켰다. 나는 더 이상 못 보겠어서 식당으로 나갔다.

여덟 살 때, 엄마가 내 생일 저녁 식사를 위해 게를 사 가지고 왔던 것이 기억 난다. 나는 그 게를 가지고 놀았었다. 게를 쿡 찌르고서는 녀석이 집게발을 뻗으면 그때마다 뒤로 쑥 빠지는 것이다. 그 게가 마침내 스스로 몸을 일으켜 주방 카운터 위를 걸어다니기 시작했을 때는 우리가 아주 잘 맞는 친구가 되었다는 생각이 들었다. 그러나 내가 새 반려동물의 이름을 정해주기도 전에 엄마는 게를 집어 찬물이 든 냄비에 넣고 키 높은 스토브 위에 올려놓았다. 물이 뜨거워지고 냄비에서 달그락 소리가 났다.

그 모습을 지켜보는 나는 점점 두려워졌다. 내 게가 자기 살을 우려 내는 뜨거운 육수 속에서 빠져나오려고 발버둥치는 소리였다. 그날, 내 게는 빨간 집게발을 보글보글 끓는 냄비 밖으로 뻗으며 비명을 질렀다. 그건 분명 내 비명 소리였을 것이다. 이제 게에게는 성대가 없다는 사실을 알기 때문이다. 또한 스스로를 납득시키려 노력하고 있다. 게들은 뜨겁게 목욕하는 것과 서서히 죽어가는 걸 구별하지 못할 거라고 말이다.

엄마는 설맞이 식사 자리에 오랜 친구인 린도 아주머니와 틴 종 아저씨를 초대했다. 따로 물어보지는 않았지만, 당연히 그 집 자식들까지 셈에 넣었다. 서른여덟 살 먹고도 아직 부모님 집에 사는 큰아들 빈센트, 그리고 내 또래의 딸 웨벌리. 빈센트는 자기 여자친구 리사 럼을 데려가도 되겠냐고 전화로 물어 왔다. 웨벌리도 자기 약혼자 리치 실즈를 데려오겠다고 했다. 그는 웨벌리와 같은 회사 프라이스 워터하우스에 근무하는 세무 변호사다. 먼젓번 결혼에서 얻은 네 살배기 딸 쇼샤나도 데려오겠다면서, 우리 부모님 집에 VCR이 있는지도 물었다. 만약 아이가 지루해하면 피노키오를 틀어줄 수 있도록 말이다. 엄마는 내 옛날 피아노 선생님인 총 영감님도 초대해야 한다고 했다. 그분은 여전히 우리의 오래된 아파트에서 세 블록쯤 떨어진 곳에 살고 있었다.

나랑 엄마, 아빠까지 포함해서 총 열한 명이었다. 하지만 엄마는 열 명이라고만 생각했는데, 쇼샤나는 어린아이라서 따로 염두에 두지 않은 것이다. 적어도 게 한 마리를 통째로 먹어야 할 것이라고는 여기지 않았다. 웨벌리는 그렇게 생각하지 않으리라는 건 전혀 예상 못했다.

김이 나는 게가 담긴 접시가 돌려졌을 때, 웨벌리가 제일 먼저 가장 좋은 게를 집어들었다. 가장 빛깔 좋고 통통한 게를 골라 딸아이의 접시에 올려주고는 그다음으로 좋은 것을 골라 리치의 접시에 놓아주고 자기도 좋은 것으로 하나 챙겼다. 그 애는 가장 좋은 것을 고르는 기술을 자기 엄마에게 전수받았을 것이다. 그러니 린도 아줌마도 자기 남편과 아들, 그 여자친구, 자기 자신을 위해 좋은 게를 골랐다는 건 자연스러운 일이다. 물론 우리 엄마도 남은 게 네 마리 중 가장 좋아 보이는 것을 골라 총 선생님께 드렸다. 선생님은 거의 아흔이 다 되셨기 때문에 그 정도 예우는 해드려야 했다. 그러고는 또 다른 좋은 것을 골라 아빠에게 주었다. 이제 남은 게는 두 마리였다. 빛바랜 오렌지색을 띤 커다란 게 한 마리와 다리 하나가 떨어져 나간 11번 게였다.

엄마가 접시를 내 앞으로 밀어주며 말했다. "집어라. 벌써 다 식었구나."

나는 사실 내 생일날 게가 산 채로 삶아지는 걸 본 뒤로 게 요리를 그다지 좋아하지 않게 되었지만, 마다할 수는 없었다. 그것이 중국계 어머니가 자식에 대한 애정을 보여주는 방식이니까. 포옹이나 입맞춤이 아니라 뜨거운 김이 오르는 만두나 오리 모래집, 게 따위를 먹으라고 엄히 권함으로써 사랑을 표현하는 것이다.

나는 다리가 떨어진 게를 집었다. 마땅히 그래야 한다고 생각했다. 그러나 엄마는 소리 쳤다. "아냐, 아냐! 큰 걸로 먹어라. 나는 다 못 먹어."

허기진 사람들이 허겁지겁 먹어대는 소리가 아직도 귀에 생생하다. 껍데기를 깨고 게살을 쫍쫍 빨아먹는 소리, 젓가락 끝으로 살점을 긁어내는 소리, 다들 그러고 있는 동안에도 혼자서만 조용한 우리 엄마. 엄마는 게의 등딱지를 슬며시 열어보고 냄새를 맡아본 뒤 그대로 접시를 들고 일어서 주방으로 향했다. 그걸 본 사람은 나뿐이었다. 다시 돌아왔을 때, 손에 게는 없었고 간장과 생강, 파가 든 그릇이 잔뜩 들려 있었다.

배가 차자 사람들은 대화를 나누기 시작했다.

"수위안!" 린도 아줌마가 엄마를 불렀다. "너는 뭐 그런 색을 입고 다녀?" 아줌마는 그렇게 말하며 집게발로 엄마의 빨간 스웨터를 가리켰다.

"너도 참 어떻게 여즉 그런 색을 입니? 젊은 사람들이나 입는 색이잖아!" 아줌마가 타박했다.

엄마는 마치 칭찬이라도 들은 것처럼 대꾸했다. "엠포리엄 캡웰에서 샀어. 19달러밖에 안 하더라. 내가 직접 뜨는 것보다 훨씬 저렴하지."

그러자 린도 아줌마는 고개를 끄덕였는데, 그 모습이 꼭 '색이 그 모양이니 당연히 그렇겠지'라고 말하는 듯했다. 그러더니 이번에는 그 집게발로 장차 사위가 될 리치를 가리키며 말했다. "이 사람 좀 보게. 중국 음식을 먹을 줄 모르는구만."

"게는 중국 음식이 아니에요." 웨벌리가 따지고 들었다. 나는 그 목소리가 이십오 년 전 우리가 열 살이던 때에 그 애가 나를 보고 말하던 목소리와 조금도 달라지지 않았다는 게 놀라웠다. **넌 천재가 아냐. 나랑은 달라.**

그러자 린도 아줌마는 자기 딸을 짜증스럽다는 듯 바라보았다. "뭐가 중국 음식이고 뭐가 중국 음식이 아닌지 네가 어떻게 아냐?" 그러고는 다시 리치를 향해 권위 있게 말했다. "자네는 왜 가장 좋은 부위를 안 먹는 거야?"

그러자 리치는 재미있다는 듯 미소 지었다. 불쾌한 기색은 전혀 없었다. 그는 꼭 접시 위에 있는 게와 똑같은 색깔이었다. 빨간 머리, 창백한 크림색 피부, 커다란 오렌지색 주근깨. 그가 히죽히죽 웃고 있으니 린도 아줌마는 제대로 먹는 법을 몸소 보여주었다. 아줌마가 젓가락을 주황색 스펀지 같은 부위에 찌르며 말했다. "여기를 파서 이거를 꺼내 먹어야 해. 골이 제일 맛있는 부위야. 해보게."

웨벌리와 리치는 역하다는 듯 서로 마주 보며 얼굴을 찡그렸다. 빈센트와 리사도 "아, 저건 좀…" 하고 수군거리더니 키득키득 웃었다.

틴 아저씨는 혼자만 아는 재미난 이야기라도 있다는 양 웃기 시작했다. 말을 꺼내면서 코를 킁킁거리고 허벅지를 철썩철썩 치는 모양으로 보아 한두 번 해보는 농담이 아닌 것 같았다. "내 딸아이한테 말했지. 야, 왜 가난하게 사냐? 부자(the rich)랑 결혼해!" 그러고는 크게 웃으며 옆에 앉은 리사를 쿡쿡 찔렀다. "무슨 말인지 알겠어? 자, 봐. 쟤는 여기 있는 이 남자, 리치랑 결혼할 거야. 내가 저 애한테 부자랑 결혼하라고 말했기 때문이라고."

"그래서 너희는 언제 결혼하니?" 빈센트가 물었다.

"내가 묻고 싶은 말이네요." 웨벌리가 받아쳤다. 빈센트가 이 질문을 무시해버리는 바람에 리사는 약간 무안해 보였다.

"엄마, 나 게 먹기 싫어!" 쇼샤나가 징징거렸다.

"머리 예쁘게 잘랐네." 식탁 건너편에서 웨벌리가 나에게 말했다.

"고마워. 데이비드는 머리를 참 잘한다니까."

"너 아직도 하워드 스트리트에 있는 그 남자네 다니는 거야?" 웨벌리가 한쪽 눈썹을 치켜올리며 물었다. "얘 좀 봐. 넌 불안하지도 않니?"

불길한 기운이 느껴졌지만 어쨌거나 대답은 했다. "불안하다니 무슨 소리야? 데이비드 실력은 언제나 훌륭하다고."

"내 말은, 그 사람 게이잖아. 에이즈에 걸렸을 수도 있어. 그 사람이 네 머리카락을 자르는 건 꼭 살아 있는 조직을 자르는 것과 같다고. 뭐 내 피해망상일 수도 있고 지나치게 간섭하는 걸지도 모르지만, 요즘 같은 때엔 조심해야지…."

그 말을 들으며 앉아 있는데 내 머리카락이 온통 병균으로 뒤덮인 듯한 기분이 들었다.

"내가 다니는 미용실에 가봐. 로리 씨라고 실력이 아주 환상적이야. 비록 네가 지금 내는 커트비보다 더 많이 받을지도 모르지만."

빽 소리를 지르고 싶었다. 하여간 이 계집애는 사람 무안 주는 데는 일가견이 있다. 가령 내가 세무 관련하여 간단한 질문이라도 할라치면 말을 빙빙 돌리곤 했다. 마치 나는 본인 상담비를 감당 못한다는 것처럼 말이다.

말하는 걸 들어보면 이런 식이었다. "나는 정말이지 사무실 밖에서는 중요한 세금 문제에 대해 이야기하고 싶지 않아. 내 말은, 네가 점심 먹으면서 가볍게 물어보면 나 또한 가볍게 조언할 수밖에 없어. 그런데 네가 그 말을 듣고 따르면 잘못된다는 거지. 네가 나한테 정확한 정보를 준 게 아니니까. 그러면 나는 마음이 많이 안 좋을 거야. 물론 너도 마찬가지겠지. 안 그러니?"

그날 저녁 식사 자리에서 내 머리를 두고 이러쿵저러쿵하는 것에 대해서는 나도 너무 화가 나서 웨벌리를 망신 주고 싶었다. 다들 보는 앞에서 그 애가 얼마나 쪼잔한지 폭로하는 것이다. 내가 프리랜서로서 그 애 회사를 위해 일해줬던 건을 가지고 맞서기로 했다. 회사의 세무 서비스를 소개하는 여덟 쪽짜리 브로슈어의 카피를 쓰는 일이었다. 청구서에 쓰인 지급일로부터 한 달이 넘게 지났는데도 여전히 작업비가 입금되지 않았다.

"어쩌면 로리 씨의 커트비를 감당할 수 있을지도 몰라. 누구네 회사에서 제때 입금만 해준다면." 나는 놀리는 듯한 미소를 머금고 말했다. 그 뒤 웨벌리의 반응은 재미있었다. 완전히 당황해서는 할 말을 잃어버린 것이다.

나는 참지 못하고 한마디 더 끼워넣었다. "이상한 일이잖아. 큰 세무 회사에서 작업비도 제때 지급 못한다면 말이야. 내가 진짜로 하고 싶은 말은, 웨벌리 너 도대체 제대로 된 회사에 다니고 있는 게 맞아?"

웨벌리의 얼굴이 어두워지더니 조용해졌다.

"야, 야, 얘들아. 싸우지들 마라!" 아빠가 말했다. 마치 우리가 아직도 세발자전거나 크레용을 두고 싸우는 어린아이인 것처럼.

"그래. 아저씨 말씀대로 그 얘기는 지금 하지 말자." 웨벌리가 조용히 말했다.

"요새 자이언트 팀은 좀 어떨 것 같아요?" 빈센드가 분위기를 띄우려는 듯 말했지만, 아무도 웃지 않았다.

하지만 이번만큼은 웨벌리가 빠져나가게 둘 생각이 없었다. "글쎄. 매번 내가 너한테 전화할 때마다 너는 얘기할 수 없다고 했잖아."

웨벌리는 리치를 바라보았다. 리치는 그저 어깨만 으쓱할 뿐이었다. 웨벌리는 다시 나를 보고는 한숨을 쉬었다.

"내 말 좀 들어봐, 준. 너한테 어떻게 이야기해야 할지 모르겠다. 우리 회사는, 음, 네가 쓴 카피를 채택하지 않기로 했어."

"거짓말하지 마. 아주 좋다고 네가 말했잖아."

웨벌리가 다시 한숨을 쉬었다. "그래, 그랬지. 네 마음을 상하게 하고 싶지 않았어. 네가 쓴 걸 어떻게 좀 고쳐서 써볼 수 있지 않을까 생각해봤는데, 잘되지 않았어."

그렇게, 나는 동요하기 시작했다. 마치 아무 예고도 없이 깊은 물속에 던져진 기분이었다. 절망적인 심정으로 질식해가고 있었다. 나는 말했다. "대부분의 카피는 수정이 필요해. 그러니까… 처음에는 완벽하지 않은 게 정상이라고. 내가 작업 과정을 좀 더 잘 설명했어야 하는데."

"준, 나는 그렇게 생각하지는…."

"수정 작업은 공짜야. 나도 그저 완벽한 카피를 내고 싶을 뿐이야."

웨벌리는 전혀 못 들은 사람처럼 말했다. "내가 회사 사람들을 설득하고 있어. 적어도 네가 쓴 시간에 대해서는 지불해야 한다고. 네가 카피 쓰는 데 공 많이 들인 거 알아…. 나도 책임이 있지. 내가 너에게 일을 맡겼으니까."

"어떻게 고쳤으면 하는지 말만 해줘. 내가 다음 주에 전화할게. 같이 한 줄 한 줄 살펴보자."

"아, 준… 그건 안 돼." 웨벌리가 차갑게 결론 지었다. "네 카피는… 세련미가 떨어져. 물론 네가 다른 고객에게 써주는 카피는 완벽할 거야. 하지만 우리는 큰 회사잖아. 우리는 우리 스타일을 알아주는 사람이 필요해." 그렇게 말하면서 그 애는 가슴에 손을 얹었다. 마치 자기 스타일에 대해 말하는 듯이.

그러고는 명랑하게 웃었다. "아니, 그러니까 있잖아 준." 그러고는 꼭 텔레비전에 나오는 아나운서처럼 줄줄 읊어 나가는 것이었다. "세 가지 이점, 세 가지 필요, 당신이 우리 서비스를 선택해야만 하는 세 가지 이유… 확실한 만족을 보장합니다… 오늘도 내일도 당신의 세무를…."

그 애가 어찌나 웃기게 말하던지 다들 재치 있는 농담 정도로 생각하고 웃음을 터뜨렸다. 더욱 나쁜 것은 엄마까지 웨벌리에게 이렇게 말한 것이다. "네 말이 맞아. 스타일을 가르칠 수는 없지. 준은 너처럼 세련되지 않아. 그냥 저렇게 타고난 거야."

이런 수치를 당하게 될 줄은 몰랐다. 나는 다시금 웨벌리에게 지고 말았고, 이제는 우리 엄마까지 나를 모욕한다. 나는 아랫입술을 힘겹게 끌어올리며 억지로 웃음지었다. 그 자리를 벗어날 구실을 찾다가 마치 상을 치우는 것처럼 내 접시를 집어들고 총 영감님의 것도 챙겼다. 눈물이 그렁그렁한 눈에 이 빠진 낡은 접시가 선명히 들어왔다. 내가 오 년 전에 새 접시 세트를 사 드렸는데, 왜 엄마는 그걸 쓰지 않나.

식탁 위는 널브러진 게 껍데기들로 지저분했다. 웨벌리와 리치는 담배에 불을 붙이고는 그들 사이에 있는 게 껍데기를 재떨이로 썼다. 쇼샤나는 피아노 근처를 서성거리다가 양손에 든 집게발로 건반을 두들겨댔다. 그사이 청력을 완전히 잃어버린 총 영감님은 쇼샤나를 향해 갈채를 보냈다. "브라보! 훌륭해!" 그 이상한 고함 소리 외에는 아무도 입을 열지 않았다. 엄마는 주방으로 들어가더니 여러 조각으로 자른 오렌지가 든 접시를 들고 돌아왔다. 아빠는 먹고 남은 게 껍데기를 쿡쿡 찔러댔다. 빈센트는 겸연쩍은 듯 큼큼 목을 두 번 가다듬고는 리사의 손을 토닥였다.

마침내 입을 연 사람은 린도 아줌마였다. "웨벌리, 다시 한 번 해보게 해줘. 네가 처음부터 너무 재촉했잖아. 제대로 할 수 없는 것이 당연하지."

사각사각. 엄마가 오렌지 씹는 소리가 들렸다. 내가 아는 사람 중 오렌지를 그렇게 씹어 먹는 사람은 엄마뿐이었다. 꼭 오렌지가 아니라 아삭아삭한 사과를 먹는 것 같았다. 그 소리를 듣고 있자면 차라리 이 가는 소리가 더 나을 것 같았다.

"좋은 결과물을 내려면 시간이 걸리지." 린도 아줌마가 고개를 끄덕이며 말했다.

"많이 노력해야 해." 틴 아저씨가 조언했다. "노력, 내가 좋아하는 말이지. 얘, 준아! 그거면 충분해! 제대로 하려면 말이야."

"아마 아닐 거예요." 나는 그렇게 말하고 미소 지으며 접시들을 싱크대로 날랐다.

그날 밤 부엌에 서서 스스로가 그리 대단한 존재가 아니라는 사실을 절감했다. 나는 카피라이터다. 나는 작은 광고 회사에서 일한다. 나는 새 고객들에게 매번 이렇게 약속한다. "우리가 귀사의 상품을 더 매력적으로 포장해드릴 수 있어요." 하지만 그 매력적인 포장이란 언제나 "세 가지 이점, 세 가지 필요, 우리 서비스를 선택해야만 하는 세 가지 이유" 같은 식이었다. 내가 다루는 상품은 항상 동축 케이블, T-1 다중 통신 장치, 프로토콜 변환기 따위였다. 나는 이처럼 작은 일을 성공시키는 것은 충분히 잘해낼 수 있었다.

설거지를 하기 위해 물을 틀었다. 더 이상 웨벌리에 대해 화도 나지 않았다. 그저 피곤하고 스스로가 한심하게 여겨졌다. 마치 추격자를 피해 여기까지 달려왔는데, 뒤를 돌아보니 막상 거기에는 아무도 없었던 것 같은 기분이었다.

나는 엄마의 접시를 집어들었다. 거의 저녁 식사를 시작하자마자 부엌으로 치워버렸던 접시다. 게에는 손도 대지 않았다. 나는 게 껍질을 들어 올리고 냄새를 맡아보았다. 어쩌면 내가 원래 게를 좋아하지 않아서인지도 모르겠지만, 무슨 문제가 있는지 알 수 없었다.

모두가 떠난 뒤 엄마가 주방으로 왔을 때 나는 그릇들을 정리하고 있었다. 엄마는 차를 끓이기 위해 물을 올려놓고 주방의 조그만 탁자 앞에 앉았다. 엄마가 곧 나를 꾸짖을 거라고 생각했다.

"잘 먹었어요, 엄마." 나는 예의 바르게 말했다.

"그다지 좋지 않았어." 엄마가 이쑤시개로 이를 쑤시며 말했다.

"엄마 게에 무슨 문제가 있었어요? 왜 안 드셨어요?"

"그다지 좋지 않았어." 엄마는 재차 말했다. "죽은 게였지. 심지어 거지도 안 먹을 거다."

"그걸 어떻게 아세요? 이상한 냄새는 안 나던데요."

"요리하기 전에 확인했으니까!" 이제 엄마는 자리에서 일어나 부엌 창밖 어둠 속을 바라보았다. "요리하기 전에 잡아서 흔들어봤는데, 다리가 축 늘어지더라. 입은 헤 벌어지고. 꼭 죽은 사람처럼 말이야."

"그럼 왜 굳이 죽은 걸 요리하셨어요?"

"방금 막 죽은 건지도 모른다고 생각했지…. 근데 받아보니 상한 냄새가 나고 살도 흐물흐물하더라."

"만약 다른 사람이 그 게를 골랐으면 어쩌려고 그러셨어요?"

엄마는 나를 보며 미소 지었다. "너나 그 게를 집겠지. 다른 사람들은 아무도 안 집어. 나는 이미 그걸 알고 있었어. 사람들은 전부 최고로 좋은 것만 찾는단다. 하지만 너는 다르게 생각하잖아."

엄마는 그게 무슨 증거라도 된다는 것처럼 말했다. 좋은 것에 대한 증거 말이다. 엄마가 하는 말은 언제나 말이 되지 않았는데, 좋다는 뜻으로도 나쁘다는 뜻으로도 들렸다.

마지막 남은 이 빠진 접시들을 정리하는데 불쑥 생각 나서 물었다. "엄마, 왜 제가 사드린 새 접시들은 안 써요? 마음에 안 드셨으면 말씀하시지. 제가 가서 바꿔 올 수 있었잖아요."

"마음에 안 들긴 왜 안 들어? 당연히 마음에 들지." 엄마가 약간 귀찮다는 듯 말했다. "나는 때때로 좋은 것을 생각할 때면 그걸 아껴두고 싶어져. 그러고는 내가 그걸 고이 모셔두었다는 걸 까먹는 거지."

그러더니 불현듯 생각났다는 듯 하고 있던 금목걸이를 끌렀다. 엄마는 그걸 손에 쥐더니 내 손을 잡았다. 이어 목걸이를 내 손바닥 위에 전해주고는 내 손가락을 잡아 그걸 꼭 쥐게 했다.

"엄마, 괜찮아요. 제가 이걸 어떻게 받아요."

"날라, 날라[拿啦]." **받아, 받아**. 엄마는 꼭 나를 야단치듯 말했다. 그러고는 계속 중국말로 이어갔다. "아주 오랫동안 너에게 주고 싶었던 거야. 봐, 나는 이걸 내 살갗 위에 차고 다녔어. 그러니까 너도 이걸 살갗 위에 차면, 내 뜻을 알 거야. 이게 네 삶의 중요성이야."

나는 목걸이를 들여다보았다. 밝은 초록색 옥 펜던트. 다시 돌려드리고 싶었다. 받고 싶지 않았던 것이다. 하지만 뭐랄까, 이미 그걸 삼켜버리고 만 기분이었다.

"오늘 일 때문에 주시는 거죠?" 겨우 말했다.

"무슨 일?"

"웨벌리가, 오늘 모인 사람들이 저한테 뭐라고 했는지 들으셨잖아요."

"체! 걔가 뭐라 하든 네가 왜 신경 써? 너는 왜 그 말을 곧이듣고 걔 뒤꽁무니만 쫓아다니려 해? 걔는 마치 이 게와 같아." 엄마가 쓰레기통에 든 게의 껍질을 쿡쿡 찌르며 말했다. "언제나 비뚤게 옆걸음을 치지. 너는 네 다리로 다른 길을 가면 되잖아."

나는 목걸이를 걸었다. 목에 닿는 감촉이 차가웠다.

"그다지 좋은 건 아냐. 그 옥 말이야." 엄마가 옥 펜던트를 어루만지며 무덤덤하게 말했다. 그러고는 중국말로 덧붙였다. "오래되지 않았거든. 지금은 아주 밝은 색이지만, 매일 하고 다니다 보면 색이 점점 깊어질 거다."

엄마가 돌아가시고 나서 아빠는 끼니를 잘 챙기지 않는다. 그래서 나는 아빠 밥을 차려드리려고 엄마 집 주방에 와 두부를 썰고 있다. 매운 비지 요리를 해드릴 생각이다. 엄마는 매운 음식이 원기를 북돋아준다고 말했었다. 하지만 내가 이 음식을 만드는 이유는 우리 아빠가 좋아하면서 내가 만들 줄 아는 요리이기 때문이다. 나는 생강과 파, 유리병을 열었을 때 코에 알싸하게 와닿는 붉은 칠리 소스 냄새를 좋아한다.

텅텅텅! 그때 머리 위 오래된 파이프관이 큰 소리를 내며 진동하더니 개수대에 흐르던 물줄기가 가늘어진다. 위층 세입자들 중 한 사람이 샤워를 하는 모양이다. 엄마가 불평하던 말이 떠오른다. "싫어도 방도가 없어." 이제야 엄마 말이 무슨 뜻이었는지 알 것 같다.

개수대에 서서 두부를 씻다가 소스라치게 놀란다. 갑자기 창문 앞으로 검은 형체가 뛰어들었기 때문이다. 귀가 하나 달린 수고양이가 위층에서 내려온 것이다. 녀석은 창틀 위에서 균형을 잡으며 제 옆구리를 창문 유리에 비벼댄다.

나는 안도한다. 결국 엄마는 이 못된 고양이를 죽이지 않았구나. 그런데 이 고양이, 창문에 몸을 더욱 격렬하게 비벼대며 꼬리를 빳빳이 치켜세운다.

"야! 저리 가!" 나는 소리치며 손바닥으로 창문을 세 번쯤 쳐댄다. 그러나 고양이는 그저 눈을 가늘게 뜨고 하나뿐인 귀를 납작하게 내리더니, 나를 보고 하악질을 해대는 것이다.

서녘 하늘의 황태후

"오! 화이 덩시." **요 못된 것!** 여자가 갓 태어난 손녀를 놀리듯 말했다. "고렇게 계속 아무 이유 없이 웃으라고, 부처님이 가르쳐 주시던?" 아기는 까르륵 웃음을 그치지 않았고, 여자는 가슴 설레게 하는 깊은 소망을 느꼈다.

"만약 내가 영생을 살 수 있다 해도 너를 어떻게 가르쳐야 하는지는 모를 것 같아. 나도 한때는 아주 자유롭고 순수하던 시절이 있었지. 꼭 너처럼 아무 이유 없이 웃곤 했어.

하지만 뒤에 그 어리석은 순진함을 벗어버렸지. 나 자신을 지키기 위해서였어. 내 딸, 그러니까 네 어미에게도 그렇게 가르쳤어. 상처받지 않으려면 순진함 따위는 집어치우라고.

화이 덩시, 이런 내 생각이 잘못되었니? 만약 이제 내가 다른 사람들에게서 사악한 면모를 발견한다면, 그건 나 또한 잘못

되고 있다는 뜻이 아닐까? 또 '저 사람은 코가 좋네' 생각한다면, 그건 나 또한 그 고약한 냄새를 맡았다는 거잖아?"

아기는 할머니의 탄식을 들으며 연방 방실방실 웃었다.

"오! 오! 뭐라고? 왜 자꾸만 공연히 웃는가 하였더니, 그건 네가 이미 영겁의 세월을 몇 차례나 살아보았기 때문이라고? 네가 서녘 하늘의 황태후 시 왕 무라고? 이제 내 질문에 답을 주러 온 거라고… 좋아, 좋아, 어디 들어보자.

고맙습니다, 꼬마 태후 마마. 그리고 반드시 제 딸에게도 가르쳐주셔야 해요. 순수함을 잃더라도 희망만은 잃지 않는 방법을, 영원히 웃을 수 있는 방법을요."

까치들

안메이 슈의 이야기

어제 딸이 나에게 말했다. "이 결혼은 끝났어요."

이제 그 애가 할 수 있는 일은 추락하는 대로 지켜보는 것뿐이다. 정신과 소파에 누워서 수치심에 힘겨운 눈물을 흘리겠지. 아마 그 애는 계속 거기 누워 있을 것이다. 더 이상 떨어질 데가 없을 때까지, 흘릴 눈물조차 남지 않아 바싹 말라 비틀어질 때까지.

딸은 내게 소리 질렀다. "선택의 여지가 없어요! 해볼 수 있는 게 없다고요!" 그 애는 모른다. 말하지 않는 것조차 제 선택이라는 걸. 시도조차 해보지 않는다면, 자기 기회를 영영 잃어버리고 말 것이다.

이 사실을 아는 이유는 내가 중국인으로 자랐기 때문이다. **아무것도 바라지 마. 다른 사람들의 불행을 받아 삼키고, 네 괴로움은**

혼자 알아서 삭이는 거야.

내 딸에게는 그와 정반대로 가르쳤건만, 지금 그 애는 나와 같은 길을 가려 하고 있다! 어쩌면 이건 그 애가 내 뱃속에서 나왔기 때문인지도 모른다. 여자로 태어났기 때문인지도 모른다. 나는 우리 어머니의 배에서 여자로 나왔다. 우리는 마치 계단과 같다. 한 칸 위에 다음 칸이 이어진다. 위아래로 오르락내리락하더라도, 결국 한 길을 가는 것이다.

나는 마치 삶이 꿈인 것처럼 삼잠히 지켜보며 귀 기울이는 것이 어떤 일인지 안다. 더 이상 보고 싶지 않을 때는 눈을 감아버리면 된다. 하지만 더 이상 듣고 싶지 않을 때는 어떻게 하나? 육십 년도 더 된 일이지만, 나는 여전히 그날을 듣는다.

*

어머니가 처음 닝보에 있는 삼촌 집에 도착하셨을 때, 나는 그분이 그저 낯설기만 했다. 나는 아홉 살이었고, 여러 해 동안 어머니를 보지 못했던 것이다. 하지만 그분이 내 어머니라는 것은 알았다. 그분의 고통을 느낄 수 있었기 때문이다.

"저 여자는 쳐다도 보지 말아라." 숙모가 주의를 주셨다. "동쪽으로 흐르는 물줄기에 제 면을 다 닦아내버린 여자야. 조상의 얼을 완전히 잃어버렸어. 지금 네가 보는 건 부패한 살덩이에 지나지 않아. 아주 사악하고 뼛속부터 썩어들어갔지."

그 말을 듣고 어머니를 쳐다보았지만, 그리 사악해 뵈지는 않았다. 나는 나와 닮은 그 얼굴을 만져보고 싶었다.

물론 어머니가 이상한 외국 옷을 입고 계시긴 했다. 그러나 어머니는 숙모가 모욕을 퍼부었을 때도 맞서지 않으셨다. 삼촌이 어디서 감히 나를 오라버니라 부르냐며 뺨을 후려쳤을 때는 조용히 머리를 깊이 숙이셨을 뿐이다. 그리고, 할머니가 돌아가셨을 때는 애끓는 통곡을 터뜨렸다. 심지어 할머니는 그 옛날 어머니를 쫓아내버린 사람인데도 말이다. 할머니의 장례식을 끝마친 뒤에는 삼촌의 말을 따라 톈진으로 돌아갈 준비를 하셨다. 어머니는 수절하기를 그만두고 부자의 셋째 첩이 되어 그곳에 살고 계셨다.

어떻게 어머니가 나를 놔두고 떠나실 수 있나? 하지만 물어볼 수는 없었다. 어린 내가 할 수 있는 일은 그저 보고 듣는 것뿐이었다.

떠나시기 전날 밤, 어머니는 내 머리를 당신 품에 감싸안으셨다. 마치 보이지 않는 위험으로부터 보호하는 것처럼. 어머니는 아직 여기, 내 곁에 계셨지만 나는 마치 어머니가 내게서 떠나가버린 것처럼 울었다. 어머니는 그런 나를 당신 무릎에 눕히시고 이야기를 들려주셨다.

"안메이." 어머니가 속삭이셨다. "연못에 사는 조그만 거북이를 본 적 있니?" 나는 고개를 끄덕였다. 우리 마당에는 연못이 있었다. 나는 종종 막대기를 들고 잔잔한 물속을 휘저어 바위 밑에 있던 거북이가 헤엄쳐 나오게 했다.

"그 거북이는 내가 아주 어릴 때도 거기 있었어. 난 연못가에 앉아 거북이가 작은 주둥이를 빠끔거리며 수면 위를 헤엄치는 모습을 지켜보곤 했어. 아주 아주 나이 많은 거북이란다.”

그러자 거북이의 모습이 내 머릿속에 생생히 그려졌다. 어머니도 나와 같은 거북이를 그려 보고 계시리라는 걸 알았다.

“그 거북이는 우리 생각을 먹고 살아. 어느 날 문득 그 사실을 알게 되었지. 내가 너만 할 때였어. 네 할머니는 나에게 말씀하셨지. 너는 더 이상 어린애가 아니다. 소리를 질러서도, 뛰어다녀서도 안 되고, 귀뚜라미를 잡겠다고 흙바닥에 퍼질러 앉을 수도 없어. 나는 크게 실망했을 때조차도 울 수 없었어. 조용히 어른들 말씀을 들어야 했지. 네 할머니는 만약 그러지 않으면 머리를 깎아서 절에 비구니로 보내버리겠다고 하셨지.

그 말씀을 들은 날 밤, 연못가에 앉아 물속을 바라보았어. 마음이 약했던 나머지 눈물을 흘리기 시작했지. 그때 그 거북이를 봤는데, 수면 위를 헤엄치며 내 눈물이 연못에 떨어지는 족족 받아 먹어버리는 거야. 아주 빠르게 먹어치우더구나. 한 방울, 두 방울, 세 방울, 네 방울, 다섯 방울, 여섯 방울, 일곱 방울을 삼키더니 연못에서 기어 나와 부드러운 바위 위에 자리를 잡고는 내게 말하기 시작하는 거야.

나는 네 눈물을 먹었어. 그래서 네가 왜 불행한지도 알아. 그래도 너에게 경고하지 않을 수 없구나. 만약 운다면, 네 삶은 항상 그렇게 슬퍼질 거야.

그러더니 주둥이를 벌리고 진주 같은 알들을 쏟아내는 거야. 한 개, 두 개, 세 개, 네 개, 다섯 개, 여섯 개, 일곱 개. 이윽고 알껍데기가 깨지더니 그 속에서 일곱 마리의 새가 나왔어. 새들은 즉각 지저귀며 노래하기 시작하더구나. 눈같이 새하얀 배와 예쁜 목소리에 미루어 새들이 까치라는 걸 알았지. 까치, 기쁨을 가져다주는 새야. 새들은 부리를 연못에 대고는 물을 한껏 들이키기 시작했어. 그중 한 마리를 붙잡아보려 손을 뻗었지만, 새들은 내 얼굴 가에서 검은 날개를 치며 날아오르더니 이내 웃으며 허공으로 날아가버리더구나.

거북이가 연못으로 돌아가며 말했어. **이제 알겠지? 울어봤자 아무 소용 없어. 눈물은 슬픔을 씻어내지 못해. 다른 사람을 기쁘게 할 뿐이지. 그러니까 너는 눈물을 속으로 삼키는 법을 배워야 해.**"

하지만 어머니가 이야기를 마치셨을 때, 나는 보았다. 어머니는 울고 계셨다. 그 모습을 바라보는 내 눈에서도 눈물이 흘렀다. 작은 연못의 밑바닥에서 이 물기 많은 세상을 올려다보는 거북이 두 마리처럼 살아가는 것. 그것이 우리 모녀의 운명이었다. 나는 그 사실이 슬펐다.

다음 날 아침, 시끄러운 소리가 들려 잠에서 깨어났다. 기쁨을 가져다주는 새 소리는 아니었다. 먼 곳에서 화난 목소리가 들려 왔다. 나는 침대에서 뛰어 내려와 조용히 창가로 달려가 섰다.

저 앞마당에 어머니가 무릎을 꿇고 앉아 계셨다. 손가락으로 돌을 깐 보도 위를 긁어대는 그 모습은 마치 꼭 무언가를 잃어버렸으며 다시는 그걸 되찾을 수 없음을 아는 사람 같았다. 어머니는 나의 삼촌, 그러니까 당신의 오빠 앞에 무릎을 꿇고 계셨다.

삼촌은 어머니를 향해 호통을 치셨다.

"네 딸을 데려가겠다고? 네가 정녕 그 애 인생까지 망쳐놓을 작정이로구나!" 삼촌은 가당치도 않다는 듯 땅을 걷어차며 말했다. "너는 진작 죽었어야 마땅해."

어머니는 땅바닥에 엎드린 채 아무 말씀도 하시지 않았다. 꼭 연못 속의 거북이같이 등을 둥글게 말고서 눈물을 흘릴 뿐이었다. 우시면서도 입은 굳게 다물고 아무 소리도 내지 않으셨다. 나 또한 꼭 어머니처럼 쓰디쓴 눈물을 삼키며 울기 시작했다.

서둘러 옷을 챙겨 입었다. 내가 계단을 내려와 거실에 들어섰을 때, 어머니는 막 떠나시려는 참이었다. 하인 하나가 어머니의 짐가방을 바깥으로 내가고 있었다. 숙모는 내 남동생의 손을 쥐고 그 모습을 지켜보고 있었다. 나는 입을 다물고 조용히 있어야 한다는 사실도 잊고 소리쳤다. "엄마!"

"봐라! 벌써 네 딸한테도 나쁜 물이 들었구나!" 삼촌이 역정을 내셨다.

그러자 그때까지도 고개를 숙이고 계시던 어머니가 눈을 들어 나를 보았다. 흐르는 눈물을 멈출 수가 없었다. 내가 이렇게 울면 어머니도 마음을 바꾸실 것이라고 생각했다. 정말로 어머니는 허리를 펴고 꼿꼿이 서셨다. 그러자 거의 삼촌보다도 키가 커 보였다. 어머니가 나를 향해 손을 내밀었고 나는 어머니에게 달려갔다. 어머니는 차분한 목소리로 조용히 말씀하셨다. "안메이, 반드시 같이 가야 하는 건 아니야. 하지만 나는 이제 톈진으로 돌아갈 거고 너는 나를 따라올 수 있어."

외숙모는 그 말을 듣자마자 씩씩거리기 시작하셨다. "계집애의 운명은 제가 뭘 따라가느냐에 달린 거야! 안메이, 너는 저 새 수레 위에 올라타면 뭔가 새로운 게 있으리라고 생각하겠지만은, 그 앞에 있는 건 그저 늙은 노새 궁둥이뿐이야. 네 눈앞에 놓인 것이 곧 너의 삶이 되는 거라고!"

그 말을 들으니 떠나야겠다는 결심이 더욱 굳어졌다. 왜냐하면 지금 내 눈앞에 놓인 나의 삶은 삼촌의 집이었기 때문이다. 이곳은 어두운 의문과 내가 이해할 수 없는 고통 들로 가득하다. 그래서 나는 이상한 말들을 쏟아내는 외숙모에게서 고개를 돌려 어머니를 바라보았다.

그러자 삼촌은 도자기 화병을 집어드셨다. "네가 원하는 게 그런 거냐? 네 삶을 시궁창에 내던져버리는 거? 만약 이년을 따라갔다가는 앞으로 다시는 고개를 못 들게 될 게다!" 삼촌은 그렇게 말씀하시며 화병을 땅바닥에 내던져버렸고, 화병은 그대로 산산조각이 났다. 내가 깜짝 놀라 펄쩍 뛰자 어머니는 내 손을 잡았다.

그 손은 따뜻했다. "안메이, 이리 온. 서둘러야겠구나." 마치 곧 비가 내리겠다, 라고 말씀하시는 듯한 투였다.

"안메이!" 뒤에서 숙모가 애처롭게 부르는 소리가 들렸다. 하지만 이어 외삼촌이 말씀하셨다. "스완레!" 글렀어! "저 애도 이미 변했다고."

이제까지의 삶으로부터 걸어나오며 나는 삼촌 말이 사실일지 궁금했다. 나는 변했을까? 정말 앞으로 다시는 고개를 들지 못하게 될까? 그래서 혼자 한번 조심히 고개를 들어보았다.

그리고 숙모의 손에 붙잡힌 채 마구 울어대는 남동생을 바라보았다. 어머니는 감히 그 애를 데려갈 생각까지는 하지 못하셨을 것이다. 아들을 남의 집에 얹혀 살게 할 수는 없다. 그랬다가는 장래를 잃고 말 테니까. 하지만 어린 동생은 거기까지는 생각지 못했을 것이다. 그저 어머니가 저에게는 따라오라고 말씀하시지 않았다는 사실에 화가 나고 겁에 질려 울고 있는 것이었다.

외삼촌 말씀이 맞았다. 울고 있는 동생을 보고 난 뒤에는 도저히 고개를 똑바로 들고 있을 수가 없었다.

기차역으로 향하는 릭샤 안에서 어머니가 속삭이셨다. "불쌍한 안메이, 너만은 알지. 너만은 내가 어떤 고통을 겪었는지 알지." 그 말을 듣자 뿌듯한 기분이 들었다. 오직 나만이 섬세하고 보기 드문 생각을 읽어낼 수 있는 사람이라는 뜻이었기 때문이다.

그러나 기차에 올랐을 때, 나는 내가 내 삶을 등지고 얼마나 먼 곳으로 떠나고 있는가를 깨달았고, 그래서 무서워졌다. 우리는 꼬박 칠 일을 여행했다. 하루는 기차를, 나머지 육 일은 증기기관선을 탔다. 처음에 어머니는 무척 활기차 보였다. 내가 우리가 방금 떠나온 곳을 돌아볼 때마다 어머니는 톈진 이야기를 들려주셨다.

그곳의 수완 좋은 행상들은 찐만두와 삶은 땅콩 등 온갖 주전부리를 다 판다고 했다. 우리 어머니가 가장 좋아하는 음식도 있었다. 얇은 반죽 한가운데에 계란을 깨 넣고 검은콩 소스를 발라 만드는 간식이었는데, 그들은 손을 델 정도로 뜨거운 철판 위에서 아무렇지 않다는 듯 그것을 돌돌 말아 배고픈 손님들에게 건네준다고 했다.

톈진의 항구 풍경과 해산물들을 묘사하시면서는 심지어 우리가 닝보에서 먹은 것보다도 맛이 좋다고 하셨다. "대합 조개, 새우, 게, 온갖 종류의 생선이 바다 생선, 민물 생선 할 것 없이 제일 좋은 것들로만 들어오는데, 그러지 않고서야 그 많은 외국인이 그 항구를 찾을 리가 있겠니?"

좁은 골목에 붐비는 상점가들에 대해서도 들려주셨다. 농부들은 이른 아침부터 그곳에 나와 나로서는 평생 본 적도, 먹어본 적도 없는 채소들을 판다. 어머니는 말씀하셨다. "그것들이 얼마나 달고 부드럽고 신선한지 너도 곧 알게 될 거야." 그리고 톈진에는 일본인, 러시아인, 미국인, 독일인 등 다양한 국적의 외국인들이 각기 저마다 모여 살아가는 구역들이 있다. 그들은 결코 한데 섞여 사는 법이 없는데, 서로 생활 습관이 다르기 때문이다. 누군가는 더럽고, 누군가는 깨끗하다. 집들도 각양각색으로, 분홍색으로 칠해놓은 집이 있는가 하면, 또 다른 집은 빅토리아 드레스의 앞뒷판처럼 방들이 사방에서 바깥으로 튀어나와 있다. 뾰족한 모자 같은 지붕에 나무 조각을 해놓고 상아처럼 보이게 흰색으로 칠한 집도 있다고 하셨다.

겨울에는 눈도 볼 수 있을 거야, 어머니는 말씀하셨다. 몇 달만 있으면 한로(寒露)가 오고 비가 내리기 시작할 것이다. 비는 갈수록 조용히, 천천히 내리다가 마침내 하얗고 뽀송뽀송해져서 마치 봄에 피는 모과 꽃잎처럼 된다는 것이다. **엄마가 모피를 댄 외투와 바지를 입혀줄 테니까, 아무리 추워도 문제 없어.**

어머니는 자꾸만 뒤를 돌아보려는 내 얼굴이 정면을 향하고 우리가 새로 살게 될 톈진의 집을 바라보게 될 때까지 수많은 이야기를 들려주셨다. 그러나 오 일째가 되어 우리 배가 톈진만을 향해 가까이 나아갔을 때, 물이 황토빛에서 검은색으로 변하였고 배는 요동치며 신음하기 시작했다. 나는 공포에 사로잡혀 시름시름 앓았다. 밤에는 숙모가 내게 경고하였던 동쪽으로 흐르는 물줄기의 꿈을 꾸었다. 사람을 영영 바꿔놓는다는 검은 물 말이다. 아픈 자리에서 검은 물을 바라보면서 나는 겁에 질렸다. 숙모의 말이 사실이 된 것이다. 어머니는 이미 변하기 시작하신 것 같았다. 어머니는 화가 난 듯 어두워진 얼굴로 생각에 잠긴 채 바다 너머를 내다보셨다. 그 모습을 지켜보는 내 머릿속도 혼란스러워졌다.

톈진에 도착하는 날 아침, 어머니는 나를 갑판 앞 응접실에 두고 우리가 잠을 자는 객실로 들어가셨다. 들어가실 때는 하얀 상복 차림이었는데, 돌아오셨을 때는 완전히 딴사람이 되었다. 눈썹을 그렸는데, 가운데 부분은 두껍게 칠하고, 가장자리는 길고 날카롭게 뺐다. 눈가를 어둡게, 얼굴은 창백한 백색으로 칠하고 입술에는 짙고 붉은 색을 발랐다. 작은 갈색 모자의 앞부분에는 같은 색의 커다란 점박이 깃털이 비스듬히 달려 있었다. 앞이마 위에 검은 조각품처럼 멋지게 구불구불 내려온 앞머리 두 가닥을 빼고는 짧은 머리를 전부 모자 안으로 갈무리했다. 하얀 레이스 칼라가 허리까지 내려오는 기다란 갈색 드레스는 비단 장미 단추로 동여져 있었다.

경악스러운 모습이었다. 우리는 상중이 아닌가? 어떻게 상중에 저런 옷을 입으실 수 있나? 하지만 아무 말도 할 수 없었다. 나는 아이였다. 내가 어떻게 어머니를 꾸짖을 수 있는가? 그저 어머니가 그렇게 드러내놓고 수치스러운 복장을 하고 계신다는 게 창피할 뿐이었다.

장갑 낀 손에는 커다란 우유빛 상자가 들려 있었다. 그 위에는 외국말로 이렇게 쓰여 있었다. **파인 잉글리시-테일러드 어패럴, 텐진**. 그걸 내 앞에 내려놓고 "열어보렴! 어서!" 말씀하시던 것이 생각난다. 어머니는 숨 죽인 채 미소 짓고 계셨다. 그때는 어머니의 이상한 차림에 놀라서 생각해보지 못했다. 어머니는 내가 함께 올 줄을 어떻게 아시고 이런 걸 준비하셨을까? 그걸 궁금해한 것은 오랜 시간이 흘러 내가 그 상자를 편지나 사진을 모아두는 함으로 쓰게 되었을 때의 일이다. 어머니는 나를 오랫동안 만나지 못하셨음에도, 언젠가 내가 어머니를 따라올 것이고 그때 입을 새 옷이 필요하리라는 것을 알고 계셨던 것이다.

상자를 열자 부끄러움과 두려움 따위는 온데간데없이 사라져버렸다. 안에 든 것은 빳빳하게 풀 먹인 새하얀 드레스였다. 큼직한 물결 모양 주름 장식이 옷깃과 소매에 달렸고, 치마에도 여섯 단이나 잡혀 있었다. 스타킹과 하얀 가죽 신발, 커다랗고 하얀 머리 장식도 있었다. 이미 모양이 잡혀 있고 머리에 묶을 수 있도록 끈도 두 개 달려 있었다.

그런데 그 모든 게 내게는 너무 컸다. 목둘레로 어깨가 삐져 나왔고, 허리도 내가 두 사람쯤 들어갈 수 있을 만큼 통이 컸다. 하지만 나는 신경 쓰지 않았다. 어머니도 신경 쓰지 않으셨다. 내가 팔을 들어 올리고 가만히 서 있는 동안 어머니는 바늘과 실을 꺼내 커다란 옷 이곳저곳에 주름을 잡아넣어 남는 부분이 없게 하셨다. 신발 앞축에는 휴지를 채워넣었다. 어머니는 모든 것이 딱 맞을 때까지 그렇게 하셨다. 그 옷가지들을 입으니 마치 내게 새로운 손과 발이 자라난 듯한 느낌이 들었다. 이제 나는 새로운 길로 걸어가는 법을 배워야 했다.

어머니의 얼굴이 다시금 침울해졌다. 어머니는 무릎 위에 두 손을 포개고 앉아 점점 가까워 오는 항구를 바라보셨다.

"안메이, 이제 새로운 삶을 시작할 준비가 된 거야. 너는 새 집에서 살게 될 거야. 새아버지도 생길 거야. 자매들도 많아. 다른 남동생도 있단다. 예쁜 옷도, 좋은 먹거리도 많아. 그만하면 행복하기에는 충분할 거야. 그렇지?"

나는 닝보에 남겨두고 온 동생을 생각하며 조용히 고개를 끄덕였다. 어머니는 더 이상 새 집이나 새 가족, 행복에 대해서는 이야기하지 않으셨다. 나는 아무것도 묻지 않았다. 이제 종이 울리고 남자 선원이 톈진에 도착했음을 알리고 있었기 때문이다. 어머니는 우리의 작은 짐가방 두 개를 가리키며 짐꾼에게 무어라 빠르게 지시하고는 돈을 건네주었다. 그 모습이 마치 평생 해온 일처럼 자연스러웠다. 그러고는 조심스럽게 다른 상자를 열고 꼭 죽은 여우 대여섯 마리처럼 보이는 것을 끄집어냈다. 반들

거리는 두 눈, 축 늘어진 앞발, 북슬북슬한 꼬리. 어머니는 그 무시무시한 물건을 목과 어깨 주위에 두르고는 내 손을 굳게 잡고 수많은 인파에 섞여 통로를 내려갔다.

우리를 마중 나온 사람은 보이지 않았다. 어머니는 수화물 승강장으로 통하는 경사로를 천천히 내려가며 초조한 듯 주위를 둘러보았다.

"안메이, 이리 와! 왜 그렇게 꾸물거리니?" 어머니 목소리에는 두려움이 가득했다. 나는 흔들리는 경사로 위에서 커다란 신발이 벗겨지지 않도록 발을 질질 끌며 걷고 있었다. 그리고 내 발에서 잠시 시선을 떼고 고개를 들었을 때, 일제히 발걸음을 재촉하는 사람들을 보았다. 모두 불행해 보였다. 노부모를 모시고 지나가는 가족들이 있었다. 그들은 하나같이 어둡고 칙칙한 색 옷을 입고서 전재산으로 보이는 가방과 상자들을 질질 끌며 지나갔다. 우리 어머니처럼 차려입은 창백한 외국인 여자들은 모자 쓴 외국인 남자들과 함께 걸어가고 있었다. 부잣집 마나님들은 짐가방과 아기, 음식 바구니 들을 뒤따르는 하녀와 하인들에게 맡겨버리고서 질책을 늘어놓았다.

우리는 릭샤와 트럭들이 오가는 길가에 섰다. 손을 잡고 저마다의 생각에 골똘한 채, 역에 도착하는 사람들과 서둘러 떠나가는 사람들을 바라보고 서 있었다. 늦은 아침 시간이라 바깥은 따뜻했지만, 회색 하늘에는 구름이 껴 있었다.

한참 서 있었는데도 아무도 나타나지 않자 어머니는 한숨을 쉬고는 소리쳐 릭샤를 부르셨다.

가는 내내 어머니는 릭샤꾼과 실랑이를 벌였다. 릭샤꾼은 두 사람에 가방까지 옮기는 일이니 추가 요금을 받아야겠다고 했다. 어머니는 가는 길에 먼지가 날리고 냄새가 나네, 길이 울퉁불퉁하네, 날이 이미 늦었고 배가 아프네 등등 온갖 짜증을 늘어놓으셨다. 이 모든 푸념을 끝마친 뒤에는 나를 트집 잡기 시작하셨다. 새 옷에 벌써 뭘 묻힌 거니? 머리가 헝클어졌구나. 스타킹이 쭈글쭈글하네. 나는 어머니의 노여움을 피하고자 손가락으로 작은 공원과 머리 위에 나는 새, 경석을 울리며 지나쳐가는 기다란 전차 따위를 가리키며 이것저것 여쭈었다.

그러나 어머니는 더욱 짜증을 내실 뿐이었다. "안메이, 가만히 좀 앉아 있어라. 너무 들뜰 것 없어. 우리는 그냥 집에 가는 것뿐이야."

마침내 집에 도착했을 때는, 우리 둘 다 완전히 지쳐버렸다.

나는 우리가 살게 될 집이 보통 집이 아니라는 것을 첫눈에 알았다. 어머니는 나에게 아주 부유한 상인 우 칭의 집에서 살게 될 거라고 말씀하셨다. 그는 카페트 공장을 아주 여러 개나 운영하고 있으며, 톈진의 영국 조차지에 있는 멘션에 산다고 했다. 이 도시에서 중국인이 살 수 있는 지역 중 가장 좋은 곳이었다. 오직 서양인들만 사는 파이마 디, 레이스호스 스트리트와도 그리 멀지 않았다. 차나 직물, 비누 등 한 종류의 물건만을 전문으로 취급하는 작은 상점들과도 가까웠다.

"외국인 건축가가 지은 집이야." 어머니는 말씀하셨다. 우 칭은 외국인 덕분에 부자가 되었다고 생각하여 외국 문물을 좋아한다는 것이었다. 나는 어머니가 서양식 옷을 입고 다녀야 하는 것도 부를 드러내놓고 과시하기 좋아하는 중국 졸부다운 방식 때문일 거라고 결론 내렸다.

이야기를 많이 들어 도착하기 전부터 다 알고 있었는데도, 실제로 그 집을 보았을 때는 깜짝 놀라지 않을 수 없었다.

집의 정면에 둥근 아치형 중국식 돌문이 있었다. 검게 칠한 커다란 문을 열고, 문지방을 넘어 들어가야 했다. 그 문을 지나며 마당을 바라보았다가 또 한 번 깜짝 놀랐다. 버드나무나 달콤한 냄새가 나는 계수나무는 없었다. 정자도 없었다. 연못가에 앉을 수 있는 벤치도, 어항도 없었다. 대신 넓은 벽돌 보도 양편에 관목들이 길게 늘어서 있었다. 그리고 그 옆으로는 분수대가 딸린 넓은 잔디밭이 펼쳐졌다. 벽돌 보도 위를 걸어가자 가까워지는 집은 모르타르와 돌로 지은 삼 층짜리 서양식 건물이었다. 각 층마다 철제 발코니가 길게 이어졌고 매 귀퉁이마다 굴뚝이 있었다.

젊은 하녀 한 명이 달려나와 큰 소리로 어머니를 반갑게 맞았다. 귀를 긁는 듯한 높은 목소리였다. "오! 타이타이, 벌써 도착하셨군요! 어떻게 오셨어요?" 어머니의 시녀 얀 창이었다. 그는 우리 어머니를 너무 과하지도, 부족하지도 않게 적절히 대우할 줄 알았다. 얀 창은 어머니를 타이타이라 불렀다. 부인을 가리키는 소박하면서도 명예로운 존칭이었다. 꼭 우리 어머니가 첫 아내이자 유일한 아내라는 것처럼 말이다.

얀 창은 큰 소리로 하인들을 불러 우리 짐을 들여 가게 하고, 다른 하인에게는 따뜻한 차를 내오고 목욕물을 받으라고 했다. 그러고는 촉새 같은 말씨로 설명하기를, 둘째 부인이 집안 사람들에게 우리가 못해도 다음 주까지는 돌아오지 않을 거라고 말했다는 것이다. "아무도 마중 나가지 않았으니, 이를 어째요! 둘째 부인과 다른 분들은 베이징으로 친척들을 만나러 갔어요. 따님이 참 예쁘네요. 어머니를 쏙 빼닮았어요. 수줍음이 많으시네요. 그쵸? 첫째 부인과 그 딸들은… 다른 절에 불공을 드리러 갔어요. 지난주에는 약간 정신이 나간 듯한 사람이 사촌의 아저씨라며 찾아왔는데 알고 보니 사촌도 아니고 아저씨도 아닌 거 있죠? 모르죠, 그 사람이 누군지…."

그리고 그 큰 집 안으로 걸어 들어갔을 때는, 그만 넋을 잃고 말았다. 볼거리가 너무 많았다. 나선형으로 굽이져 올라가는 계단, 모든 모퉁이마다 얼굴 조각이 새겨져 있는 천장, 이 방에서 저 방으로 연결되는 구불구불한 복도. 내 오른쪽에 있는 방은 내가 이제까지 보아온 어떤 방보다도 더 컸고, 소파와 탁자, 의자 등 튼튼한 티크재 가구들이 놓여 있었다. 아주 아주 길다란 이 방의 저쪽 끝은 더 많은 방과 가구, 문이 있는 곳으로 이어졌다. 왼쪽의 어두운 방도 거실이었다. 그 안에는 암녹색 가죽 소파, 사냥개들을 그린 그림들, 팔걸이 의자, 마호가니 책상 등 외제 가구가 가득했다. 낯선 사람들도 있었다. 얀 창이 소개해주었다. "이 젊은 여자는 둘째 부인의 시녀예요. 아, 이 여자는 신경 쓰지 않으셔도 돼요. 주방 보조의 딸일 뿐이니까요. 그리고 이 남자는 정원

사예요."

우리는 계단을 올라갔다. 다 오르니 또다시 커다란 거실이 나왔다. 우리는 복도를 따라 왼쪽으로 걸어갔다. 방 하나를 지나친 뒤 다른 방에 들어섰다. "여기가 어머님 방이에요." 얀 창이 뿌듯하다는 듯 말했다. "여기서 지내시게 될 거예요."

제일 처음 눈에 들어온 것은 아주 아주 커다란 침대였다. 그래서 처음에는 그 침대밖에 눈에 들어오지 않았다. 그것은 아주 무거워 보이면서도 동시에 가벼워 보였다. 부드러운 장밋빛 비단과 사방에 용이 새겨진 무겁고 윤기 나는 어두운 나무 침대 틀. 네 기둥이 비단 캐노피를 지탱하고 있었고, 각각의 기둥에는 비단 끈이 달려 커튼을 묶어놓고 있었다. 침대는 웅크린 사자의 네 발 위에 얹혀 있었는데, 마치 사자가 무거운 침대에 깔려버린 듯한 꼴이었다. 얀 창이 내게 조그만 발판을 밟고 침대에 오르는 법을 가르쳐주었다. 비단 침대보 위를 구르니 까르륵 웃음이 터져 나왔다. 그 부드러운 요는 내가 닝보에서 쓰던 매트리스보다 열 배나 두터웠기 때문이다.

침대에 앉은 채 마치 내가 공주라도 된 것처럼 주위의 모든 것을 경탄하는 눈으로 바라보았다. 발코니로 이어지는 유리문, 창가에는 침대와 똑같은 재목으로 된 둥근 탁자가 놓여 있었다. 그것 또한 사자 발 모양 조각 위에 얹혀 있었고, 주위에는 의자 네 개가 놓여 있었다. 하인이 이미 탁자 위에 차와 달콤한 케이크를 준비해두었고, 이제는 호울루라 불리는 작은 석탄 난로에 불을 때고 있었다.

닝보에 있는 삼촌 댁이 가난했던 것은 아니다. 오히려 꽤 부유한 편이었다. 하지만 이 집은 상상 이상이었다. 나는 생각했다. 삼촌이 틀렸다고. 어머니가 우 칭에게 시집 간 것은 절대 부끄러운 일이 아니었다고.

그때 갑자기 시끄러운 소리가 나 깜짝 놀랐다. **쨍! 쨍! 쨍!** 이어 음악 소리가 들려 왔다. 침대 맞은편 벽에 숲과 곰들이 조각되어 있는 커다란 나무 괘종 시계가 있었다. 소리와 함께 시계의 나무 문이 벌컥 열리고 사람들이 옹기종기 모여 있는 자그만 방의 모형이 튀어나왔다. 머리가 벗겨진 남자가 뾰족한 모자를 쓰고 탁자 앞에 앉아 있었다. 그는 국물을 마시기 위해 계속 고개를 숙였다 들었다 했지만 매번 수염이 먼저 그릇 안에 빠지는 바람에 멈춰버렸다. 하얀 스카프를 두르고 파란 드레스를 입은 여자가 탁자 곁에 서서 허리를 연방 숙여가며 남자의 그릇에 국물을 거듭거듭 부어주고 있었다. 그들 곁에는 치마와 짧은 외투를 입은 여자가 서 있었다. 그 여자는 팔을 앞뒤로 흔들어대며 바이올린을 켰다. 언제나 똑같이 우울한 곡조였다. 그 긴 세월이 지난 지금까지도 내 머릿속에서는 그 소리가 들려 온다. **니-아! 나! 나! 나! 나-니-나!**

처음에는 아주 근사한 시계라고 생각했는데, 다음에도, 그 다음에도 계속 계속 듣다 보니 비싼 돈을 주고 이렇게 성가신 골칫거리를 얻었나, 싶은 생각밖에 들지 않았다. 아주 많은 날 동안 밤에 잠을 이룰 수가 없었다. 그리고 나중에 나는 특별한 능력을 터득했다. 의미 없이 나를 부르는 소리에는 귀를 닫아버리는 능력이었다.

이 즐거운 집의 크고 푹신한 침대에서 어머니와 함께 잠드는 처음 며칠간은 아주 행복했다. 편안한 침대에 누워 닝보의 삼촌 댁을 생각하다 보면 그동안 내가 얼마나 불행하게 살았는가를 되돌아보게 되었고, 두고 온 남동생에게 미안한 마음이 들었다. 그러나 대부분은 이 집의 새로운 볼거리와 놀거리들에 사로잡혀 있었다.

이 집에서는 뜨거운 물이 주방뿐만 아니라, 삼 층짜리 집의 모든 세면대와 욕조 수도관에서 콸콸콸 쏟아져 나왔다. 비워주는 하인 없이도 저절로 물이 내려가 깨끗하게 씻겨지는 요강도 있었다. 우리 어머니의 방만큼 호화로운 방들도 보았다. 얀 창은 그중 어떤 것이 첫째 부인의 방이고 어떤 것이 다른 부인들의 방인지 알려주었다. 주인이 정해지지 않은 방들은 손님방이라고 했다.

삼 층은 남자 하인들이 사는 곳이었다. 얀 창은 그중 어느 한 방에 있는 캐비닛을 열면 해적이 쳐들어왔을 때 숨을 수 있는 비밀 은신처가 나온다고 했다.

돌이켜보면, 그 집에 대해 잘 생각나지 않는다는 것을 깨닫는다. 좋은 것들이 너무 많아서 얼마 지나고 보면 다 똑같게 느껴졌다. 나는 새롭지 않은 자극에는 흥미를 느끼지 못했다. 얀 창이 바로 전날 먹었던 달게 졸인 고기 요리를 내왔을 때는 말했다.
"아 이거, 이미 먹어본 거네."

어머니는 특유의 명랑한 성품을 되찾는 듯 보였다. 어머니는 긴 중국식 가운과 치마를 다시 꺼내 입으셨다. 밑단에 상중을 알리는 하얀 띠를 꿰맨 것이었다. 그날 어머니는 이상하고 재미난 것들을 하나하나 가리키며 나에게 그것들의 이름을 알려주셨다. 비데, 브라우니 카메라, 샐러드 포크, 냅킨. 할 일이 없는 저녁에는 하인들에 대해 이야기했다. 누가 똑똑한지, 누가 성실한지, 누가 충직한지. 별로 배가 고프지 않은데도 그저 먹음직스러운 냄새를 맡고 싶어서 호울루 위에 작은 계란이나 고구마를 구우면서 수다를 떨었다. 그리고 밤이면 당신 품 안에서 까무룩 잠들어가는 나에게 다시금 이야기들을 들려주셨다.

평생을 통틀어봐도 그 시절만큼 편안했던 때가 없는 것 같다. 아무 걱정도, 두려움도 느끼지 않고 더 바랄 나위가 없었던 시절. 내 삶이 마치 장밋빛 비단 고치 안에 싸인 듯 부드럽고 아름답게 보였던 시절. 그 모든 편안함이 더 이상 편안하게 느껴지지 않게 되었던 때를 나는 선명히 기억한다.

아마 우리가 도착하고서 이 주 정도 지났을 무렵일 것이다. 나는 집 뒤편 커다란 정원에서 개 두 마리에게 공을 발로 차주고 녀석들이 그것을 쫓아가는 모습을 바라보고 있었다. 어머니는 탁자에 앉아 내가 노는 모습을 지켜보셨다. 그때 멀리서 호각을 불고 크게 외치는 소리가 들려 왔다. 개들은 공을 쫓는 것도 잊고 행복하다는 듯 높은 소리로 짖으며 달려나갔다.

어머니는 항구에서처럼 겁에 질린 얼굴이 되어 재빨리 집 안으로 들어가셨다. 나는 집의 측면으로 돌아 정문 쪽으로 향했다. 윤이 나는 검은 릭샤 두 대가 도착했고, 그 뒤로 커다란 검은색 자동차가 서 있었다. 남자 하인이 그중 한 릭샤에서 짐을 내렸다. 다른 릭샤에서는 젊은 하녀가 뛰어내렸다.

하인들은 일제히 자동차 주위에 모여들어 광이 나는 금속 면에 얼굴을 비춰보며 커튼 친 차창과 우단 시트에 감탄을 터뜨렸다. 운전사가 자동차 뒷문을 열어주자 어린 여자애가 내렸다. 짧은 머리가 물결쳤다. 나보다 몇 살 정도밖에 많아 보이지 않았지만, 어른스러운 드레스를 입고 스타킹에 높은 구두를 신었다. 풀물이 든 내 하얀 드레스를 슬그머니 내려다보고 나니 새삼 창피해졌다.

하인들이 자동차 뒷좌석으로 가 안에 탄 남자의 양팔을 붙잡고 천천히 일으켜 세웠다. 그가 우 칭이었다. 키가 작고 몸통이 꼭 새처럼 부풀어 오른 뚱뚱한 남자였다. 우리 어머니보다 훨씬 나이 들어 보였다. 벗겨진 이마가 번들거렸고, 한쪽 콧구멍 위에는 커다란 점이 있었다. 양복 조끼와 재킷은 너무 꼭 끼어서 배가 터질 것 같은데, 바지는 또 너무 헐렁했다. 그는 낑낑거리고 불평을 하며 차에서 빠져나왔다. 그러고는 땅에 발을 딛자마자 곧장 집을 향해 걸어가기 시작했는데, 주위에서 사람들이 인사를 하고 급히 문을 열고, 짐을 나르고 긴 코트를 받아 들어도 거들떠보지도 않았다. 어린 소녀가 그 뒤를 따랐다. 소녀는 뒤돌아보며 모두를 향해 히죽히죽 웃어 보였는데, 마치 '너희 모두 내게 예를 갖추기 위해 여기 나와 있구나?' 하는 듯한 태도였다. 소녀가 거의 문 앞에 이르렀을 때, 한 하인이 다른 하인에게 하는 말을 들을 수 있었다. "다섯째 부인은 너무 어려서 하인들은 데려오지 않고 유모 하나만 왔다네."

고개를 들어 집을 올려다보았을 때, 나는 어머니를 보았다. 어머니는 당신의 방 창문가에 서서 이 모든 것을 다 지켜보고 계셨다. 이처럼 사려 깊지 못한 방식으로 어머니는 우 칭이 네 번째 첩을 데려왔음을 알게 되셨다. 그건 순전히 어리석고 즉흥적인 결정이었다. 새 자동차에 달고 올 장식품이 필요했던 것이다.

어머니는 다섯째 부인이라 불리게 될 어린 소녀를 질투하지 않으셨다. 어머니가 무엇 때문에 그러시겠는가? 우 칭을 사랑하지도 않는데. 중국 여자들은 사랑 때문에 결혼하지 않는다. 지위를 얻기 위해 결혼할 뿐이다. 내가 그중 우리 어머니의 지위가 가장 최악이었음을 알게 된 것은 나중의 일이다.

우 칭과 다섯째 부인이 집에 도착한 뒤, 어머니는 주로 방에 머물며 자수를 놓으셨다. 그리고 오후에는 나랑 같이 외출을 하셨다. 목적지까지 달려가는 동안 긴 침묵만이 흘렀다. 어머니는 어떤 비단 옷감을 찾아 다녔는데, 당신이 찾는 색의 이름을 알지 못하셨다. 어머니의 불행도 이와 같았다. 어머니는 자신의 불행을 무어라고 명명하지 못하셨다.

모든 것이 평온해 보였지만, 나는 결코 그렇지 않다는 것을 알았다. 어떻게 고작 아홉 살밖에 되지 않은 조그만 아이가 그런 것을 알 수 있는가 의심할지도 모른다. 이제는 나 스스로도 그런 의구심이 드니까. 기억나는 것은 당시 내가 얼마나 불편했는가 하는 것과 뱃속에서부터 느껴지던 진실뿐이다. 무언가 끔찍한 일이 일어나려 한다는 진실 말이다. 어느 정도로 안 좋았는가 하면 거의 그로부터 십오 년 뒤 일본군이 폭탄을 떨어뜨리기 시작했을 때와 비견할 정도라고 말할 수 있다. 저 멀리서 우르르르 무너지는 소리가 희미하게 들려 왔다. 무언가 다가오고 있는데 그걸 멈출 수가 없었다.

우 칭이 집에 돌아오고 나서 며칠 뒤 한밤중에 잠에서 깨어났다. 어머니가 내 어깨를 부드럽게 흔들어 깨우신 것이다.

"안메이, 착하지?" 지친 목소리였다. "일어나서 얀 창의 방으로 가렴."

눈을 비비고 보니 내 앞에 어두운 형체가 서 있었다. 나는 울음을 터뜨렸다. 우 칭이었다.

"조용히 해. 아무 일도 아니야. 얀 창에게 가렴." 어머니는 그렇게 속삭이고는 나를 안아서 차가운 마룻바닥 위에 천천히 내려놓으셨다. 나무 벽시계가 다시 노래하기 시작했고, 우 칭은 낮은 목소리로 너무 춥다고 불평했다. 내가 얀 창에게 갔을 때 그는 내가 올 줄 알고 있었다는 듯이 나를 맞았다. 내가 울고 있으리라는 것도 알았던 것 같다.

다음 날 아침에는 어머니를 똑바로 쳐다볼 수가 없었다. 그러나 다섯째 부인의 얼굴이 나처럼 퉁퉁 부어 있는 것만은 보았다. 그날 아침 식사 자리에서 마침내 그의 분노는 폭발하고 말았다. 그는 온 식구가 보는 앞에서 하인에게 소리를 질렀다. "왜 이렇게 음식을 늦게 내오는 거야!" 거기 있던 모든 사람이 하인을 함부로 대하는 다섯째 부인의 고약한 성질머리를 보았다. 어머니 또한 마찬가지였다. 우 칭이 마치 아버지처럼 날카롭게 쏘아보자, 다섯째 부인은 울음을 터뜨렸다. 그러나 그날 아침 느지막부터는 다시 방긋방긋 웃으며 새 옷과 새 신발을 차려입고 폴짝폴짝 뛰어다녔다.

그날 오후 어머니는 처음으로 당신의 불행에 대해 입을 여셨다. 자수 실을 사러 릭샤를 타고 상점으로 향하던 중이었다. "내 삶이 얼마나 치욕적인지 보았니?" 어머니가 소리치셨다. "이 집에서 나는 아무것도 아니란 것도 봤지? 그는 새 아내를 집에 데려왔어. 천한 여자애야. 피부가 검고 예의도 없지. 진흙으로 벽돌을 구워 파는 촌구석의 어느 가난한 집에서 푼돈 주고 사 온 여자애야. 그 애랑 잠자리를 할 수 없는 밤이면 그는 내게로 와. 진흙 냄새를 풍기면서!"

어머니는 이제 울고 계셨다. 울면서 미친 여자처럼 두서없는 말들을 늘어놓았다. "너도 이제 다 봤을 게다. 넷째 부인은 다섯째 부인보다도 못해. 안메이, 절대 잊어서는 안 된다. 나는 학자의 아내였어. 첫째 부인, 이[一] 타이[太]였다고. 절대로, 절대로 네 엄마는 처음부터 넷째 아내, 쓰[四] 타이였던 것이 아니야!"

어머니께서 쓰라는 단어를 어찌나 증오스럽게 내뱉으시던지 나는 몸을 떨었다. 마치 죽음을 뜻하는 쓰[死]처럼 들렸던 것이다. 일전에 할머니께서 4는 아주 불길한 수라고 말씀하셨던 것이 생각났다. 성난 어조로 그 말을 내뱉으면 언제나 잘못되고 만다는 것이다.

한로가 되어 추워졌을 무렵, 둘째 부인과 셋째 부인이 자기 자식들과 하인들과 함께 집으로 돌아왔다. 그들이 도착했을 때는 큰 소란이 일었다. 우 칭은 그들을 마중하기 위해 새 자동차를 기차역으로 보냈지만, 당연히 모든 사람을 태워 올 수는 없었다. 그래서 자동차 뒤로 열두 개는 더 되어 보이는 릭샤들이 따랐다. 마치 커다랗고 반들반들한 딱정벌레를 귀뚜라미들이 통통 튀며 뒤쫓는 모양이었다. 자동차 안에서 여자들이 쏟아져 내렸다.

어머니는 내 뒤에 서서 그들을 맞을 준비를 하셨다. 평범한 드레스와 커다랗고 못생긴 신발을 신은 여자가 우리 앞으로 걸어왔다. 여자애 세 명이 그 뒤를 따랐는데, 그중 한 명은 내 또래로 보였다.

"셋째 부인과 그의 세 딸이야." 어머니가 말씀하셨다.

그 딸들은 나보다도 더 수줍어 보였다. 제 어머니 곁에 모여서서 고개를 숙이고는 아무 말도 하지 않았다. 하지만 나는 계속 지켜보았다. 제 어머니처럼 수수한 생김새였다. 이가 커다랗고 입술이 두꺼웠으며, 눈썹은 꼭 송충이처럼 북슬북슬했다. 셋째 부인은 나를 다정하게 반겨주며 내게 자기 짐을 하나 들도록 했다.

어깨에 놓인 어머니의 손에 힘이 들어갔다. "그리고 저쪽은 둘째 부인이야. 자기를 큰어머니라고 부르라 할 거야." 어머니가 속삭였다.

길다란 검정색 모피 코트를 걸친 여자가 보였다. 입고 있는 어두운색 양복은 아주 아주 화려한 것이었다. 여자의 팔 안에는 장밋빛 뺨이 통통한 남자아이가 안겨 있었다. 두 살 정도 되어 보였다.

"샤우디야. 네 막내동생이지." 어머니가 말씀하셨다. 그 애는 여자가 입은 것과 똑같은 모피로 된 모자를 쓰고서 손가락으로 둘째 부인의 길다란 진주 목걸이를 감아 쥐고 있었다. 그에게 어떻게 저토록 어린 아들이 있는 건지 의아했다. 둘째 부인은 충분히 잘생겼고 건강해 보였지만, 나이가 꽤나 있는 듯했기 때문이다. 어림잡아 마흔다섯 정도는 되었을 것 같았다. 둘째 부인은 하인의 손에 아기를 건네주고는 주위에 모여 서 있는 사람들에게 지시를 내리기 시작했다.

그러고는 미소 지으며 내게로 걸어왔다. 걸음마다 모피 코트에서 차르르 윤이 났다. 둘째 부인이 나를 바라보았다. 꼭 나를 뜯어보고 조사하는 듯한 눈빛이었다. 그러다 마침내 웃으며 내 머리를 토닥여주었는데, 그러고는 작은 손을 빠르고 우아하게 놀려 자기 진주 목걸이를 풀어 내 목에 걸어주는 것이었다.

그 목걸이는 내가 여태껏 만져본 보석 중 가장 아름다웠다. 서양풍으로 만들어져 줄이 길었고, 거기 꿰인 진주알들은 크기가 고르고 하나같이 분홍빛을 띠었다. 양끝을 잠그는 걸쇠 부분에는 은으로 된 화려하고 묵직한 브로치가 달려 있었다.

어머니는 극구 사양하셨다. "어린애한테 주기에는 너무 귀한 물건이에요. 망가뜨릴 거예요. 잃어버릴지도 모르고요."

하지만 둘째 부인은 나에게 말했다. "이렇게 예쁜 여자아이에게는 얼굴을 밝혀줄 물건이 필요한 법이야."

나는 어머니가 뒤로 물러나며 입을 굳게 다무시는 것을 보았다. 화가 나신 것이다. 어머니는 둘째 부인을 좋아하지 않으셨다. 나는 내 감정을 드러냄에 있어 좀 더 조심했어야 했다. 어머니가 둘째 부인에게 지고 말았다고 생각하시지 않도록 말이다. 그러나 나는 여전히 좋아서 어쩔 줄을 몰랐다. 둘째 부인이 나를 특별히 예뻐해주시는 것 같아 무척 기뻤다.

"감사합니다, 큰어머니." 그렇게 말하고 내 얼굴을 보이지 않으려 고개를 숙였지만, 입꼬리가 자꾸만 씰룩거리는 것은 어쩔 수가 없었다.

그 뒤 오후 시간에 둘이 방에서 차를 마실 때까지도 어머니는 화가 나신 듯했다.

"조심해라, 안메이. 네가 듣는 말을 곧이곧대로 믿어선 안 돼. 그는 한 손으로 구름을 모으고 다른 손으로는 비를 내리는 여자야. 너를 구워삶아서 자기를 위해 무슨 짓이든 하게끔 만들 거다."

나는 어머니 말을 흘려버리려 애쓰며 조용히 앉아 있었다. 어머니는 왜 이렇게 불만이 많지? 어쩌면 어머니가 불행해진 것도 전부 그 때문인지 몰라. 어떻게 하면 어머니 말씀을 무시해버릴 수 있을까?

그때 갑자기 어머니가 말씀하셨다. "그 목걸이, 이리 내놓으렴."

나는 꿈쩍도 하지 않고 어머니를 바라보았다.

"네가 나를 믿지 않으니 그 수밖에는 없구나. 그 여자가 너를 헐값에 사들이는 걸 그냥 두고보고 있지만은 않을 거야."

그래도 내가 계속 가만히 있자 어머니는 자리에서 일어나 내게로 걸어오시더니 내 머리 위로 목걸이를 벗겨내셨다. 그리고 내가 그만하라고 소리 지를 새도 없이 목걸이를 발밑에 내려놓고는 그대로 밟아버리셨다. 어머니가 목걸이를 다시 주워 탁자 위에 올려놓으셨을 때, 나는 어머니의 뜻을 알 수 있었다. 내 마음을 거의 사로잡았던 그 예쁜 목걸이의 진주알이 하나 깨져 있었다. 유리였던 것이다.

나중에 어머니는 깨진 유리알을 빼버리고 그 빈자리에 매듭을 지어 감쪽같게 하셨다. 그러고는 앞으로 한 주 동안 매일 그 목걸이를 차고 다니라고 말씀하셨다. 거짓된 것에 얼마나 쉽게 마음을 빼앗길 수 있는지 기억하라는 뜻이었다. 나는 충분히 그 교훈을 배울 수 있을 만큼 오랫동안 가짜 진주 목걸이를 차고 다녔다. 그제야 어머니는 그 목걸이를 벗어도 된다고 허락하시며 상자 하나를 열어 나에게 보여주셨다. "이제 뭐가 진짜인지 구분할 수 있겠지?" 나는 고개를 끄덕였다.

어머니는 상자 안에 들어 있던 것을 내 손에 쥐여주셨다. 물먹은 파란색 사파이어가 박힌 묵직한 반지였다. 한가운데에는 꼭 별이 떠 있는 듯했다. 나는 그 투명한 보석에서 눈을 뗄 수가 없었다.

겨울의 둘째 달이 시작되기 전에 첫째 부인이 베이징에서 돌아왔다. 첫째 부인은 베이징에 집을 가지고서 결혼하지 않은 두 딸들과 함께 살았다. 나는 첫째 부인이 둘째 부인을 꺾을 수 있을 거라고 생각했다. 법으로 보나 관습으로 보나 첫째 부인이 본부인이니까.

그런데 알고 보니 첫째 부인은 산송장이나 다름없어서, 혈기 왕성한 둘째 부인에게는 상대도 되지 않았다. 굽은 허리와 전족을 한 발, 유행 지난 누비 외투와 바지, 수수하고 주름진 얼굴. 첫째 부인은 아주아주 옛날 사람 같았고 노쇠해 보였다. 그러나 이제 와 생각해보면 결코 그 정도로 늙은 사람은 아니었을 것 같다. 우 칭과 연배가 비슷했을 테니, 아마 오십 정도였을 것이다.

처음 첫째 부인을 만났을 때, 나는 그가 앞을 못 보는 줄 알았다. 꼭 나를 보지 못한 것처럼 행동했기 때문이다. 그는 우 칭도 보지 않았다. 우리 어머니도 보지 않았다. 하지만 자기 딸들만은 볼 수 있었다. 혼기를 넘긴 그 딸들은 적어도 스물다섯은 되었을 것이다. 이외에는 자기 방에서 킁킁거리고, 창밖에서 정원의 흙을 파고, 탁자 다리를 핥아대는 개 두 마리를 꾸짖을 때만 시력을 되찾는 것 같았다.

"첫째 부인은 어떨 때는 눈이 보이고, 어떨 때는 안 보이는 사람 같아. 왜 그러는 거야?" 어느 날 밤 목욕을 하다가 얀 창에게 물었다.

"첫째 마님은 부처님처럼 완전한 것만 보신대요. 잘못된 대부분의 것들에 대해서는 눈을 감아버리신다네요."

얀 창의 말에 따르면, 첫째 부인은 자신의 불행한 결혼 생활에 대해서도 눈을 감아버리기로 했다. 그와 우 칭은 티얀디[天地], 즉 하늘과 땅에서 맺어졌다. 그들의 결합은 중매쟁이에 의해 주선된 영적 결혼이고, 부모들의 명이었으며, 조상의 영혼으로부터 보호받을 것이었다. 일 년 뒤 그는 딸을 낳았는데, 아이의 한쪽 다리가 다른 쪽 다리에 비해 너무 짧았다. 이 불행으로 인해 첫째 부인은 절에 출입하게 되었다. 부처님께 헌금과 비단 외투를 바치고 향을 피우며 딸아이의 다리를 늘려달라고 기도했다. 그 기도대로 되어, 부처는 첫째 부인에게 두 다리가 온전한 다른 딸을 점지해주었다. **그런데, 아이고 이를 어째요?** 마치 갈색 찻물을 엎지른 것 같은 얼룩이 둘째 딸의 얼굴을 절반 넘게 뒤덮고 있었던 것이다. 이 두 번째 불행으로 인하여 첫째 부인은 지난[濟南]으로 더 잦은 순례를 떠나게 되었다. 기차를 타고 남쪽으로 한나절씩 달려가야 하는 곳이었다. 우 칭은 그를 위해 그곳에 집을 사주었다. 집 근처에는 천불계곡과 죽림 온천이 있었다. 또 첫째 부인이 그곳에서 식솔들을 건사할 수 있도록 매년 생활비를 올려주었다. 그래서 일 년에 두 번, 한 해 중 가장 추운 계절과 더운 계절이 되면 그는 톈진으로 돌아와 감사를 표하고, 남편네 식구들의 꼴을 보지 않으려 애쓰며 견딘다는 것이었다. 매번 돌아올 때마다 첫째 부인은 하루 종일 자기 방에 부처처럼 앉아서 지내며 아편을 피우고 조용히 혼잣말을 한다고 했다. 식사하러 아래층으로 내려오지도 않았다. 금식을 하거나 자기 방에서 채식만 했다. 우 칭은 한 주에 한 번씩 아침 느지막이 그의 방을 찾아가

반 시간 정도 차를 마시며 건강은 좀 어떠냐 안부를 물었다. 밤에는 첫째 부인을 귀찮게 하지 않았다.

유령 같은 첫째 부인은 어머니를 전혀 괴롭히지 않았다. 그저 어머니에게 새로운 희망을 불어넣어주었을 뿐이다. 이제 당신도 충분히 고통받을 만큼 고통받았으니 따로 나가 살아도 된다는 것이었다. 아마 지난까지는 아니더라도 베이징 동쪽의 작은 페타이호 정도는 갈 수 있을 것이다. 그곳은 테라스와 정원이 있는 아름다운 바닷가 휴양지였다. 돈 많은 과부들이 사는 곳이기도 했다.

"우리도 우리 집에서 살게 될 거야." 어느 눈 내리던 날, 어머니는 행복하게 말씀하셨다. 어머니는 안감에 모피를 댄 새 비단 외투를 입고 계셨다. 꼭 물총새 깃털 같은 청록색이었다. "이 집만큼 크지는 않을 거야. 아마 아주 작겠지. 하지만 거기서 얀 창이랑 다른 하인들을 데리고 우리끼리 살 수 있을 거야. 우 칭이 그렇게 해주겠다고 이미 약속했어."

겨울의 가장 추운 달을 지나는 동안, 우리는 어른이나 아이나 하나같이 지루해졌다. 밖으로 나갈 엄두는 나지 않았다. "그랬다가는 피부가 얼어붙어서 산산조각이 나고 말걸요?" 얀 창은 그렇게 말하며 겁을 줬다. 다른 하인들은 자기들이 마을에 나갔을 때 보고 온 광경들에 대해 수다를 떨어댔다. **가게들마다 뒷계단이 얼어죽은 거지들 시체로 꽉꽉 막혀 있더라. 남자고 여자고 할 것 없어. 그 위로 눈이 어찌나 두껍게 쌓였던지, 말도 못해.**

그래서 우리는 매일 집 안에 머물며 '뭐 재미있는 일이 없을까'만 생각했다. 어머니는 외국 잡지들을 뒤적이며 마음에 드는 드레스 사진을 오려냈다. 그걸 가지고 아래층으로 내려가서는, 가진 재료로 이런 드레스를 만들어낼 수 있을지 재단사에게 묻곤 했다.

셋째 부인의 딸들과 노는 것은 재미가 없었다. 그 애들은 꼭 제 엄마처럼 너무 물러터졌고 아둔했다. 하루 종일 창밖을 내다보며 해가 뜨고 지는 모습을 보는 것만으로도 충분하다 여겼다. 그래서 나는 걔들과 노는 대신 얀 창과 석탄 난로 위에 밤을 굽고 손가락을 호호 불어가며 그 달콤한 알맹이를 까먹었다. 그러면서 자연스럽게 낄낄대며 수다를 떨었다. 시계가 울리며 똑같은 노래가 흘러나왔다. 얀 창이 우스꽝스럽게 전통 오페라 가곡을 부르는 흉내를 냈다. 나는 큰 소리로 웃었다. 어제 저녁 둘째 부인은 삼현 류트 연주에 맞추어 꼭 염소 우는 듯한 소리로 노래하면서 자꾸만 실수를 했다. 온 집안 식구들을 고통스럽게 한 이 공연은 우 칭이 의자 위에서 앉은 채 잠들어버림으로써 종료되었다. 얀 창은 웃으면서 둘째 부인에 대한 이야기를 들려주었다.

"이십 년 전에는 산둥에서 유명한 가수였대요. 특히 찻집을 자주 드나드는 유부남들에게 인기가 많았다네요. 그때도 결코 예쁜 얼굴은 아니었지만, 똑똑하고 매력이 있었나 봐요. 여러 악기를 다룰 수 있었고, 심금을 울리는 맑은 목소리로 고전 창가를 불렀대요. 때마다 적절히 손가락으로 뺨을 어루만지기도 하고 작은 발을 배배 꼬기도 하면서요.

우 칭이 그에게 자기 첩이 되어달라고 청한 거예요. 사랑해서는 아니었고 그저 많은 남자가 원하는 여자를 차지하면 자기 위신이 설 거라고 생각했던 거지요. 둘째 부인은 우 칭이 굉장한 부자라는 것과 첫째 부인이라는 사람은 마음이 약하다는 사실을 알고는 그의 첩이 되기로 했다더군요.

처음부터 둘째 부인은 우 칭에게서 돈을 뜯어낼 수 있는 방법을 알고 있었어요. 그의 얼굴이 바람 소리에 창백해지는 것을 보고 그가 귀신을 무서워한다는 사실을 안 거죠. 다 아는 사실이잖아요? 여자가 결혼에서 벗어나 복수할 수 있는 유일한 방법은 자살이라는 거. 귀신이 되어 돌아와서 찻잎을 흩고 복을 다 날려버리는 거죠. 우 칭이 용돈을 올려주지 않자 둘째 부인은 자살 소동을 벌였어요. 생아편 조각을 조금, 딱 몸이 아플 만큼만 먹고 하녀를 우 칭에게 보냈대요. 자기가 죽어가고 있다고 전하라고요. 그로부터 삼 일 뒤에 자기가 달라고 한 것보다 더 많은 용돈을 받았다는 거 있죠?

그 뒤로는 자살 소동을 어찌나 자주 벌이는지 우리 하인들은 의심하기 시작했어요. 야, 이제는 뭐 하러 귀찮게 아편을 먹겠냐? 그냥 먹은 척만 할 거다. 연기 실력이 출중하니까요. 곧 둘째 부인은 더 좋은 방을 차지했고, 전용 릭샤를 얻었으며, 노부모님께 집도 사드렸어요. 절에 불공드릴 돈도 받고요.

그런데 딱 한 가지, 아이만은 가질 수가 없었어요. 둘째 부인은 우 칭이 곧 조바심을 낼 거라는 걸 알았죠. 조상의 제사를 모시고 대를 이을 아들이 필요했으니까요. 그래서 우 칭이 왜 아들을 낳지 못하냐고 타박하기 전에 먼저 선수를 쳤다는 거예요. **내가 당신 아들을 낳아줄 여자를 찾아놨어요. 딱 보면 처녀라는 걸 알 거예요.** 맞는 말이었죠. 보셨다시피 셋째 부인은 굉장히 못생겼잖아요. 심지어 발도 커다래요.

셋째 부인은 둘째 부인의 덕을 본 셈이기 때문에 집안 돌아가는 일에 대해서도 아무 말 안 해요. 둘째 부인은 손가락 하나 까딱할 필요가 없는데도, 음식과 생필품 사는 것을 감독하고, 하인도 고용하고, 절기 때면 친척을 초내하죠. 셋째 부인이 낳은 세 딸들의 유모도 각각 구해주고요. 시간이 지나자 우 칭은 또 다급해졌어요. 다른 도시에 있는 찻집을 드나들며 돈을 물 쓰듯 써대기 시작했죠. 이 상황도 둘째 부인이 정리했어요. 아가씨 어머님을 우 칭의 셋째 첩, 넷째 부인이 되게 한 거죠!"

자연스럽고 흥미진진한 이야기 전개와 깔끔한 마무리에 나는 박수를 쳤다. 그러고 나서는 한참 동안 얀 창과 밤 껍질을 까다가, 마침내 참지 못하고 머뭇거리며 물었다.

"둘째 부인이 어떻게 우리 어머니를 우 칭과 결혼시켰어?"

"어린아이는 이해 못하는 거예요!" 얀 창이 야단을 쳤다.

나는 즉시 고개를 숙이고 내내 조용히 있었다. 결국 얀 창이 오후의 고요를 참지 못하고 먼저 입을 열었다.

"어머님은요, 이 집에 계시기엔 너무 좋은 분이에요." 혼잣말 같은 말이었다. "오 년 전, 그러니까 아가씨 아버님이 돌아가신 지 일 년 되던 해에 어머님과 항저우에 갔어요. 서호 건너편에 있는 육화탑에 방문하기 위해서였죠. 아버님은 생전에 존경받는 학자셨고, 그 탑에 봉안된 불교의 여섯 가지 미덕에 헌신하셨어요. 그래서 어머님도 몸과 생각, 말을 조화롭게 하겠다고, 자기 주장을 삼가며 재물을 멀리하겠다고 다짐하며 그곳에서 머리를 숙이셨죠. 그러고 나서 다시 호수를 건너려고 배에 탔는데, 우리 맞은편에 웬 남녀가 있었어요. 우 칭과 둘째 부인이었죠.

아마 우 칭은 어머님께 한눈에 반했을 거예요. 그 시절 어머님은 허리 아래까지 내려오는 긴 머리를 높이 묶었고, 피부도 남달라서 복숭아빛으로 광이 났으니까요. 하얀 과부 옷을 입고 계셔도 얼마나 아름다우셨는데요! 그러나 과부였기 때문에 어머님에게는 여러 면에서 제약이 많았죠. 재혼하실 수도 없었고요.

그러나 그 사실조차 둘째 부인의 계략을 막을 수는 없었어요. 집안의 돈이 찻집으로 씻겨 들어가는 걸 보는 데 신물이 났거든요. 그 돈이면 부인을 다섯은 너끈히 둘 수 있었으니까요! 둘째 부인은 밖으로 나도는 우 칭을 아무 말 못하고 지켜보기만 하면서 조바심을 내던 차였어요. 그래서 우 칭과 공모한 거죠. 어머님을 그의 침대로 끌어들이기로요.

그래서 어머님에게 말을 붙이며, 어머님이 다음 날 영거사로 가신다는 걸 알아냈어요. 그리고 자기도 영거사에 나타났죠. 그곳에서 보다 친밀한 대화를 나누고 난 뒤에 어머님을 저녁 식사에 초대했어요. 마침 어머님도 너무 외로워서 좋은 말상대가 필요하던 차였기에 기쁘게 수락하셨지요. 저녁 식사를 마친 뒤 둘째 부인은 어머님께 말했어요. **마작 할 줄 알아요? 오, 잘 못해도 상관없어요. 내일 밤 찾아와줘요. 우리는 세 사람뿐이라 당신이 없으**

면 아예 마작 자체를 할 수 없어요.

다음 날 밤, 저녁 내내 오래도록 마작을 하고 나서 둘째 부인은 하품을 하더니 어머님께 자고 가라고 권했어요. **자고 가요! 너무 예의 차리지 말고요. 아냐, 예의 차려봤자 정말로 거추장스러울 뿐이에요. 무엇 하러 어린 릭샤꾼을 깨우나요? 여기 봐요. 내 침대는 두 사람이 자도 될 만큼 크잖아.**

한밤중 어머님이 둘째 부인의 침대에서 평온히 주무시고 계실 때 둘째 부인은 자리에서 일어나 어두운 방을 나갔어요. 그리고 우 칭이 들어왔지요. 어머님은 그가 자기 속옷 아래를 더듬는 것을 느끼고 침대에서 뛰쳐나오셨어요. 그는 어머니의 머리채를 잡아 바닥에 내팽개치고는 발로 목을 밟으며 옷을 벗으라고 위협했지요. 그가 몸 위로 덮쳐 올 때 어머니는 소리를 지르지도 울지도 않으셨어요.

이른 아침 릭샤를 타고 떠나실 때 어머님의 머리카락은 산발이 되었고 뺨에는 눈물이 흘렀어요. 어머님은 오직 저에게만 이 일을 이르셨는데, 둘째 부인이 사람들에게 과부가 수치심도 모르고 우 칭을 침대로 끌어들였다고 흉을 보고 다니더군요. 한낱 과부가 어떻게 부잣집 마님에게 거짓말하지 말라고 맞설 수 있겠어요?

또 우 칭이 어머님께 셋째 첩이 되어 아들을 낳아달라고 했을 때, 그분께 선택의 여지가 있었겠어요? 이미 창부보다 더 천한 사람이 되었는데요. 오라버니의 집으로 돌아가 세 번 고개 숙여 작별을 고했을 때, 오라버니는 어머니를 냅다 걷어차버렸고 낳아주신 어머니는 명하셨어요. 앞으로 두 번 다시는 이 집에 돌아오지 말라고요. 아가씨가 할머님이 돌아가실 때까지 어머님을 뵙지 못했던 것은 그래서예요. 어머니는 살기 위해 톈진에 가셨던 거예요. 자신의 수치를 우 칭의 부로 덮으면서요. 삼 년 뒤 어머님은 아들을 낳으셨어요. 둘째 부인이 자기 아들이라 주장하는 그 아이지요. 저 역시 그렇게 이 집에 살게 되었고요." 얀 창이 뿌듯하다는 듯 이야기를 마무리지었다.

그리고 나는 그로써 아기 샤우디가 우리 어머니의 아들, 내 막내동생이라는 사실을 알게 되었다.

사실 얀 창이 나에게 어머니의 이야기를 들려준 것은 잘못이었다. 어린아이들에게 비밀을 안겨주어서는 안 된다. 국솥에 뚜껑을 덮듯, 어린아이가 감당할 수 없는 진실에 끓어 넘치지 않도록 해야 하는 것이다.

얀 창으로부터 그 이야기를 전해 들은 이후, 나는 모든 것을 볼 수 있게 되었다. 그 전에는 결코 이해하지 못했던 것들이 들렸고, 둘째 부인의 본성이 보였다. 나는 그가 다섯째 부인에게 돈을 주며 가난한 고향 집에 다녀오라고 하는 것을 보았다. 그 멍청한 여자애에게 부추기기까지 했다. "친구들과 가족에게 가서 자네가 얼마나 부자가 되었는지 보여주고 오게!" 물론 그 방문은 보는 이들로 하여금 우 칭의 다섯 번째 아내가 천한 집안 출신이라는 것과 그 집구석에서 진흙투성이를 건져 온 우 칭은 얼마나 어리석은 사람인가를 상기시키는 일이었다.

나는 둘째 부인이 첫째 부인에게 한껏 공손히 고두례를 하면서 아편을 내미는 것을 보았다. 그 모습을 보고 어째서 첫째 부인의 힘이 말라버렸는가를 알았다. 또 둘째 부인이 늙어서 길거리로 내쫓겼다는 첩들에 대한 이야기를 들려줄 때마다 셋째 부인이 잔뜩 겁에 질리는 것을 보았다. 그 모습을 보고 어째서 셋째 부인이 둘째 부인의 건강과 안녕을 살피고 지키는가를 알았다.

나는 둘째 부인이 샤우디를 무릎에 앉히고 어르며 입 맞출 때마다 우리 어머니가 얼마나 끔찍한 고통을 느끼시는가도 알았다. 둘째 부인은 아기에게 말했다. "내가 네 어미인 한, 네가 배곯을 일은 없다. 불행의 불 자도 모르고 살 게다. 무럭무럭 자라서 이 집의 가장이 되고 이 어미의 노후를 봉양해야지."

그리고 나는 왜 어머니가 자기 방에서 그토록 자주 우시는가도 알았다. 외아들을 낳아준 대가로 집을 사주겠다는 우 칭의 약속이 둘째 부인의 또 한바탕 자살 소동으로 물거품이 된 것이다. 어머니는 알고 계셨다. 다시 약속을 받아낼 방도가 없다는 것을.

얀 창으로부터 어머니의 이야기를 듣게 된 이후 나는 아주 많이 앓았다. 어머니가 우 칭과 둘째 부인에게 가서 호통을 치셨으면 좋겠다고 생각했다. 그리고 얀 창에게도. 내게 그런 이야기를 들려준 것은 잘못이라고 말이다. 그러나 심지어 어머니에게는 그럴 만한 권위조차 없었다. 어머니에게는 선택의 여지가 없었다.

음력 설을 이틀 앞둔 어느 날, 얀 창이 나를 흔들어 깨웠다. 바깥은 여전히 어두웠다.

"빨리요!" 얀 창은 소리를 지르며 아직 정신을 못 차리고 눈도 제대로 뜨지 못하는 나를 잡아당겼다.

어머니 방에 불이 환했다. 들어서자마자 어머니가 보였다. 나는 어머니의 침대로 달려가 발판 위에 섰다. 어머니는 천장을 보고 누운 채 팔다리를 앞뒤로 움직이고 계셨다. 그 모습이 마치 제자리에서 행군하는 군인 같았다. 어머니의 머리가 오른쪽, 이어 왼쪽을 보며 움직였다. 이제 어머니의 온몸이 마치 기지개라도 켜는 것처럼 뻣뻣해지며 딱딱하게 굳어가고 있었다. 턱은 벌어져 입안으로 부풀어 오른 혀가 보였다. 숨이 막히는지 기침을 하고 계셨다.

"일어나세요!" 나는 속삭였다. 고개를 돌려 본 자리에 모두가 서 있었다. 우 칭, 얀 창, 둘째 부인, 셋째 부인, 다섯째 부인, 의사.

"아편을 너무 많이 드셨어요. 의사도 방도가 없대요. 어머니께서 스스로 독을 드신 거예요." 얀 창이 울며 말했다.

그래서 그들은 아무것도 하지 않으며 그저 기다렸다. 나 또한 아주 여러 시간을 속수무책으로 멀거니 흘려 보냈다. 들리는 것이라고는 시계 속 소녀가 바이올린을 켜는 소리뿐이었다. 나는 시계에 대고 아무 의미 없는 소리 집어치우고 좀 닥치라고 소리치고 싶었다. 하지만 그러지 않았다.

나는 어머니가 침대 위에서 제자리걸음하시는 모습을 지켜보았다. 어머니의 몸과 영혼을 평온하게 할 수 있는 말을 해드리고 싶었다. 그러나 나는 다른 사람들과 똑같이 그 자리에 서서 그저 기다리며 아무 말도 하지 않았다.

그러다 문득 어머니가 들려주셨던 작은 거북이 이야기가 떠올랐다. 거북이는 경고했다. 울어서는 안 된다고. 어머니께 고함치고 싶었다. **그런 이야기는 아무 소용 없어요. 이미 너무 많은 눈물을 흘렸잖아요.** 한 방울, 또 한 방울 삼켜보려 애썼지만, 눈물은 점점 빠르게 흘렀다. 결국 나는 굳게 다물었던 입을 크게 벌리고 엉엉 울었다. 울고 또 울었다. 그 방 안에 있는 사람들이 내 눈물을 집어먹고 살든 말든 상관없었다.

슬픔이 너무 커서 혼절하고 말았다. 사람들이 그런 나를 얀 창의 침대로 옮겼다. 그날 아침, 어머니가 죽어가는 동안 나는 꿈을 꾸었다.

나는 하늘에서 떨어져 내려 연못에 빠졌다. 그리고 그 물 많은 곳의 밑바닥에 사는 작은 거북이가 되었다. 내 위로 천 마리나 되는 까치들의 주둥이가 보였다. 그들은 연못 물을 마시고 또 마시면서 행복하게 노래 부르고 눈처럼 새하얀 배를 불렸다. 나는 몹시도 울었다. 굉장히 많은 눈물을 흘렸음에도 새들은 마시고 또 마셔댔다. 더 이상 내 안에 남은 눈물이 없어 연못이 비고 전부 다 모래처럼 버석하게 말라버릴 때까지.

뒤에 얀 창은 어머니가 둘째 부인의 말을 듣고 자살 소동을 벌이려 하셨던 거라고 했다. 허무맹랑한 소리였다. 거짓말이었다! 우리 어머니가 자신을 그토록 고통스럽게 한 여자의 이야기를 들으려 하셨을 리가 없다.

나는 알고 있다. 어머니는 자기 내면의 소리를 들으셨다. 그리고 연기를 그만두기로 하신 것이다. 그게 아니라면 왜 음력 설을 이틀 앞두고 돌아가셨겠는가? 왜 당신의 죽음을 좀 더 교묘하게 이용할 수 있도록 계획하지 않으셨겠는가?

음력 설로부터 사흘 전, 어머니는 완샤우[元宵]를 드셨다. 명절을 축하하기 위해 먹는 쫀득하고 달콤한 만두다. 어머니는 하나 드시고 또 하나를 더 드셨다. 그리고 이상한 말씀을 남기셨다. "보렴. 삶이라는 게 이래. 이 쓰디쓴 것을 아무리 먹어도 이만 됐다, 라는 게 없어." 어머니는 그때 쓰디쓴 독이 든 완샤우를 드셨던 것이다. 달게 졸인 씨앗이나 몽롱한 행복감을 주는 아편이 든 것이 아니라 말이다. 얀 창이나 다른 사람들의 생각과는 다르다. 그 독이 몸을 무너뜨려갈 때에 어머니는 내 귀에 대고 속삭이셨다. **엄마가, 차라리 엄마 안에 있는 유약한 기운을 죽여서라도 네게는 더 강한 기운을 넣어줄게.**

그 끈적한 독이 어머니 몸에 들러붙어서 사람들은 그걸 해독할 수 없었고, 결국 어머니는 음력 설을 이틀 앞두고 돌아가셨다. 사람들은 어머니의 시신을 복도의 나무 단 위에 뉘었다. 어머니는 살아생전 입으셨던 옷들보다 훨씬 값비싼 수의를 입으셨다. 어머니의 몸은 비단 내복에 포근히 싸여 있었다. 짐같이 무거운 모피 코트는 벗어버리셨고, 대신 금실로 꿰맨 비단 외투를 입으셨다. 금과 청금석, 옥으로 만든 관을 쓰셨다. 그리고 섬세하게 만든 슬리퍼를 신으셨는데, 가장 부드러운 가죽으로 밑창을 댔고 양쪽 발부리에 커다란 진주 두 개가 달려 있었다. 그 진주들이 어머니가 열반에 드는 길을 밝혀줄 것이었다.

어머니를 보는 것은 지금이 마지막이었다. 내가 와락 어머니의 품에 달려들자, 어머니는 천천히 눈을 뜨셨다. 그래도 나는 무섭지 않았다. 어머니는 나를, 마침내 당신이 해내신 일을 보고 계시는 것이었다. 그래서 나는 어머니의 눈을 감겨드리며 말씀드렸다. 가슴에서부터 우러나오는 이야기였다. "저도 진실을 볼 수 있어요. 저도 강해요."

왜냐면 우리 둘 다 알고 있었기 때문이다. 사람이 죽은 지 사흘째 되는 날이면 그 영혼이 원수를 갚기 위해 찾아온다는 것을. 우리 어머니의 경우에는 음력 새해의 첫째 날이 될 것이다. 새해에는 모든 빚이 청산되어야만 한다. 만일 그러지 않으면 재앙과 불운이 따를 것이다.

그래서 그날 우 칭은 희고 거친 면으로 지은 상복을 입었다. 어머니의 원혼이 두려웠기 때문이다. 그리고 어머니의 넋에 대고 샤우디와 나를 자신의 적자로 키우겠다고 약속했다. 어머니를 첫째 부인이자 유일한 아내처럼 기리겠다고도 했다.

그날 나는 둘째 부인에게 그가 내게 주었던 가짜 진주 목걸이를 보여주었다. 그러고는 그대로 내 발로 밟아 부숴버렸다.

그날부터 둘째 부인의 머리는 하얗게 세기 시작했다.

바로 그날에, 나는 소리 치는 법을 배운 것이다.

*

나는 꿈속을 살듯 살아가는 법을 알아. 듣고 보고 일어나서 이미 일어나버린 일을 이해하려고 애쓰는 거지.

그렇게 사는 데 정신과 의사의 도움은 필요없어. 그는 네가 깨어나는 걸 원하지 않거든. 그저 더 많이 꿈꾸고, 연못을 찾아서는 그 안에 더 많은 눈물을 쏟아 넣으라고 말할 뿐이야. 정말이지, 그는 네 불행을 마시고 사는 한 마리 새에 지나지 않는다고.

내 어머니, 그분도 고통받으셨다. 체면을 잃고 그 사실을 숨기기 위해 안간힘 쓰셨지. 그러나 더 큰 불행이 닥쳐왔을 뿐이었고, 마침내는 그걸 숨길 수 없게 되셨어. 그밖에 더 이상 이해해야 할 것은 없다. 그 시절 중국에서는 다 그랬어. 그 시절 사람들은 다 그렇게 살았어. 선택지가 없었거든. 목소리를 높일 수도, 달아날 수도 없어. 그게 그들의 운명이었던 게야.

하지만 이제는 다르다더구나. 더 이상 혼자서 눈물을 삼키지 않아도 되고 까치들에게 조롱당하지 않아도 돼. 중국 잡지에서 읽은 기사 때문에 알지.

거기 적힌 바에 따르면 새들은 수천 년 동안 농부들을 괴롭혀왔대. 농부가 들판에 허리를 숙이고서 거친 땅을 파고 씨앗을 싹 틔우기 위해 눈물로 고랑에 물을 대는 것을 가만히 지켜보고 있다가, 그가 허리를 펴고 일어서면 그 즉시 떼 지어 날아 내려와 눈물을 마시고 씨앗을 먹어치웠대. 그러니까 어린애들은 굶주렸고.

그러다 하루는 중국 전역의 지친 농부들이 각자 들로 몰려나왔다는구나. 그들은 새들이 먹고 마시는 것을 지켜보다가 말했대. "이만큼 조용히 고통받았으면 족하다!" 그러고는 손뼉을 치고 단지와 냄비를 막대기로 탕탕 두들겨대면서 소리쳤다는 거야. "쓰! 쓰! 쓰! 죽어라! 죽어라! 죽어라!"

새들은 이 분노가 갑작스럽고 낯설기만 했어. 그래서 깜짝 놀라 검은 날개를 치며 공중으로 날아올랐지. 하늘을 날아다니며 소음이 잦아들기를 기다렸지만 사람들의 노성은 더욱 커지고 격앙될 뿐이었어. 새들은 땅에 내려 앉지도, 먹지도 못해서 지쳐갔어. 이런 상황이 몇 시간이고, 며칠이고 계속되었어. 수백, 수천, 수백만이나 되는 그 새들이 모두 땅에 떨어져 퍼덕이다 죽어갈 때까지, 하늘 위에 새가 단 한 마리도 남지 않을 때까지.

내가 그 기사를 읽고 기쁨에 겨워 환호했다고 하면, 네 정신과 의사는 뭐라고 말할까?

나무 사이에서 기다리며

잉잉 세인트 클레어의 이야기

딸은 나에게 제 새집에서 가장 작은 방을 내주었다. "여기가 게스트 룸이에요"라고, 그 자랑스러운 미국식 표현으로 말한다.

나는 미소 지었다. 그러나 중국식으로 하자면 손님에게 최고로 좋은 방을 내주어야 한다. 그 애와 그 남편이 잠자는 방처럼 말이다. 하지만 이런 생각을 입 밖으로 내놓지는 않는다. 그 애의 지혜란 마치 바닥 없는 못과도 같다. 그 속으로 돌을 던지면 어둠 속으로 가라앉아 사라져버린다. 되돌아보는 그 애의 눈에는 아무것도 비치지 않는다.

나는 딸을 사랑하지만, 마음속으로는 이런 생각을 하지 않을 수 없다. 그 애와 나는 한 몸을 나눈 사이다. 그 애 마음의 일부는 곧 내 마음의 일부다. 그러나 세상에 태어난 이래로 그 애는 마치 미끄덩한 물고기처럼 내 품에서 벗어나 줄곧 헤엄쳐 멀어지기만

했다. 나는 마치 반대편 해안에서 바라보듯이 그 애의 인생을 관망해왔다. 이제는 반드시 딸에게 내 과거에 대해 전부 들려주어야만 한다. 그것만이 그 애의 피부를 뚫고 들어가 그 애를 건져낼 수 있는 유일한 길이다.

이 방의 천장은 아래로 경사져 내 침대 베개맡까지 내려온다. 사방의 벽은 서로 너무 가까워서 꼭 관짝에 누운 것 같다. 이 방에서는 아이를 낳지 말라고 딸애에게 일러주어야겠다. 물론 들은 체도 하지 않으리라는 것을 안다. 지기는 아이를 낳지 않을 거라고 귀에 못이 박히게 말하지 않았던가. 딸네 부부는 남들이 세우고 들어가 살 건물 도면을 그리느라 너무 바쁘다. 나는 걔들이 하는 일을 영어로 뭐라고 하는지 제대로 발음할 수 없다. 아주 괴상한 단어다.

"알티- 텍키(Arty- tecky)" 언젠가 내 시누이에게 그렇게 말해주었더니, 딸아이는 그 소리를 듣고 깔깔대며 웃었다. 어려서 버릇 없이 굴 때에 좀 더 호되게 때려주었어야 했는데 지금은 너무 늦었다. 이제 딸네 부부는 소셜 시큐리티(social security)인가 쏘-쏘 시큐리티(so-so security)인가 하는 나라에서 주는 생활비에 보태 쓰라며 돈을 준다. 그 돈을 내 손에 받아 쥘 때면 때때로 불붙는 듯한 감정이 일지만, 속으로만 간직하고 표내지 말아야 한다.

화려한 건물을 그리면서 정작 저희들은 아무 짝에도 쓸모없는 집에 산다면 무슨 소용인가? 내 딸아이는 돈이 있음에도 불구하고, 그저 보여주기 위한 물건들로만 집 안을 가득 채웠다. 심지어 그다지 좋아 보이지도 않는다. 이 탁자는 또 어떤가. 가느다란 검정색 다리 위에 무거운 하얀색 대리석 상판을 올려두었다. 이 위에 무거운 가방을 올려놓을 생각일랑 하지 말아야 한다. 그랬다간 탁자 전체가 무너져 내릴 테니까. 이 위에 놓을 수 있는 물건은 오직 기다란 검정색 화병뿐이다. 화병도 꼭 거미 다리처럼 가느다래서 꽃 한 송이 겨우 꽂을 수 있을 것 같다. 만약 이 테이블을 흔들면, 화병과 꽃이 함께 쓰러질 것이다.

내 눈에는 온 집안 곳곳에서 조짐이 보이는데, 내 딸은 그걸 보면서도 깨닫지 못한다. 이 집은 곧 산산조각 날 것이다. 어떻게 아느냐고? 나는 언제나 일이 일어나기도 전에 미리 아는 사람이기 때문이다.

*

우시에 살던 소녀 시절, 나는 리하이[厉害]였다. 거칠고 고집이 셌다는 뜻이다. 히죽히죽 웃고 다니면서 말도 듣지 않았다. 나는 작고 예쁜 아이였다. 발도 조그매서 더욱 기고만장했었다. 신고 있는 비단 슬리퍼에 먼지가 묻어 더러워지면 그대로 내던져버렸다. 나는 굽이 약간 있고 송아지 가죽으로 만든 값비싼 외제 신만 신었다. 그걸 신고 자갈 마당을 내달리다가 신발 여러 켤레를 해먹었고, 스타킹도 무수히 망가뜨렸다.

그 시절 나는 머리를 풀어서 길게 늘어뜨리고 다니곤 했는데, 어머니는 산발이 된 머리카락을 보시고 꾸짖으셨다. "아이고, 잉잉아. 네 꼴이 꼭 저 호수 밑바닥에 사는 여자 귀신들 같다."

그들은 수치심을 견디지 못하고 물에 빠져 죽은 여자들인데, 산 사람의 집 안에서 긴 머리를 풀어 헤치고 둥둥 떠다닌다는 것이다. 끝나지 않는 절망을 보여주겠다는 것처럼. **네가 집안 망신을 시키겠구나!** 어머니가 꾸짖으시며 긴 머리핀으로 내 머리를 틀어 올려주실 때도 나는 그저 낄낄거릴 뿐이었다. 어머니는 화를 내시기에는 나를 너무 많이 사랑하셨다. 나는 어머니를 닮았다. 그것이 어머니가 내 이름을 잉잉이라 지으신 이유였다. 잉잉, 맑은 반영이라는 뜻이다.

우리 집안은 우시에서 가장 부유한 가문 중 하나였다. 우리 집은 방이 아주 많았고, 각 방마다 크고 무거운 탁자들이 있었다. 그 탁자들 위에 놓인 옥단지들 안에는 항상 적당한 양의 영국산 생담배가 들어 있었다. 너무 많지도 않았고, 너무 적지도 않았다. 그 단지들은 오직 담배를 보관할 용도로 만들어진 것들이었다. 그래서 그것들에 대해서는 별 생각이 없었다. 내게는 그저 쓸모없는 물건이었으니까. 그러다 하루는 오빠들과 함께 그 단지를 하나 훔쳤다. 그러고는 안에 든 담배를 길바닥에 쏟아버리고 하수구 밑으로 달려 내려갔다. 물이 졸졸 흐르는 그곳에서 우리는 거기 사는 아이들과 쭈그려 앉아 옥 단지로 더러운 물을 한 번 퍼올렸다. 물고기나 보물이 딸려 오기를 기대하면서. 하지만 아무것도 나오지 않았고, 우리는 옷에 진흙이 잔뜩 묻어서 길에 사는 아이들이나 다를 바가 없게 되었다.

어릴 적 우리 집에는 값진 물건이 많았다. 비단 깔개와 보석, 진귀한 그릇과 상아 조각품 등등. 하지만 이제 와 간혹가다 나의 옛날 집을 회상할 때면, 그 옥 단지가, 얼마나 값진 것인지도 모른 채 손에 들고 있던 그 진흙투성이 보물이 생각난다.

그리고 또 하나 선명히 기억나는 것이 있다. 나는 열여섯 살이었고, 그날은 우리 막내 고모의 결혼식 날이었다. 고모와 새 신랑은 시어머니와 시댁 식구들과 함께 우리 집에서 내준 커다란 손님 방으로 이미 물러간 뒤였다.

찾아온 손님들 대부분은 응접실의 커다란 탁자 주위에 둘러앉아 땅콩을 먹고 오렌지 껍질을 까며 큰 소리로 웃고 떠들었다. 신랑 친구라는 다른 도시에서 온 남자가 우리와 함께 앉아 있었다. 그는 우리 큰오빠보다도 나이가 많아서 나는 그를 아저씨라고 불렀다. 그는 술을 마셔서 얼굴이 불콰해져 있었다.

"잉잉." 그가 자리에서 일어서며 걸걸한 목소리로 내게 말을 걸었다. "아직 배가 고픈 모양이구나. 안 그래?"

갑자기 뜻밖의 관심이 쏟아지는 바람에 무안해져서 나는 그저 탁자에 둘러앉은 사람들을 돌아보며 미소 지었다. 그가 커다란 가방을 향해 손을 뻗기에 아마도 거기서 특별한 간식을 내주려는 모양이라고 추측했다. 달콤한 과자 같은 것이었으면 좋겠다, 라고 생각하는데, 갑자기 수박을 꺼내서는 시끄럽게 쿵 소리를 내며 탁자 위에 올려놓는 것이 아닌가.

"카이 과[开瓜]?" **수박 자를까?** 그가 커다란 칼을 그 둥근 과일을 향해 겨누고 말했다.

그러고는 칼을 세차게 내리누르며 커다란 입을 열고 쩌렁쩌렁한 웃음을 터뜨리는 것이었다. 어찌나 입을 크게 벌렸는지 금니까지 들여다보였다. 탁자 주위에 모인 사람들이 전부 한바탕 크게 웃었다. 나는 창피해서 얼굴이 달아올랐다. 그 당시에는 그게 무슨 뜻인지 이해하지 못했기 때문이다.

그래, 나는 말괄량이였지만 순진했다. 그가 수박을 자르면서 나를 희롱했다는 사실도 깨닫지 못했다. 육 개월 뒤 그에게 시집갔을 때, 술 취한 그가 내 귀에 대고 "수박을 자를 준비가 됐어"라고 씨근거렸을 때에야 비로소 그 말이 무슨 뜻인지 이해하게 되었다.

그는 아주 나쁜 놈이었다. 그래서 나는 오늘까지도 차마 그 이름을 입에 담기가 싫다. 나는 왜 그런 남자랑 결혼했는가? 막내 고모의 결혼식이 있던 그날 밤, 이미 그렇게 되리라고 예감하기 시작했던 것이다.

친척들은 다음 날 아침에 대부분 떠나가고, 나는 이복여동생들과 함께 무료한 저녁 시간을 보냈다. 우리는 어제 그 커다란 탁자 앞에 앉아 차를 마시고 구운 수박씨를 까먹었다. 내가 껍질을 깨고 알맹이들만 따로 쌓아놓고 있는 동안 동생들은 시끄럽게 수다를 떨었다.

동생들은 우리 집안보다 못한 집 남자애들과 결혼하는 상상을 하고 있었다. 그 애들은 좋은 것을 얻으려면 팔을 높은 곳으로 뻗어야 한다는 사실을 몰랐다. 첩실들의 딸이었기 때문이다. 나는 본부인의 딸이었다.

"그 집 엄마가 너를 하인처럼 부려먹을걸."

"흥, 그 집 아저씨 쪽에는 광증 내력이 있다던데?" 한 아이가 다른 아이의 말을 듣고서 질책하듯 대꾸하자 그 애도 톡 쏘아붙이듯 말했다.

서로 놀리는 데도 싫증이 나자 그 애들은 이번엔 내게 물었다. "언니는 결혼하고 싶은 사람 있어요?"

"없어." 나는 고고하게 말했다.

남자애들에게 관심이 없어서는 아니었다. 나는 주의를 끌고 추앙받는 법을 알았다. 그저 너무 오만한 나머지 마음에 차는 남자가 없었을 뿐이다.

그것이 당시 내 머릿속에 들어 있던 생각이다. 그러나 생각은 두 종류다. 한 종류는 사람이 태어났을 때 심어지는 생각들로, 아버지와 어머니, 조상들로부터 물려받는 것이다. 다른 사람들에 의해 심기는 생각들도 있다. 아마 수박 씨앗을 먹었기 때문이었을 것이다. 전날 밤 크게 웃어대던 그 남자를 생각한 것은. 그리고 바로 그 순간, 북쪽에서 큰 바람이 불었다. 탁자 위에 있던 꽃의 봉오리가 내 발 아래에 떨어졌다.

그것이 진실이었다. 마치 칼로 꽃봉오리를 베어낸 것 같았다. 어떤 징조처럼 말이다. 바로 그때, 내가 그 남자와 결혼하게 되리라는 것을 알았다. 그 사실을 깨달았을 때 딱히 기쁘지는 않았다. 그저 내가 이 사실을 미리 알 수 있다는 것이 놀라웠을 뿐이다.

곧 아버지와 아저씨, 즉 고모의 새 신랑이 그 남자에 대해 이야기하기 시작했고, 저녁에는 그의 이름이 상에 올랐다. 그 남자는 우리 아저씨네 마당 건너편에서 나를 바라보며 말했다. "봐,

재는 거부할 수 없을걸. 벌써 내 거야."

정말 그 말대로, 나는 거부하지 않았다. 그의 눈을 피하지 않고 마주 보았다. 그가 내게 우리 아버지가 지참금을 달라는 만큼 주지 않을 것 같다고 했을 때도, 마치 그 말에서 악취가 난다는 듯 코를 높이 쳐들었다. 나는 그가 내 생각에 개입하지 못하도록 세게 떠밀다가 그만 그와 함께 신혼 침대 위로 쓰러지고 말았다.

내 딸은 내가 오래전 이 남자와 결혼했었다는 사실을 모른다. 이십 년도 더 되었으며, 심지어 그 애가 태어나기도 전의 일이다.

그 애는 이 남자와 결혼할 때 내가 얼마나 아름다웠는지도 모른다. 나는 저만 할 때 훨씬 예뻤다. 그 애는 제 아빠를 닮아 마당발에 코도 커다랗지 않은가.

오늘날까지도 내 피부는 보드랍고 몸매도 아가씨처럼 날씬하다. 그러나 내가 항상 미소를 걸어두려 애썼던 입가에는 깊은 주름이 패였다. 한때 앙증맞고 예뻤던 발은 딱하게도 부어오르고 못이 박히고 뒤꿈치가 갈라졌다! 반짝반짝 밝게 빛나던 열여섯 소녀의 눈은 이제 누렇게 얼룩지고 흐려졌다.

하지만 나는 여전히 거의 모든 것을 분명하게 볼 수 있다. 일단 무언가를 기억해내고자 하면, 마치 밥그릇 속에 붙어 있는 남은 밥풀들을 보는 것처럼 그것들이 선명히 들여다보인다.

결혼하고 얼마 되지 않은 어느 오후에 타이호를 찾았다. 이날을 기억하는 것은 내가 바로 그곳에서 그를 사랑하게 되었기 때문이다. 그는 내 얼굴을 늦은 오후의 태양을 향해 돌리며, 내 턱을 쥐고 뺨을 쓰다듬었다. “잉잉, 당신은 범의 눈을 가졌어. 낮 동안에 불을 모으고 밤에는 황금빛으로 빛나지.”

아주 형편 없는 시였지만, 나는 웃지 않았다. 오히려 진심으로 기뻐서 울음을 터뜨렸다. 가슴속에서 무언가가 헤엄치는 것 같았다. 마치 나가고 싶어서 퍼덕거리면서도 동시에 그 안에 그대로 머물고 싶어 하는 짐승이 된 듯한 느낌이었다. 그만큼 그를 사랑하게 된 것이다. 그건 우리가 어떤 사람과 몸을 합하였는데, 마음의 일부분까지 그와 결합하고자 의지를 거슬러 헤엄쳐 가려 할 때 겪는 일이다.

나는 답지 않은 행동을 했다. 그에게 예뻐 보이려 했다. 신을 신을 때도 그가 좋아할 만한 것으로 골라 신었다. 우리 부부의 침대에 복이 깃들도록 밤마다 머리카락을 아흔아홉 번 빗었다. 아들을 갖게 되기를 바랐다.

그가 내 뱃속에 아기씨를 심던 날 밤에도 나는 미리 알았다. 아들이었다. 나는 내 뱃속에 있는 작은 남자아이를 볼 수 있었다. 두 눈은 그를 닮아 크고 서로 멀리 떨어져 있었다. 끝으로 갈수록 가늘어지는 길다란 손가락과 통통한 귓불. 매끄러운 머리카락은 붕 떠서 넓은 이마가 드러나 보였다.

나중에 내가 그토록 증오하게 된 것은 이때 몹시도 기뻐했기 때문일 것이다. 하지만 가장 행복했을 때도 나는 근심했다. 그것은 내 눈썹 바로 위에서부터 자라났다. 눈썹 윗 부분은 우리가 무언가를 알게 되는 곳이다. 이 근심이 후에 내 가슴으로 천천히 흘러 내려갔다. 가슴은 무언가를 느끼고 그것이 진실이 되는 곳이다.

남편이 북쪽으로 출장 가는 일이 잦아지기 시작했다. 우리가 결혼하고 얼마 안 되었을 때부터 있었던 일이지만, 아이가 생긴 뒤로는 더욱 길어졌다. 나는 생각했다. '북풍은 행운을 불어다주는 바람이니 남편을 내게로 데려다줄 거야.' 그래서 그가 떠난 밤이면 추운 날에도 침실 창문을 활짝 열었다. 그의 마음과 사랑을 다시 내게로 돌려달라고.

북풍이 가장 차가운 바람이라는 것은 몰랐다. 그것은 심장을 관통하여 온기를 앗아간다. 이 바람은 내 남편으로 하여금 우리 부부의 침실을 멀리 하고 뒷문으로 빠져나가게 했다. 나는 막내 고모로부터 그가 나를 떠나 오페라 가수와 살기 시작했다는 소식을 들었다.

나중에 내가 슬픔을 이겨내고 마음에 혐오와 절망 외에는 아무것도 남지 않았을 때, 막내 고모는 이야기해주었다. 그의 다른 여자들에 대해서 말이다. 수많은 무희와 미국 여자, 매춘부를 사귀었고 심지어 나보다도 어린 사촌동생에게까지 손을 댔다. 그 아이는 내 남편이 사라지고 얼마 되지 않아 홀연히 홍콩으로 떠나버렸다고 했다.

나는 레나에게 내 수치에 대해 이야기해줄 것이다. 나는 유복했고 예뻤다. 어느 남자에게든 과분한 사람이었다. 하지만 버려진 짐짝 같은 신세가 되었다. 딸에게 말해줄 것이다. 불과 열여덟 살에 내 뺨에서는 아름다움이 사그라들어버렸다고. 수치심을 못 견디고 호수에 빠져 죽었다는 여자들처럼 나 또한 그 안에 몸을 던지리라 생각했었다고. 그리고 그를 너무나 증오하게 된 나머지 내가 죽여버린 아기에 대해서도 이야기할 것이다.

나는 그 애를 달이 차기 전에 내 뱃속에서 들어내버렸다. 그 시절 중국에서 아직 태어나지 않은 아이를 죽이는 것은 나쁜 일이 아니었다. 하지만 나는 나쁜 일이라고 생각했다. 내 몸에 흐르는 끔찍한 복수심을 느낄 수 있었기 때문이다. 마치 내 몸에서 쏟아져 나오는 내 첫 아들의 체액처럼.

죽은 아기를 어떻게 할까요, 간호사가 물었을 때, 나는 생선 싸는 신문지를 한 장 던져주며 그걸로 둘둘 감아 호수에 내던져 버리라고 했다. 내 딸은 생각할 것이다. 엄마는 아이를 원하지 않는다는 게 어떤 일인지 모른다고.

딸아이 눈에 비친 나는 작고 늙은 여자일 뿐이다. 외면의 눈으로만 보기에 그런 것이다. 그 애는 추밍이 없다. 내면을 볼 수 없다는 말이다. 만약 추밍을 가졌다면, 그 애는 내게서 범을 볼 것이다. 그리고 외경심을 품을 것이다.

나는 호랑이해에 태어났다. 세상에 태어나기에 좋지 않은 해였지만, 호랑이가 되기에는 좋은 해였다. 아주 나쁜 기운이 들어오는 해였기 때문이다. 더운 여름날 시골 사람들은 마치 병든 닭처럼 픽픽 쓰러져 죽었다. 도시 사람들은 마치 그림자처럼 자기 집으로 들어가 사라져버렸다. 그해 태어난 아기들은 살도 붙지 않았다. 뼈만 앙상한 채 빼짝 말라가다가 죽어버렸다.

그 나쁜 기운이 사 년 동안이나 세상을 뒤덮었다. 그러나 나는 더 강한 기운을 타고났기에 살아남았다. 내가 스스로 왜 그토록 심성이 강하고 자기 주장이 센지 충분히 이해할 만한 나이가 되었을 때 어머니가 들려주신 말씀이다.

어머니는 호랑이가 왜 금색과 검은색인지도 말씀해주셨다. 두 가지 면을 지녔기 때문이다. 금색 면은 용맹한 성정으로 도약한다. 검은 면은 나무 사이에 교묘하게 황금빛 털을 숨기고는 먹잇감이 다가오기를 인내심 있게 기다린다. 호랑이는 지켜보지만, 상대는 호랑이를 알아차리지 못한다. 그 나쁜 남자가 나를 떠날 때까지, 나는 내 검은 면을 사용하는 법을 배우지 못했다.

나는 호숫가의 여자 귀신들처럼 되었다. 침실에 있는 거울에는 하얀 천을 뒤집어씌웠다. 그로써 내 슬픔을 보지 않아도 되었다. 나는 모든 힘을 잃어 심지어 손을 들어 올려 머리핀 꽂을 기력조차 없었다. 시어머니의 집을 나와 우리 가족에게로 돌아갈 때까지 나는 마치 물 위에 뜬 죽은 나뭇잎처럼 둥둥 떠다니는 삶을 살았다.

나는 상하이 외곽에 있는 육촌의 집으로 보내져 거기서 십 년을 살았다. 그 긴 시간 동안 무엇을 했느냐 묻는다면, 대답은 하나뿐이다. 그저 나무 사이에 숨어서 기다렸노라고. 한쪽 눈은 잠들더라도, 다른 쪽 눈은 부릅뜨고서 지켜보았다.

그 집에서 일 같은 건 하지 않았다. 육촌 식구들은 나를 아주 잘 대해주었는데, 우리 부모님이 그들을 재정적으로 원조해주셨기 때문이다. 그 집은 낡고 초라했으며, 세 가정의 사람들로 붐볐다. 따라서 그 집에 있는 것은 결코 편안하지 않았지만, 바로 그것이 내가 원하는 바였다. 아기들은 쥐새끼들과 함께 마루 위를 기었다. 닭들이 마치 교양 없는 농부들마냥 집 안팎을 들락날락했고, 온 식구가 뜨거운 기름이 튀는 주방에서 밥을 먹었다. 파리 떼는 또 어찌나 많던지! 그릇에 밥풀 몇 개만 남아 있어도 떼로 달라붙어서 마치 검은 콩죽이 부글부글 끓는 것 같았다. 그만큼 가난한 동네였다.

십 년이 지나자, 각오가 되었다. 나는 더 이상 소녀가 아니었으며, 아주 이상한 위치에 있는 여자였다. 결혼했는데 남편은 없는 여자. 두 눈을 부릅뜨고 밖으로 나갔다. 나가서 본 광경은 꼭 그릇에 그득하던 검은 파리 떼가 길 위로 쏟아진 것 같았다. 사방에 사람들이 오갔다. 모르는 남자들이 모르는 여자들을 밀치고 지나갔고, 아무도 상관하지 않았다.

집에서 보내준 돈으로 산뜻한 신식 정장 몇 벌을 샀다. 긴 머리는 꼭 어린 소년마냥 짧고 세련되게 잘랐다. 오랫동안 아무 일도 하지 않고 노는 데 진력이 났기 때문에 일을 구하기로 마음먹었다. 그렇게 상점 직원으로 일하게 되었다.

여자들에게 아양 떠는 법은 배울 필요도 없었다. 나는 그들이 듣고 싶어 하는 말을 알았으니까. 호랑이는 가슴 깊은 곳에서부터 부드럽게 가르릉거리는 소리를 낼 수 있다. 그 소리를 들으면 심지어 토끼조차도 안정감을 느끼며 만족스러워하는 것이다.

나는 다 큰 성인 여자였지만, 다시금 예뻐지기 시작했다. 이것은 재능이었다. 나는 내가 판매하는 것보다 훨씬 좋고 비싼 옷들을 입었다. 그러면 여자들은 이 가게에서 파는 옷을 입으면 나처럼 예뻐 보일 거라고 생각하여 그 싸구려 옷들을 사들였다.

그 가게에서 농군처럼 일하던 시절에 클리퍼드 세인트 클레어를 만났다. 그는 키 크고 피부가 새하얀 미국인이었다. 그는 우리 가게에서 싸구려 옷을 구입하여 해외로 수출하는 일을 하고 있었다. 그의 이름을 들었을 때, 나는 그와 결혼하게 되리란 걸 알았다.

"세인트 클레어입니다." 그가 영어로 자신을 소개했다.

그러고는 딱딱하고 성조 없는 중국어로 덧붙였다. "빛의 천사, 라는 뜻이지요."

나는 그가 좋지도 않고 싫지도 않았다. 딱히 매력적인 것 같지 않은데, 그렇다고 매력이 아주 없는 것 같지도 않았다. 하지만 이것 한 가지만은 알았다. 그는 징조였다. 곧 내 검은 면이 사라지게 되리라는.

세인트는 특유의 이상한 방식으로 나에게 사 년 동안이나 구애를 했다. 내가 그 가게 주인도 아닌데 언제나 내게 인사하고 악수를 청하며 손을 지나치게 오랫동안 붙잡고 있는 것이었다. 그의 손은 언제나 축축했는데, 그건 결혼한 뒤에도 그랬다. 그는 깔끔하고 명랑한 사람이었지만, 외국인 특유의, 양고기같이 톡 쏘는 냄새가 아무리 씻어도 가시지 않았다.

나는 적당히 예의만 지켰다. 하지만 그는 케치했다. 너무 정중했다는 뜻이다. 그는 작은 유리 조각상이나 유리 조각으로 만든 조잡한 브로치, 은색 라이터 같은 싸구려 선물을 사주면서 마치 자기한테 이 정도 선물은 아무것도 아니라는 양 굴었다. 꼭 가난한 시골 여자에게 중국에서는 구경도 못해봤을 물건들을 선사하는 부자라도 되는 것처럼 말이다.

하지만 나는 상자를 여는 내 모습을 지켜보는 그의 표정을 보았다. 초조해하며 내가 마음에 들어 하기를 간절히 바라고 있었다. 나는 어마어마한 부잣집에서 자랐기에 이런 물건들쯤은 아무것도 아니라는 사실을 그는 꿈에도 몰랐다.

나는 언제나 그의 선물을 우아하게 받아들였다. 너무 덥석 받지도 않았고, 너무 과하게 사양하지도 않았다. 딱히 그에게 용기를 줄 만한 행동도 하지 않았다. 하지만 언젠가 이 남자가 내 남편이 되리란 걸 알았기 때문에, 그 싸구려 장식품들을 하나하나 휴지로 싸서 상자 안에 고이 넣어두었다. 언젠가 그가 그 물건들을 다시 보고 싶어 할 테니까.

레나는 제 아빠가 나를 가난한 시골 마을에서 꺼내준 줄로만 안다. 나도 내가 거기서 왔다고 말했으니까. 그 애는 옳다. 하지만 한편으로 그 애는 틀렸다. 그 애는 세인트가 무려 사 년 동안이나 푸줏간 앞을 어정거리는 개처럼 참을성 있게 기다려야 했다는 사실은 모른다.

어떻게 내가 결혼을 응낙하게 되었느냐고? 나는 징조가 올 것을 알았고, 그것을 기다렸다. 기다림의 시간은 1946년까지 이어졌다.

톈진에서 편지가 왔다. 우리 집에서 온 것은 아니었다. 그분들은 내가 죽었다 생각하고 살고 계셨으니까. 막내 고모가 보낸 편지였다. 편지 봉투를 열기 전부터 알았다. 그가 죽었다는 걸. 그는 오페라 가수랑은 진작에 헤어지고 웬 볼품없는 어린 하녀 아이와 살고 있었다고 한다. 그러나 그 애는 심지어 내 남편보다도 기운이 강하고 성미가 거칠었다. 그가 자기를 떠나려 했을 때엔, 이미 가장 긴 부엌칼을 날카롭게 갈아놓고 기다리고 있었다는 것이다.

그에 대한 감정은 이미 오래전에 내 마음속에서 싹이 말라버렸다고 생각했다. 하지만 그 소식을 듣자 뭔가 쓰고 강렬한 감정이 가슴속에 흘러들었고, 거기 있는 줄도 몰랐던 마음 한구석이 허전해지는 기분이었다. 너도 들어라, 하는 마음으로 크게 소리 질러 저주했다. **이 개 눈깔을 가진 자식아! 누구든 불러주기만 하면 좋다고 방방 뛰며 따라가더니, 이제는 제 꼬리나 쫓는 꼴이 됐구나!**

그리고 결심했다. 세인트가 나와 결혼할 수 있게 해주기로. 나한테는 아주 쉬운 일이었다. 나는 우리 어머니의 딸이었으니까. 나는 떨리는 목소리로 말했다. 점점 창백해지고, 시름시름 앓으면서 말라갔다. 스스로 상처 입은 짐승이 되어가도록 놔두었다. 사냥꾼이 내게 다가와 나를 호랑이 귀신으로 바꿔놓게끔 두었다. 나에게 그토록 큰 고통을 안겨주었던 기(氣)를 기꺼이 포기한 것이다.

이제 나는 호랑이로되 먹잇감을 덮치지도, 나무 사이에 웅크린 채 기다리지도 않는다. 보이지 않는 유령이 된 것이다.

세인트가 나를 미국으로 데려왔다. 미국에서 나는 고향에서 살던 것보다 작은 집에서 살았다. 커다란 미국 옷을 입었고, 하인들이나 할 법한 일을 했다. 미국의 방식을 배웠다. 뻣뻣한 혀로 영어를 말하려 애썼다. 딸을 낳았고, 그 애를 반대편 해안가에서 바라보듯 길렀다. 그 애의 미국식 사고방식을 용납했다.

이 모든 일에 대하여 나는 일절 신경 쓰지 않았다. 나에게는 기가 없었으니까.

딸에게 네 아빠를 사랑했노라고 말할 수 있을까? 그는 밤마다 내 발을 문질러주고, 내 음식 솜씨를 추켜세워주었다. 딸을 낳았던 호랑이해의 그날, 내가 간직해두었던 싸구려 잡동사니 선물들을 보여주자 감동하여 진심으로 울음을 터뜨리기도 했다.

내가 어떻게 그런 남자를 사랑하지 않을 수 있겠는가? 하지만 그것은 유령의 사랑이었다. 팔을 둘러 감싸지만 결코 살갗에 닿지는 않는 포옹과도 같았다. 밥이 그릇 안에 한가득한데 내게는 식욕이 없었다. 주리지는 않았지만, 배부르지도 않았다.

이제 세인트도 유령이 되었으니, 우리는 동등하게 사랑할 수 있다. 그는 내가 그 긴 세월 동안 숨겨온 사실을 안다. 이제 내 딸에게도 모든 것을 들려주어야 한다. 너는 유령의 딸이라고, 그래서 기가 없다고, 그것이 나의 가장 큰 수치심이라고. 어떻게 해야 그 애에게 내 영혼을 남기지 않고 세상을 떠날 수 있을까?

이제 나는 이렇게 하려 한다. 내 과거를 전부 한데 모아 들여다볼 것이다. 이미 일어난 일들을 똑똑히 직면할 것이다. 그 고통이 내 영혼을 일깨우겠지. 그럼 그 고통을 손에 쥐고 놓지 않을 것이다. 그것이 단단해지고 빛나며 더 선명해질 때까지. 그 뒤에는 나의 용맹함이, 나의 황금빛 면과 검은 면이 돌아올 수 있을 것이다. 나는 이 날카로운 고통을 이용하여 딸아이의 두꺼운 가죽을 뚫고 그 애 안에 있는 범의 기운을 자유롭게 할 것이다. 그 애는 내게 덤벼들 것이다. 두 마리 범은 서로 싸우는 것이 본성이기 때문이다. 하지만 이기는 쪽은 나일 것이다. 나는 그 애에게 내 기운을 불어넣어줄 것이다. 그것이 엄마가 자기 딸을 사랑하는 방식이다.

아래층에서 내 딸이 제 남편에게 무어라 말하는 소리가 들린다. 저 애들이 하는 말은 아무 의미가 없다. 저 애들이 앉아 있는 방에는 생기가 없다.

나는 무슨 일이 일어날지 안다. 딸은 화병과 탁자가 바닥으로 무너지는 소리를 듣는다. 계단을 올라와 내 방에 들어오겠지만, 방 안은 어두워서 아무것도 보이지 않는다. 나는 그 어둠 속에서 기다릴 것이다. 나무 사이에 몸을 숨긴 채로.

두 얼굴

린도 종의 이야기

딸아이는 두 번째 신혼여행지로 중국에 가고 싶다더니, 이제는 겁이 나는 모양이다.

"저를 중국 사람이라고 생각해버리면 어떡해요? 미국에 돌아오지 못하게 하면 어쩌냐구요?"

나는 그 애에게 말해주었다. "중국에 가면 굳이 네 입으로 말하지 않아도 거기 사람들은 네가 외국인인 줄 다 알 거다."

"무슨 말씀이세요?" 그 애가 물었다. 내 딸은 말대꾸하기를 좋아한다. 뭐라고 한마디 했다 하면 꼭 그게 무슨 뜻이냐고 묻는다.

"아이고야, 네가 그 사람들이 입는 옷을 입고, 화장을 지워버리고, 화려한 장신구를 하지 않는다 해도 그 사람들은 알아. 걸음걸이랑 얼굴 들고 다니는 모습만 봐도 안다고. 네가 거기 사람이 아니라는 걸."

너는 중국인처럼 보이지 않는다고 말해주었음에도 그 애는 그다지 기뻐하는 것 같지 않았다. 떨떠름한 미국 사람의 표정을 짓고 있었다. 오, 아마 십 년 전이었으면, 희소식이라는 듯 손뼉을 치며 환호했을 것이다. 예이! 그런데 이제 와서는 중국인이 되고 싶어 한다. 요즘에는 그게 유행이기 때문이다. 하지만 이미 너무 늦었다. 내가 그 오랜 시간 동안 그토록 가르치려고 애써왔는데 말이다! 그 애는 혼자 외출하고 학교에 다니게 되면서부터 내 훈육을 따르지 않았다. 이제 그 애가 아는 중국 말이라고는 쉬쉬, 후쉬, 크르 판, 관 덩슈웨이쟈우뿐이다. 쉬야, 기차, 먹는다, 잠깐 눈 붙이기 고작 이런 말들만 알아 가지고 중국에 가서 거기 사람들이랑 무슨 이야기를 한단 말인가? 어떻게 지가 그 사람들 속에 섞여들 수 있을 거라고 생각하는 거야? 중국인다운 부분이라고는 피부랑 머리카락 색깔뿐이면서. 그 애의 내면은 전부 미제다.

그 애가 이렇게 된 것은 내 책임이다. 나는 내 아이들에게 미국의 환경과 중국인의 성품이 완벽한 조화를 이루기를 바랐다. 이 두 가지는 섞일 수 없다는 것을 내가 어찌 알았겠나?

나는 딸에게 미국의 환경에 대하여, 여기서는 일이 어떻게 돌아가는가를 가르쳤다. 미국에서는 가난한 집에 태어났다 해도 결코 영영 부끄러워할 일이 아니다. 제일 먼저 장학금을 받을 수 있을 테니까. 만약 지붕이 머리 위로 무너져 내린다 해도, 불운한 처지나 한탄하며 울고 있을 필요가 없다. 누구든 고소해버릴 수 있고, 집주인에게 고쳐내라 하면 된다. 부처처럼 나무 아래에 앉아서 비둘기가 머리 위에 똥을 싸든 뭘 싸든 가만히 있지 않아도 된다. 우산을 사면 된다. 아니면 아예 가톨릭 교회 안으로 들어가도 되고. 주어진 환경을 받아들여야 한다고 말하는 사람은 아무도 없다.

하지만 중국인의 성품은 가르칠 수 없었다. 부모님께 순종하고, 어머니 마음을 헤아릴 줄 알아야지. 자기 생각을 내세우지 않고 감정을 얼굴에 있는 그대로 드러내지 말아야 해. 그러면 숨은 기회를 잡을 수 있거든. 쉬운 일은 시도할 가치도 없어. 너 자신의 가치를 알고 그것을 갈고 닦되 결코 싸구려 반지처럼 과시하고 다녀서는 안 돼. 왜 중국인의 사고방식이 최고인지 아니….

하지만 이런 말은 그 애에게 통하지 않았다. 그 애는 껌을 씹으며 제 얼굴보다 더 크게 풍선을 부는 데에만 온통 정신이 팔려 있었다. 그저 이런 식이었다. 어제 나는 딸에게 말했다. "커피 마저 해치워라. 복을 쏟아버리는 짓 하지 말고."

"엄마, 그렇게 케케묵은 소리 좀 하지 마세요." 남은 커피를 개수대에 쏟아부어 해치우면서 그 애는 말했다. "저는 그냥 저라고요."

나는 생각했다. 저는 그냥 저라니, 어떻게 저 애가 저런 말을 하나? 내가 언제 저를 놔버렸다고?

*

딸아이는 재혼하려 한다. 그러니 나더러 자기가 다니는 미용실에 가서 유명한 헤어 디자이너 로리 씨에게 머리 손질을 받으라고 했다. 그게 무슨 뜻인지 안다. 내 꼴이 부끄럽다는 거다. 그 애 시부모님 될 사람들과 남편의 중요한 변호사 친구들이 이 촌스럽고 늙은 중국 여자를 보고 뭐라고 생각하겠나?

나는 말한다. "안메이 아줌마한테 잘라달라고 하면 된다."

그 애는 못 들었다는 것처럼 말한다. "로리 씨가 얼마나 유명한데요. 솜씨가 아주 환상적이라니까요."

그래서 나는 로리 씨의 의지에 앉아 있다. 그는 의자의 발판을 여러 차례 밟아 내가 적당한 높이에 오게 한다. 그 바람에 의자에 앉은 내 몸은 위아래로 오르락내리락한다. 딸애는 마치 내가 거기 있다는 것은 안중에도 없는 양 나를 이리저리 품평한다. "보세요. 여기 이쪽은 너무 푹 꺼져 있어요." 내 머리를 보며 흠을 잡는다. "좀 자르고 펌을 해야 해요. 그리고 여기 이 보라색 염색은 집에서 직접 하신 거예요. 하여간 뭐든지 전문가한테 맡기는 법이 없다니까요."

그 애는 거울에 비친 로리 씨를 보고 있다. 로리 씨는 거울에 비친 나를 본다. 언젠가 이처럼 전문가다운 모습을 본 적이 있다. 미국 사람들은 정말로 말할 때 좀처럼 상대를 쳐다보지 않는다. 그들은 반사된 상에다 대고 이야기한다. 아무도 보지 않을 때에만 다른 사람들을 보고 그들 자신을 들여다본다. 그래서 자신들이 정말로 어떻게 보이는가는 결코 알지 못한다. 그들은 미소 지으면서도 입을 굳게 다문 자신, 스스로의 잘못을 보지 않으려 몸을 돌린 자신의 모습을 본다.

"어머니는 어떻게 하시고 싶으시대요?" 로리 씨가 물었다. 내가 영어를 못 알아듣는 줄 아는 것이다. 그는 손가락을 내 머리 사이로 넣어 부풀려 보인다. 자기가 요술을 부리면 내 머리가 이렇게 풍성하고 길어 보일 거라고 말하는 것처럼.

"엄마, 어떻게 하고 싶으세요?" 왜 딸은 자기가 나한테 영어를 통역해준다고 생각할까? 내가 입을 열기도 전에 그 애가 내 생각을 설명한다. "살짝 웨이브를 넣고 싶으시대요. 머리를 너무 짧게 자르지는 않았으면 좋겠어요. 안 그러면 결혼식용 머리치고는 너무 꼬불꼬불할 거예요. 너무 개성적이거나 이상해 보이지는 않았으면 하신대요."

그러고는 내가 마치 가는 귀라도 먹은 사람인 양 큰 소리로 말한다. "맞죠, 엄마? 너무 꼬불꼬불하지 않게?"

나는 내 미국식 얼굴을 사용하여 미소 짓는다. 미국인이 중국인답다고 생각하는 얼굴, 그들은 이해하지 못하는 얼굴이다. 하지만 속으로는 부끄러워하고 있었다. 그 애가 나를 부끄러워한다는 것이 부끄럽다. 그 애는 내 딸이고, 내 자랑이다. 그리고 나는 그 애의 엄마다. 하지만 그 애는 나를 자랑스러워하지 않는다.

로리 씨는 내 머릿결을 몇 차례 더 쓸어내린다. 나를 보더니, 내 딸을 본다. 그러고는 그 애가 정말 싫어하는 말을 꺼낸다. "두 분이 희한할 정도로 많이 닮았네요!"

이번에는 내 중국인의 얼굴로 미소 짓는다. 하지만 딸의 눈은 가늘어지고 미소는 일그러진다. 고양이가 물기 직전에 몸을 조그맣게 사리는 것처럼 말이다. 이제 로리 씨는 잠시 자리를 비웠고, 우리는 그 말에 대해 생각해볼 수 있게 되었다. 로리 씨가 손가락으로 딱 소리를 내며 말한다. "샴푸! 다음 차례는 종 부인이에요!"

이 손님 많은 미용실에 딸과 나, 우리 둘만 동그마니 남았다. 그 애는 거울 속 자신을 향해 눈살을 찌푸리고 있다. 그 애는 저를 바라보는 나를 본다.

"빰이 똑같네요." 딸이 말한다. 내 볼을 가리키더니 자기 양 빰을 손가락으로 푹 찌른다. 볼을 쪽 빨아들여 마치 굶주린 사람처럼 보이게 한다. 제 얼굴을 내 얼굴 옆에 나란히 댄다. 우리는 거울에 비친 서로를 바라본다.

"네 얼굴에서 네 성격을 볼 수 있는 거지." 나는 별 생각 없이 말한다. "네 미래를 볼 수 있는 거야."

"무슨 뜻이에요?"

지금은 내 감정을 밀어두어야 한다. 스스로 생각하기에, 이 두 얼굴은 너무나도 똑같다! 똑같은 행복, 똑같은 슬픔, 똑같은 행운, 똑같은 결점.

나는 중국에 살던 소녀 시절의 나 자신과 우리 어머니의 얼굴을 보고 있는 것이다.

*

내 어머니, 그러니까 네 할머니께서 내 운세를 봐주신 적이 있다.

내 특질이 어떻게 좋거나 나쁜 상황으로 이어지는지 말이야. 어머니는 커다란 거울이 달린 당신의 경대 앞에 앉아 계셨어. 나는 그 뒤에 서서 어머니 어깨에 턱을 고이고 있었지. 다음 날은 새해 첫날이었어. 나는 중국 나이로 열 살이 될 것이었고, 그러니 내게는 아주 중요한 생일이었지. 어머니가 나를 심하게 야단치지 않으신 것은 아마도 그래서였던 것 같아. 어머니는 내 얼굴을 들여다보고 계셨지.

내 귀를 만지며 말씀하셨어. "너는 운이 좋아. 내 귀를 닮았거든. 귓불이 크고 두껍고 아래쪽에 살집이 두둑해. 복이 많은 거야. 찢어지게 가난한 집에서 태어나는 사람들이 있는데, 그런 사람들은 귓불이 아주 얇고 머리에 딱 달라붙어 있지. 그래서 복이 이리 오라고 불러도 듣지를 못해. 너는 좋은 귀를 가졌어. 하지만 반드시 네게 주어진 기회에 귀 기울여야 해."

그러고는 가느다란 손가락으로 내 코를 훑어 내려가셨지. "코도 나를 닮았어. 콧구멍이 지나치게 크지 않아서 돈이 새어 나가지 않을 거야. 콧날도 곧고 매끈하지. 이건 좋은 거야. 코가 휘어진 여자애는 불운한 상황에 묶이는 법이거든. 항상 안 좋은 것, 안 좋은 사람, 최악의 불운만 따라다니게 되지."

어머니는 내 턱을 톡톡 건드리시더니 이어 당신의 턱을 가리켜 보이셨다. "너무 짧지도 않고 너무 길지도 않지? 우리 수명도 그럴 거야. 너무 빨리 단명하지도 않고 자식들에게 짐이 될 만큼 오래 살지도 않을 거야."

어머니는 내 앞머리를 걷고 이마를 살피시며 결론 짓듯 말씀하셨어. "우리는 똑 닮았어. 아마 네 이마가 더 넓은 듯하니, 너는 나보다 더 똑똑할 거야. 머리숱이 많아서 가르마가 앞이마 위로 낮게 내려와 있기 때문에 초년에는 고생을 좀 할지도 몰라. 엄마도 그랬어. 하지만 지금 내 가르마를 보렴. 높이 있지? 나이가 드니 이런 축복이 있지 뭐냐? 이다음에 네가 걱정을 알게 되면 머리도 같이 빠질 거란다."

어머니는 내 턱을 쥐고 내 얼굴이 어머니를 향하게 하셨어. 어머니의 눈과 내 눈이 서로 마주 보도록. 그러고는 내 얼굴을 이쪽 저쪽으로 돌려 보며 말씀하셨지. "눈이 정직하고 열심이 있어. 나를 따라오며 공경심을 보여주는구나. 부끄러워서 눈을 내리깔지도 않고, 반항하며 반대 방향으로 향해버리지도 않아. 너는 좋은 아내이자 어머니, 며느리가 될 거야."

어머니가 이런 이야기들을 들려주셨을 때에, 나는 여전히 아주 어렸어. 어머니는 우리가 똑 닮았다고 말씀하셨지만, 나는 더욱더 어머니와 똑같아지고 싶었어. 어머니가 눈을 치켜뜨고 놀란 표정을 지으시면, 내 눈도 그렇게 되었으면 했다. 어머니의 입꼬리가 처지며 슬퍼하신다면, 나 또한 그 슬픔을 느끼고 싶었지.

나는 정말이지 우리 어머니를 많이 닮았거든. 이건 우리의 상황이 우리를 갈라놓기 전의 일이었어. 홍수로 인해 가족들이 나를 남겨두고 떠나고, 나는 나를 원하지 않는 집안으로 첫 번째 시집을 가게 되었으며, 사방에서 전쟁이 일어났지. 더 나중에는 바다가 나를 실어 새로운 나라에 데려다주었어. 어머니는 그 모든 일을 겪는 동안 내 얼굴이 어떻게 바뀌었는지 보지 못하셨어.

내 입이 축 처지기 시작한 것도, 근심하기 시작했지만 머리카락은 빠지지 않았다는 것도, 내 눈이 미국의 방식을 따라가기 시작했다는 것도, 샌프란시스코에서 만원 버스를 타고 가다가 앞으로 튕겨나가는 바람에 코가 휘어진 것도 못 보셨지. 우리에게 주신 축복에 대해 하나님께 감사드리려고 네 아빠랑 교회에 가던 길이었는데, '좋은 코를 주셔서 감사합니다'라는 말은 빼야 했지 뭐냐?

미국에서 네 중국인의 얼굴로 살아가기란 힘들 거야. 나는 처음부터, 심지어 이 나라에 오기 전부터 내 본모습을 감춰야 했거든. 미국에서 자랐다는 베이징 여자애에게 돈을 주고 배웠다. 미국에 가서는 어떻게 해야 하는지 말이야.

그 여자애는 말했지. "미국에 가면, 거기서 계속 살고 싶다고 하면 안 돼요. 중국인들은 미국의 학교와 미국인들의 사고방식을 동경한다고 말해야 해요. 학자가 되어서 중국으로 돌아가 그곳 사람들에게 당신이 배운 것을 가르쳐주고 싶다고 하세요."

"내가 뭘 배우고 싶다고 말해야 하는데요? 만약 그들이 물어봤는데, 내가 대답하지 못하면 안 되니까…."

"종교요. 종교를 배우고 싶다고 하세요." 그 똑똑한 여자애가 말했어. "미국 사람들은 저마다 종교에 대한 생각이 제각각이거든요. 그래서 정답도 오답도 없어요. 그렇게 말하세요. 나는 하나님께 소명을 받아서 왔다고요. 그러면 잘 대해줄 거예요."

돈을 얼마쯤 더 주자, 그 여자애는 나한테 영어로 작성된 서류 하나를 건네주었지. 나는 그 단어들을 몇 번이고 베껴 써야 했어. 외워서 쓰는 게 아니라 마치 내가 생각하고 쓰는 것처럼 자연스러워 보여야 하니까. NAME(이름)이라 쓰인 옆에는 'Lindo Sun'이라고 썼다. BIRTHDATE(생년월일) 칸에는 'May 11, 1918'이라고 썼지. 그 여자애가 음력 설로부터 대략 석 달 뒤라고 생각하면 된다고 말해줬거든. BIRTHPLACE(출생지) 옆에는 'Taiyuan, China'라고, OCCUPATION(직업) 옆에는 'student of theology(신학생)'라고 적었다.

그리고 돈을 좀 더 내고 샌프란시스코에 연줄이 많은 유력가들의 주소록까지 받았어. 이 여자애는 끝으로 내 상황을 바꿀 수 있는 가르침을 전수해주었지. 선심 쓰듯이 돈도 안 받고서! "첫째로 남편을 얻어야 해요. 미국 시민권자라면 최고예요."

내가 그 말을 듣고 깜짝 놀라니까 재빨리 덧붙이는 거야. "중국인! 물론 미국 시민권자면서 중국인이어야 하겠죠. 미국 시민권자라는 게 반드시 백인을 의미하는 건 아니니까요. 만약 남편이 시민권자가 아니라면, 즉시 2단계로 넘어가야 해요. 잘 들으세요, 아이를 낳아야 해요. 미국에서는 아들이든 딸이든 중요하지 않아요. 뭐가 됐든 노후에 당신을 보살펴주지 않는 건 똑같잖아요? 안 그래요?" 그 말에 우리는 웃음을 터뜨렸지.

"그리고, 조심하세요. 당국에서 물어볼 거예요. 슬하에 자식이 있는지, 아니면 혹시 자식을 낳을 생각이 있는지요. 그럼 무조건 없다고 해야 해요. 진심 어린 얼굴로 나는 결혼하지 않았고, 독실한 신자로서 아이를 낳는 것은 옳지 않다고 생각한다고 하세요."

내가 어리둥절한 표정을 짓고 있었던 모양이야. 그 애가 계속 설명을 이어나갔거든. "여길 보세요. 아직 태어나지도 않은 아이가 안 되는 게 뭔지 어떻게 알겠어요? 일단 세상에 나오고 나면 그 애는 미국 시민권자가 되어서 원하는 것은 뭐든지 할 수 있어요. 제 엄마가 미국에 계속 살게 해달라고 할 수도 있겠죠. 안 그래요?"

하지만 내가 그 말을 이해 못해서 어리둥절해한 건 아니었거든. 왜 굳이 나보고 진심 어린 얼굴을 해야 한다고 하는지 궁금했어. 사실을 있는 그대로 말하는데 당연히 진심 어린 표정을 짓지, 달리 무슨 표정을 짓겠냐?

지금도 내 얼굴이 얼마나 진실한지 보렴. 왜 너에게는 이 진실한 얼굴을 물려주지 못했을까? 왜 너는 항상 네 친구들에게 우리 엄마는 느릿느릿한 기선을 타고 중국에 왔다고 하는 거야? 그건 사실이 아냐. 나는 그렇게 가난하지 않았어. 비행기를 탔다고. 첫 번째 시집 식구들이 나를 내보내면서 준 돈을 잘 간직하고 있었고, 그 뒤로도 십이 년간 전화 교환원으로 일하면서 돈을 모았다고. 물론 가장 빠른 비행기를 타지 않은 것은 사실이야. 미국까지 가는 데 삼 주나 걸렸으니까. 홍콩, 베트남, 필리핀, 하와이 등 정말 오만 군데를 다 들렀다 가더라. 그랬으니 도착할 무렵에는 아주 질려버려서 도저히 "미국에 와서 정말로 기뻐요!"라는 표정을 지을 수가 없더구나.

너는 왜 맨날 사람들에게 "우리 엄마랑 아빠는 케세이 하우스라는 식당에서 만났어요"라고 말하냐? "엄마가 포춘 쿠키를 열었더니 그 안에 가무잡잡하고 잘생긴 사람이랑 결혼하게 될 거라고 써 있었대요. 그걸 읽고 고개를 드니 웨이터가 서 있었어요. 바로 우리 아빠죠." 왜 그런 농담을 해? 그건 진실하지 않아. 사실이 아니라고! 네 아빠는 웨이터가 아니었어. 나는 그 식당에 가본 적도 없어. 그 케세이 하우스라는 식당은 'Chinese food(중식)'라고 적힌 간판을 달고 있었기 때문에, 그 집이 망할 때까지 미국인들만 드나들었다고. 지금은 그 자리에 맥도날드가 들어섰지. 커다란 중국어 간판에 "메이[麦] 동[东] 러[楼]"라고 써두었는데, 그건 '밀' '동' '건물'이라는 뜻이야. 순 엉터리 표기라고. 너는 왜 중국 사람들에 대한 말도 안 되는 소리에만 관심을 보이는 거냐? 너는 이 엄마의 진짜 사정을 이해해야 해. 어떻게 내가 여기 왔으며, 어떻게 결혼했는지, 어떻게 중국인의 얼굴을 잃어버렸고, 너는 어째서 지금과 같은 사람이 되었는가에 대해서 말야.

미국에 도착했을 때, 사람들은 내게 아무것도 묻지 않았어. 당국은 내 서류를 들여다보고는 도장을 찍어주더구나. 나는 일단 베이징에서 만난 아가씨에게 받은 샌프란시스코 주소로 찾아가기로 했어. 버스를 타고 가다가 케이블카가 다니는 큰 길가에 내렸어. 캘리포니아 스트리트였지. 그 언덕을 올라가니 높은 건물이 있었어. 올드 세인트 메리스였어. 교회 건물 아래에 누군가 중국어 안내판을 손으로 써 붙여놨더라. **영적 불안으로부터 심령을 구하는 중국인 예배 오전 7시, 오전 8시 30분**. 나는 그 정보를 외워두었어. 당국에서 어느 교회에서 예배를 드리냐고 물어볼 수도 있으니까. 길 건너편 키 작은 건물 밖에 또 다른 광고판이 있었어. **내일을 위해 오늘 저축하세요, 미국은행에서.** 난 생각했어. '아, 저기가 바로 미국인들이 예배하는 곳이구만.' 봐, 심지어 그 때 막 미국에 도착한 참이었는데도 네 엄마가 통 모르는 사람은 아니었다니까? 지금 좀 봐라. 교회 크기는 똑같은데 그 작은 은행이 있던 자리에는 오십 층이나 되는 커다란 건물이 들어섰어. 지금 너랑 네 남편 될 사람이 모든 사람을 발아래 두고 일하고 있는 그곳 말이야.

내가 이렇게 말했을 때 내 딸은 웃었다. **우리 엄마가 이렇게 재미있는 농담도 할 줄 아네.**

나는 계속 언덕을 올랐다. 길 양편으로 꼭 커다란 불교 사원의 입구인 것마냥 탑이 하나씩 서 있었다. 하지만 자세히 보니 그냥 건물이었다. 기와 지붕을 이었는데, 그 아래에는 벽도 없고 아무것도 없었다. 나는 그저 놀라울 뿐이었다. 왜 모든 것을 이렇게 오래된 제국의 도시나 황제의 무덤처럼 만들어둔 걸까? 그 양편에서 보면 거리는 좁고 사람들로 붐비며, 어둡고 더럽다. 왜 이 안쪽은 중국인의 가장 안 좋은 부분만 빼다 박았을까? 왜 정원이나 연못은 만들지 않았나? 아, 여기도 저기도 유명한 고대 동굴이나 중국 가극 무대 같았다. 그러나 그 속을 들여다보면 전부 하나같이 싸구려 잡동사니들이었다.

그래서 베이징에서 받은 주소지에 도착했을 때는 이미 상당 부분 기대를 버린 뒤였다. 그 커다란 초록색 건물은 아주 시끄러웠고, 아이들이 바깥 계단과 복도를 오르락내리락하며 뛰어다니고 있었다. 402호 안으로 들어서니 웬 할머니가 나를 보자마자 말했다. "아가씨 기다린다고 한 주를 통으로 날렸잖아." 그러고는 재빨리 종이에 주소 몇 개를 적어 내게 건넸는데, 내가 그 종이를 받아들려고 해도 쥐고 있는 손을 놓지 않는 것이었다. 그래서 미국 돈으로 1달러를 건네니, 할머니는 그 지폐를 쳐다보고는 말했다. "샤우지예(小姐, 아가씨). 여긴 미국이야. 거지도 이 돈 가지고는 굶어 죽는다고." 그래서 달러 한 장을 더 건넸는데도 할머니는 말했다. "아이고, 어디 가서 이런 정보 얻기가 그리 쉬운 줄 알아?" 내가 달러를 한 장 더 주자 그제야 할머니는 종이에서 손을 떼고 입을 다물었다.

나는 이 할머니가 준 주소를 가지고 싼값에 워싱턴 스트리트에 있는 아파트를 하나 구했다. 다른 여느 집들처럼 작은 가게 위층에 있는 집이었다. 그 삼 달러짜리 목록으로 일자리도 구했다. 시급 75센트짜리 끔찍한 일이었다. 아, 판매원 일을 구하고 싶었지만, 그러기에는 내 영어 실력이 형편없었다. 중국인 호스티스 자리라도 얻어보려 했지만, 나보고 외국인 남자의 몸을 위아래로 문질러주라는 것이었다. 즉각 알았다. 아, 이런 일자리는 중국 사류 창녀만큼이나 나쁜 일이구나! 그래서 검은 펜으로 좍좍 그어 그 주소를 지워버렸다. 또 어떤 일자리들은 특별한 연줄을 요구했다. 광둥과 토이산, 네 개 성에서 온 가문이 운영하는 직업이었다. 그 남쪽 사람들은 아주 오래전에 행운을 잡기 위해 이 나라에 왔는데, 지금도 증손주들의 손까지 빌려가며 그 행운을 꼭 쥐고 있었다.

내가 초년에 고생할 거라는 어머니 말씀은 옳았다. 과자 공장 일은 최악이었다. 검정색 커다란 기계가 하루 종일 밤낮없이 돌아가며 작은 팬케익 반죽들을 움직이는 둥근 철판 위에 쏟아 놓았다. 나는 다른 여자들과 함께 높은 의자 위에 앉아서 작은 팬케익이 지나가는 것을 지켜보고 있다가 금빛으로 구워지면 뜨거운 철판 위에서 집어올려야 했다. 그 가운데에 띠 모양 종이 조각을 하나 집어넣고 반으로 접는다. 그리고 반죽이 딱딱하게 굳어지기 시작하면 양 귀퉁이를 뒤로 접는 것이다. 팬케익이 덜 익었을 때 집어들면 뜨겁고 무른 반죽에 손을 데이고 만다. 하지만 그렇다고 너무 늦게 집으면 과자가 딱딱해져서 모양을 잡을 수가 없다. 이렇게 잘못된 것들은 자기 몫의 통 안에 던져버려야 했다. 팔 수 없게 된 수량만큼 나중에 다 자기 앞으로 달리게 된다.

첫날 일을 마쳤을 때, 나는 열 손가락을 다 빨갛게 데였다. 멍청한 사람은 못하는 일이었다. 빨리 배우지 않으면 손가락이 구운 소시지 꼴이 되고 말 테니까. 다음 날에는 눈이 시뻘게졌다. 팬케익에서 한시도 눈을 떼지 않으려 했기 때문이다. 그다음 날에는 팔이 아팠다. 팬케익을 제때 집어낼 수 있도록 팔을 뻗은 채 긴장하고 있었기 때문이다. 하지만 첫 주 근무가 끝나갈 때쯤에는 의식하지 않아도 식은 죽 먹기처럼 일할 수 있게 되었고, 내 양옆에서 일하는 사람들을 알아차릴 수 있을 정도로 여유가 생겼다. 한 사람은 광둥에서 온 나이 많은 아줌마였다. 그는 결코 웃는 법이 없고 화나면 광둥어로 혼잣말을 해댔다. 말하는 걸 들어보면 꼭 미친 사람 같았다. 다른 한 사람은 내 또래 여자애였다. 그 애의 통에는 불량이 거의 들어 있지 않았는데, 나는 개가 그걸 다 먹어서 없애버리는 게 아닌가 의심스러웠다. 꽤 통통한 편이었기 때문이다.

"저기, 샤우지예." 시끄러운 공장의 기계음을 뚫고 그 애의 목소리가 들려 왔을 때 나는 감사했다. 비록 발음이 다소 조악하기는 했지만, 그 애도 나랑 같은 표준 중국어를 썼기 때문이다. 그 애는 내게 물었다. "본인한테 다른 사람의 운세를 결정할 수 있는 힘이 생길 거라고 생각해본 적 있어요?"

나는 선뜻 무슨 말인지 이해할 수 없었다. 그러자 그 애는 종이 띠 하나를 집어 큰 소리로 거기 쓰인 영어를 읽었다. "남들 보는 앞에서 싸우지 말고, 더러운 빨래를 내다 말리지 마라. 이긴 사람에게 흙이 묻는 법이다." 이어 중국말로 번역해주었다. "싸움과 빨래를 동시에 하지 말라는 거예요. 만약 이겨도 옷이 더러워질 테니까."

여전히 무슨 말인지 알아들을 수가 없었다. 그 애는 다른 종이를 한 장 더 집어들어 읽어주었다. "돈은 만악의 근원이다. 주위를 둘러보고 뿌리까지 파내버려라." 그러고는 중국말로 번역했다. "돈은 나쁜 영향을 준다는 거죠. 눈코 뜰 새 없이 만들고 무덤까지 털게 된대요."

"무슨 그런 말도 안 되는 소리가 있어요?" 나는 이 미국 격언들을 좀 배워둬야겠다고 생각하면서 종이 띠 몇 개를 내 주머니 속에 집어넣었다.

"운세라는 거예요. 미국인들은 중국 사람들이 이런 말을 쓰는 줄 알아요."

"하지만 우리는 그런 말 안 쓰잖아요! 하나도 말이 안 되는구만. 이게 무슨 운세예요? 멍청한 가르침이지."

"아니에요." 그 애가 웃으며 말했다. "우리가 여기서 이런 걸 만들고 있다는 자체가 운세가 나쁘단 거죠. 이딴걸 돈 주고 사는 인간들도 재수 더럽긴 마찬가지고."

그렇게 해서 안메이 슈를 만나게 된 거야. 그래, 맞아. 네가 아는 그 안메이 아줌마 말야. 지금은 아주 폭삭 늙었지 뭐. 우리는 아직까지도 그 나쁜 운세들에 대해 이야기하고 나중에 그것들이 내가 남편을 얻는 데 어떻게 요긴하게 쓰였는지 회상하면서 한바탕 웃곤 해.

하루는 안메이가 말했어. "야, 린도야. 이번 주 일요일에 우리 교회에 와. 우리 남편한테 친구가 있는데 참한 중국인 신붓감을 찾는대. 시민권자는 아닌데, 분명 하나 따내는 법을 아는 것 같아." 그렇게 처음으로 틴 종이라는 사람을 알게 된 거야. 네 아빠 말이야. 모든 게 다 정해져 있던 내 첫 번째 결혼과는 상황이 달랐어. 나한테는 선택권이 있었지. 네 아빠랑 결혼할 건지, 아니면 그냥 중국으로 돌아갈 건지 정할 수 있었어.

그를 만났을 때 뭔가 옳지 않다는 것을 알았어. 광둥 사람이라니! 아니 안메이는 어떻게 내가 광둥 사람이랑 결혼할 수 있을 거라고 생각한 거야? 그런데 그 애는 그저 이러는 거야. "우리는 더 이상 중국 사람이 아냐. 동네 남자애랑 결혼하지 않아도 된다고. 우리가 저마다 다른 지방에서 왔다고 해도 여기서는 다 똑같잖아? '중국'에서 왔다고 해버리니까." 지금 안메이 아줌마가 그 옛날이랑 얼마나 많이 달라졌는지 좀 봐라.

처음엔 우리 둘 다 낯을 가렸어. 네 아빠랑 나 말이야. 너무 수줍어서 서로에게 자기 지방 중국 사투리로 말하지도 못했어. 둘이 같이 영어 수업을 받으면서 새로 배운 말을 상대방에게 연습하고, 때로는 종이에 한자를 써서 자기 뜻을 전하기도 했어. 그래, 적어도 우리에게는 종이 조각이 있었어. 그게 우리를 하나로 연결해준 거야. 하지만 큰 소리로 말하지도 못하는 사이에 "당신이랑 결혼하고 싶어요"라고 말하기란 피차 어려운 일이었지. 장난치고, 권위를 부리고, 꾸짖기도 하는, 그 사소한 지점들에서 상대가 나를 진지하게 생각하는지 어떤지 알 수 있는 거잖아. 하지만 우리는 오직 영어 선생님이 하라는 말만 할 수 있었다고. 나는 고양이를 봐요(I see cat). 나는 쥐를 봐요(I see rat). 나는 모자를 봐요(I see hat).

하지만 곧 네 아빠가 나를 얼마나 많이 좋아하는지 알 수 있었어. 자기가 하고 싶은 말을 전하려고 꼭 중국 연극에 나오는 사람처럼 앞으로 달렸다 뒤로 달리는 시늉을 하고 폴짝폴짝 뛰어오르며 손가락으로 머리를 긁어대는 거야. 그걸 보고 알았지. 망질레(忙极了)! 그가 다니는 퍼시픽 텔레폰이라는 회사는 아주 바쁘고 신나는 곳이구나. 네 아빠가 그렇게 연기를 잘한다는 건 몰랐지? 한때 머리숱이 그만큼 풍성했다는 것도?

오, 나중에 알았지. 그의 직업이 실제로는 그가 설명한 바와 다르다는 것을. 그리 좋은 일이 아니었어. 이제 내가 네 아빠에게 광둥어로 말할 수 있게 된 지금까지도 나는 항상 물어봐. 왜 더 나은 자리를 찾지 않았냐고. 그러면 그이는 내 말을 못 알아듣는 것처럼 굴어. 마치 그 옛날처럼 말이야.

이따금 궁금해하곤 해. 왜 나는 네 아빠랑 결혼하고 싶었던 걸까? 네 생각엔 안메이가 나를 부추긴 것 같아. 걔가 그랬거든. "영화에서 보면, 남자애들이랑 여자애들이 교실에서 항상 쪽지를 주고받잖아. 그러니까 일이 나는 거라고! 이 남자가 자기 마음을 깨닫게 하려면, 너도 좀 일을 낼 필요가 있어. 그러지 않으면 고백받기 전에 할머니가 되겠다."

그래서 우리는 그날 저녁 출근해서 포춘 쿠키 속에 넣을 종이 띠들 중에서 네 아빠에게 써먹을 만한 것이 없는지 찾았어. 안메이는 쓸 만해 보이는 게 있으면 큰 소리로 읽고는 한쪽에 따로 빼두었지. "다이아몬드는 여자의 단짝이다. 그냥 친구에 만족하지 말아라." "만약 이런 생각들이 떠오른다면, 결혼할 때가 되었다는 뜻이다." "공자 왈 여자는 천 마디 말과 같은 가치가 있다. 아내에게 당신은 제 몫을 다 썼다고 말하라."

우리는 그러면서 깔깔 웃었지만, 그중에서도 느낌이 오는 것이 하나 있었어. 그걸 읽었을 때는 웃음이 나지 않았지. **배우자(spouse) 없는 집은 집이 아니다**. 그 종이를 팬케익 안에 넣고 온 마음을 담아 과자를 접었어.

다음 날 오후 학원 끝나고 돌아가는 길에, 나는 손가방을 뒤

져보는 척하다가 마치 쥐에게 손이라도 물린 사람처럼 놀란 표정을 지었지. "어머, 이게 뭐지?" 그러고는 그 포춘 쿠키를 꺼내 네 아빠에게 건네줬어. "아! 쿠키를 너무 많이 만들다 보니까 이제는 보기도 싫어요. 당신이 먹어요."

그때도 네 아빠가 무엇이든 결코 낭비하는 법이 없는 성격이라는 걸 알았거든. 그는 포장을 뜯고는 과자를 부수어 입안에 넣었어. 그러고는 그 안에 있던 종이 조각을 읽었지.

"뭐래요?" 나는 태연히 행동하려 애쓰면서 물었어. 그래도 그이는 아무 말을 안 하는 거야. 그래서 다시 말했지. "해석해줘요."

그날 우리는 포츠머스 스퀘어를 걷고 있었는데, 그곳은 이미 안개가 끼었고, 나는 그날 얇은 외투를 입고 나왔기 때문에 무척 추웠거든. 그래서 속으로 바랐지. '빨리 결혼해달라고 해라 좀.' 그런데 이 사람이 하라는 청혼은 안 하고 심각한 표정을 짓더니 그러는 거야. "여기 이 단어가 무슨 뜻인지 모르겠어요. 스파우스(spouse)요. 오늘 밤에 사전을 찾아봐야겠어요. 그럼 내일은 당신한테 이게 무슨 뜻인지 말해줄 수 있을 거예요."

다음 날 그가 내게 영어로 말했어. "린도, 캔 유 스파우스 미(Lindo, can you spouse me)?" 그 말을 듣고 웃음을 터뜨렸지. 세상에 그 말을 그렇게 쓰는 게 어디 있냐고. 그러니까 그이도 농담조로 꼭 공자님처럼 말하길, "글쎄요. 말이 잘못되었다면, 그 안에 담긴 뜻 또한 분명 잘못되었다는 것이겠지요?" 그러는 거야! 그날 하루 종일 우리는 이런 식으로 서로 타박하고 농담을 주고받으며 보냈어. 그렇게 우리가 결혼하기로 한 거야.

한 달 뒤에 우리가 처음 만난 제일중국침례교회에서 식을 올렸어. 그로부터 아홉 달 뒤에 우리 시민권을 보장해줄 아기를 얻었어. 걔가 네 큰오빠 윈스턴이야. 내가 걔 이름을 그렇게 지었어. 그 이름을 이루는 단어 두 개의 의미가 맘에 들었거든. '많이 얻는다(wins ton)'는 뜻이잖아. 그 애가 명예와 돈을 얻고 근사한 삶을 살기를 바랐지. 그 시절 나는 스스로 생각했던 것 같아. **마침내 내가 원하던 모든 것을 다 가졌구나**! 무척 행복했지. 우리가 가난하다는 것도 개의치 않았어. 내 눈에는 오직 우리가 가진 것만 보였으니까. 나중에 윈스턴이 자동차 사고로 그렇게 허망하게 가버릴 줄 어떻게 알았겠니? 그 어린 나이에! 고작 열여섯 살이었는데!

이 년 터울로 빈센트를 낳았어. 발음이 '윈 센트(win cent)' 즉 돈을 번다는 말이랑 비슷하게 들려서 지은 이름이야. 그즈음에는 우리가 가진 것이 충분하지 않다는 생각이 스멀스멀 자라기 시작했거든. 그 뒤에 버스를 타고 가다가 코가 깨졌고, 그로부터 얼마 지나지 않아 너를 낳았어.

대관절 뭐가 나를 이렇게 바꿔놓았는지 모르겠다. 그때 다치는 바람에 휘어진 코 때문인지도 몰라. 아니, 어쩌면 그건 갓 태어난 너를 처음 보았을 때부터였는지도 몰라. 너는 나를 정말 많이 닮았더구나. 너를 보고 나니까 그 사실이 나로 하여금 내 삶을 불만스럽게 여기게 했어. 전부 욕심이 났어. 너는 나보다 잘살았으면 했거든. 너를 위해 최고의 환경을 꾸며주고, 최고로 좋은 성품을 길러주고 싶었어. 네가 아무것도 아쉬워하지 않고 살았으면 했어. 그게 내가 네 이름을 웨벌리라고 지은 이유야. 우리가 살던 거리 이름에서 따온 거지. 네가 생각해주었으면 했어. '여기가 내가 속한 곳이다' 하고. 하지만 한편으로는 알고 있었어. 내가 이 거리의 이름을 따서 네 이름을 짓는다면, 너는 곧 자라 이곳을 떠날 테고, 그때 내 일부도 너와 함께 데려갈 거라고.

*

로리 씨가 내 머리를 빗겨준다. 모든 것이 부드럽다. 모든 것이 까맣다.

내 딸이 말한다. "굉장히 근사한데요, 엄마? 하객들이 우리 언니인 줄 알겠네."

미용실 거울로 내 얼굴을 본다. 거기 비친 내 반영을 본다. 내 결점은 보이지 않지만, 나는 그것들이 거기 있다는 걸 안다. 나는 내 딸에게 그 결점들을 주었다. 똑같은 눈, 똑같은 뺨, 똑같은 턱. 그 애의 성격은, 내 상황에서 만들어진 것이다. 딸애를 바라보니 이제야 처음으로 눈에 들어오는 것이 있다.

"아이고야! 너 코가 왜 그렇게 됐냐?"

딸은 거울을 들여다본다. 그 애는 뭐가 문제인지 알아차리지 못한다. "무슨 말씀이세요? 아무 일도 없었는데. 평소랑 똑같은 코예요."

"하지만, 코가 어쩌다 그렇게 휘었어?" 나는 묻는다. 코 한쪽이 아래로 휘어 뺨까지 덩달아 잡아 내리고 있다.

"무슨 말씀이세요? 엄마 코랑 똑같이 생겼잖아요. 엄마 닮아서 그렇지 뭐."

"어떻게 저렇게 될 수 있지? 코가 흘러내린다. 성형 수술을 받아서 고쳐놔야겠다."

하지만 딸은 들은 척도 하지 않는다. 근심하는 내 얼굴 옆에 제 웃는 얼굴을 나란히 갖다 붙이고는 말한다. "말도 안 되는 소리 하지 마세요. 우리 코가 그렇게 나쁘지는 않아요. 약간 기만적(devious)으로 보여서 좋지 않아요?" 말하는 목소리가 즐겁게 들린다.

"그게 무슨 뜻이냐? 기만적(devious)이라는 게?"

"그건 한쪽을 좇으면서도 눈으로는 다른 쪽을 보고 있는 거죠. 한쪽을 위하면서 다른 쪽도 놓치지 않는 거예요. 뜻하는 바를 말하면서도 속에는 또 다른 의도들을 품고 있다는 거죠."

"사람들이 우리 얼굴을 보고 우리가 그런 걸 알 수 있어?"

딸은 웃는다. "음, 우리가 생각하는 걸 다는 모르겠지만요, 우리한테 두 얼굴이 있다는 건 알겠죠."

"그게 좋은 거냐?"

"그래서 원하는 걸 얻을 수 있다면 좋은 거죠."

나는 우리의 두 얼굴에 대해 생각한다. 내 의도들에 대해 생각한다. 어느 것이 미국인으로서의 면모이고, 어느 것이 중국인의 것인가? 어느 쪽이 더 나은가? 만약 하나를 보여주면, 언제나 반드시 다른 하나는 희생해야 한다.

지난해 중국에 돌아갔을 때 있었던 일도 그와 비슷하다. 중국에 가는 건 거의 사십 년 만에 처음이었다. 나는 화려한 장신구를 벗어버리고, 옷도 요란하지 않은 색으로 입었다. 그들의 말로 말했다. 그 지방의 돈을 썼다. 그랬는데도 그들은 알았다. 내 얼굴이 백 퍼센트 중국인의 그것은 아니라는 사실을. 나에게 비싼 외국인 요금을 청구하는 것이었다.

그래서 이제 나는 생각한다. 나는 무엇을 잃어버렸나? 그 대신 얻게 된 것은 무엇인가? 딸에게 물어볼 참이다. 너는 어떻게 생각하느냐고.

두 장의 티켓

징메이 우의 이야기

우리가 탄 기차가 홍콩의 국경을 떠나 중국 선전에 들어섰을 때, 전에 없던 감정이 들었다. 앞이마의 살갗이 따끔거리고, 피가 전과 다른 방향으로 솟구치는 듯했으며, 뼈가 아렸다. 친숙하고 오래된 고통이었다. 엄마가 옳았다. 나는 비로소 중국인이 되어가고 있는 것이다.

"하는 수 없어." 내가 열다섯 살이었을 때 엄마가 했던 말이다. 내 피부 밑에 무엇이든 중국인의 특질이 있다는 사실을 완강히 부정하던 시기였다. 나는 샌프란시스코의 갈릴레오 하이스쿨 2학년생이었고, 내 모든 백인 친구들도 말했다. **너는 전혀 중국인 같지 않아. 우리랑 똑같아.** 그러나 우리 엄마는 말하길, 자기는 상하이의 명문 간호 학교에서 공부했기에 유전학에 대해서는 모르는 게 없다고 했다. 그러니 내가 동의하든 부정하든 상관없이 엄마에게는 확신이 있었다. 일단 중국인으로 태어났다면, 중국인처럼 느끼고 생각할 수밖에 없다는 것이다.

"언젠가 너도 알게 될 거야. 그건 네 핏줄 속에 있어. 지금은 그저 풀려날 때를 기다리고 있는 거지."

그 말을 듣자, 내 자신이 늑대인간처럼 변하는 장면이 떠올랐다. DNA 속 돌연변이 인자가 갑자기 발현하여 서서히 자가복세하며 '말 안 해도 중국인' 증후군을 일으킨다. 그리하여 숨길 수 없는 중국인으로서의 일련의 행동 방식을 보여주게 되는 것이다. 가게 주인들과 옥신각신하며 물건 값을 깎고, 공공장소에서 이를 쑤시고, 레몬색과 연분홍은 겨울옷으로 좋은 색이 아니라는 것을 모르는 등등 엄마가 나를 창피하게 했던 그 모든 행동들을 말이다!

그러나 오늘에서야 깨닫는다. 나는 '중국인이 된다는 것'에 대해 전혀 모르고 있었다는 사실을. 나는 서른여섯 살이다. 엄마는 돌아가셨고, 나는 기차를 타고 있다. 평생 고향에 돌아가기를 꿈꾸었던 엄마의 소망을 품고, 중국으로 가고 있다.

우리는 우선 광저우에 갈 것이다. 그곳에서 이제 72세가 되신 우리 아빠 캐닝 우 씨와 함께 대고모님 댁을 방문할 것이다. 아빠는 열 살 이후로 한 번도 그분을 뵙지 못했다고 했다. 그리고 고모님을 만난다는 설렘 때문인지 아니면 그저 중국에 돌아왔기 때문인지는 알 수 없지만, 지금 아빠 얼굴은 마치 어린 소년 같다. 어찌나 천진난만하고 행복해 보이는지 그 애의 스웨터 단추를 잠가주고 머리를 토닥여주고 싶을 정도다. 서로 마주 보고 앉은 우리 두 사람 사이에는 작은 탁자가 있다. 그 위에 차게 식은 찻잔 두 개가 놓여 있다. 생전 처음으로 아빠의 눈물을 본다. 차창 밖으로 보이는 풍경이라고는 노란색, 초록색, 갈색으로 구획 지어진 들판과 선로 옆으로 난 좁은 수로, 야트막하게 솟은 언덕, 시월의 이른 아침에 파란 외투를 입은 세 사람이 우마차를 타고 가는 모습이 전부인데 말이다. 하지만 어째서인지 나 또한 눈앞이 뿌얘지는 것이었다. 마치 아주 오래전 보고서 거의 잊어버리고 있던 풍경을 다시 마주하는 것처럼.

앞으로 세 시간 조금 안 되어 우리는 광저우에 닿을 것이다. 여행 안내 책자에 따르면 요즘에는 광둥을 그렇게 부른다고 한다. 상하이만 빼고 내가 전에 들어본 적 있는 모든 도시가 표기법을 바꿔버린 것 같다. 그것은 중국이 여러 면에서 변화하였음을 말해주려는 것이라고 생각한다. 충칭의 철자법은 Chungking에서 chongqing으로 바뀌었다. 그리고 구이린은 Kweilin이 아니라 Guilin이다. 나는 이 이름들을 살펴보았다. 광저우에서 대고모님을 뵙고 나서 상하이로 가는 비행기를 타야 했기 때문이다. 그곳에서 내 언니들, 우리 엄마의 딸들을 처음으로 만나게 될 것이다.

그들은 엄마가 첫 번째 결혼 생활 중 낳은 쌍둥이 자매, 구이린에서 충칭으로 피난하던 1944년에 어쩔 수 없이 길 위에 두고 갈 수밖에 없었던 작은 아기들이다. 엄마가 내게 들려준 이야기는 그게 전부였기에 그동안 내내 그들은 내 마음속에 아기의 모습으로 남아 있었다. 길가에 뉘인 채 빨간 엄지 손가락을 빨며 멀리서 폭탄이 휘이잉 떨어지는 소리를 듣고 있는 아기들.

금년에 이르러서야 그 애들을 찾았다는 기쁜 소식을 듣게 되었다. 상하이에서 우리 엄마 앞으로 보낸 편지였다. 처음 그 소식을 들었을 때 아주 어린 아기였던 내 쌍둥이 자매들이 여섯 살 난 소녀들로 변하는 모습이 떠올랐다. 같은 탁자 앞에 나란히 앉아 만년필 하나로 돌아가며 편지를 쓴다. 한 사람이 가지런한 한자를 적는다. **세상에서 가장 사랑하는 엄마. 우리는 잘 있어요.** 그러고는 성긴 앞머리를 쓸어 넘기며 자매에게 만년필을 건넨다. 만년필을 건네받은 아이는 써 내려간다. **우리를 데리러 오세요. 빨리요.**

물론 그들은 엄마가 삼 개월 전에 뇌동맥류 파열로 갑자기 돌아가셨다는 사실은 모를 것이다. 그날도 엄마는 아빠에게 위층 세입자들 흉을 보며 중국 친척들이 이사 들어온다는 핑계를 대고 내보내야겠다며 계책을 꾸미고 있었다. 다음 순간 엄마는 갑자기 머리를 짚으며 눈을 질끈 감더니 주위를 더듬어 소파를 찾았다. 그러고는 손을 떨며 천천히 바닥에 쓰러졌다.

그래서 아빠가 그 편지를 처음으로 열어보게 되었던 것이다. 그건 아주 긴 편지였다. 그들은 '엄마'라 부르면서 항상 친어머니를 기억하며 존경해왔다고 썼다. 엄마의 사진이 든 액자도 간직하고 있었다. 자신들이 어떻게 살아왔는지도 이야기했다. 엄마가 구이린을 떠나는 길 위에서 마지막으로 본 이후부터 마침내 자신들이 발견되기까지의 이야기였다.

편지를 읽은 아빠는 마음이 찢어지는 듯 아팠다고 했다. 아빠가 결코 알지 못하는 삶 속에서 두 딸이 자기 어머니를 부르고 있었다. 그래서 아빠는 이 편지를 엄마의 오랜 친구인 린도 아줌마에게 전해주고 대신 답장을 써달라고 부탁했다. 이 아이들이 최대한 상처받지 않게 엄마가 돌아가셨다는 사실을 전해달라고.

그러나 린도 아줌마는 답장을 쓰는 대신 그 편지를 조이 럭 클럽에 가지고 가 잉잉 아줌마와 안메이 아줌마랑 함께 이 일을 어찌 해야 할지 상의했다고 한다. 그분들은 엄마가 아주 오랫동안 자기 두 딸을 찾고 있었다는 것을 알았기 때문이다. 그건 우리 엄마의 평생 소원이었다. 세상에 어찌 이런 안타까운 일이 있을 수 있나. 아줌마들은 탄식했다. 석 달 전에 엄마를 떠나보낸 것만도 큰 슬픔인데 또 이런 일이 생긴 것이다. 그래서 기적을 바라지 않을 수가 없었다. 엄마를 다시 살려내어 소원을 이루게 해줄 순 없을까?

그래서 그분들은 상하이에 있는 내 언니들에게 우리 엄마의 이름으로 이런 편지를 썼다.

사랑하는 딸들아, 나 또한 너희를 절대 잊지 않았다.

내 머리와 가슴 속에 항상 담고 있었지.

우리가 기쁘게 재회할 그날에 대한 희망을 결코 포기하지 않았어.

그저 너무 오래 걸렸다는 것이 미안할 뿐이다.

우리가 헤어진 이후 내 삶이 어떠했는지 전부 들려주고 싶구나.

우리 가족과 함께 중국에 가서 다 이야기해줄게….

그분들이 내게 처음으로 언니들의 존재를 알리고 편지를 받아 답신을 썼다고 말한 것은 이 모든 일이 있은 뒤였다.

"그럼 언니들은 엄마가 올 거라고 생각하겠네요…." 나는 중얼거렸다. 이제 내 머릿속에서 그들은 열 살 혹은 열한 살쯤 되어 손을 맞잡고 있다. 폴짝폴짝 뛰어오를 때마다 땋은 머리가 통통 튄다. 자신들의 엄마를 만날 생각에 신이 나 있다. 하지만 사실 우리 엄마는 돌아가셨다.

린도 아줌마는 말했다. "어떻게 어머니는 못 가신다고 편지할 수 있겠니? 수위안은 그 애들의 엄마야. 그리고 네 엄마이기도 하지. 그러니까 네가 그 애들에게 알려줘야 해. 그 애들은 평생 엄마를 그리며 살았을 테니까." 그 말이 옳다 싶었다.

하지만 다시 엄마와 언니들을 생각하며 나는 내가 상하이에 도착했을 때 벌어질 일들을 상상하기 시작했다. 언니들이 평생 엄마와 떨어져 그리워하며 사는 동안, 나는 엄마와 함께 살았고 이제는 엄마를 잃었다. 공항에서 언니들을 만나는 장면을 그려보았다. 그들은 초조한 얼굴로 까치발을 하고 서서는 머리 검은 사람이 비행기에서 내릴 때마다 살펴볼 것이다. 나는 똑같이 근심하는 얼굴들을 보고 즉각 그들을 알아볼 것이다.

"지예지예, 지예지예! 언니, 언니! 여기예요." 형편없는 중국어로 부르는 내 모습이 그려진다.

"엄마는 어디 계시니?" 그들이 주위를 둘러보며 묻는다. 그때까지도 미소 짓고 있는 그 얼굴은 잔뜩 흥분한 듯 상기되었다. "어디 숨어 계신대?" 이렇게 약간 뒤에 빠져서 살짝 골려주며 조바심 내게 하는 것은 엄마다운 일이다. 나는 머리를 저으며 말할 것이다. 숨어 계신 것이 아니라고.

"오 저분이시니?" 언니 하나가 손가락으로 체구가 작은 여성분을 가리키며 신이 나서 속삭일 것이다. 그분은 선물 더미에 완전히 에워싸여 있다. 물론 우리 엄마도 자기 딸들을 만나러 가며 선물과 먹을 것, 장난감을 산더미처럼 가져갔을 것이다. (전부 세일할 때 샀을 거다.) 고맙다는 말은 됐다며, 이 정도쯤은 아무것도 아니라고 하고는 나중에 옷에 붙은 라벨을 뒤집어 보여주겠지. "캘빈 클라인. 백 퍼센트 울이야"라고.

"언니들, 미안해요. 저 혼자 왔어요…"라고 말하는 내 모습을 상상한다. 하지만 내가 말하기도 전에 언니들은 내 표정을 보고 알아차릴 것이다. 머리를 쥐어뜯으며 통곡하고, 너무나 슬픈 나머지 입술을 일그러뜨리며 떠나가겠지. 그러고 나면 나는 다시 비행기에 올라타 집으로 돌아갈 것이다.

언니들의 절망이 공포에서 분노로 변하는 장면을 수도 없이 그려보고 난 뒤 나는 린도 아줌마에게 제발 편지를 하나만 더 써달라고 애걸했다. 아줌마는 처음에는 거절했다. "어떻게 내가 네 엄마가 돌아가셨다고 알릴 수 있겠어? 나는 못한다." 완강한 얼굴이었다.

"하지만 언니들은 엄마가 자기들을 만나러 오실 거라고 철석같이 믿고 있을 텐데, 그것도 잔인하잖아요. 저 혼자 달랑 온 걸 본다면, 저를 증오할 거라고요."

"증오해? 너를? 말도 안 되지." 아줌마가 눈을 부릅뜨고 나를 보았다. "너는 그 애들의 동생이야. 유일한 피붙이라고."

"아줌마는 모르세요."

"내가 뭘 몰라?"

나는 기어들어가는 소리로 말했다. "언니들이 저를 탓하지 않겠어요? 제가 엄마를 잘 모시지 못했기 때문에 엄마가 돌아가신 거라고요."

그러자 린도 아줌마는 옳게 된 대답이라는 듯 흡족한 표정을 지었으나 한편으로는 슬퍼 보였다. 마치 그걸 이제야 깨달았니, 하는 것처럼. 아줌마는 꼬박 한 시간 동안이나 자리에 앉아 편지를 쓰고는 내게 편지 두 장을 건네주었다. 눈에는 눈물이 가득 고여 있었다. 나는 깨달았다. 내가 가장 두려워했던 일을 아줌마가 해주신 거구나. 만약 아줌마가 영어로 써주셨다 해도 나는 차마 그 편지를 읽을 수 없었을 것이다.

"고맙습니다." 목메인 소리로 말했다.

이제 보이는 풍경은 회빛이 되었다. 키 작은 시멘트 건물과 오래된 공장들이 가득하다. 그리고 더 많은 선로가 나타난다. 우리가 탄 것과 같은 기차들이 맞은편에서 스쳐 지나간다. 승강장에 칙칙한 색깔 서양 의복을 입은 인파가 붐빈다. 그 사이사이에 점점이 밝은색이 찍혀 있다. 분홍색과 노란색, 빨간색과 복숭아색 옷을 입은 어린아이들이다. 군인들은 녹색과 붉은색으로 된 군복을 입었다. 회색 상의에 칠부바지를 입은 할머니들도 있다. 우리는 광저우에 온 것이다.

기차가 역에 서기도 전에 사람들은 좌석 위 짐칸에서 소지품을 끌어내린다. 친척들에게 줄 선물이 가득 들어 있는 무거운 짐가방, 반쯤 부서진 것을 끈으로 동여매어 내용물이 밖으로 빠져나오지 않게 한 상자, 뜨개실과 야채, 말린 버섯 꾸러미가 들어 있는 비닐봉투, 카메라 가방 들이 일제히 위에서 아래로 쏟아져 내리며 한순간 위험천만한 장면이 연출된다. 이윽고 아빠랑 나는 급히 빠져나가며 우리를 밀쳐대는 인해에 휩쓸렸다. 정신을 차렸을 때는 열두 개나 되는 세관 심사 줄 중 하나에 서 있었다. 꼭 샌프란시스코에서 스톡턴행 30번 버스를 탄 것 같다. 나는 지금 중국에 있다고, 스스로를 상기시킨다. 어째서인지 이 인파가 짜증나지 않는다. 그냥 제대로 된 느낌이다. 나 또한 다른 사람들을 힘껏 떠밀어대기 시작한다.

나는 신고 서류와 여권을 꺼낸다. "우(Woo)"라고 적힌 아래에 "준 메이(June May)"라고 쓰여 있다. 1951년생 "미국 캘리포니아(California, U.S.A.)" 출신. 문득 궁금하다. 세관 직원들이 물어보지 않을까? 여권 사진 속에 있는 사람과 동일인이 맞느냐고? 사진 속 나는 턱까지 오는 짧은 머리를 뒤로 빗어 넘겨 세련되게 정돈했다. 인조 속눈썹을 붙이고 아이섀도를 칠했으며 립라이너까지 그렸다. 섀이딩을 해서 광대를 깎았다. 하지만 여기가 시월에도 이렇게 더울 거라고는 상상하지 못했다. 지금 내 머리카락은 습한 공기 때문에 축 늘어졌다. 화장도 안 했다. 홍콩에 있을 때부터 마스카라가 시꺼멓게 다 번지고 얼굴에 바른 모든 것이 그저 기름층을 겹겹이 쌓아놓은 것같이 갑갑했다. 그래서 오늘은 아무것도 바르지 않은 맨얼굴이다. 앞이마와 코에 땀이 맺혀 반짝거릴 뿐이다.

화장을 하지 않았음에도 나는 진짜 중국인처럼은 보이지 않을 것이다. 나는 167센티미터였기 때문에 머리가 무리 위로 빼꼼히 튀어나왔다. 눈이 마주치는 사람들은 오직 다른 여행객들뿐이었다. 언젠가 엄마는 내가 키가 큰 것은 북쪽에서 오신 할아버지를 닮았기 때문이라고 했다. 아마도 몽골인의 피가 어느 정도 섞여 있으리라는 거였다. 엄마는 말했다. "전에 네 할머니한테 들은 거야. 하지만 이제는 더 여쭤볼 수도 없네. 우리 가족은 전부 다 돌아가셨거든. 네 조부모님, 삼촌과 숙모, 그 자식들까지 전부 전쟁통에 집에 폭탄이 떨어졌을 때 다 죽었어. 그 여러 세대가 한순간에."

너무나도 담담한 어조였기 때문에 엄마는 진작에 아픔을 극복한 모양이라고 생각했다. 하지만 문득 궁금해졌었다. 엄마는 어떻게 그분들이 다 돌아가셨다고 확신하는 걸까. 그래서 한 가지 가능성을 들었다.

"폭탄이 떨어지기 전에 피하셨을 수도 있잖아요."

"아냐. 우리 집안 사람들은 전부 죽었어. 너랑 나만 빼고."

"하지만 그걸 어떻게 알아요? 몇 명은 빠져나갔을 수도 있잖아요."

"그럴 수 없다니까." 이번에는 거의 화난 목소리였다. 그러나 눈살을 찌푸린 것도 잠시, 엄마의 얼굴은 이내 놀란 듯 공허한 표정이 되었다. 그러고는 마치 잃어버린 물건을 두었던 장소를 되짚어 나가는 사람처럼 말하는 것이었다. "우리 집에 다시 돌아갔었어. 집이 있어야 할 곳을 올려다보았지만, 아무것도 없었어. 그저 텅 빈 하늘뿐이었지. 그리고 그 아래, 내 발밑으로 사층집의 벽돌과 나무 자재들이 불탄 채 쌓여 있었어. 옆 마당에 널브러진 물건들 중에는 쓸 만한 것이 하나도 보이지 않았어. 오직 누군가 잠을 자던 침대 하나뿐이었지. 정확히 말하면 한쪽 귀퉁이가 찌그러진 철제 침대 틀뿐이었지만. 그리고 책이 한 권 있었는데, 무슨 책이었는지는 몰라. 모든 면이 다 검게 그을려 있었거든. 깨지지는 않았지만 재가 가득한 찻잔이 있었고, 그리고… 내 인형을 보았지. 손과 다리가 부러졌고 머리카락은 타버렸어…. 우리 어머니가 사주셨던 거야. 내가 어릴 때 계속 혼자서 가게 창문으로 그걸 들여다보면서 사달라고 보채며 울어댔었거든. 금발 머리 미국 인형이었단다. 팔다리 관절이 돌아가고, 눈도 깜빡거렸어. 결혼해서 집을 떠나면서 그걸 가장 어린 조카에게 물려줬지. 나를 닮은 아이였거든. 그 애는 잠시라도 그 인형이 보이지 않으면 울음을 터뜨렸어. 이제 알겠니? 만약 그 애가 그 인형과 함께 집에 있었다면, 그 애 부모도 거기 있었던 거고, 온 식구가 다 거기 있었다는거야. 다 함께 기다리고 있었겠지. 우리 가족은 그런 사람들이니까."

세관 부스에 있는 여자는 내 서류를 훑어보더니 나를 한 번 획 쳐다보고는 빠르게 두 번만에 모든 서류에 도장을 찍는다. 그러고는 딱딱하게 고개를 끄덕여 보인다. 정신을 차려보니 우리는 수

천 명의 사람들과 그들의 짐가방으로 가득한 넓은 공간에 서 있었다. 나는 길을 잃은 기분이고, 아빠는 어쩔 줄 모르는 듯하다.

"실례합니다." 나는 미국인처럼 보이는 남자에게 말을 걸었다. "택시 정류장이 어디인지 아시나요?" 그러자 그는 스웨덴어나 네덜란드어 같은 말을 웅얼거렸다.

"샤우 옌! 샤우 옌!" 그때 뒤쪽에서 날카로운 목소리가 들려온다. 노란색 뜨개 모자를 쓴 할머니가 포장한 장신구들이 들어 있는 분홍색 비닐봉투를 들고 있다. 우리에게 물건을 팔려는 모양이다. 그런데 아빠는 눈을 가늘게 뜨고 우리를 쳐다보는 이 작은 참새 같은 할머니를 뚫어져라 바라본다. 그러다 아빠의 눈이 휘둥그레진다. 얼굴이 활짝 펴며 마치 행복한 소년같이 미소 짓는다.

"아이이! 아이이!" **고모님! 고모님!** 아빠가 다정하게 부른다.

"샤우 옌!" 대고모님이 아빠를 '작은 들거위'라고 부르는 게 좀 웃기다는 생각이 든다. 아마 젖먹이 시절에 부르던 아명일 것이다. 귀신들이 아이를 훔쳐 가지 못하게 하려고 부르는 이름 말이다.

두 분은 손을 맞잡고(포옹은 하지 않으신다) 주거니 받거니 이야기를 나눈다.

"얘 좀 봐라! 아주 폭삭 늙었네."

"고모님도요. 정말, 정말로 긴 시간이 지났군요."

두 분은 숨기지 않고 엉엉 울다가 동시에 웃음을 터뜨린다. 나는 울지 않으려고 애쓰며 입술을 깨문다. 그분들의 기쁨을 마주하는 것이 두렵다. 내일 상하이에서는 이렇지 않을 것이기 때문이다. 얼마나 어색하고 불편한 상황이 펼쳐질까.

대고모님은 환히 웃으며 폴라로이드 사진을 가리키신다. 아빠가 현명하게도 우리가 갈 거라고 편지를 써서 알리면서 사진들을 함께 보낸 것이다. **내가 얼마나 똑똑한지 봐라**. 사진과 아빠를 번갈아 바라보는 대고모님은 그렇게 말씀하시는 것 같다. 도착하면 호텔에서 전화하겠다고 편지했는데 놀랍게도 직접 우리를 만나러 나오신 것이다. 내 언니들도 공항에 나와줄까?

카메라를 떠올린 것은 그때였다. 아빠와 대고모님이 만나는 순간을 사진으로 남겨야겠다고 생각했었다. 아직 늦지 않았다.

"자, 여기 나란히 서보세요." 나는 폴라로이드 카메라를 들고 말한다. 카메라 플래시가 번쩍이고, 나는 두 분께 사진을 전해드린다. 대고모님과 아빠는 가깝게 붙어 서서는 사진의 한 귀퉁이씩을 붙잡고 인화지에 상이 떠오르는 모습을 지켜본다. 숨 죽이고 선 그 모습은 거의 경건할 정도다. 대고모님은 아빠보다 불과 다섯 살 연상이시다. 일흔일곱쯤 되셨을 텐데, 훨씬 더 나이 들어 보인다. 피부는 쪼글쪼글해서 꼭 미라 유물 같고, 가느다란 머리카락은 하얗게 세었다. 이도 누렇게 썩었다. 혼자서 생각한다. 중국 여자들은 영원히 젊게 산다는 이야기가 파다한데 말이야.

이제 대고모님은 나를 보고 말씀하신다. "잔달레." **벌써 다 컸구나**. 내 큰 키를 올려다보시고는 들고 계신 분홍색 비닐봉지 안을 들여다보신다. 우리 주실 선물이구나. 내게 뭘 줘야 하나 고심하시는 듯하다. 이제 나도 꽤 나이 들었고 다 커버렸다. 그때 대고모님이 집게 같은 손으로 내 팔꿈치를 붙잡고 돌아보게 하신다. 오십 대 정도 되어 보이는 아저씨와 아줌마가 아빠와 악수를 하고 있다. 모두가 미소 지으며 외친다. "아! 아!" 대고모님의 큰아들과 며느리였다. 그 옆으로 내 또래 정도 돼 보이는 네 사람과 열 살 남짓한 자그마한 여자애가 서 있다. 대고모님의 손자와 손주며느리, 손녀와 손주사위라는데 어찌나 빠르게 소개하고 넘어가시는지 누가 누구였는지 기억 나지 않는다. 여자아이의 이름은 릴리로, 대고모님의 증손녀라고 했다.

대고모님과 아빠는 자신들이 어릴 적 쓰던 중국 표준어로 말했다. 그러나 나머지 가족들은 모두 자기 마을에서 쓰는 광둥어만 했다. 나는 표준어만 좀 알아듣고, 그나마도 회화는 그다지 잘하지 못한다. 그래서 대고모님과 아빠는 아무 거리낌없이 표준어로 옛 고향 마을에 살던 사람들의 소식을 나눈다. 그러다가 이따금씩 대화를 멈추고 나머지 가족들과 이야기한다. 어떨 때는 광둥어로, 어떨 때는 영어로.

"아, 내가 짐작했던 대로구나." 아빠가 나를 돌아보며 말한다. "그 사람이 지난 여름에 죽었다네." 나도 두 분의 대화에서 이미 들은 이야기였다. 그 리 공이라는 사람이 누군지는 모르지만 말이다. 마치 내가 통역사들이 난장을 치는 유엔 회의장에 와 있는 것 같다.

나는 여자아이에게 말을 건다. "안녕? 내 이름은 징메이야." 그러나 아이는 몸을 배배 꼬며 눈을 딴데로 돌려버리는 것이었다. 그 애의 부모는 그 모습을 보고 민망한 듯 웃었다. 나는 차이

나타운의 친구들에게 배운 광둥말들을 생각해내려 애쓰지만, 기억나는 것은 죄다 욕설이거나 생리 현상을 표현하는 말, 그리고 "맛있다" "쓰레기 같은 맛이다" "개 진짜 못생겼어" 같은 짧은 문구들뿐이다. 그래서 대신 다른 방법을 써보기로 한다. 폴라로이드 카메라를 들고 손짓하자 릴리는 곧장 앞으로 폴짝 뛰어나오더니 마치 패션지 모델처럼 한 손을 엉덩이에 대고 가슴을 쑥 내민다. 그러고는 나를 향해 이를 다 드러내고 활짝 웃는 것이다. 사진을 찍어주자 쪼르르 내 곁으로 와 서더니 초록색 필름 위에 나타나는 자기 모습을 들여다보며 좋아서 폴짝폴짝 뛰고 키득거린다. 우리가 택시를 부를 무렵에는 내 손을 꼭 잡고 나를 끌어당겨댔다.

택시를 타고 호텔까지 가는 동안에는 대고모님이 내내 한시도 쉬지 않고 계속 말씀하셨기 때문에, 바깥에 스쳐 지나가는 풍경들에 대해 여쭤볼 수도 없었다.

"네가 편지에 고작 하루 있다 갈 거라고 했잖니?" 대고모님이 아빠에게 말씀하신다. 약간 흥분하신 투다. "하루라니! 어떻게 네 가족을 하루 안에 볼 수 있다고 생각한 거야? 토이산에 가려면 광저우에서도 차 타고 한참 들어가야 하는데 말이야. 도착해서 전화하겠다는 말은 또 어떻게? 말도 안 되는 소리야. 우리는 휴대전화가 없는데 말이야."

그 말을 듣자 살짝 심장이 철렁했다. 린도 아줌마도 우리 언니들에게 상하이에 있는 호텔에 도착하거든 전화하겠다고 쓰셨을까?

대고모님은 계속 아빠를 질책하신다. "그래, 내가 어쩔 줄 모르고 있다가 우리 아들한테도 물어봤지. 연락할 방법을 찾아내려니 거의 청천벽력 같은 기분이었어. 그래서 우리가 생각해낸 최고의 방법이 이거야. 직접 토이산에서 버스를 타고 나와서 광저우로 오는 거지. 네가 도착하자마자 바로 만날 수 있게."

우리가 탄 택시가 쉼없이 경적을 울려대며 트럭과 버스 사이를 제치고 달려나간다. 숨이 멎을 것 같다. 아마 긴 고가도로 위를 달리는 모양이다. 택시는 끊임없이 줄지어 선 아파트들을 지나친다. 집집마다 발코니에 빨래를 널어두어 어수선하고 정리되지 못한 인상을 준다. 우리 옆으로 만원 버스 한 대가 지나간다. 안에 사람이 어찌나 많은지 얼굴이 거의 유리창에 붙어 있다. 광저우 도심의 지평선이 보인다. 멀리서 본 모습은 미국의 대도시라고 해도 될 것 같다. 고층 건물이 우뚝 서 있고 사방에서 공사가 진행 중이다. 붐비는 구역에 접어들어 속도를 줄이자 수많은 작은 상점이 눈에 들어온다. 내부는 어둡고 카운터와 선반들이 늘어서 있다. 그리고 건물이 하나 보였는데, 전면부에 대나무 막대를 플라스틱 노끈으로 엮어 만든 비계가 붙어 있다. 남녀 인부들이 그 비계의 좁은 발판 위에 서서 건물 외벽을 청소하고 있다. 안전모나 안전 장치도 없다. 나는 생각한다. '아, 직업 안전 위생 관리국(OSHA, Occupational Safety and Health Administration)에서 굉장히 좋아할 광경이구만.'

대고모님의 날카로운 목소리가 다시금 높아진다. "우리 마을과 사는 집에도 한번 들러보지 않고 떠난다는 건 대관절 무슨 법도야? 우리 아들들은 직접 기른 채소를 자유 시장에 내다 팔아서 꽤나 성공했다고. 지난 수년 사이에 커다란 집을 지었어. 삼층짜리에 전부 새로 구운 벽돌로 지었다고. 우리 식구들이 다 들어가 살고도 남지. 매년 수입도 늘고 있어. 어디 자네 같은 미국인들만 부자 되는 법을 안다고 생각하나?"

택시가 멈춘다. 다 온 모양이라 생각하고 밖을 내다보았을 때 내 눈에 들어온 것은 하얏트 리전시보다도 훨씬 으리으리한 호텔이었다. "여기가 공산국가 중국이라고요?" 나는 놀라 크게 소리치고는 아빠를 보고 고개를 절레절레 저었다. "아마 호텔을 잘못 찾아왔나 봐요." 그리고 재빨리 우리의 여행 일정과 교통 티켓, 예약 서류를 꺼냈다. 여행사 직원에게 분명히 일러두었다. 1박 숙박비 30불에서 40불이라는 예산 안에 비싸지 않은 곳으로 잡아달라고. 확신한다. 그런데 여기 우리 여행 일정표에는 이렇게 나와 있는 것이다. **가든 호텔, 환시 동 루**. 음, 초과되는 비용은 여행사에서 부담하셔야지 뭐. 그 말밖에는 할 말이 없었다.

이 호텔은 실로 웅장하다. 벨보이가 뛰어나와 우리 가방을 호텔 로비 안으로 들여놓는다. 그는 유니폼을 입고 칼주름을 잡은 모자를 썼다. 호텔 내부는 마치 전부 화강암과 유리로 둘러싸인 화려한 쇼핑몰과 레스토랑 들처럼 보인다. 그러나 인상적인 것보다도 가격이 걱정이다. 대고모님께 좋지 않은 인상을 드리는 건 아닐까 마음에 걸린다. 돈 많은 미국인들은 하룻밤만이라도 사치를 부리지 않으면 입에 가시가 돋는 모양이라고 생각하시면 어쩌나?

잘못된 예약에 대해 입씨름할 각오를 다지며 프런트로 향했는데, 제대로 예약되었음을 확인한다. 우리가 예약한 방은 각각 34달러씩 전부 지불되었다. 내가 머쓱해 있는 동안에도 대고모님과 나머지 가족들은 우리가 오늘 밤 묵을 호텔을 둘러보며 즐거워하는 듯 보인다. 릴리는 비디오 게임으로 가득한 상점 쇼윈도를 보고 눈이 휘둥그래진다.

우리 가족이 전부 오르자 엘리베이터가 가득 찬다. 벨보이가 손을 흔들며 말한다. "18층에서 뵙겠습니다!" 그리고 곧 엘리베이터 문이 닫히고, 다들 아주 조용해진다. 그리고 문이 다시 열림과 함께 모두가 일제히 입을 열었다. 안도한 듯한 목소리다. 아마 대고모님과 나머지 가족들은 엘리베이터를 이렇게 오래 타본 적이 없었을 거다.

우리 방들은 나란히 붙어 있고 전부 똑같이 생겼다. 러그, 커튼, 침대보까지 모두 회갈색 계통이다. 컬러 텔레비전이 있고, 트윈 베드 두 개 사이에는 램프 테이블이 놓였다. 그 테이블에는 텔레비전을 원격 제어할 수 있는 패널이 내장되어 있다. 욕실 벽과 바닥은 대리석으로 되어 있다. 작은 냉장고가 딸린 바도 있다. 냉장고 안에는 하이네켄 맥주와 코카콜라 클래식, 세븐 업, 작은 병에 든 조니 워커 레드와 바카디 럼, 스미노프 보드카가 채워져 있다. 엠앤엠즈 초콜릿 봉투와 꿀을 발라 구운 캐슈넛, 캐드버리 초콜릿 바도 보인다. 다시금 혼잣말하지 않을 수 없다. "이게 공산국가 중국이라고?"

아빠가 내 방에 찾아왔다. "고모님네 식구들이 그냥 여기 있자고 하네." 아빠가 어깨를 으쓱하며 말한다. "그 편이 훨씬 덜 번거로울 거래. 얘기할 시간도 더 많고."

"저녁은 어떻게 해요?" 나는 묻는다. 이미 며칠 전부터 머릿속으로 나의 첫 '진짜 중국식 만찬'을 그려보고 있었다. 속을 파낸 동과 껍질을 그릇 삼아 담긴 김이 무럭무럭 오르는 탕 요리와 진흙 발라 구운 닭과 북경 오리 등이 차려진 성대한 연회를 말이다.

아빠는 방 한 켠으로 걸어가더니 〈트래블 앤 레저*Travel & Leisure*〉 잡지 옆에 있는 룸 서비스 책자를 집어든다. 빠르게 파라락 넘겨보는가 싶더니 메뉴 하나를 가리킨다. "이걸 드시고 싶대."

그렇게 결정되었다. 오늘 밤 우리는 우리 방에서 저녁을 먹을 것이다. 햄버거와 감자 튀김, 요즘 유행하는 애플 파이를 가족들과 함께 나눠 먹을 것이다.

우리가 씻는 동안 대고모님과 친척들은 상점들을 구경하신다. 찜통 같은 기차를 타고 달려온 터라 얼른 샤워하고 시원한 옷을 입고 싶은 마음이 간절하다.

호텔에서 샴푸가 들어 있는 작은 비닐 팩을 몇 개 주었다. 뜯어보니 내용물은 농도와 색깔이 꼭 해선장 같다. **그래, 바로 이거야. 이게 중국이지**. 그 샴푸를 얼마간 덜어내 젖은 머리에 문지른다.

샤워를 하는데 불현듯 며칠 만에 처음으로 혼자 있는 것이라는 사실을 깨닫는다. 그러나 편안하기보다는 어쩐지 쓸쓸해진다. 엄마의 말을 떠올린다. 내 유전자가 깨어나면 중국인이 될 거라는 말 있잖아, 그건 무슨 뜻이었을까?

엄마가 돌아가시고 나서 스스로에게 많은 질문을 던졌다. 이제는 결코 답을 얻을 수 없는 그 질문들은 나를 더욱 깊은 슬픔 속으로 몰아붙였다. 어쩌면 나는 언제까지나 계속 슬퍼하고 싶었는지도 모른다. 나는 엄마를 결코 잊어버리지 않았다고, 스스로 확신할 수 있도록.

그러나 이제 내가 질문하는 까닭은 대부분 정말로 그 답을 알고 싶기 때문이다. 엄마가 자주 만들던 돼지고기 소 있잖아. 그건 뭐였을까? 꼭 톱밥 같았는데. 상하이에서 돌아가셨다는 삼촌들 이름이 뭐였지? 그 긴 세월 동안 엄마는 두고 온 딸들을 생각하며 어떤 꿈을 꿨을까? 내가 화나게 할 때마다 다른 딸들을 생각했을까? 내가 아니라 그 애들이 곁에 있었으면 좋겠다고 바랐을까? 엄마 옆에 있는 게 나라서, 실망하지는 않았을까?

*

유리창을 두드리는 소리에 잠에서 깨어났을 때는 새벽 한 시였다. 아마 나도 모르게 깜빡 잠이 들었던 모양이다. 지금은 온몸이 이완된 느낌이다. 나는 트윈 베드 하나에 기대 앉았다. 릴리가 내 옆에 누워 있다. 다른 사람들도 모두 침대나 바닥에 몸을 대자로 뻗고 잠들어 있다. 작은 탁자 앞에 앉아 계시는 대고모님은 무척 피곤한 기색이 역력하다. 아빠는 창문을 바라보고 서서 손가락으로 유리를 톡톡 두드리고 있다. 내가 깜빡 잠들기 전에 아빠는 대고모님을 마지막으로 뵌 뒤 자신이 어떻게 살았는지에 대해 들려드리고 있었다. 연경대에 들어가게 된 이야기와 충칭에서 신문사에 일자리를 얻게 된 사연, 그곳에서 젊은 과부였던 우리 엄마를 만났다는 것도. 나중에 함께 상하이로 가 엄마의 가족이 살던 집을 찾으려 했지만, 그 자리에는 아무것도 남아 있지 않았다. 그 뒤 둘은 결국 광둥으로 떠났다. 그다음은 홍콩이었다. 그리고 베트남 하이퐁으로 갔고, 마침내 샌프란시스코에 정착했다….

"수위안은 평생 자기 딸들을 찾으려 애썼으면서도 제게는 그 사실을 말해주지 않았습니다." 아빠가 나지막한 목소리로 말한다. "물론 그 딸들에 대해 이야기를 나눠본 적도 없습니다. 제 생각에 그 사람은 부끄러워했던 것 같습니다. 그 애들을 두고 온 것에 대해서요."

"그 애들을 어디에 두고 왔는데? 어떻게 그 애들을 찾았어?" 대고모님이 물으신다.

그 말을 들으니 정신이 또렷해진다. 엄마 친구분들에게 이 이야기의 일부를 전해 들었음에도 말이다.

"일본군이 구이린을 점령했을 때였습니다."

"일본군이 구이린을? 그런 일은 없었어. 있을 수가 없지. 일본군은 구이린에 들어가지 않았으니까."

"네. 신문에 실린 바에 따르면 그렇죠. 제가 그때 보도부에서 일했기에 알고 있습니다. 국민당은 자주 우리에게 보도해도 되는 내용과 보도해서는 안 되는 내용을 일러주곤 했어요. 하지만 우리는 일본군이 광시 지방까지 들어왔다는 사실을 알고 있었습니다. 우리 정보원이 일본군이 우창에서 광둥으로 가는 철로를 함락했다는 소식을 들려주었죠. 그들이 육로로 나아오면서 빠르게 도청 소재지로 진군하고 있다는 것을요."

그러자 대고모님은 깜짝 놀란 표정을 지으신다. "그럼 수위안은 일본군이 오고 있다는 걸 어떻게 알았나?"

"국민당 장교 하나가 은밀히 일러준 겁니다. 수위안의 전남편도 장교였거든요. 일본군이 들어오면 군 장교와 그 가족들이 제일 먼저 죽임당한다는 건 어린아이라도 다 아는 사실이었죠. 그래서 수위안은 한밤중에 얼마 안 되는 재산을 챙기고 딸들을 추슬러서 도망치기 시작한 겁니다. 두 발로 걸어서요. 그때 그 애들은 심지어 돌도 되지 않았답니다."

"어떻게 그 어린 것들을 포기할 수가 있나!" 대고모님이 탄식하셨다. "딸 쌍둥이라니. 우리 집안에는 여지껏 그런 경사가 없는데." 그렇게 말씀하시고는 다시금 하품을 하신다.

"그 애들 이름은 뭔가?" 대고모님이 물으시고, 나는 더욱 귀를 쫑긋 세운다. 나는 그저 친근하게 '언니'라는 말로 두 사람을 통틀어 부를 계획이었다. 하지만 이제는 언니들의 이름이 뭔지, 어떻게 발음하는지 알고 싶었다.

"성은 제 아버지를 따라 왕 씨고요, 이름은 각각 춘우, 춘화랍니다."

"그게 무슨 뜻이에요?" 나는 묻는다.

"아." 아빠는 손으로 유리창에 한자를 써가며 영어로 설명한다. "각각 '봄비'와 '봄꽃'이라는 뜻이야. 그 애들이 봄에 태어났기 때문이고, 꽃이 피기 전에는 비가 내리는 법이니까 태어난 순서대로 자매의 이름을 지어주었다는구나. 네 엄마는 꼭 시인 같지, 안 그러니?"

나는 고개를 끄덕인다. 대고모님도 마찬가지로 고개를 끄덕이시는 듯했으나 앞으로 고개를 떨군 채로 가만히 계신다. 깊고 요란한 숨소리가 들린다. 잠드신 것이다.

"그럼 엄마 이름은 무슨 뜻이에요?" 나는 대고모님을 깨우지 않도록 조용히 속삭인다.

"수위안[素願]," 아빠는 그렇게 말하며 손끝으로 유리 위에 더욱 복잡한 한자를 써 내려간다. "네 엄마가 중국어로 쓰는 방식을 따르면 그건 '오랫동안 간직한 소원'이라는 뜻이야. 꽤 화려한 이름이지. 꽃 이름같이 평범하지 않잖아. 이 첫 글자는, 봐라. 영원히 잊을 수 없다는 뜻이야. 하지만 수위안을 다르게 쓰는 방법도 있지. 소리는 같지만 뜻은 정반대야." 아빠의 손가락이 마치 붓처럼 움직이며 다른 글자를 써내려간다. "수위안[素怨]. 첫 자는 똑같이 잊을 수 없다는 뜻이야. 하지만 두 번째 글자가 함께 쓰이면 '오랫동안 간직해온 한'이라는 뜻이 되지. 내가 이 얘기하면 네 엄마는 나한테 화를 낼 게다."

그렇게 말하며 나를 바라보는 아빠의 눈시울이 그렁하다. "봐라, 이 아빠가 꽤 똑똑하지? 안 그러냐?"

나는 무언가 아빠를 위로할 수 있는 말을 찾기 바라며 고개를 끄덕인다. "그럼 제 이름은요? 징메이는 무슨 뜻이에요?"

"네 이름도 특별하지." 아빠가 말하는데, 중국 이름 중 특별하지 않은 것이 있기나 할까 궁금하다. "징[精]은 탁월하다는 뜻이야. 그냥 보통 좋은 게 아니라 순수하고, 아주 중요하면서, 최고로 좋은 것 말이야. 징은 금이나 쌀이나 소금에서 모든 불순물을 다 제하고 남은 좋은 것들을 의미하지. 그러니 그저 순수한 정수인 거야. 메이는 흔히 쓰이는 그 메이야. 여동생을 말할 때 쓰는 메이메이처럼."

나는 생각한다. 우리 엄마의 오랫동안 간직한 소원에 대해서. 엄마의 막내딸인 나는 다른 언니들의 정수만을 가진 딸이어야 했다. 엄마는 분명 실망했을 것이다. 얼마나 상심이 컸을지 생각하며 나는 다시금 나의 오래된 슬픔을 맛보았다. 그때 대고모님의 조그만 몸이 갑자기 움직였다. 고개가 앞으로 떨어지는가 싶더니 다시 뒤로 제껴지고 입은 마치 내 질문에 답변해주시려는 듯 벌어진다. 대고모님은 잠든 채 끙끙 앓는 소리를 내며 몸을 의자에 더욱 깊이 파묻는다.

"그래서 엄마는 왜 그 아기들을 길에 버렸대요?" 나는 알아야만 한다. 왜냐면 지금은 나도 똑같이 버려진 기분이기 때문이다.

"나도 오랫동안 궁금해했지. 그러다 네 엄마의 딸들이 상하이에서 보내 온 편지를 읽었고, 린도 아줌마랑 다른 아줌마들에게 알렸지. 그러고 나서 알게 된 거야. 네 엄마는 절대 부끄러운 일을 하지 않았어. 절대로."

"무슨 일이 있었는데요?"

"네 엄마가 피난길에 올랐을 때에…." 아빠가 영어로 이야기를 시작하려 한다. 나는 그 말을 막으며 말한다.

"아뇨. 중국어로 들려주세요. 저, 알아들을 수 있어요. 정말로요."

그래서 아빠는 다시 이야기를 시작한다. 여전히 창가에 선 채 깜깜한 밤 속을 들여다보며.

*

구이린에서 도망 나오고서, 네 엄마는 주 도로를 찾아 꼬박 며칠을 걸었어. 거기서 남편이 주둔하고 있는 충칭까지 트럭이나 짐마차를 얻어탈 수 있을 거라고 생각한 거야.

입고 있는 옷 안감에 돈과 보석들을 꿰매 넣어두었으니 그걸 주면 차를 태워줄 거라고 여겼겠지. 운이 좋으면 무거운 금팔찌와 옥반지는 주지 않아도 될 거라고 생각했대. 그건 수위안이 자기 어머니, 그러니까 네 할머니에게 받은 것들이었거든.

하지만 셋째 날까지 아무 소득이 없었어. 길을 가득 메운 사람들이 하나같이 지나가는 트럭들 뒤를 쫓아가며 태워달라고 애걸하고 있었어. 차들은 멈추기를 꺼리며 그냥 지나쳐 갔지. 그래서 네 엄마는 차를 얻어타지 못했는데, 이질에 걸려 복통이 일기 시작했어.

아이들을 목도리에 감싸 걸머메고 있었기 때문에 어깨도 아파 왔어. 가죽 가방 두 개를 쥔 손에 물집이 잡혔고, 이내 터지며 피가 나기 시작했지. 그래서 얼마 뒤에는 가방들을 버리고 음식과 옷가지만 들고 걸었어. 더 나중에는 밀가루와 쌀이 든 가방들까지 버리고 수십 리를 걸었어. 어린 딸들에게 노래를 불러주면서. 통증과 고열로 정신이 혼미해지기 전까지 말이야.

그리고 마침내 더는 한 걸음도 걸을 수 없는 지경이 되었지. 더 이상 아기들을 데리고 나아갈 힘이 남아 있지 않았던 거야. 그대로 땅 위에 고꾸라졌지. 병증 때문에든 탈수와 기아 때문에든 자기가 여기서 죽게 될 거라고 생각했대. 아니면 일본군에게 죽임당할 수도 있었겠지. 그들이 바로 뒤에서 추격해 오는 것을 느낄 수 있었으니까.

네 엄마는 아기들을 길가에 앉혀놓고서 자기도 그 옆에 누웠다는구나. **우리 아가, 참 착하구나. 울지도 않고**. 그렇게 말하자 그 애들은 방실방실 웃으며 통통한 손을 제 엄마를 향해 뻗었대. 다시 안아달라고 말이야. 그때 네 엄마는 깨달았다는 거야. 이 아이들이 자신과 함께 죽는 것은 차마 못 볼 것 같다고.

그때 어린아이 셋을 수레에 싣고 지나가는 가족이 보였어. 네 엄마는 그들을 향해 소리쳤지. "제 아기들을 데려가주세요. 제발요." 그러나 그들은 그저 텅 빈 눈으로 쳐다보고는 서지도 않고 그대로 지나가버렸다는구나.

그때 또 다른 남자가 지나가기에 다시 한 번 소리쳐 불렀대. 그가 소리를 듣고 주위를 둘러보는데 얼굴이 어찌나 험상궂던지, 네 엄마 말에 따르면 그야말로 죽음 그 자체 같더란다. 그래,

벌벌 떨며 고개를 돌려버렸지.

길가가 조용해지자, 네 엄마는 옷의 안감을 뜯고 보석을 꺼내 딸아이 하나의 저고리 속에 채워넣었어. 다른 아이의 저고리 안에는 돈을 넣었지. 그러고는 주머니에서 가족사진 몇 장을 꺼냈어. 네 조부모님의 사진과 네 엄마가 자기 전남편과 결혼식 날 찍은 사진이었지. 그 사진 뒷면에 아기들의 이름을 각각 적고 똑같은 편지를 썼어.

> 여기 있는 돈과 보석들을 받으시고 이 아기들을 보살펴주세요.
>
> 이 난리통이 잠잠해지거든 아이들을 상하이 웨이창 루 9번지로 데려다주세요.
>
> 리 가문에서 후히 사례하겠습니다.
>
> —리 수위안과 왕 푸치

그러고는 아기들의 뺨을 쓰다듬으며 울지 말라고 일러주었지. **엄마는 저 아래 내려가서 먹을 것을 찾아 다시 돌아올게.** 그리고 돌아보지도 않고서 울면서 휘청휘청 걸어 길 아래로 내려갔어. 오직 한 가지 마지막 소원만 생각하면서. **딸들이 부디 저들을 돌봐줄 마음씨 좋은 사람에게 발견되게 해주세요.** 그 외의 다른 경우는 상상하지 않으려 했지.

어느 방향으로 얼마나 걸었는지, 언제 정신을 잃었는지, 어떻게 구조되었는지 하나도 기억나지 않는대. 깨어났을 때는 신음하는 다른 병자 몇 사람과 함께 덜컹거리는 트럭의 뒤에 실려 있었다는구나. 네 엄마는 소리를 질렀대. 이제 내가 불교에서 말하는 지옥으로 가는구나, 하고. 그때 미국 여자 선교사가 네 엄마의 얼굴을 굽어살피며 미소지었어. 마음을 평안하게 해주지만 알아들을 수는 없는 말을 건네면서. 하지만 네 엄마는 그 상황을 이해할 수 있었대. 자신은 우연히 구조되었고, 다시 돌아가 아기들을 구하기는 너무 늦어버린 거지.

중칭에 도착했을 때, 남편이 이 주 전에 전사했다는 소식을 들었대. 다른 장교들이 그 소식을 전해주었을 때에는 그만 웃음이 터졌다는구나. 광기와 병증으로 제정신이 아니었거든. 너무나 많은 것을 잃어가며 이렇게 멀리 왔건만, 아무것도 찾지 못했다니.

나는 병원에서 네 엄마를 처음 만났어. 그때 네 엄마는 간이 침대에 누워 있었고 거동조차 힘든 상태였지. 이질에 걸려 몸이 비쩍 말랐고. 나는 내 발을 치료하기 위해 찾아온 길이었어. 떨어지는 돌무더기에 맞아 발가락을 하나 잃었거든. 그때 네 엄마를 보았는데, 중얼중얼 혼잣말을 하고 있더구나.

"이 옷 좀 봐요." 그 말을 듣고 보니 정말로 네 엄마는 이 전쟁통에는 어울리지 않는 고운 비단옷을 입고 있었어. 꽤 더러워져 있긴 했지만, 아름다운 옷임에 틀림없었지.

"이 얼굴은 또 어떻게요?" 나는 네 엄마의 때묻은 얼굴과 여윈 뺨, 빛나는 눈을 바라보았어. "내 어리석은 희망이 보이나요?"

네 엄마는 계속 중얼거렸어. "내가 전부 잃었다고 생각했지요. 두 가지만 빼고. 문득 궁금해졌어요. 이 다음으로는 무엇을 잃게 될까? 옷일까, 희망일까? 희망일까, 옷일까?" 그러더니 갑자기 모든 기도에 응답받은 사람처럼 웃으며 말하는 거야. "그런데 지금, 여기 좀 보세요. 무슨 일이 벌어지고 있는지 보라고요." 그러고는 마치 젖은 땅에서 밀싹을 뽑듯이 자기 머리카락을 쥐어뜯어댔지.

그 애들을 찾아낸 사람은 나이 든 농군 아낙이었다. "내가 어떻게 너희를 그냥 지나칠 수 있었겠니?" 그 애들이 자랐을 때 그가 네 언니들에게 이야기해주었다는구나. 그 애들이 그때까지도 네 엄마가 내려놓고 간 자리에 얌전히 앉아서는 꼭 가마를 기다리는 요정 여왕들처럼 쳐다보더라는 거야.

그 메이 칭이라는 여자는 남편 메이 한과 함께 어느 동굴에서 살았대. 구이린과 그 인근에는 그런 식으로 숨겨진 동굴이 수천 개는 되었기 때문에 남은 사람들이 거기 숨어서 심지어 전쟁이 끝난 뒤까지도 살았다더라. 그들 부부는 며칠에 한 번씩 밖으로 나와서 피난민들이 길 위에 버리고 간 물건들을 뒤지며 먹을 것을 찾았다는데, 때로는 '이걸 남겨두고 떠나다니' 싶을 정도로 귀중품을 발견하기도 했대. 하루는 섬세한 칠기 세트를 봐서 가지고 돌아갔고, 다른 날에는 우단 쿠션이 달린 작은 발판과 혼수 이불 두 채를 찾았대. 그리고 네 언니들을 발견한 거지.

그들은 독실한 무슬림이었어. 쌍둥이 아기들은 복을 두 배로 받을 징조라고 믿었지. 그리고 그날 저녁 늦은 시간에 정말로 이 아기들이 얼마나 복덩이인지 발견한 거야. 그 품에 있는 반지와 팔찌 등은 부부가 생전 처음 보는 물건이었어. 그들은 함께 들어 있던 사진을 경탄하며 들여다보았지. 둘 중 아무도 글을 읽을 줄도, 쓸 줄도 몰랐지만 이 아기들이 아주 좋은 가문 출신이라는 걸 알았대. 메이 칭이 사진 뒤에 쓰인 글을 읽을 수 있는 사람을 찾기까지는 아주 여러 달이 걸렸어. 그 무렵에는 네 언니들을 마치 제 친자식처럼 사랑하게 되었다는구나.

1952년에 그의 남편 메이 한이 세상을 떠났어. 아기들은 이미 여덟 살이 되었고, 메이 칭은 마침내 결심하게 되었지. 이제는 이 아이들의 진짜 가족을 찾아주어야 할 때라고.

그래서 아이들에게 친어머니의 사진을 보여주며 이야기해 주었어. **너희는 본래 아주 훌륭한 가문 출신이란다. 이제 나는 너희를 네 친어머니와 조부모님께 데려다줄 참이다.** 메이 칭은 그 대가로 약속된 보답에 대해서도 얘기했지만 맹세코 자신은 그걸 받지 않을 거라고 했어. 그저 너희들을 너무나 사랑하기 때문에 너희가 마땅히 받기로 되어 있던 것을 받게 해주고 싶을 뿐이라고. 더 좋은 삶, 근사한 집, 배움의 길. 어쩌면 리 가문에서 자신을 아이들의 유모로 받아줄지도 모르지. 그래, 그들은 반드시 그렇게 해줄 거라고 메이 칭은 확신했어.

물론 그 사람이 옛 프랑스 조차지에 있는 웨이창 루 9번지를 찾았을 때, 그곳은 완전히 달라져 있었어. 그 자리에는 세워진 지 얼마 안 되는 공장 건물들이 들어서 있었고, 공장 인부들 중 전에 그 자리에 있다 불탄 집에 살던 가족들이 어떻게 되었는지 아는 사람은 아무도 없었어.

당연히 그 사람은 몰랐겠지. 네 엄마랑 내가 재혼하고서 이미 1945년에 함께 그 장소를 찾았었다는 건 말야. 자기 가족과 딸들을 만날 수 있을지도 모른다는 희망을 품고서.

네 엄마랑 나는 1947년까지 중국에 머물렀어. 아주 여러 도시를 전전했지. 구이린으로 돌아갔다가 창사에 갔다가 저 아래 쿤밍까지 내려가기도 했어. 네 엄마는 무엇을 하든 항상 한쪽 눈으로는 자기 쌍둥이 아기들을 찾는 것 같았다. 그때는 이미 조그만 여자아이들로 자랐을 어린 딸들을 말이야. 나중에 우리는 홍콩에 갔고, 1949년에는 미국으로 떠나는 배에 올랐지. 내 생각에 네 엄마는 그 배 위에서도 자기 딸들을 찾고 있었던 것 같아. 하지만 미국에 도착한 이후로는 더 이상 그 애들에 대해 이야기하지 않았어. 나는 생각했지. 결국 그 애들을 자기 가슴에 묻기로 한 모양이라고.

하지만 중국과 미국 간의 서신 왕래가 열리자마자, 네 엄마는 즉각 상하이와 구이린에 있는 옛 친구들에게 편지를 썼어. 나는 네 엄마가 그러는 줄도 몰랐지. 린도 아줌마가 말해준 거야. 그런데 그 무렵에는 모든 거리의 이름이 다 바뀌었어. 죽은 사람들도 있었고, 죽지 않은 사람들은 다 옮겨 갔지. 그래서 연락이 닿기까지 아주 긴 시간이 걸렸단다. 그리고 마침내 옛 동창 하나의 주소를 찾아내어 자기 딸들을 좀 찾아달라고 편지를 썼을 때, 돌아온 답장의 내용은 이러했어. 그건 불가능한 일이라고. 마치 저 대양의 어느 밑바닥에 가라앉은 바늘 하나를 찾자는 거랑 같은 거라고. 그 애들이 상하이에 있을지도 확신할 수 없었지. 중국 다른 지역에 있을지도 모르잖아. 물론 그 동창은 이 말만은 꾹 삼켰어. **그 애들이 여지껏 살아 있을지 어떻게 알겠니?**

그래서 찾아보지도 않았대. 전쟁통에 잃어버린 아기들을 다시 찾겠다는 것은 터무니없는 생각이라 여겼고, 그런 허튼 데 쓸 시간이 없었던 거지.

하지만 네 엄마는 매년 계속 다른 사람들에게 편지를 썼어. 그리고 작년에는 아주 큰 결심을 했던 모양이야. 중국에 가서 직접 그 애들을 찾자는 거였지. 네 엄마가 나한테 그렇게 말했던 것이 기억나. "캐닝, 가봐야 해요. 너무 늦기 전에, 우리가 너무 늙어버리기 전에요." 그래, 내가 말했지. 우리는 애진작에 너무 늙었고, 이미 너무 늦었다고.

아, 나는 그냥 네 엄마가 관광을 하고 싶은 줄 알았던 거야! 가서 자기 딸들을 찾아보고 싶어 하는 줄은 몰랐어. 내가 너무 늦었다고 말한 순간부터 네 엄마 머릿속에는 그 애들이 죽었을지도 모른다는 끔찍한 생각이 들어차기 시작했을 거야. 그런 생각이 든다. 그 불길한 가능성이 머릿속에서 점점 커지고 커져서 마침내 네 엄마를 죽게 만든 거라고.

그러고 나서 상하이의 동창이 그 애들을 찾아낸 거야. 아마도 네 엄마의 혼령이 이끌어줬을 거다. 네 엄마가 죽은 뒤의 일이었거든. 난징 동 가에 있는 제일백화점에서 신발을 고르고 있는데 우연히 네 언니들을 보았다는 거야. 서로 똑닮은 두 여자가 나란히 계단을 내려오는데 마치 꿈을 꾸는 것 같았대. 그 애들의 표정에 무언가 네 엄마를 연상시키는 부분이 있었던 거야.

그래, 재빨리 다가가서 이름을 불렀대. 당연히 그 애들은 처음에 못 알아들었지. 메이 칭이 이름을 바꿨으니까. 하지만 엄마 동창은 확신이 있었기 때문에 계속 끈질기게 물었대. "왕춘우, 왕춘화 씨 아닌가요?" 그러자 똑 닮은 두 여자가 아주 흥분하더란다. 오래된 사진 뒤에 쓰여 있던 이름을 기억한 거지. 그 애들은 사진 속 젊은 남녀를 친부모님이라 여겨 무척 사랑하고 또 기리고 있었어. 지금은 죽어서 혼백이 되었어도 계속 이승을 떠돌아다니며 그 애들을 찾고 있는 분들이 아니겠냐.

*

공항에 도착했을 때는 잔뜩 지쳐 있었다. 지난 밤에 잠을 잘 수가 없었다. 대고모님이 새벽 세 시에 내 방에 들어오셔서 침대 하나를 차지하고 누워 즉각 곯아떨어지셨는데, 마치 벌목꾼처럼 우렁차게 코를 골아대셨던 것이다. 나는 눈을 말똥말똥 뜬 채 누워 엄마의 이야기를 생각했다. 나는 엄마에 대해 전혀 무지했구나, 깨달으면서. 언니들과 나, 우리 모두 엄마를 잃고 말았다는 사실이 슬펐다.

그리고 이제 공항에서 모두와 악수를 나누고 손 흔들어 작별을 고하면서, 이 세상에는 수많은 작별 방식이 있음을 생각한다. 누군가와는 공항에서 힘차게 손 흔들며 안녕을 말한다. 우리가 다시는 서로를 볼 수 없으리라는 것을 알면서. 길가에 남겨두고 떠나기도 한다. 다시 만날 수 있기를 바라면서. 아빠의 이야기 속에서 엄마를 찾고, 엄마를 좀 더 잘 알 수 있는 기회조차 없이 작별하기도 한다.

우리 탑승구가 불리기를 기다리고 있는데 대고모님이 나를 향해 미소 지으신다. 대고모님은 연세가 아주 많으시다. 나는 한 팔로 대고모님을 끌어안고, 다른 팔로는 릴리를 감싼다. 두 사람의 체구가 똑같은 것 같다. 그리고 이제 시간이 되었다. 우리는 한 번 더 손을 흔들어 작별하고 탑승 대기 구역으로 들어선다. 마치 하나의 장례식을 마치고 다른 장례식을 치르기 위해 떠나는 것 같은 느낌이다. 내 손에는 상하이로 가는 티켓 두 장이 쥐여 있다. 두 시간 뒤면 도착할 것이다.

비행기가 이륙하고, 나는 눈을 감는다. 형편없는 중국어 실력으로 어떻게 언니들에게 우리 엄마의 생애를 설명할 수 있을까? 어디서부터 시작해야 할까?

"다 왔다. 일어나렴." 아빠의 목소리에 잠에서 깨어난다. 쿵쿵 뛰는 심장이 목구멍 밖으로 튀어나올 것 같다. 창밖을 내다보니 비행기는 이미 활주로에 내렸다. 바깥은 온통 잿빛이다.

이제 나는 비행기 계단을 내려가 타맥으로 포장한 보도를 지나 공항 건물로 향해 간다. '만약에,' 나는 생각한다. '만약에 엄마가 더 오래 살아서 지금 언니들을 향해 걸어갈 수 있다면 어땠을까?' 너무 초조해서 발이 땅을 딛는 감각조차 느껴지지 않는다. 내가 어떻게 걸어가고 있는지도 모르겠다.

누군가 소리친다. "그 애가 왔어!" 나는 여자를 본다. 짧은 머리카락과 작은 체구, 그 얼굴에 떠오른 우리 엄마를 꼭 닮은 표정을. 손등을 입술 위에 꾹 누르고서, 울고 있다. 마치 아주 끔찍한 시련을 지나쳐 왔고, 마침내 그것이 다 끝나 행복하다는 것처럼.

여자가 우리 엄마가 아니라는 것은 안다. 비록 내가 다섯 살 때 오후 내내 사라져 보이지 않았던 날 엄마가 지었던 표정과 똑같은 얼굴을 하고 있기는 하지만 말이다. 너무나 긴 시간 동안 보이지 않았기 때문에 엄마는 내가 죽은 줄로만 알았다고 했다. 그러다 기적적으로 내가 졸린 얼굴로 침대 밑에서 기어나왔을 때는 젖은 눈으로 웃으면서 이게 꿈인지 생시인지 확인해보려고 손등을 깨물어보기도 했다.

이제 나는 여자를 다시 본다. 두 사람이 나를 향해 손을 흔든다. 다른 한 손에는 내가 보낸 폴라로이드 사진을 들고 있다. 출구를 나오자마자 우리 세 사람은 서로에게 달려가 일제히 끌어안는다. 주저함도 기대도 모두 잊어버리고서.

"엄마아, 엄마…." 우리는 울먹인다. 마치 엄마가 우리 가운데 있는 것처럼.

언니들이 나를 본다. 뿌듯하다는 표정이다. "메이메이 잔달레." 언니 하나가 다른 언니에게 말한다. "막내동생이 다 컸구나." 다시 바라본 언니들의 얼굴에서는 엄마의 흔적을 찾아볼 수 없다. 하지만 여전히 친근하다. 그리고 이제 나는 언젠가 엄마가 말했던 '내 안의 중국인'이 무엇인지 확인한다. 그건 아주 명백하다. 바로 내 가족, 내 핏줄이다. 이 모든 시간 끝에 마침내 풀려난 그것을 깨닫는다.

우리는 서로를 끌어안은 채 함께 웃으며 서로의 눈에 맺힌 눈물을 닦아준다. 카메라 플래시가 터지고 아빠가 나에게 폴라로이드 사진 한 장을 건넨다. 언니들도 나도 하나같이 조용해져서는 상이 맺히는 과정을 간절한 마음으로 들여다본다.

필름의 회록색 표면이 점차 밝아지며 우리 세 사람의 상이 떠오른다. 또렷해지고 깊어지기를 동시에 한다. 셋 중 아무도 말하지 않았지만, 나는 우리 모두 보고 있음을 안다. 함께 있는 우리는 모두 엄마를 닮았다. 마침내 오래 간직해온 소원이 이루어지는 것을 보고 놀라움으로 크게 열리는 엄마의 눈과 입을.